Melanie Dobson

ERINNERUNGEN *aus* GLAS

Francke

Über die Autorin:
Melanie Dobson hat Journalismus und Kommunikation studiert und war als Werbeleiterin tätig, bevor sie sich mehr und mehr dem Schreiben widmete. Eine besondere Vorliebe hat sie für Bücher, in denen Geschichte und Gegenwart miteinander verknüpft werden. Mit ihrem Mann und ihren beiden Töchtern lebt sie in der Nähe von Portland, Oregon.

FSC www.fsc.org
MIX
Papier aus verantwortungsvollen Quellen
FSC® C083411

Bibliografische Information der Deutschen Nationalbibliothek
Die Deutsche Nationalbibliothek verzeichnet diese Publikation in der Deutschen Nationalbibliografie; detaillierte bibliografische Daten sind im Internet über http://dnb.dnb.de abrufbar.

ISBN 978-3-96362-189-5

Originally published in English in the U.S.A under the title:
Memories of Glass, by Melanie Doboson

Deutsch von Silvia Lutz
Umschlagbilder: © Trevillion Images / Lee Avison
© Shutterstock.com / AmyMeiPhotography
Umschlaggestaltung: Francke-Buch GmbH / Christian Heinritz
Satz: Francke-Buch GmbH
Druck und Bindung: CPI books GmbH, Leck

www.francke-buch.de

Johan Wilhelm van Hulst
28. Januar 1911–22. März 2018
Ein demütiger Diener Gottes,
der sich von seiner Gnade leiten ließ.

Susie Joy Oertli Stewart
6. April 1968–7. März 2018
Kriegerprinzessin und geliebte Freundin
Königstochter

Für »Erinnerungen aus Glas«
wurde Melanie Dobson mit dem
Carol Award ausgezeichnet,
einem Preis für den besten historischen Roman.

Leserstimmen zu diesem Buch

»Ein außergewöhnlicher, vielschichtiger Roman, der eine Geschichte von Freundschaft und Glauben im kriegsgebeutelten Holland mit der eines Waisenhauses im Afrika der Gegenwart verwebt. Unvergessliche Charaktere zeigen die Komplexität menschlicher Beziehungen auf sowie die dauerhaften Auswirkungen unserer Entscheidungen, ob feige oder mutig. Die vielen Geheimnisse haben mich nur so durch die Seiten fliegen lassen nd mich sehr nachdenklich gestimmt.«

Lynn Austin

»Atemberaubend, herzzerreißend und extrem ermutigend! ›Erinnerungen aus Glas‹ führt die Schönheit des Menschen vor Augen, der anderen hilft, die Hässlichkeit desjenigen, der sich nur um sich selbst dreht, und die zerstörerische Kraft von Geheimnissen, welche über Generationen hinweg gehütet werden. Melanie Dobsons Charaktere bleiben lang im Gedächtnis und ihre Detailtreue lässt die alltägliche Gefahr spürbar werden, unter der die Niederländer während der Besetzung durch die Nazis litten. Diese Geschichte geht einem noch lange nach!«

Sarah Sundin

»Melanie Dobson hat ein schwieriges Thema sehr gut verpackt und verschiedene Aspekte des Holocausts gut eingeflochten: die Situation der Juden in den Niederlanden, die Finanzierung der Nazis durch deutsche Juden und Amerikaner, das Verhalten der nichtjüdischen holländischen Bevölkerung etc. Und daneben der spannende Handlungsstrang in der Gegenwart: die Verdrängung bzw. Verarbeitung der eigenen Familiengeschichte, Vergebung und die positive Form von Entwicklungshilfe und Mission. Dieser Roman hat mich betroffen gemacht und geht an vielen Stellen unter die Haut.«

Silvia Lutz, Übersetzerin

Prolog

Leuchtende Farben tanzten wie auf einer Leinwand über die Tapete. Sonnenblumengelb und Orangerot. Violett umhüllt von Purpurrot. Ein Glitzern wie das der Nordsee mit ihren mannigfaltigen Grün- und Blautönen.

Die meisten Wände in ihrem Bungalow waren mit kostbaren Kunstwerken, Fotografien und Büchern gefüllt, aber diese cremefarbene Wand war allein dem Licht vorbehalten und seinem faszinierenden Spiel, gebrochen durch die Prismen alter Flaschen, die vor langer Zeit Parfum, Magenbitter oder Medizin enthalten hatten. Es erinnerte sie an die blühenden Tulpenfelder zu Hause, die sich in atemberaubenden Farbtönen im Sonnenlicht wiegten, von Künstlerhand geschaffene Schönheit, die sie im tiefsten Inneren ihrer Seele berührte.

Die Frühlingssonne war in Oregon ein seltener Gast, aber wenn sie sich blicken ließ, schlüpfte sie leise in dieses Zimmer, um den Tanz des Lichts in sich aufzusaugen.

Achtundsechzig Flaschen funkelten im Regal in ihrem Wohnzimmer. Das Flaschenglas war smaragdgrün oder bernsteinfarben oder leuchtete in Delfter Blau. Oder es war durchsichtig mit winzigen Gravuren, die in das Kristall geschnitten waren. Diese Schnitte eines Graveurs, des Meisters aller Handwerker mit seinen Diamantwerkzeugen, erzeugten die schönsten Farben, die man sich vorstellen konnte.

Nur eine einzige ihrer Flaschen war rot. Sie nahm sie vorsichtig aus dem Regal und strich über die auf dem silbernen Deckel eingravierten Initialen, zeichnete die Furchen, die sich rund um die Flasche zogen, nach und setzte sich wieder in ihren Sessel.

Sie liebte sie alle, aber diese eine … Diese Flasche nahm einen ganz besonderen Platz in ihrem Herzen ein.

Ihre Finger waren nicht mehr so geschmeidig wie früher. Sie waren steif und gekrümmt und schmerzten. Aber ihr Verstand war scharf wie Schleifstahl. Vielleicht sogar noch schärfer als damals, als sie ein Mädchen gewesen war.

Sie drückte die Flasche an ihr Herz und lehnte den Kopf zurück.

Was auch passieren würde, sie würde sie nicht vergessen.

Sie konnte sie nicht vergessen.

Eine Wolke zog über den Himmel und verdunkelte für einen Moment das Zimmer. Sie fühlte die spürbare Kälte des Schattens. Die Erinnerungen.

Einige Erinnerungen hielt sie gerne fest, andere würde sie am liebsten in einem der vielen Kellergewölbe unter den Amsterdamer Banken wegsperren. Oder in einem der vielen Tunnel, die die Hügel in ihrer Heimat durchzogen.

Sie schloss die Augen und erinnerte sich an die Dunkelheit. Die kalte Luft tief unter der Erde drang wieder in ihre Haut ein. Die Erinnerung daran – an alles, was sie in Holland verloren hatte, an die schrecklichen Fehler, die sie begangen hatte – quälte sie seit über siebzig Jahren.

Zitternd zog sie die Wolldecke bis zu ihrem Kinn hoch.

Die Sekunden verstrichen, Zeit, die von Kälte durchdrungen war, bevor die Sonnenstrahlen wieder ihr Gesicht wärmten und Farbe durch die schmalen Ritzen der Dunkelheit blitzte. Als sie die Augen aufschlug, kehrte das Licht zurück und bestrahlte die Wand.

Langsam stand sie auf und stützte sich an der Holzvertäfelung ab, bevor sie die Flasche wieder an ihren Platz im Regal stellte.

Ihre Knie fühlten sich an, als wollten sie unter ihr nachgeben, aber sie konnte sich auf den Beinen halten, bis sie wieder die starken Lehnen ihres Sessels fand. Ein Sitz in der ersten Reihe ihrer Erinnerungen.

»Oma?«, rief ihre Urenkelin vom Gang auf der anderen Seite der geschlossenen Tür.

Ihre Kinder und deren Kinder machten sich Sorgen um sie, aber das brauchten sie nicht. Auch wenn ihr Herz traurig war und ihr Körper schwerfällig, war in ihrer Seele alles gut.

Ihre ganze Familie wusste, dass ihr Erlöser sie gerettet hatte, aber sie waren nicht über alles im Bilde, was sie getan hatte. Niemand, der noch auf dieser Welt lebte, wusste es. Es war ihr Geheimnis, das sie für sich behielt, um sie alle zu schützen.

»Du kannst hereinkommen«, sagte sie leise und ihr Blick wanderte wieder zu den Glasflaschen.

Selbst wenn ihr Verstand anfinge, sie genauso im Stich zu lassen, wie ihre Beine es taten, würde dieses Zimmer sie immer an die Menschen erinnern, die sie verloren hatte.

Und an den einen Menschen, den sie hatte zurücklassen müssen.

Ich werde, hoffe ich, dir alles anvertrauen können,
wie ich es noch bei niemandem gekonnt habe,
und ich hoffe, du wirst mir eine große Stütze sein.

Anne Frank
Tagebuch der Anne Frank

1. Kapitel

JOSIE

Giethoorn, Niederlande
Juni 1933

Blütenblätter klebten wie nasse Seidenstückchen an Josies Zehen, während sie tief gebückt am Dorfkanal entlangschlich. Klaas Schoght konnte den ganzen Nachmittag suchen, wenn er wollte. Solange sie und ihr Bruder ihren Plan befolgten, würde er weder sie noch die rot-weiß-blaue Flagge, die sie um jeden Preis beschützen wollten, je finden.

Klaas' Haar, das wie goldener Frost schimmerte, bewegte sich auf der anderen Seite des Kanals über der sauber geschnittenen Hecke im Garten seiner Familie auf und nieder. Sie verfolgte die von der Sonne beschienenen Haarspitzen mit den Augen, während Klaas die Hecke durchkämmte und dann zwischen zwei Stechkähne spähte, die an einen Pfahl gebunden waren, bevor er sich zur Holzbrücke umdrehte.

In Giethoorn gab es keine Straßen, nur schmale Fußwege und Kanäle, die die schachbrettartig angeordneten Grundstücke miteinander verbanden. Die meisten Dorfkinder verbrachten ihre freie Zeit mit Schwimmen, Bootfahren und im Winter mit Eislaufen auf den Wasserstraßen, aber ihr Bruder begeisterte sich mehr für dieses Widerstandsspiel an Land.

»Jozefien?«, rief Klaas, während er über die Brücke auf die kleine Insel zusteuerte, auf der ihre eigene und eine Nachbarsfamilie wohnten.

Sie bückte sich zwischen den wachsartigen Blättern der Hortensien ihrer Mutter, deren Blüten ihre hellrosa und magentaroten Blütenblätter in eine Slootje – eine der vielen schmalen Wasseradern, die die Inseln zusammenhielten – streuten. Ihr Bruder hatte sie gelehrt, wie man sich in den Dorfgärten und hinter Bäumen und Holzstößen gut verstecken konnte. Sogar auf Dächern. Sie hatte viele Geheimplätze und könnte, wenn nötig, für Stunden untertauchen.

»Samuel?«, rief Klaas jetzt, aber Josies Bruder gab ihm ebenfalls keine Antwort.

Alle Kinder hörten in der Schule von den Geuzen – den holländischen Widerstandskämpfern, die im Achtzigjährigen Krieg ihre Unabhängigkeit von Spanien erkämpft hatten. Ihr Bruder war ein Meister des Versteckens, als wäre er eines der heimlichen Geuzenmitglieder, die vor Jahrhunderten für die Freiheit ihres Landes gekämpft hatten.

In ihrem Spiel mit Klaas durfte weder Samuel noch sie selbst gefangen werden, bevor ihr Bruder die holländische Flagge an die Haustür der Schoghts gehängt hatte. Klaas war es egal, in welchem Team er spielte, Hauptsache, er gewann.

Zwischen den Blumen und Blättern hindurch sah Josie Samuels Hosenbeine oben im Kastanienbaum verschwinden. Ihre gemeinsam ausgeklügelte Taktik war gut. Jetzt musste sie sich nur noch verstecken, bis ihr Bruder ihr signalisierte, dass sie lossprinten konnte.

Das Entscheidende im Widerstand gegen den Feind war nicht der Kampf, bläute ihr Samuel immer wieder ein, sondern das Warten.

Klaas hasste es zu warten.

Der Junge trug einen schwarzen Umhang über seiner Pfadfinderuniform, aber sie konnte die weißen Ringe oben an seinen Kniestrümpfen sehen, als er eines der Boote ihrer Familie absuchte.

An diesem Nachmittag war er nicht Klaas Schoght, stolzer Pfadfinder und Sohn ihres Dorfarztes. An diesem Nachmittag war er Fernando Álvarez de Toledo, der spanische Statthalter über die Niederlande, der versuchte, die holländischen Widerstandskämpfer zu besiegen und ihre Flagge aus dem Stoff eines alten Kleides ihrer Mutter zu erobern, das zum Glück zu fadenscheinig gewesen war, als dass sie es für ihre einzige Tochter hätte umnähen können. Josie lief viel lieber in den langen Shorts und Blusen herum, die ihr ihre Mutter im Sommer widerstrebend zugestand, damit ihre Kleider geschont wurden. Noch lieber trug sie die braune Pfadfinderinnenuniform, die sie heute anhatte – ein hellbraunes Kleid, das bis über ihre Knie reichte. Die gestrickte Mütze und ihre braunen Schuhe und langen Strümpfe hatte sie zu Hause gelassen.

Sie hatten die Regeln für dieses Spiel zu dritt aufgestellt. Sie und ihr Bruder waren darin sie selbst – Josie und Samuel van Rees, die Kinder eines Lehrers und einer Hausfrau, die manchmal in der Schule aushalf.

Klaas ahnte nicht, dass die holländische Flagge sich an diesem Nachmittag hoch im Baum bei Samuel befand. Wenn ihr Bruder das Zeichen gab, würde Josie ihn ablenken, damit Samuel die roten, weißen und blauen Stoffstreifen zum Ziel bringen konnte.

Wasser klatschte gegen das Ufer. Sie warf noch einmal einen Blick durch das Netz aus weißen Blüten und wachsartigen Blättern, um zu sehen, ob Klaas in den Kanal gesprungen war. Anstelle von ihm sah sie jedoch nur einen Nachbarn, der seinen Kahn mit einem langen Stab durchs Wasser steuerte.

Sie kratzte sich das Knie an einem Zweig auf und zog es schnell zurück. Schnell wischte sie das Blut an einem Blatt ab, damit der Saum ihres Kleides nicht beschmutzt wurde.

Sie trug aus ihren Kämpfen häufig Verletzungen davon, aber jetzt, da sie neun war, kümmerte sie sich selbst darum. Vor ungefähr einem Jahr war sie einmal mit einer größeren Wunde ins Haus gelaufen. Mama hatte nur einen Blick darauf geworfen und war in der Küche ohnmächtig geworden.

Seitdem ging Josie bei ernsteren Fällen zu Klaas' Vater.

Als der Kahn fort war, strengte sie ihre Ohren an, um Klaas' Schritte am Ufer zu hören, aber sie konnte nichts weiter ausmachen als das Schnattern der Graugans ein paar Meter weiter, die empört war, weil Josie den sieben Gänseküken zu nah gekommen war, die in einer schnurgeraden Reihe hinter ihr herwatschelten. Sie sahen aus wie holländische Soldaten, die ihrem Oberst mit seinem orangefarbenen Schnabel folgten. Jedes trug eine flauschige gelbe Uniform und war mit braunen Streifen geschmückt; vielleicht hatten sie sich die erworben, indem sie den Kanälen auf dem ganzen Weg bis zum nahe gelegenen See Belterwijde getrotzt hatten.

Josie hätte sich gern eines der Küken geschnappt, um es zu streicheln, während sie in ihrem Versteck wartete. Aber dann würde die Oberstmutter ein noch lauteres Gezeter veranstalten und damit dem Statthalter von Spanien Josies Aufenthaltsort verraten. Und Fernando Álvarez de Toldeo würde tagelang mit seinem Triumph prahlen. Wieder einmal.

Dieses Mal waren Samuel und sie fest entschlossen, als Sieger aus dem Spiel hervorzugehen.

Lang lebe der Widerstand!

Das Gänsebataillon schwamm um den Kahn unter ihr herum und verschwand.

»Jozefien!« Klaas war jetzt viel näher, obwohl sie es nicht wagte nachzusehen, wo genau.

Wusste er schon, dass Samuel auf dem Baum hinter ihr war? Klaas kletterte nicht gern, aber sein Ehrgeiz zu gewinnen war noch stärker als seine Höhenangst.

Ein Stein flog in den Kanal und brachte den Kahn leicht zum Schaukeln. Ihr Herzschlag beschleunigte sich. Operation van Rees konnte beginnen. Während Klaas denjenigen suchte, der den Stein geworfen hatte, versteckte sie sich auf der anderen Seite der Brücke.

Sie schlüpfte aus ihrem Kleid und glitt im Unterhemd in das kühle Wasser, wie ihr Bruder sie angewiesen hatte. Sie hielt die Luft an und bewegte die Beine unter Wasser wie ein Seefrosch, der vor einem Fischreiher flieht. Sechs kräftige Stöße, dann tauchte sie unter der Holzbrücke auf. Im Wasser, das hier im Schatten eiskalt war, klebten ihre lange Unterhose und ihr Hemd an ihrer Haut. Vom Kanal aus konnte sie sehen, wie Klaas Mamas Blumen durchsuchte und Samuel über ihm vom Baum kletterte, um dann flink über die Brücke zu laufen.

Neben ihr waren drei Initialen ins Holz geschnitzt:

S.v.R. J.v.R. K.S.

Die Jungen wussten nicht, dass sie ihre Initialen hier eingeritzt hatte. Ihre Namen hier festgehalten zu wissen, gab ihr das Gefühl, dass es immer so bleiben würde. Dass sich zwischen ihnen nie etwas ändern könnte. Samuel, Klaas und sie waren im Spiel oft die erbittertsten Feinde, aber in Wirklichkeit konnte es keine besseren Freunde geben.

Josie schwamm vorsichtig von der Brücke weg hin zu den schmalen Pfählen hinter ihr, die verhinderten, dass das Ufer in den Kanal abrutschte. Links von ihr bewegte sich etwas. Sie drehte sich zum Haus von Herrn und Frau Pon. Die Pons hatten keine Kinder, doch dort auf ihrer Veranda stand ein Mädchen und beobachtete Klaas.

Ein deutscher Jude und seine Tochter – Flüchtlinge, hatte Mama gesagt – waren bei der Familie Pon eingezogen. Josie lernte in der Schule neben Englisch auch Deutsch. Morgen würde sie das Mädchen vielleicht fragen, ob es mitspielen wollte. Sie könnten gemeinsam gegen Spanien kämpfen.

Sie hörte Samuel mit nackten Füßen über die Brücke rennen; Klaas war ihm bestimmt dicht auf den Fersen. Sie tauchte erneut unter und kurz darauf wieder auf. Jetzt war sie in ihrem Geheimversteck zwischen den moosbedeckten Pfählen, die so weit unter dem Steg zurückgesetzt waren, dass Klaas ihr kastanienbraunes Haar dort nicht erspähen konnte.

In der Mitte des Kanals kam sie nicht mit den Füßen bis zum Boden, aber unter dem Holzsteg war das Wasser seicht. Ihre Zehen versanken im Schlamm, während ihr Kinn nur wenige Zentimeter über der Wasseroberfläche blieb. Wie abgesprochen wartete sie geduldig zwischen den Pfählen.

Eines der Gänseküken, das genauso abtrünnig war wie Josie, schwamm ohne seine Flotte an ihr vorbei. Dann drehte es sich um und betrachtete das Mädchen neugierig.

»*Ga weg*«, flüsterte Josie und bewegte das Wasser mit den Händen. Das Gänschen schaukelte auf den winzigen Wellen, schwamm aber nicht weiter.

Sie versuchte erneut, es zu verscheuchen. Dieses Mal waren die Wellen stärker, aber das Gänseküken schwamm trotzdem nur noch näher auf sie zu, als wäre sie seine Mutter. Als könnte sie es retten. Sie streckte ihm die Hand ein Stückchen entgegen, nur so weit, dass sie das Tier streicheln konnte, ohne dabei gesehen zu werden. Doch in dem Moment, in dem ihre Finger unter dem Steg hervorkamen, beugte sich ein Gesicht über die Holzkante. Mit einem breiten Grinsen zog Klaas seine Hand in einer scharfen Bewegung über seinen Hals.

»Klaas!«, schrie sie erschrocken und ihr Puls überschlug sich fast.

Er lachte. »Du musst dir in Zukunft wohl ein neues Versteck suchen.«

Sie schnaubte. »Samuel hat gesagt, dass ich mich hier verstecken soll.«

Klaas sprang schwungvoll vom Steg ins Wasser, die Knie an die Brust gezogen. Als er im Wasser landete, überrollte sie eine Welle und Wasser drang in ihre Nase und ihren Mund. Sie schwamm in die Mitte des Kanals hinaus und bespritzte ihn ebenfalls, während er im Kreis um sie herumschwamm. Er mochte zwar vier Jahre älter sein als sie, aber sie ließ sich weder von ihm noch von seiner Rolle als Fernando einschüchtern.

»Du musst nicht immer auf Samuel hören«, sagte er.

»Doch, das muss ich.« Klaas hatte keine Ahnung, wie es war, einen Bruder oder eine Schwester zu haben. Er hörte kaum auf das, was ihm jemand sagte, nicht einmal bei seinem Vater. Manchmal könnte man meinen, er hielte sich in Wirklichkeit für den Statthalter von Giethoorn statt für den spanischen General.

»Die Holländer haben gewonnen!«, verkündete Samuel triumphierend von der anderen Uferseite.

Klaas schüttelte den Kopf. »Ich habe Jozefien gefunden, bevor du die Flagge angebracht hast.«

»Ich habe sie schon vor fünf Minuten aufgehängt.«

Klaas zog sich aufs Ufer hinauf und schaute Samuel herausfordernd an. Sie waren gleich alt, aber ihr Bruder war zwei Zentimeter größer.

»Ich habe sie vor mindestens sechs Minuten gefunden«, erklärte Klaas und stemmte die Hände in die Hüften. Das Wasser tropfte von seinem schwarzen Umhang und unter ihm bildete sich eine Wasserpfütze.

»Hast du nicht!« Sie wirbelte die Arme durchs Kanalwasser, um ihn noch einmal zu bespritzen, aber es ergoss sich stattdessen auf sie selbst.

»Habe ich doch!«

Die zwei Jungen schauten sich kampfeslustig an und einen Moment lang dachte sie, Klaas würde Samuel angreifen. Vielleicht würde Samuel ihren Sieg dann verteidigen, statt Klaas schon wieder gewinnen zu lassen.

»Dann hast du anscheinend gewonnen«, gab Samuel nach.

Sie stöhnte. So lief es immer, wenn Klaas zu Unrecht darauf beharrte, schneller gewesen zu sein. Warum widersetzte ihr Bruder sich ihm nicht? Warum trat er nicht für sich und für Josie ein? Für Holland?

Klaas streckte beide Fäuste in die Luft. »Auf Spanien!«

»Auf den Widerstand!«, brüllte sie, während die Jungen sich Klaas' Haus zuwandten.

Wütend schwamm sie zur Brücke zurück, zu den Stufen im Wasser, die für diejenigen gebaut worden waren, die nicht auf den Steg hüpfen wollten, wie Klaas es soeben gemacht hatte. Als sie an den eingeschnitzten Initialen vorbeischwamm, klopfte sie mit den Knöcheln dagegen.

Sie mochten die besten Freunde sein, aber manchmal machte Klaas sie richtig wütend. Und Samuel auch, weil er sich nicht wehrte, wenn Klaas ihn anlog.

Beim nächsten Mal würde der Widerstand gewinnen!

Als Josie über die bemoosten Stufen aus dem Wasser stieg, näherte sich das deutsche Mädchen vorsichtig dem Kanal. Sie hatte dunkles, ziemlich kurzes Haar und ihre braunen Augen schienen das Licht auf dem Kanal einzufangen.

»Ich bin Anneliese«, sagte sie auf Deutsch. »Aber meine Freunde sagen Eliese zu mir. Ich bin zehn.«

Josie stellte sich ihr auch vor.

Eliese setzte sich aufs Gras und zog den Rock ihres Trägerkleids über ihre Knie. »Wollen wir Freundinnen sein?«

Josie lächelte. Ein Mädchen, eine Freundin, die direkt nebenan wohnte. Das würde eine Freundschaft fürs Leben werden!

»Ich bin Klaas.«

Josie drehte sich zum anderen Ufer um. Beide Jungen standen dort, Samuel mit weit offenem Mund, als wollte er das Licht schlucken.

Josie wartete darauf, dass Samuel sich ebenfalls vorstellte. Als er stumm blieb, deutete Josie auf ihn. »Das neben Klaas ist mein Bruder. Er wacht bestimmt bald aus seiner Schockstarre auf.«

Samuel warf ihr einen finsteren Blick zu, bevor er seinen Namen sagte. Eliese lächelte ihn an.

Er schwieg wieder, die Augen fest auf das Mädchen gerichtet. Und in der Stille dieses sonderbaren Moments, in dem ihr Bruder wie in Trance war, erkannte Josie, dass ihre Welt sich unaufhaltsam verändern würde.

2. Kapitel

AVA

Erinnerungen sind etwas Sonderbares. An einiges will ich mich erinnern, an anderes … na ja, lieber nicht. Die meisten meiner Erinnerungen – wenigstens die an meine Kindheit – sind sowieso wie ein verknotetes Knäuel. Ich kann noch so sehr daran zerren, es ist einfach unmöglich, sie zu entwirren.

Aber heute wollen meine Familie und ich uns gemeinsam erinnern. Nicht an die siebenundzwanzig Jahre meines Lebens, sondern an das Vermächtnis von William Kingston, meinem Urgroßvater. Dieser Mann war eine Legende. Vor über siebzig Jahren hat er ein weltweites Glasimperium aufgebaut, dessen Gewinne auch den nachfolgenden Generationen – seinem Sohn Randolph und seiner Schwiegertochter Marcella sowie schließlich meinen zwei Onkeln und mir und Marcellas anderen fünf Enkeln – ein beträchtliches Vermögen beschert haben.

Aus den Reihen hinter mir dringt ein Flüstern an meine Ohren, aber meine Augen bleiben nach vorne auf das Podium gerichtet. Marcella Kingston, meine Großmutter, steht neben der imposanten Eingangstür dieser renovierten Bibliothek auf der Bühne und unterhält sich mit dem Bürgermeister von Amsterdam und mit Paul Epker, dem neuen Bibliotheksdirektor. Über der Tür steht auf Niederländisch in kunstvoller goldener Schrift einer ihrer Lieblingssprüche.

Kennis is macht.

Wissen ist Macht.

In ihrem maßgeschneiderten schwarzen Kostüm und ihren Gucci-Pumps, deren Spitzen mit Kristallschleifen verziert sind, strahlt Marcella die perfekte Mischung aus Eleganz und Würde aus – ganz die großzügige Gastgeberin und mächtige Konzernleiterin. Ihren Söhnen gefällt nicht immer, was sie sagt, aber sie respektieren sie. Genauso wie jeder Vizepräsident, der beim Kingston-Konzern beschäftigt ist, und eine Vielzahl von Regierungsvertretern über alle Parteigrenzen hinweg.

Da sich niemand mit mir unterhält, male ich mit dem Pfennigabsatz eines meiner High Heels Kreise und versuche mir vorzustellen, ich würde zu Hause barfuß über den Sandstrand laufen, während der Golden Retriever, den ich als Mädchen hatte, neben mir durch die Wellen tollt. Wie gern würde ich jetzt die salzige Luft an der Küste von North Carolina einatmen, wo ich aufgewachsen bin!

Den Bruchteil einer Sekunde später tritt dieses Erinnerungsfragment in den Hintergrund.

Jetzt rieche ich Sägemehl, untermalt vom Geruch von Leder und teuren Parfums, die die Menschen in den Reihen hinter mir aufgetragen haben.

Heute ist der *Dodenherdenking,* der nationale Gedenktag, den die Niederländer den Menschen widmen, die im Zweiten Weltkrieg ihr Leben verloren haben. Meine Familie ist hier, um die feierliche Eröffnung der *Kingston-Bibliotheek* zu feiern, einer wissenschaftlichen Bibliothek in Amsterdam für all diejenigen, die sich für europäische Geschichte, Wirtschaft und Kultur interessieren.

Dieses Reihenhaus in Amsterdams jüdischem Viertel ist mehrere Jahrhunderte alt. Es ist eines der vielen kunstvollen Handelshäuser, die hoch und schmal wie eine Leiter gebaut wurden, da in Holland früher die Steuern auf Basis der Häuserbreite festgelegt wurden. William Kingston hat es vor siebzig Jahren gekauft und alles, was während des Krieges dem Vandalismus zum Opfer gefallen war, renovieren lassen. Er hat dieses Haus als Wohnhaus und Büro benutzt, als Amerika nach dem Zweiten Weltkrieg das Wiederaufbauprogramm für die Wirtschaft, den Marshallplan, umsetzte. Später begann er, die Kingston-Fenster in ganz Europa zu vertreiben.

Meine Onkel – Carlton und Will – und meine fünf Cousins sitzen ruhig auf ihren Stühlen und starren meinen Hinterkopf an, während wir alle darauf warten, dass die Zeremonie beginnt. Wenigstens vermute ich, dass sie mich anstarren. Das ist natürlich reine Spekulation, da ich in der ersten Reihe sitze. Allein.

Ich wage es nicht, mich umzudrehen, um diese Vermutung zu bestätigen, aber wenn Blicke tödliche Kugeln abfeuern könnten, wäre ich bereits durchlöchert. Und wahrscheinlich auch jedes der vierzigtausend Bücher in den Regalen, die die Wände dieser Bibliothek säumen und über mir noch zwei weitere Stockwerke hoch reichen.

Die Familie Kingston hat die Restaurierung dieses Hauses im letzten Jahr bezahlt. Genauer gesagt die Kingston-*Stiftung*. Keiner meiner Onkel wollte, dass das Geld der Familie in diese Bibliothek fließt, und sie waren umso weniger begeistert davon, dass ihre Mutter die Kühnheit besaß, mich zur Direktorin ebendieser Stiftung zu ernennen.

Vor dem Gesetz kann Marcella mich einsetzen, wie es ihr gefällt, aber in den Augen ihrer Söhne bin ich eine Schmarotzerin, die sich vor zwölf Jahren bei ihr eingeschmeichelt hat, um einen Teil ihres Vermögens zu stehlen. Was ich auch tue, ich kann sie nicht überzeugen, dass ich einfach nur dazugehören will.

Die Kingstons mögen nicht die umgänglichsten Menschen sein, aber sie sind die einzige Familie, die mir geblieben ist.

Ich zupfe an einem Faden meines weinroten Wickelkleids, das Claire, die schon seit über dreißig Jahren Marcellas persönliche Assistentin ist, ebenso wie meine Handschuhe in einem teuren Geschäft in New York gekauft hat.

Claire hat alle Details dieser Feier koordiniert, neben meiner Kleidung unter anderem auch den Platz, auf dem ich sitze, und die Gästeliste für das anschließende Essen. Im Moment ist sie allerdings nirgends zu sehen. Wahrscheinlich ist sie in einen Lesesaal gehuscht, um einen der Energydrinks hinunterzukippen, die sie zusammen mit ihrem iPad, Medikamenten für Marcella und wer weiß was sonst noch allem in ihrer Tasche dabeihat. Ich selbst brauche kein Koffein, um hellwach zu sein. Das Adrenalin strömt durch meine Adern, seit ich diesen Raum betreten habe.

Rote Lichter blinken an den Videokameras, die auf das Podium gerichtet und bereit sind, jedes Detail dieses Morgens aufzunehmen, damit Marcellas Presseleute das Material online stellen und an Nachrichtensender auf der ganzen Welt weitergeben können. Will und Carlton sowie ihre Kinder und die ganzen anderen wichtigen Personen werden nach der Zeremonie höflich in die Kameras lächeln, aber am Nachmittag werden hinter verschlossenen Türen die Fetzen fliegen. Das Kingston-Vermögen befindet sich auf einer Talfahrt, und während ich für einen Teil dieser Verluste verantwortlich gemacht werde, wird die Angelegenheit vor dem Rest der Welt geheim gehalten.

»Warum ist sie hier?«, flüstert einer meiner Cousins – Austin, glaube ich, der dreißigjährige Sohn meines Onkels Will – irgendwo hinter mir, als könnte ich ihn nicht hören.

Ich habe mich eigentlich nie als Außenseiterin gefühlt, bis – Ironie des Schicksals – eine Sozialarbeiterin die Familie meiner Mutter in New York ausfindig machte.

Ich umklammere die elfenbeinfarbene Handtasche auf meinem Schoß und warte auf eine Antwort. Vielleicht tritt dieses Mal ja doch mal einer meiner Onkel für mich ein.

»Marcella will, dass sie an allen Familienveranstaltungen teilnimmt«, sagt Onkel Will – Senator aus New York.

»Aber Ava gehört doch nicht wirklich zur Familie.«

Ich strenge mein gutes Ohr an und versuche zu verstehen, was noch gesagt wird, aber jetzt stellt der Vertreter der Stadt Amsterdam Marcella vor und erzählt ausschweifend von ihren Leistungen und der angesehenen Kingston-Stiftung, die weltweit wohltätige Organisationen und Projekte unterstützt. Dann fängt er an, Urgroßvater Williams Erfolge aufzuzählen.

Lange Minuten verstreichen, bis es sogar Marcella zu viel wird. Das erkenne ich daran, wie sie ihre Lippen enger zusammenkneift und die winzigen Falten auf ihren Wangen erscheinen, die ihr Dermatologe nicht weglasern konnte. Als *Lachfalten* werden sie normalerweise bezeichnet, aber Marcella Kingston lacht nie. Diese Fältchen sind eher wie der Schweif eines Kometen, der kurz vor dem Explodieren steht.

Marcella erhebt sich, noch bevor der Mann seine Rede beendet hat, und nähert sich ihm langsam, bis er das Podium räumt. Mit einem liebenswürdigen Lächeln begrüßt sie das Publikum und beginnt, den Anwesenden sowie den Kameras das Vermächtnis ihres Schwiegervaters darzulegen. Meine Lippen haben sich zu einem permanenten Halblächeln verzogen und ich nicke in regelmäßigen Abständen, als hätte ich diese Rede nicht schon hundertmal gehört.

Ich hebe unauffällig den Blick und suche die Galerien der drei oberen Stockwerke nach Claire ab, aber sie scheint spurlos verschwunden zu sein. Schmiedeeiserne Geländer begrenzen diese Galerien, und durch kunstvolle Fenster fällt warmes Licht in die Bibliothek. Zwischen den Bücherregalen ist eine eindrucksvolle Sammlung holländischer Kunstwerke ausgestellt, die zum Teil nach dem Krieg aus einem alten Bergwerk gerettet wurden.

Mein Handy blinkt. Ich werfe einen schnellen Blick darauf, da ich annehme, dass mir Claire eine weitere Nachricht schickt, um mich aufzufordern, dass ich die Schleife an meinem Kleid zurechtrücken oder mein Haar glatt streichen soll.

Starren dich alle an?

Bei der Frage meiner besten Freundin muss ich fast laut lachen. Während ich die Details meines Privatlebens wie ein Dobermann hüte, kann Victoria über fast alles offen sprechen, ohne zu erröten. Die Victoria-behält-nichts-für-sich habe ich sie damals in der Siebten genannt, als sie mir erzählte, dass Brian Webster mich zum Tanznachmittag unserer Klasse einladen wollte. Sie wollte seine Pläne nicht sabotieren und auch nicht die Überraschung verderben. Sie hielt nur nichts von Geheimnissen.

Jetzt sage ich Vi zu ihr, und ich liebe sie, weil sie mich einfach so sein lässt, wie ich bin.

Während meine Handtasche mein Smartphone teilweise verdeckt und mein Blick wieder auf Marcella gerichtet ist, tippe ich: Ich mache ihnen nicht die Freude, mich umzudrehen.

Vi schreibt wieder. Im Herzen und im Kopf eines Menschen zeigt sich seine Klasse.

Brillant. Woher hast du den Spruch?

Von einer Quelle tiefer Weisheit.

Ich schaue zu Marcella hinauf, bevor ich wieder einen Blick auf mein Handy werfe. Deinem Pilates-Trainer?

Aus einem Glückskeks.

Dieses Mal kann ich das Lachen nicht unterdrücken. Ich versuche, es hinter einem Husten zu verbergen.

Echte Klasse … Ich stecke das Handy in meine Handtasche, bevor sie mir wieder antwortet und ich die Zeremonie noch mehr störe.

»Mein Schwiegervater hat nach dem Zweiten Weltkrieg viel für das niederländische Volk getan«, sagt Marcella gerade. »Mit dem Ziel, Arbeitsplätze zu schaffen, baute er Firmen auf. Seine Investitionen haben sich vervielfacht. Er engagierte sich für die Bewohner dieses wunderbaren Landes, das sich nach und nach vom Krieg erholte. Seine Selbstlosigkeit ermöglichte Menschen in ganz Europa eine Ausbildung und finanzielle Selbstständigkeit.«

Ich habe meinen Urgroßvater nie kennengelernt, aber ich habe seinen sorgfältig inszenierten Lebenslauf auswendig gelernt. William und Abigail Kingston bekamen 1938 ihr einziges Kind, ihren Sohn Randolph. Williams Geschäftspartner war ein Deutscher namens Peter Ziegler, der eine Tochter, Marcella, hatte, die zwei Jahre nach Randolph geboren wurde.

Laut Marcella hatten Peter und William seit der Geburt ihrer Kinder beschlossen, die Kingston-Ziegler-Geschäftspartnerschaft durch eine Eheschließung zwischen Randolph und Marcella zu besiegeln. Ihre Hochzeit wurde am 12. Juni 1965 auf dem Rasen des Kingston-Anwesens in New York gefeiert.

Randolph ist vor knapp einem Jahrzehnt gestorben, kurz nachdem ich in New York ankam. Er und Marcella waren fünfundvierzig Jahre lang verheiratet, bekamen zwei Söhne und adoptierten meine Mutter als Baby.

William wurde zweiundachtzig Jahre alt und verdiente vor seinem Tod so viel Geld, dass seine Familie zu den reichsten des Landes aufstieg. Eine begehrte Position, aber ich bin nicht überzeugt, ob das seinen Nachkommen wirklich guttut. Bevor William starb, gründete er eine Stiftung, um mit einem Prozentsatz seines Vermögens Bildungsmaßnahmen und die Schaffung von

Arbeitsplätzen zu fördern. Abgesehen von Marcella sieht es nur anscheinend keiner seiner Erben ein, Geld zu spenden.

Während sie spricht, wandert der Blick meiner Großmutter über mich hinweg und bleibt an der Reihe hinter mir hängen.

Meine Mutter war der fleißigste Mensch, den ich je gekannt habe. Sie hat als Kellnerin, Sekretärin unserer Kirchengemeinde und als Teilzeitgärtnerin gearbeitet, um unsere kleine Familie zu versorgen. Eigentlich war sie eher eine Landschaftskünstlerin, die in North Carolinas sandigem Boden Meisterwerke geschaffen hat.

Leider scheinen Marcellas Söhne nicht die gleiche Arbeitsmoral zu besitzen wie ihre Schwester. Oder wie ihr Großvater.

»William Kingston hat zuallererst in Menschen investiert«, zitiert Marcella das bekannte Firmencredo der Kingstons, das von Generation zu Generation weitergegeben wurde. »Diese Menschen wurden Meister ihres Fachs. Mit ihren innovativen Ideen und ihren Fähigkeiten haben sie die Welt zu einem besseren Ort gemacht.«

William wuchs als Bankierssohn in New Jersey auf. Er war schon als Kind wissensdurstig, hat man mir erzählt, und daran hat sich in seinen Studienjahren in Cambridge und während der Weltwirtschaftskrise, als er anfing, Aktien zu Billigstpreisen aufzukaufen, nichts geändert. Der Profit, den er später mit seinen Investitionen machte, konkurrierte mit dem Vermögen von Männern wie Joe Kennedy und Howard Hughes.

Kein Mensch hat eine makellose Vergangenheit, aber ich habe bis jetzt noch von keinen größeren Verfehlungen in unserer Familiengeschichte gehört.

»Wir haben die Vision, dass durch diese Bibliothek Williams Investitionen in Menschen und Wissen Gewinn bringt, damit auch die Generationen nach uns aus der Vergangenheit lernen, das Böse bekämpfen und ihr Leben für das Gute einsetzen.«

Marcella schaut zu ihren Enkeln und deren Partnern, während sie erzählt, wie sich William in den Niederlanden und auf der ganzen Welt engagiert hat, um Innovation und Wachstum voranzutreiben.

Jetzt wird das Kingston-Vermächtnis auch in dieser Bibliothek weiterleben.

Claire betritt mit einer überdimensionalen Schere das Podium und Marcella dreht sich zu dem weißen Band um, das über der Eingangstür hängt. Ein Blitz leuchtet hinter mir auf und die Kamera fängt diesen Moment ein. Nachdem Marcella das Band durchschnitten hat, greife ich nach meiner Handtasche.

Ich sollte den Blick nach vorne richten – das weiß ich –, aber leider macht er sich selbstständig. Beide Onkel sitzen direkt hinter mir zusammen mit Wills dritter Frau und Carltons aktueller Freundin. Links von ihnen kommen meine Cousins, die viel über mich statt mit mir sprechen. Ich möchte, dass sie mich mögen, könnte es ihnen aber vermutlich nur recht machen, indem ich weglaufen würde wie meine Mutter. Laut Marcella brauche ich weder ihre Freundschaft noch ihr Geld – jeder von ihnen verfügt über einen eigenen Treuhandfonds. Auch wenn keiner aus der Familie es wagt, Marcella zu hinterfragen, hassen sie mich für jeden Dollar, den sie für mich und meine Ausbildung ausgibt.

Die meisten von ihnen scheinen einfach darauf zu warten, dass Marcella stirbt, damit ihnen niemand mehr etwas vorschreibt. Aber Marcella plant trotz ihrer neunundsiebzig Jahre nicht, so bald zu sterben. Und diese Frau plant *alles.*

Während sich das Publikum zerstreut, steige ich die Stufen zum Podium hinauf und küsse Marcella vorsichtig genug auf die Wange, um keinen Abdruck auf ihrem Puder zu hinterlassen.

Sie führt mich zu Paul Epker. »Das ist meine Enkelin, Ava Drake.« Sie schiebt mich mit einer Hand in meinem Rücken näher zu ihm hin. »Sie hilft mir bei den Recherchen für die Stiftung.«

Recherchen sind meine Spezialität, ebenso wie das Bauchgefühl, das meine Mutter immer als Gabe bezeichnet hat.

»Es freut mich sehr, Sie kennenzulernen.« Er zupft einen Fussel von einem der Streifen seines Jacketts. »Ich hoffe, Sie werden einige Ihrer Nachforschungen hier in dieser Bibliothek tätigen.«

Während Marcella sich abwendet, um mit jemand anderem zu sprechen, hebe ich den Blick ein weiteres Mal zu den vielen Tausend Büchern in diesem Raum, von denen die meisten vor langer Zeit geschrieben wurden. »Es geht dabei um heutige Organisationen.«

»Die Vergangenheit schleicht sich oft unerwartet in unsere Gegenwart hinein«, erwidert Paul Epker.

Ich sehe ihn überrascht an und frage mich, ob er irgendwie von meiner persönlichen Geschichte erfahren haben kann und darauf anspielt.

Doch er lächelt nur freundlich und wartet darauf, dass ich das Gespräch fortsetze.

»Haben Sie in Ihren Regalen etwas über die Familiengeschichte der Kingstons?«

»Ich habe mehrere Bücher mit Informationen über William Kingston und Peter Ziegler einsortiert.« Er schaut zum obersten Stockwerk hinauf. »Ich werde Ihnen eines heraussuchen.«

»Danke. Das ist sehr nett von Ihnen.« Alles, was ich über die Familie Kingston weiß, habe ich aus Marcellas Erzählungen und einer Biografie über William, die ich aus ihrer Privatbibliothek ausgeliehen habe.

»Haben Sie auch in Yale studiert wie Ihre Großmutter?«, fragt er.

»Nein, ich war an der …«

Marcella schaltet sich in unsere Unterhaltung ein und unterbricht mich: »Sie hat eine angesehene Universität in North Carolina besucht.«

Paul lächelt erneut. Ich kann nicht sagen, ob es ein echtes oder ein aufgesetztes Lächeln ist. Wenn mich früher jemand angelächelt hat, bedeutete das normalerweise, dass die Person einfach freundlich sein wollte ohne irgendwelche Hintergedanken. Jetzt bin ich nie sicher, ob jemand tatsächlich meine Gesellschaft genießt oder nur eine Art Heiligenschein aus Geldscheinen über meinem Kopf schweben sieht.

Es ist schon sonderbar, dass meine Unsicherheit inmitten des Reichtums wächst, während ich mich in meinen früheren Verhältnissen viel wohler gefühlt habe.

Paul sagt noch etwas, aber bei den vielen Stimmen im Raum kann ich ihn akustisch nicht verstehen.

Ich drehe den Kopf. »Wie bitte?«

»Welche Universität?«

»Die …«

»Danke für alles, was Sie heute getan haben«, sagt Marcella zu ihm. »Die Zeremonie war genau so, wie ich sie mir vorgestellt habe.«

Als sie mich vom Podium führt, lächle ich Paul entschuldigend an, aber unser abrupter Abgang scheint ihn nicht gekränkt zu haben. Wenn man über Millionen entscheidet, sind die meisten Menschen viel eher bereit, einem Unhöflichkeiten zu verzeihen. Ich könnte mit meinen spitzen Absätzen auf ihnen herumtrampeln und sie würden mich höchstens darauf aufmerksam machen, dass ich eine Stelle ausgelassen habe.

Marcella will nicht, dass Paul oder sonst jemand weiß, dass ich eine staatliche Universität besucht habe – als würde das die Fassade beschmutzen, die sie für mich geschaffen hat. Alle meine Cousins waren an renommierten Eliteuniversitäten, aber nach drei Jahren an einer privaten Highschool in Connecticut habe ich mich mit Händen und Füßen dagegen gewehrt, mich in ein derart arrogantes Umfeld zu begeben, sosehr Marcella auch versucht hat, mich vom Gegenteil zu überzeugen. Ich habe darauf bestanden, sowohl meinen Bachelor- als auch meinen Masterabschluss in Wirtschaft zu Hause in North Carolina zu machen.

Die Eingangstür steht jetzt weit offen. Nachdem Marcella nach draußen getreten ist, kommt Claire an meine Seite und beugt sich zu meinem rechten Ohr vor, damit ich sie hören kann: »Da braut sich ein Gewitter zusammen.«

Der Himmel hat sich tatsächlich verdunkelt, aber diese Art von Unwetter meint sie nicht. Sie spricht von den finsteren Gesichtern, die uns drohend entgegenblicken.

»Das Mittagessen ist für zwölf Uhr bestellt«, klärt mich Claire auf. »Im Restaurant *Merkelbach*. Ich habe das ganze Lokal gebucht für den Fall …«

Ich seufze. »Dass es donnert.«

»Und blitzt.« Sie stupst mich an und gibt mir mit einem Nicken zu verstehen, dass jemand hinter uns steht, der wahrscheinlich mit mir reden möchte. Ich drehe mich um. Es ist Paul. Er hält ein Buch in der Hand.

Vor der Morgendämmerung ist es am dunkelsten lautet der Titel, der in Goldbuchstauben auf den dunkelgrünen Einband geprägt ist.

»In diesem Buch sind Ihre beiden Urgroßväter erwähnt.«

Ich klemme es mir unter den Arm und danke ihm für die Leihgabe.

»Mrs Kingston hat mich gebeten, noch ein anderes Buch zu bestellen, das laut der Katalogbeschreibung konkreter auf die Geschäfte der Kingstons vor dem Zweiten Weltkrieg eingeht. Ich konnte nur ein einziges noch existierendes Exemplar finden, daher ist es etwas schwieriger dranzukommen ...«

»Geben Sie mir Bescheid, wenn Sie es haben?«

Er nickt. »Ich schicke es Ihnen direkt zu.«

Die dunklen Wolken am Himmel machen ihre Drohung wahr und ein Regentropfen läuft über meine nackte Schulter und weiter über meinen Arm. Weitere folgen schnell. Claire klappt ihren Aktenkoffer auf und spannt in Rekordzeit einen Regenschirm auf, um Marcella zur Rettung zu eilen.

Während auf dem ganzen Gehweg schwarze Regenschirme nach oben schießen wie Pilze aus dem Boden, hole ich meinen kleinen, mit Schmetterlingen bedruckten Knirps aus der Handtasche. Ich lasse ihn aufschnappen und halte ihn mir über den Kopf. »Wir treffen uns im Restaurant«, verabschiede ich mich von Marcella und Claire, da ich ein paar Minuten für mich allein sein will, bevor ich mich dem wütenden Mob aussetzen muss.

»Aber der Regen?«, kommt es von Claire.

»Ein wenig Wasser hat noch niemandem geschadet.«

Marcella lässt ihren Blick noch einmal über die Menschenmenge schweifen und ich sehe etwas Neues in ihren Augen, das so schnell wieder verschwindet, dass ich mich geirrt haben muss, denn Marcella hat nie Angst.

»Du solltest lieber mit Claire zum Essen fahren«, sagt sie.

Der Protest liegt mir schon auf der Zunge, aber wenn Marcella sich Sorgen macht ...

Ich folge Claire zu einem wartenden Auto am Straßenrand und frage mich, warum bei den Kingstons alles schwarz sein muss. Es ist fast, als wären wir dazu bestimmt, unser ganzes Leben in Trauer zu verbringen.

In manchen Nächten rolle ich mich in meinem Bett zusammen und trauere um Menschen, die ich geliebt habe, aber niemand hat mir je erzählt, warum diese Familie – meine Familie – trauert.

3. Kapitel

JOSIE

Amsterdam
Mai 1942

»Ein gemeinsames Essen, Jozefien, mehr will ich doch gar nicht.« Klaas vergrub die Hände in seinen Hosentaschen und schüttelte den Kopf, als hätte sie ihn mit ihrer Absage verletzt. »Ich lade dich ins Café Royale ein.«

Schutterijweg 265.

Jeder Buchstabe, jede Ziffer war wie mit einer Schreibmaschinentastatur in ihren Kopf eingetippt und hinterließ einen unauslöschlichen Abdruck. Sie durfte die Adresse auf keinen Fall vergessen.

»Ich kann nicht«, erwiderte Josie und versuchte, sich auf den Mann zu konzentrieren, der neben ihr stand. Sie hatte das Gefühl, als würde sich der geflochtene Griff ihres Korbs in ihre Handfläche brennen. »Wenigstens nicht morgen Abend.«

Er wirkte völlig unschuldig, dieser Korb. Ein Strauß aus roten und orangefarbenen Tulpen, zwei Gläser Marmelade und dazwischen schlichte Stoffservietten. Aber unter diesen Servietten hatte ihr Bruder einen Umschlag versteckt. Niemand durfte erfahren, was sie morgen nach Maastricht bringen würde, auch Klaas nicht.

Schutterijweg 265.

Klaas strich über die Blütenblätter der Tulpen. »Orange soll ja verboten sein.«

»Zum Glück hat das den Tulpen niemand gesagt.«

Klaas lehnte sich an eine der Marmorsäulen in der großzügigen Eingangshalle; sein blondes Haar war sauber zurückgekämmt, und der ordentliche Knoten seiner pflaumenfarbenen Krawatte lugte aus seiner Weste hervor, über der er ein grau gestreiftes Jackett trug. Er verschränkte die Arme vor der Brust. »Was bitte ist wichtiger als ein Abendessen mit mir?«

»Ich helfe Keet bei ihren Kindern.«

Seine Brauen wanderten nach oben und er musterte sie forschend aus seinen schönen blauen Augen. »Sie hat doch nur zwei *Kinderen.*«

»Seit du sie besucht hast, hat sie ein drittes bekommen«, sagte Josie. »Und bald erwartet sie ihr viertes.«

Ein älteres Ehepaar ging mit schleppenden Schritten an ihnen vorbei. Die gelben Sterne, die an ihre Kleidung genäht waren, schienen im Licht der Kronleuchter zu glänzen, über die lange Marmortheke zu tanzen und das Glas durchdringen zu wollen, das die Bankangestellten von ihren jüdischen Kunden trennte. Die Frau umklammerte mit der einen Hand den Arm ihres Mannes und mit der anderen den Riemen einer modischen Schultertasche. Der Mann trug einen hellbraunen Aktenkoffer, in dem sich, wie Josie vermutete, Geld und Schmuck und vielleicht auch die Eigentumsurkunde für ihr Haus befanden. Alles, was sie an Wertsachen besaßen.

Die Bank *Lippmann, Rosenthal & Co.* war vor fast hundert Jahren von zwei Juden gegründet worden und bis zur Besatzung durch die Deutschen eine renommierte Bank gewesen. Diese neue Filiale, die die Amsterdamer kurz *Liro* nannten, benutzten die Deutschen, um sich das Vermögen der niederländischen Juden anzueignen. Die Einzahlung des Vermögens war laut einer neuen Verordnung der Besatzungsmacht verpflichtend. Im Gegenzug hatten sie versprochen, dass die Juden in den Niederlanden unbehelligt blieben.

Andererseits hatten die Deutschen auch versprochen, dass sie die Niederlande nie bombardieren würden, und nur wenige Stunden später das prächtige Rotterdam fast vollständig zerstört. Jetzt wurden die Niederlande von innen und von außen angegriffen: von deutschen Soldaten, der Gestapo, der niederländischen Polizei und dem NSB – den niederländischen Nazis –, die alles ausführten, was Hitler anordnete.

Josie nahm den Korb in ihre andere Hand. »Samuel geht morgen Abend mit dir essen.«

Klaas warf einen Blick auf den Korb. »Hat er dir wieder etwas mitgebracht?«

»Marmelade.« Sie hob die Blumen hoch, um ihm die zwei bernsteinfarbenen Gläser zu zeigen. »Waldhimbeeren von zu Hause.«

Sie war sich ziemlich sicher, dass ihr Bruder die Himbeermarmelade auf dem Markt gekauft hatte – er war seit Wochen nicht mehr in Giethoorn gewesen –, aber Samuel rief sie in letzter Zeit oft von der Bank aus an und sagte, dass er ein Geschenk von zu Hause für sie habe. Es sei besser, hatte er ihr erklärt, wenn sie sich in der Öffentlichkeit trafen, statt zu versuchen, die Übergaben heimlich zu machen.

Klaas nahm eines der Gläser. Sie hielt den Atem an, während er es betrachtete, und hoffte inständig, er würde den Umschlag nicht finden.

Schutterijweg 265.

Sie durfte nicht zulassen, dass auch nur ein einziger Buchstabe oder eine einzige Ziffer in ihrem Kopf undeutlich wurde. Bei dieser Arbeit entschieden die kleinsten Details über Leben und Tod.

Klaas setzte das Marmeladenglas wieder auf die Serviette und Josie bewegte den Korb unauffällig an ihre Seite. »Wie geht es Sylvia?«

»Sie und ich sind nicht mehr zusammen.« Er bedachte sie mit diesem verschmitzten Lächeln, das er schon als Kind oft aufgesetzt hatte. »Sie sagte, ich würde mich viel zu sehr für jemand anderen interessieren.«

Josie war nicht sicher, was sie darauf erwidern sollte. Klaas hatte sie immer nur als Samuels kleine Schwester behandelt. Ein Mädchen, das er tolerieren musste, auch wenn sie ihn nervte. Dem war sie gern gerecht geworden, bis Eliese nach Giethoorn gekommen war.

Inzwischen waren sie alle erwachsen. Eliese war in England, wo sie vor den Nazis in Sicherheit war, während Josie, Samuel und Klaas nach Amsterdam gezogen waren. Es war Josies erstes

Jahr in der Großstadt, in der sie am Lehrerkolleg der Reformierten Kirche studierte. Samuel hatte mehrere Jahre in der Niederländischen Handelsbank gearbeitet, bevor er zur *Liro* gegangen war, und Klaas war in einem Architekturbüro angestellt. Im Gegensatz zu ihr schaffte er es, so zu tun, als hätte sich in den letzten zwei Jahren in den Niederlanden nichts verändert und ihre Zukunft wäre verheißungsvoller denn je.

Er warf einen Blick auf seine Armbanduhr. »Ich muss ins Büro zurück, bevor mein Chef auf die Idee kommt zuzusperren.« Er kniff sie ins Kinn, als wären sie wieder Kinder, die zu Hause auf den Kanälen Schlittschuh liefen. »Schade, dass ich dich nicht nach Maastricht begleiten kann.«

»Vielleicht ein anderes Mal ...«

»Vielleicht.« Er lächelte ihr noch einmal zu, bevor er davonging.

Josie blickte zu dem teilweise vergitterten Schalter hinüber, hinter dem ihr Bruder saß, der dem nächsten jüdischen Kunden half, sein weltliches Vermögen der Obhut des Regimes anzuvertrauen. Eine Raubbank – so wurde diese neue Filiale der angesehenen Institution genannt. Ein Piratenschiff auf Beutejagd. Die Nazis planten gewiss nicht, jemals etwas von dem, was sie gestohlen hatten, zurückzugeben, aber ihr Bruder tat weiterhin so, als würden das Gold und die Diamanten und die Aktien hier nur sicher verwahrt.

Wenn Samuel doch bloß bei der Niederländischen Handelsbank bei Elieses Vater und ihren Investoren hätte bleiben können! Aber die Besatzer hatten die Bank vor Monaten geschlossen, da Herr Linden jüdischer Abstammung war. Nach ihren letzten Informationen kooperierte Elieses Vater mit den Deutschen.

Der Regen hatte aufgehört, aber Josie band ihr rotes Tuch trotzdem unter ihrem Kinn fest und wünschte, es wäre leuchtend orangefarben. Klaas glaubte, sie hätte keine Ahnung, aber ihr war sehr wohl bewusst, dass ihre Lieblingsfarbe – die der niederländischen Könige – verboten war.

In den ersten Besatzungswochen hatte sie ihren orangefarbenen Pullover jeden Tag in ihren Vorlesungen getragen, bis Dr.

van Hulst, der Direktor ihrer Hochschule, sie unauffällig beiseitegenommen und ihr eine blaue Strickweste gegeben hatte. Dabei hatte er ihr erklärt, dass es weitaus produktivere Wege gebe, um gegen die unwillkommenen Gäste, die sich in ihrer Stadt breitgemacht hatten, zu rebellieren.

In der Tasche dieser Weste hatte sie ein Armband gefunden, das sie seitdem jeden Tag trug, aber sie versteckte das silberne Kettchen mit dem orangefarbenen Löwen stets sorgsam unter ihrem Ärmel.

Eine Reihe grün uniformierter Wachleute stand vor den von Regentropfen übersäten Fenstern; ihr honigbraunes Haar erinnerte Josie an die gelben Ambrosienpollen, die jeden Quadratzentimeter des Platzes vor der Bank bedeckten. Sie verließ das Gebäude und eilte an ihnen vorbei zu den Fahrradständern, bevor jemand sie anhalten und den Inhalt ihres Korbes gründlicher untersuchen konnte, als Klaas es getan hatte.

Die Straße verlief am Fluss entlang zur Hochschule, die am Rand des jüdischen Viertels von Amsterdam lag. Der Korb, in dem die Marmeladengläser klirrend aneinanderstießen, hing an Josies Arm, während sie über das Kopfsteinpflaster fuhr und versuchte, den Pfützen auszuweichen. An einem normalen Tag wäre sie langsamer gefahren, aber heute wollte sie diesen Umschlag so schnell wie möglich in ihrem Zimmer verstecken.

In einem Jahr würde sie hoffentlich selbst unterrichten können. In einem Jahr ... Wenn die alliierten Truppen siegten und die jüdischen Kinder in ihrem Land wieder am Unterricht teilnehmen durften.

Sie hasste dieses Gefühl, im Netz des Feindes gefangen zu sein. Darin festzustecken. Nur eine Kurierin für ihren Bruder zu sein und Briefe zu überbringen, die laut ihm Positives bewirkten, ohne dass sie wusste, ob sie wirklich irgendetwas ausrichteten. Die Leute flüsterten darüber, dass sie sich dem Feind widersetzen müssten, genauso wie sich ihr Land vor langer Zeit gegen Spanien gewehrt hatte, aber sie mussten mehr tun – und das schloss Josie selbst mit ein.

Jemand weinte und sie blieb mit ihrem Fahrrad abrupt auf der Straße stehen. Es war ein kleines Mädchen, das auf der Treppe vor einem Reihenhaus stand und einen Stoffhasen an seine Brust drückte.

Josie radelte neben die geparkten Autos in der Gasse und lehnte ihr Rad an die Treppe. In den Fenstern konnte sie mehrere Gesichter sehen, die das Kind beobachteten, aber niemand kam heraus, um ihm zu helfen.

Sie lief mit ihrem Korb drei Stufen hinauf und kniete sich neben das Mädchen. Als sie den gelben Stern an der Weste des Kindes sah, wurde ihr schwer ums Herz. Die Kleine musste mindestens sieben sein, denn die Jüngeren mussten keinen Stern tragen.

»Was ist los?« Josie sprach leise, um das Kind nicht noch mehr zu verängstigen.

»Sie bringen uns weg.«

»Wer bringt euch weg?«, fragte sie.

Das Mädchen deutete zu einem blauen Auto, das am anderen Ende der schmalen Straße stand. Darin wartete ein Fahrer mit Schirmmütze. »Die Polizei.«

Etwas krachte im Inneren des Hauses und hallte bedrohlich zwischen den Wänden wider. Schwere Stiefelschritte stapften polternd die Treppe herab.

Würden die Eltern dieses Mädchens wollen, dass Josie die Kleine entführte, bevor es die Polizei tat? Wenn sie klopfte, würde doch sicher einer der Nachbarn die Tür aufmachen und das Mädchen in seiner Wohnung verstecken.

Aber als Josie den Arm ausstreckte, um die Hand des Mädchens zu nehmen, kreischte es entsetzt. Eine Frau stürmte aus der Tür, drückte die Kleine an sich und schaute Josie finster an, als wäre sie diejenige, die ihre Familie bedrohte. Zwei niederländische Polizisten stapften hinter ihr aus dem Haus. Düstere Gestalten in ihren schwarzen Hemden und Stiefeln wie eine doppelte Ausgabe des Fabelwesens Ossaert, einem Ungeheuer mit Krallen, das nachts unschuldigen Opfern auflauerte. Die Polizisten hielten einen derangierten Mann an den Armen fest. Der Stern auf seinem maßgeschneiderten Jackett war zerrissen und er hatte eine dicke Beule am Kopf. Hatten sie diesen armen Mann etwa vor den Augen seiner Frau zusammengeschlagen?

»Was machen Sie denn da?«, wollte Josie wissen.

Die grauen Augen des Polizisten zogen sich zu schmalen Schlitzen zusammen und sein Blick durchbohrte sie. Ihre auflodernde Wut erstarb und wich der Angst.

»Sind Sie eine Nachbarin?« Er musterte ihren Rock und ihre Jacke und sie wusste, er suchte nach einem Stern.

Sie schüttelte den Kopf. »Ich habe mir nur Sorgen um das Mädchen gemacht.«

»Das ist nicht nötig«, erklärte er steif. »Wir bringen das Kind und seine Eltern an einen sichereren Ort.«

Das Entsetzen im Gesicht des Mädchens zerriss Josie das Herz. Wenn sie doch nur schneller reagiert hätte!

»Bitte erlauben Sie, dass die Frau sie mitnimmt!«, flehte der Vater.

»*Stilte!*«, fauchte der Polizist.

Schweigen.

Der zweite Polizist wich Josies Blick standhaft aus und schob den Vater zu dem Auto. Im Gesicht der Mutter hatte sich etwas verändert. Jetzt flehte sie Josie stumm an, ihnen zu helfen.

»Bitte!«, bestürmte Josie den Polizisten.

Er packte sie so brutal am Handgelenk, dass sich der orangefarbene Löwe in ihre Haut bohrte. Falls er ihren Ärmel zurückschob und das Armband entdeckte, würde er sie an Ort und Stelle verhaften.

Andererseits würde er sie vielleicht sowieso verhaften.

»Mir war nicht bewusst, dass Sie sie in Sicherheit bringen«, sagte sie und hasste sich dafür, dass sie sich von ihm herumkommandieren ließ und klein beigab, während diese Familie fortgeschleppt wurde.

»Gehen Sie heim, Fräulein. Ist das Ihr Fahrrad?«

Schnell trat sie die Stufen hinunter und legte die Hände auf den Lenker. »Ja.«

Mehrere Leute waren auf dem Gehweg stehen geblieben und starrten die Mutter mit ihrem Kind an, als wären sie Tiere im Amsterdamer Artis-Zoo.

»Was haben Sie da in Ihrem Korb?« Der Polizist riss ihn ihr aus den Händen und warf ihre Tulpen in eine Pfütze. Sie versanken in dem matschigen Wasser. »Diederik!«, rief er und warf seinem Kollegen eines der Marmeladengläser zu. Der andere Polizist versuchte es zu fangen, aber es zerschellte auf dem Kopfsteinpflaster und Scherben und Himbeeren spritzten auf den Gehweg. Der Polizist nahm das zweite Glas und betrachtete es genauso, wie Klaas es getan hatte. Dann drehte er den Korb um und die zwei Stoffservietten flatterten zu Boden. Das Rot des Karomusters erweckte fast den Eindruck, als würde der Stoff auf dem Boden bluten.

Josie hatte die Luft angehalten, aber es war kein Umschlag zu sehen.

Sollte Samuel vergessen haben, ihn in den Korb zu stecken?

Der Polizist zertrat die orangefarbenen Blütenblätter mit seinem Stiefelabsatz und wandte sich dann wortlos ab.

Josie sank auf den Boden und legte die Arme um ihre Knie. Sie zitterte am ganzen Körper. Dann sammelte sie zuerst die zertretenen Blumen ein, als könnte sie ihre Schönheit irgendwie wiederherstellen. Als könnten die leuchtenden Farben ihrer Blüten die Dunkelheit vertreiben, die sie zu ersticken drohte. Ihr helfen, wieder Luft zu bekommen.

Dann hob sie die Servietten auf.

Die untere fühlte sich steif an. Jemand hatte den Stoff von zwei Servietten zusammengenäht – vermutlich war der Umschlag darin versteckt.

Schutterijweg 265.

Das Gesicht des kleinen Mädchens ließ ihr keine Ruhe, während sie die Serviette an ihre Brust drückte und Tränen in ihre Augen schossen. Für sie und ihre Eltern und alle, die von den Nazis gequält wurden, würde Josie diese Nachricht nach Maastricht bringen.

Ein älterer Mann in einem schwarzen Regenmantel und Hut tauchte wie aus dem Nichts auf.

Sie richtete sich auf. »Kennen Sie diese Familie?«

»So gut, wie man sich heutzutage kennen kann.«

»Wissen Sie, wohin die Polizei sie bringt?«

»In ein Lager, fürchte ich.«

»Was geschieht in den Lagern?«, fragte sie.

Er entfernte sich einen Schritt, als wäre er schon zu lange stehen geblieben. »Das kann keiner hier mit Sicherheit sagen.«

Sie blickte zum Ende der Gasse zurück. »Wie heißt diese Familie?«

»Van Gelder«, antwortete er. »Werner, Hanneke und Esther van Gelder.«

»Ich wollte nur helfen«, flüsterte sie.

»Es ist zu spät, um ihnen zu helfen. Zu spät für uns alle.«

4. Kapitel

Blitze zucken über den trüben Himmel und ein krachender Donner erschüttert die Wände des alten Herrenhauses unweit von Amsterdams Stadtmitte. Marcella ist noch nicht im *Merkelbach* eingetroffen, aber Claire stellt sich schon mal im Inneren des Eingangsgewölbes mit einem Korb auf, um darin die Handys und anderen elektronischen Geräte jedes einzelnen Familienmitglieds einzusammeln, damit der Donner unseres Familiengewitters nicht auf ihren Displays widerhallen kann.

Ich lasse mein Smartphone in Claires Korb fallen und trete an ein Fenster mit Blick über die Terrassengärten, auf die jetzt der Regen niederprasselt. Austin tritt hinter mir ein und umklammert sein Handy, als hinge sein Leben daran.

Claire hält ihm den Korb hin. »Das Handy bitte.«

Er schüttelt den Kopf. »Das ist doch albern.«

Claire lächelt ihn mit ihren perfekt geschminkten Lippen an. Austin wirft einen Blick in das Restaurant hinter ihr, auf die dunklen Holzböden und frisch geschnittenen Blumen und die Familienangehörigen, die mit Gläsern in kleinen Gruppen zusammenstehen.

»Es hat keinen Zweck, dich mit Claire anzulegen«, sage ich und trete neben sie. »Marcella wird erst anfangen, wenn alle kooperieren.«

Ein schwarzer Mercedes fährt neben dem Haus vor. Der Chauffeur öffnet einen großen Schirm für sie, bevor Marcella aussteigt.

Austin bekommt davon nichts mit, da er Claire mit seinem Blick durchbohrt. »*Sie* legen Ihr Handy also auch in diesen Korb?«

Ihr Lächeln bleibt unverändert. »Ich tue genau das, was Marcella von mir verlangt.«

»Nur, weil sie Sie bezahlt.«

»Hallo, Austin.« Marcella rauscht durch die Tür und zieht ihre schwarzen Handschuhe aus. »Ich wollte eigentlich erst nach dem ersten Gang über Geld sprechen.«

Er blinzelt und streicht seine weinrote Krawatte glatt, bevor er sich unserer Großmutter zuwendet. »Diese Keine-digitalen-Geräte-Politik sollte geändert werden.«

Marcella nimmt Claire den Korb aus den Händen und hält ihn ihm hin. »Ich werde darüber nachdenken.«

Langsam legt er sein Handy in den Korb. »Ich erwarte einen Anruf«, erklärt er Claire, aber sie sagt nichts dazu.

Claires Loyalität gilt Marcella allein und meine Großmutter erlaubt bei ihren Besprechungen niemandem außer ihrer Assistentin ein Handy. Sie kommuniziert auch selbst nicht über Textnachrichten oder E-Mails. Sie zieht es vor, dass ihr Anwalt jedes einzelne Wort, das sie geschrieben hat, überprüft, bevor es seine Empfänger erreicht. Daher hat Marcella gar kein Handy, das sie in den Korb legen müsste. Falls sie etwas braucht, ruft sie nach Claire.

Die Absätze ihrer Pumps klappern über den Boden, als sie auf eine Treppe zusteuert. »Komm mit, Ava.«

Ich folge ihr schnell und wage es nicht einmal, über die Schulter zurückzublicken.

Oben betreten wir einen Salon mit einem apricotfarbenen Sofa und zwei antiken Sesseln.

Marcella schließt die Tür und setzt sich in einen der Sessel. »Geier, jeder Einzelne von ihnen.«

»Du wirst uns alle überleben.« Ich sinke in den zweiten Sessel und schleudere mir die Schuhe von den Füßen; einer trifft das Schutzgitter vor dem Kamin.

Die strengen Linien um Marcellas Augen entspannen sich und nur eine schmale Furche bleibt übrig, die Schwachstelle ihrer Rüstung. Diese Familie, die sie seit über fünfzig Jahren so mühsam zusammenhält, hört nicht auf, im Boxring – und manchmal auch außerhalb davon – aufeinander loszugehen.

»Wenn ich noch lange lebe, vergiften meine Söhne vielleicht meinen Kaffee.«

»Dann fang an, Tee zu trinken.«

»Niemals.« Sie zieht drei Akten – rot, blau und grün – aus ihrer Handtasche und legt die grüne auf ihren Schoß. »Apropos Kaffee.«

Ich bin mit Marcellas Aktensystem bestens vertraut. Die Kingston-Stiftung unterstützt mit einem Teil der über hundert Millionen Dollar, die sie verwaltet, jedes Jahr ungefähr zwei Dutzend gemeinnützige Einrichtungen. In den letzten drei Jahren habe ich ihr geholfen, Antragsteller zu überprüfen, während ich meinen MBA gemacht habe, aber nach meinem Studienabschluss im Dezember hat Marcella mir die Stelle als ehrenamtliche Stiftungsdirektorin angeboten.

Wenn wir Anträge auf finanzielle Unterstützung bekommen, entscheide ich, welche davon die grundsätzlichen Voraussetzungen erfüllen, und dann gehen Marcella und ich diese durch und grenzen sie ein, bis wir die herausgefiltert haben, die unserem Stiftungsziel am besten entsprechen. Ich arbeite dann wochenlang mit einer Nachforschungskanzlei zusammen, um einen vollständigen Bericht zu schreiben – ein Dossier, wie wir es nennen. Wenn Marcella dann immer noch interessiert ist, heftet sie es in einer grünen »Förderung-kann-bewilligt-werden«-Akte ab und gibt sie mir zurück.

Im nächsten Schritt folgt der Teil meiner Arbeit, der mir am meisten Spaß macht: eine Befragung des Antragstellers und der wichtigsten Mitarbeiter der jeweiligen Organisation für eine letzte Bestätigung, dass das, was sie in den Antrag geschrieben haben, der Wahrheit entspricht. Seit Dezember habe ich fast zwanzig Organisationen auf der ganzen Welt besucht. Die meisten haben sich korrekt dargestellt, aber diejenigen, die das nicht getan haben …

Nun ja, Marcella toleriert Lügen genauso wenig wie Handys.

Jetzt reicht sie mir die grüne Akte und ich lese die Aufschrift des gedruckten Aufklebers auf der Vorderseite: *Bishara Kaffee & Café.*

Ich lächle.

Zwar mag ich keinen Kaffee, aber ich habe diese gemeinnützige Organisation persönlich aus den Bewerbungen ausgewählt, weil meiner Mutter ihre vom Glauben inspirierte Arbeit gefallen würde. Die *Bishara*-Kaffeeplantage in Uganda arbeitet mit einer Rösterei und drei Cafés im Nordwesten der amerikanischen Pazifikküste zusammen und bemüht sich, allen Arbeitern ein vernünftiges Einkommen zu zahlen. *Gute Nachricht*, das bedeutet der Suaheli-Name *Bishara*, und wie es der Antragsteller in dem Anschreiben formuliert, passt das ja perfekt zur Kingston-Stiftung, die der Welt etwas Gutes zurückzugeben versucht.

»Ich kann nichts garantieren«, sagt Marcella. »Aber ich will, dass du sie überprüfst.«

»Natürlich.« Ich schlage die Akte auf und überfliege das Faktenblatt.

Vor fünf Jahren haben ein gewisser Landon West und seine Schwester Kendall das erste *Bishara*-Café in Portland, Oregon, eröffnet. Laut unserer Nachforschungskanzlei arbeitete Landon als technischer Analyst, als er eine Missionsreise nach Uganda unternahm. Nach dem Bau eines Wohnheims für Waisenkinder beschloss er, dass er mehr tun wollte, als diesen Kindern nur ein Dach über dem Kopf zu geben; er wollte ihnen eine bessere Zukunft ermöglichen.

Seine damalige Verlobte hatte allerdings andere Pläne.

Nach ihrer Trennung beschloss Landon, seine im Studium erworbenen Kenntnisse und seine Erfahrungen als Technologieexperte zu nutzen, um Kindern in Uganda Schulbildung und anschließende Chancen auf Arbeit zu verschaffen und ihnen gleichzeitig durch den Glauben an Jesus Christus Hoffnung zu schenken. Marcella legt keinen Wert auf das, was sie Religion nennt, aber sie schätzt sowohl innovative Jobs als auch die Förderung von Bildung. Mein eigener Glaube wurde stark erschüttert, doch ich habe die Hoffnung erlebt, an der meine Mutter in ihren letzten Lebensjahren festgehalten hat.

Landon, der sich selbst als Kaffee-Snob bezeichnet, hat seine Ersparnisse eingesetzt, um eine gemeinnützige Organisation zu gründen, die sowohl in Oregon als auch in Afrika Arbeitsplätze geschaffen hat. Mit den Einnahmen durch die Kaffeeernte finanziert er eine Schule für die Kinder der Arbeiter in Uganda sowie ein Waisenhaus ihrer Stadt. Jetzt wollen Landon und Kendall eine Klinik bauen, um die medizinische Versorgung zu sichern, und durch eine Erweiterung ihres Vertriebs noch mehr Stellen schaffen.

Zu der Frage nach ihrer Inspiration schreiben die Geschwister auf dem Antragsformular, dass sie eine niederländische Urgroßmutter haben, die ihnen ihr Leben lang ein Vorbild darin war, andere Menschen zu lieben. Aufgrund der Mission des Cafés und der niederländischen Abstammung der Betreiber habe ich gehofft, Marcella davon überzeugen zu können, dass *Bishara* gut in unser Stiftungskonzept passen würde.

Ich blättere um. »Soll ich nächste Woche nach Portland fliegen?«

Marcella trommelt mit den Fingernägeln auf die Armlehne ihres Sessels.

Ich blicke auf. »Stimmt etwas nicht?«

»Du musst sofort aufbrechen.«

Verwirrt wende ich ihr mein gutes Ohr zu. Wir haben geplant, nach dem Essen heute Nachmittag nach New York zurückzufliegen. Nächste Woche reise ich wieder für die Stiftung an, aber am kommenden Wochenende stehen gekochte Shrimps und ein Strandspaziergang mit Victoria in North Carolina auf meinem Programm. Mein erster Besuch zu Hause seit meinem Studienabschluss. Ich kann den Sand schon fast zwischen meinen Zehen spüren.

»Ich soll morgen fliegen?«, frage ich.

»Nein.«

Ich schaue sie fragend an.

Sie nimmt die Akte und steckt die Papiere wieder hinein. »Du fliegst jetzt.«

»Aber gleich beginnt doch das Treffen.«

»Genau.«

Ein erdrückendes Gefühl legt sich auf meine Brust, gräbt sich in mich wie ein schwerer Anker. Marcella hat mir immer versichert, dass ich trotz aller Widerstände zur Familie gehöre. Sie vermutet, dass die Feindseligkeit ihrer Söhne in ihrer Wut auf meine Mutter – ihre Schwester – verwurzelt ist, weil sie vor Jahren durchgebrannt ist, um den Stalljungen der Kingstons zu heiraten. Ich selbst habe den Eindruck, die Angst, dass sie einen Teil ihres Vermögens an mich verlieren, spielt eine wesentlich größere Rolle.

»Es wird bei diesem Essen um das Familienunternehmen gehen«, fährt Marcella fort. »Das, was ich ihnen mitzuteilen habe, wird ihnen überhaupt nicht gefallen. Ich möchte nicht, dass du ins Kreuzfeuer gerätst.«

»Sie sind schon wegen der Bibliothek sauer.«

Sie seufzt nicht direkt, es ist mehr ein tiefer Atemzug, der ihre Enttäuschung hinausschreit. »Das Geld, das wir für die Restaurierung der Bibliothek ausgegeben haben, war nie für ihre Taschen bestimmt.«

»Sie denken, das *ganze* Kingston-Geld wäre für ihre Taschen bestimmt.«

»Ja, es …« Sie bricht ab. »Du bist anders, Ava. Du weißt, wie wichtig Familie ist. Viel wichtiger als Geld.«

Wenn dieses Wissen nur die Lösung wäre. Seit über zehn Jahren sehne ich mich nach einer Familie, in der man sich gegenseitig liebt, aber das Einzige, was die Kingstons zusammenhält, scheint ihre unersättliche Habgier zu sein.

Marcella tätschelt meine Hand. »Ich wüsste nicht, was ich ohne dich machen würde.«

Meine Unruhe lässt nach, als sie ihre Finger auf meine legt.

An ihren guten Tagen – und sogar an ihren schlechten Tagen – erinnert mich Marcella an meine Mutter. Ich weiß nicht, was aus mir werden sollte, wenn ich Marcella auch noch verlieren würde – ob durch ihren Tod oder falls sie doch noch beschließen sollte, mich auszuschließen.

»Hat Claire mir denn schon einen Flug nach Portland gebucht?«

Marcella windet sich, wenn auch nicht auf die übliche zappelige Art. Sie verändert ihre Sitzposition ganz leicht, legt einen ihrer Pumps unter den anderen und kratzt sich an der Nasenspitze. Diese fast unscheinbare Choreografie verrät mir immer, dass etwas ganz und gar nicht in Ordnung ist.

Ich lehne mich in meinem Sessel zurück. »Ich fliege gar nicht nach Portland.«

»Ich habe mir die Freiheit genommen, gestern Abend dort im Büro anzurufen. Mr West war nicht zu erreichen.«

Ich werde langsam nervös. »Wo hält sich Mr West gerade auf?«

»Er arbeitet bei ihrer Partnerfirma in Uganda.«

Da begreife ich es. »Ich soll nach Afrika fliegen?«

Die Falten in ihren Augenwinkeln kehren zurück. »Du bist schon auf halbem Weg dorthin.«

Ich stehe auf und trete ans Fenster, an dem immer noch der Regen hinabläuft. Der schwarze Mercedes wartet in der geschwungenen Einfahrt und der Chauffeur steht mit einer Zigarette unter der Markise.

Ich war erst einmal in Afrika, und auch wenn ich es befürworte, dass die Stiftung *Bishara* unterstützt, hatte ich gehofft, meine Zeit in Kenia wäre mein letzter Besuch auf diesem Kontinent gewesen. »Ich fliege am Freitag nach North Carolina. Das ist in sechs Tagen.«

»Du bist rechtzeitig zurück«, versichert Marcella mir. »Du brauchst nichts weiter zu tun, als die Plantage zu besichtigen und mit Mr West zu sprechen.«

Die kenianische Organisation, die ich vor drei Monaten überprüft habe, hat sich als Farce erwiesen, aber dank ihr habe ich bereits die nötigen Impfungen. Alles, was ich nicht dabeihabe, kann ich mit meiner Firmen-Kreditkarte auf dem Flughafen in Amsterdam oder in einer Einkaufspassage in Ugandas Hauptstadt Kampala kaufen.

Ich drehe mich wieder zu Marcella um. »Ich brauche Malariamedikamente.«

»Die hat Claire schon besorgt.«

Ich habe keine Wahl, das weiß ich. Als Stiftungsdirektorin unterstehe ich Marcella und ich glaube an den Auftrag hinter unserer Arbeit. Wenn es gut verwendet wird, hat das Stiftungsgeld viel Macht, Gutes zu tun, und das ist, was ich mehr als alles andere mit meinem Leben tun will: etwas Gutes.

»Claire und ich fliegen mit der Bombardier Global nach New York zurück, aber von Schiphol nach Uganda startet eine Verkehrsmaschine in …«, sie wirft einen Blick auf ihre Armbanduhr, »… zwei Stunden. Am Flughafen in Kampala wartet ein Fahrer auf dich.«

Ich nehme meine Handtasche.

»Ruf Claire an, wenn du gelandet bist.« Marcella steht auf und küsst mich auf die Wange, bevor sie die Tür öffnet.

Als ich allein ins Restaurant zurückkomme, meine Schuhe in der einen und meine Handtasche in der anderen Hand, drehen sich alle zu mir und starren mich an. Ich schlüpfe in meine Schuhe und gehe zur Tür.

Austin tritt zu mir. »Du gehst schon?«

»Ich habe einen Termin für die Stiftung.«

»Du würdest alles für Marcella tun, was?«

Sein Tonfall lässt mich innerlich zusammenzucken. »Wenn es sinnvoll ist.«

Er schnaubt nur verächtlich. Ich werfe einen kurzen Blick auf die anderen hinter ihm. Die Hitze in Uganda wird mir verglichen mit der Wut, die in diesem Restaurant vor sich hin köchelt, vermutlich arktisch vorkommen. Sosehr ich mir Frieden wünsche – er scheint in dieser Familie unerreichbar zu sein.

Austin folgt mir bis zum Ausgang. »Claire bekommt wenigstens ein Gehalt.«

»Das braucht dich nicht zu interessieren.«

Er hält mir die Tür auf. »Alle anderen in der Familie werden für etwas bezahlt.«

»Meine Ausgaben sind gedeckt.«

»Das heißt, dass du Marcella nie verlassen kannst.«

»Ich will sie auch nicht verlassen«, erkläre ich nachdrücklich, bevor ich in den Regen hinaustrete.

»Aber eines Tages wirst du weglaufen, genauso wie deine Mutter.«

Ich drehe mich noch einmal zu ihm um. »Du weißt rein gar nichts über mich und meine Mutter.«

»Du und Marcella könnt so tun, als wärst du eine Kingston, aber sie kann dir noch so viel Geld nachwerfen, du wirst trotzdem nie eine von uns sein.«

Kommentarlos steige ich in den Wagen und warte nicht darauf, dass der Chauffeur die Tür schließt. Ich knalle sie zu und lehne den Kopf zurück. Das Regenwasser tropft von meinen Schultern.

Wenn meine Onkel meine Mutter mit der gleichen Verachtung behandelt haben, kann ich gut verstehen, warum sie von dieser Familie wegwollte.

Am liebsten würde ich weinen, meine Traurigkeit in salzigen Tränen hinauslassen. Aber ich habe seit dem 3. November 2006 nicht mehr geweint.

Es gibt nichts, was ich tun kann, um neben Marcella irgendeinen der Kingstons dazu zu bewegen, mich zu mögen.

5. Kapitel

JOSIE

Maastricht
Mai 1942

Während der Zug in Richtung Süden durch die Niederlande rollte, drückte Josie ihre Nase an die Fensterscheibe und betrachtete das vorbeiziehende Mosaik aus Tulpenblüten und Zuckerrübensprossen. Die bunten Felder waren von den Kanälen wie mit silbernen Fäden zusammengenäht. Als die Felder von Birkenwäldern, Hügeln und mittelalterlichen Städtchen mit endlosen Versteckmöglichkeiten abgelöst wurden, sagte sie sich im Stillen die Adresse am Schutterijweg noch einmal vor.

Die alte Stadt Maastricht ragte wie ein Zeh zwischen Belgien und Deutschland ins Wasser. Die Maas trennte die mittelalterlichen Kathedralen und römischen Mauern. Ein Bus brachte Josie vom Bahnhof über den Fluss und auf der kurvigen Landstraße, der *Ganzendries*, aus der Stadt hinaus.

Die bewaldeten Hügel, die Maastricht umgaben, waren im so flachen Holland einzigartig. Die Erde war mit zig Löchern übersät, die fast wie Butterflecken auf einer Brotscheibe aussahen. Über zwanzigtausend Tunnel, hatte ihr Keet einmal erzählt, bildeten ein Labyrinth unter diesen Hügeln. Die Gänge waren zwar miteinander verbunden, aber in einem chaotischen Wirrwarr, da Bauern und Mönche jahrhundertelang unter Tage Mergel abgebaut hatten.

Das Bauernhaus ihrer Cousine stand hinter einem Wall aus Bäumen. Zwei Grubeneingänge durchlöcherten den Hügel auf ihrem Grundstück. Beide waren vergittert und abgeschlossen, damit Keets und Eriks Kinder nicht hineinfallen konnten.

Josie wünschte, sie hätte Esther van Gelder bei sich, um sie hier zu verstecken, bis ihre Eltern zurückkamen. Die Ortspolizei würde nie auf die Idee kommen, dass Keet ein jüdisches Kind versteckte. Nach der Bombardierung von Rotterdam hatten in den ganzen Niederlanden viele Familien Waisenkinder, die ein Zuhause brauchten, bei sich aufgenommen.

»Josie!« Ihre Cousine war zehn Jahre älter als sie, aber Keets Energie war genauso endlos wie die Gänge unter ihrer Farm.

Drei Kinder, zwei Mädchen und ein Junge, kamen aus dem Haus gelaufen, um sie zu begrüßen. Sie küssten Josie auf beide Wangen. Die Schwestern wirbelten um sie herum wie Windspiele, die sich im Wind drehten, genauso wie Josie und Eliese es als Mädchen gemacht hatten. Damals, als Freundschaft wichtiger gewesen war als alles andere im Leben.

Josie blinzelte. Eliese und sie waren keine Mädchen mehr, die zusammen umhertoben konnten. Sie hatten sich noch vor der deutschen Besatzung ihrer Heimat voneinander entfernt und waren in völlig unterschiedliche Richtungen getrieben worden.

»Komm ins Haus, bevor sie dich noch umwerfen«, lachte Keet und schob die gelockten Strähnen zurück, die sich aus ihren Haarnadeln gelöst hatten.

Unter dem tiefen Balken über der Eingangstür zog Josie den Kopf ein und stieg über Berge aus Stiefeln und Rucksäcken sowie eine Katze, die nicht aus dem Weg gehen wollte. Das Haus duftete nach Pfefferkuchen und Minztee, vermischt mit dem unverkennbaren Geruch, den ein Paar auf dem Boden liegender Wollsocken verströmte.

»Wie geht es deinem Bruder?«, fragte Keet, während Josie sich einen Stuhl vom Tisch zurückzog und sich setzte.

»Ganz gut, glaube ich. Er hat vor ein paar Monaten die Bank gewechselt.«

Keet stellte zwei Tassen auf den Tisch und nahm die Kanne vom Ofen. »Ich hätte nie gedacht, dass er Lindens Bank verlässt.«

»Die Nazis haben ihm keine andere Wahl gelassen.«

»Sie fragen uns nie nach unserer Meinung, nicht wahr?« Keet schenkte ihr und sich selbst Tee ein. »Wie geht es Klaas und Eliese?«

»Klaas macht eine Ausbildung in einem Architekturbüro. Und Eliese …« Traurigkeit regte sich in ihr. Es gab für sie nichts Schlimmeres, als sich von Menschen, die sie liebte, verabschieden zu müssen. »Ich habe nichts mehr von ihr gehört, seit ihr Vater sie nach England geschickt hat. Solange die Nazis in Holland sind …«

Ein Flugzeug flog so tief über das Haus hinweg, dass der Tisch wackelte.

Eliese und ihr Vater waren vor sechs Jahren nach Amsterdam gezogen und Samuel war ihnen kurze Zeit später gefolgt, um für Herrn Linden zu arbeiten. Bevor die Nazis einmarschiert waren, waren ein Amerikaner und ein Deutscher nach Amsterdam gekommen und hatten eine große Summe in die Niederländische Handelsbank investiert. Samuel mochte den Amerikaner nicht, aber Eliese hatte sich Hals über Kopf in ihn verliebt. Josie konnte ihrer Cousine nicht erzählen, dass ihre Freundin mit ihm nach England gegangen war.

»Was gibt es Neues in Amsterdam?«, fragte Keet.

»Die deutschen und die alliierten Flugzeuge sind jede Nacht am Himmel, werfen jedoch keine Bomben ab.«

»Hier werfen sie auch keine ab, aber die Deutschen beobachten unser Land ganz genau.«

Josies Finger strichen über den feuchten Umschlag, der unter ihrem Rockbund versteckt war. Sie musste ihn vor Sonnenuntergang abgeben, durfte aber keinen Koffer dabeihaben.

»Wie schlagen sich die Leute?«, fragte Keet.

»Es kommt vermutlich darauf an, wo man hinschaut«, antwortete sie. »Die meisten versuchen so zu tun, als wären die Nazis nicht da, aber das wird mit jedem Tag schwerer. Sie ziehen die männlichen Studenten ab, damit sie in deutschen Fabriken arbeiten, und die Juden müssen jetzt einen gelben Stern auf ihrer Kleidung tragen und ihr ganzes Vermögen in Samuels neuer Bank einlagern.«

»In Maastricht tragen sie auch gelbe Sterne.«

Josies Gedanken wanderten zu den van Gelders. »Einige mit gelben Sternen werden gezwungen, ihre Wohnungen zu verlassen.«

Keet beugte sich vor. »Wie meinst du das?«

Als sie ihre Geschichte erzählte, konnte sie ihre Tränen nicht länger zurückhalten. Sie weinte um das Mädchen, das so traurig ausgesehen hatte, und den Vater, der sie um Hilfe angefleht hatte.

Aber Josie hatte nichts unternommen.

»An diesem Tisch kannst du weinen, so viel du willst, aber da draußen darfst du keine Schwäche zeigen.« Keet deutete mit dem Kopf zum Fenster. »Da draußen müssen wir stark sein und sie mit unserem Herzen und unserem Verstand bekämpfen.«

»Ich wollte dieses kleine Mädchen in die Arme nehmen und mit ihm weglaufen.«

»Dann hätten sie zuerst dich und dann das Kind erschossen.«

Trotzdem bereute Josie ihre Feigheit. »Wenn ich nur gewusst hätte, wohin ich sie bringen …«

Die kleine Nelle lief ins Zimmer, die Katze im Arm, die sich gegen diese unsanfte Behandlung sträubte. »Kommst du und spielst mit uns?«

»Bald«, versprach Josie. »Zuerst wollte ich mir ein Fahrrad ausleihen und ein wenig frische Luft schnappen.«

Nelle rümpfte die Nase. »Wir haben hier ganz viel frische Luft.«

»Ich bin bald zurück«, versprach Josie. Sie spürte den Umschlag überdeutlich auf ihrer Haut.

Als Nelle wieder gegangen war, schaute Keet sie neugierig an. »Eine Fahrradtour?«

»Ich will nur eine Bekannte besuchen.«

Zu dem Bauernhaus am Schutterijweg war es von Keets Haus aus nicht allzu weit. Es war von Eichen und Wiesenblumen umgeben, die in der hellen Erde blühten. Vorhänge, auf die eine Schar Hüttensänger aufgedruckt war, umrahmten das vordere Fenster. Halb zugezogene Vorhänge hätten Gefahr signalisiert, aber sie standen an diesem Nachmittag weit offen und die Klänge klassischer Musik, die auf einem Grammofon abgespielt wurde, drangen nach draußen.

Josie hatte für Samuel im letzten Jahr unzählige solcher Briefe abgeliefert, trotzdem hielt sie den Atem an, nachdem sie geklopft hatte.

Wenige Momente später tauchte das Gesicht eines Mannes mittleren Alters am Fenster auf. Er überprüfte den leeren Feldweg hinter ihr, bevor er den Riegel zurückschob und die Tür öffnete.

»Meine Lieblingsnichte!«, rief er aus.

Sie waren sich noch nie zuvor begegnet, aber Samuels Anweisungen waren unmissverständlich gewesen: Wenn der Mann sie nicht als seine Nichte ansprach, sollte sie den Umschlag nicht herausholen.

»Ich habe dich vermisst, Onkel«, sagte sie laut genug, dass jemand, der zufällig im Wald war, sie hören konnte. »Vater lässt dir Grüße ausrichten.«

»Er muss mich auch bald besuchen kommen.«

Genau die Antwort, die sie erwartet hatte.

Der Mann winkte sie ins Haus und Josie ging über den Linoleumboden im Flur, von dem zwei geschlossene Türen und eine Treppe abgingen. Ihre Nerven waren zum Zerreißen gespannt wie immer, wenn sie diese Botengänge machte. Sie konnte nie wissen, was sie erwartete.

Der Mann stellte sich nicht vor. Hätte er es getan, hätte er ohnehin einen falschen Namen benutzt. Sie selbst hieß laut dem Ausweis in ihrer Tasche Laurina de Jong. Er würde sie natürlich auch nicht nach ihrem Namen fragen. Sie blieben lieber einfach bei Onkel und Nichte.

Sie warf einen Blick auf eine der Türen. »Ich brauche einen Raum, in dem ich allein bin, um das Geschenk meines Vaters auszupacken.«

Er öffnete die Tür rechts von ihm. »Das Wohnzimmer muss genügen.«

Schnell trat sie ein und zog die Vorhänge zu. Sie legte ihren blauen Pullover über einen Stuhl, zog ihre Bluse aus dem Bund und holte den Umschlag heraus. Die Tür auf der anderen Zimmerseite quietschte. Josie keuchte erschrocken auf und steckte den Umschlag hastig in ihre Rocktasche. »Wer ist da?«

Eine Frau schlüpfte herein. Ihr schwarzes Haar trug sie hochgesteckt, ihre Lippen waren zusammengekniffen. »Sind Sie aus Amsterdam?«, flüsterte sie.

Josie öffnete die Tür zum Flur, um, wenn nötig, sofort zu fliehen. Sie sollte in diesem Haus mit niemand anderem sprechen als mit dem Mann, der sich als ihr Onkel ausgab.

Dessen Augen weiteten sich, als er hereinschaute und die Frau hinter ihr sah. »Geh in dein Zimmer zurück«, befahl er.

»Ich wollte nur fragen, was passiert ist. Mein Mann …«

»Jetzt nicht«, sagte er und führte Josie wieder in den Flur hinaus, um dann die Tür geräuschvoll ins Schloss zu ziehen.

Zitternd legte Josie den feuchten Umschlag auf den Treppenpfosten. »Warum ist er nass?«

»Er … er ist in eine Pfütze gefallen.«

Er riss den Umschlag auf und zog einen Stapel Geldscheine heraus, die wegen der Nässe zusammenklebten.

Josie starrte die Gulden an. Viele Hundert Gulden.

Korrespondenz für den Widerstand zu überbringen, war eine Sache, aber *das*?

Ihre Gedanken wanderten zu ihrem Bruder in Amsterdam. Er hatte mit den jüdischen Kunden der Bank zu tun ... Samuel würde doch sicher nicht ihr Geld stehlen; nicht einmal, um es in den Widerstand zu investieren!

»Sie müssen gehen.« Der Mann öffnete die Haustür. »Wenn jemand fragt, warum Sie hier waren: Sie haben sich verlaufen. Ich habe Ihnen den Weg in die Stadt erklärt.«

»Natürlich.«

»Und falls jemand fragt …«

Josie beendete seinen Satz: »Außer Ihnen war niemand in diesem Haus.«

Die Straßenbahn Nummer neun hielt nur wenige Minuten vor Beginn der Sperrstunde an der Plantage Middenlaan zwischen dem Lehrerkolleg der Reformierten Kirche und dem leer stehenden

Theater auf der anderen Straßenseite, der *Hollandsche Schouwburg*. Josie trommelte mit den Fingern auf den Lenker ihres Fahrrads, das sie übers Wochenende am Amsterdamer Bahnhof abgestellt hatte, während sie darauf wartete, dass die Tür aufgesperrt wurde.

Die Straßenlaternen an der Plantage Middenlaan waren früher bei Einbruch der Dunkelheit angegangen und hatten das Theater und die vielen imposanten Gebäude erhellt, die diese Straße säumten, aber die Nazis hatten die Straßenbeleuchtung vor zwei Jahren ausgeschaltet, damit die alliierten Piloten nicht sahen, dass sie über die Stadt flogen.

Die Straßenbahn fuhr davon und Josie trat in den Schutz des Schattens. Sie läutete die Glocke neben dem schmiedeeisernen Tor des Kollegs. Dann lehnte sie sich an die Backsteinmauer. Obwohl der Umschlag unter ihrem Rockbund nicht mehr da war, meinte sie ihn immer noch dort zu spüren. Ihr Bruder hatte gesagt, dass sie Briefe für die Widerstandsbewegung überbringe, aber anscheinend hatte sie die ganze Zeit auch Geld geschmuggelt.

Samuel musste ehrlich zu ihr sein. Wenn sie nächstes Wochenende zusammen nach Hause fuhren, würde sie ein ernstes Wort mit ihm sprechen müssen. Sie würde keinen einzigen weiteren Umschlag mehr überbringen, wenn er ihr nicht sagte, woher er diese Gulden hatte.

Die Seitentür ging auf und ein Lichtschein fiel in die Gasse zwischen dem Kolleg und der Kinderkrippe, die nebenan untergebracht war. Johan van Hulst, der Direktor des Kollegs, trat mit einer Taschenlampe in der Hand in den Hof. Seine schwarz gerahmte Lesebrille hatte er über die zerzausten Haare hochgeschoben. Er war ungefähr zehn Jahre älter als sie und vor vier Jahren als Lehrer an diese Schule gekommen. Dann waren dem Kolleg die finanziellen Mittel gestrichen worden, und er war in die Bresche gesprungen, damit der Unterricht weiterhin stattfinden konnte. Für die achtzig Studentinnen und Studenten, die aktuell eingeschrieben waren, war er spätestens seitdem ein wahrer Held.

»Ich habe mir Sorgen gemacht«, sagte er durch die weit auseinanderstehenden Gitterstäbe des Tors. Seine Schlüssel klirrten, als er das Tor aufsperrte.

»Mein Zug hatte Verspätung.«

Sie schloss ihr Fahrrad an einen Ständer und nahm dann ihre Tasche vom Gepäckträger. Während er noch das Tor wieder hinter ihr verriegelte, eilte sie schon ins Haus.

Das Lehrerkolleg bestand aus zwei Gebäuden. In diesem hier befanden sich die Büros, die Unterrichtsräume, der Speisesaal und ein Korridor im oberen Stockwerk mit Studentenzimmern. In einem davon war sie zu Hause. An der anderen Seite des Hinterhofs war das zweite Gebäude mit Kapelle und Bibliothek. Der Hof war von Hecken gesäumt, aber das Kolleg teilte sich die Gartenfläche mit der Kinderkrippe und mehr als zehn anderen Gebäuden, die ihren Häuserblock bildeten.

Dr. van Hulst schloss auch die Eingangstür hinter ihnen ab und schaltete das Licht im Treppenhaus ein. »Ich wollte mit Ihnen sprechen, Josie.«

Sie wappnete sich. Dr. van Hulst erweckte nicht den Eindruck, als würde er mit den Nazis sympathisieren, aber wie würde er reagieren, wenn er herausfand, dass sie das Wochenende in Maastricht verbracht und Geld für die Widerstandsbewegung weitergegeben hatte? Er könnte sie des Kollegs verweisen. Oder etwas noch Schlimmeres tun.

»Fräulein Pimentel braucht eine zusätzliche Betreuerin in der Kinderkrippe«, sagte er.

Sie seufzte erleichtert auf. Nichts machte sie glücklicher, als mit Kindern zusammen zu sein. »Wann braucht sie denn Hilfe?«

»Vormittags«, sagte er. »Könnten Sie sie da unterstützen?«

»Sehr gern, aber …«

Er schob die Brille wieder auf seine Nase. »Aber was, Josie?«

»Ich habe um zehn Uhr Theologieunterricht.«

Sie folgte ihm hinauf zum dunklen Treppenabsatz im ersten Stock. Er zog einen der braunen Samtvorhänge vorm Fenster zurück und blickte auf die *Hollandsche Schouwburg* auf der anderen Straßenseite hinab. Im seidigen Grau der Nacht konnte Josie die Zinnen auf dem kunstvoll gestalteten Theater sehen und die griechischen Musenstatuen, die auf dem Dach in die Ferne blickten. In diesem Theater waren früher die besten Aufführungen von ganz Amsterdam gezeigt worden, aber die meisten Schauspieler waren Juden gewesen. Die Nazis hatten es im letzten Jahr geschlossen und alle geplanten Stücke abgesagt.

Ein kleines Licht schien sich vor dem Haupteingang zu bewegen, die brennende Zigarette eines Soldaten, der auf der anderen Kanalseite in der Plantage Middenlaan und am Eingang zum jüdischen Viertel patrouillierte. Dann hielt ein Militärlastwagen vor dem Theater an. Eine dunkelgrüne Plane verbarg, was sich auf der Ladefläche befand.

»Die Lastwagen kommen schon den ganzen Tag«, sagte Dr. van Hulst.

»Was machen sie dort?«

»Ich bin mir nicht sicher.« Er zog den Verdunklungsvorhang wieder zu, bevor er eine Lampe einschaltete, die die vertäfelten Wände beleuchtete. »In dieser Zeit ist es vielleicht besser, unsere Theologie zu praktizieren, als uns Vorlesungen darüber anzuhören.«

Sie nickte.

»Ich werde dafür sorgen, dass Ihr Stundenplan geändert wird.«

Der Rektor wünschte ihr eine gute Nacht und Josie stieg mit ihrer Tasche in der Hand ins oberste Stockwerk hinauf. Gott wünschte sich vermutlich wirklich, dass sie die Theologie, die sie ihr Leben lang gelernt hatte, mit ihren Händen und Füßen in die Tat umsetzte. Dass sie seine Liebe an die Menschen weitergab, die sie in dieser dunklen Zeit am meisten brauchten.

Vielleicht könnte sie ihrem Land am meisten helfen, wenn sie sich um seine Kinder kümmerte.

6. Kapitel

ELIESE

Amsterdam
Juni 1942

Eliese nahm ihren Füller vom Esszimmertisch. Ein warmer Wind wehte durchs offene Fenster, während sie begann, die Konten ihres Vaters in das Hauptbuch zu übertragen. Er hatte ihr zig Nummern gegeben, zusammen mit den Namen der Erdöl-, Metall- und Chemiekonzerne, in die er das Geld für die Niederländische Handelsbank investiert hatte.

Sie schrieb die Worte und die dazugehörigen Zahlen sorgfältig ab, genauso wie Samuel van Rees es getan hatte, als er noch für ihren Vater gearbeitet hatte. Alles musste jetzt heimlich geschehen und die Bücher wurden jeden Abend unter dem Haus versteckt und gut aufbewahrt, damit Hitler sein Versprechen, die Familie Linden zu verschonen, nicht vergaß. Damit der deutsche Reichskanzler die Großzügigkeit ihres Vaters entlohnen würde.

Gernot Linden hatte vor über zehn Jahren angefangen, in deutsche Firmen zu investieren, aber als die Nazis angefangen hatten, die Juden zu bedrohen, war es zu gefährlich geworden, in Berlin zu bleiben. Deshalb waren sie zusammen mit vielen anderen in die Niederlande gegangen.

Dann waren die Schatten des Faschismus auch über ihre neue Heimat gezogen. Deshalb hatte Gernot Linden angefangen, sich ein eigenes Sicherheitsnetz aufzuspannen, indem er den Feind in nicht unwesentlichem Umfang unterstützte. Die Investitionen in Hitler hatten ihre Familie ziemlich reich gemacht, aber da Krieg herrschte, konnten sie ihren Reichtum nicht genießen. Ein großer Teil ihres Geldes war wieder in schwedischem Gold angelegt oder bei Banken außerhalb der Niederlande und Deutschlands eingezahlt worden, wo Hitler keine Zugriffsgewalt hatte.

Wenige Tage, nachdem die Nazis in den Niederlanden einmarschiert waren, hatte ihr Vater Samuel, seinen einzigen Bankangestellten, aufgefordert, sich eine neue Stelle zu suchen, aber er hatte die Investitionen nie liquidiert. Im Gegensatz zu ihrem Vater bezweifelte Eliese, dass Hitler die Lindens ihre Reichsmark oder Gulden ausgeben lassen würde.

Zahlen und Briefe – sie ließen sich, wenn nötig, leicht ändern; aber Menschen … Menschen waren nicht so zuverlässig wie die Gesetze der Mathematik oder der Grammatik. Sie waren schwer zu analysieren und noch schwerer zu verstehen.

Keiner von ihnen wusste, was Hitler als Nächstes tun würde.

»Hein spielen?«

Ihr zweijähriger Sohn hüpfte am Gitter des hölzernen Laufstalls, den sie im Wohnzimmer aufgestellt hatte, damit sie ihn vom Tisch aus sehen konnte. Hein wollte keinen Mittagsschlaf machen. Er wollte spielen und spielen. Eliese hingegen war so müde, dass sie problemlos den Kopf auf die Arme legen könnte, um den ganzen Tag und vielleicht sogar auch noch die ganze Nacht zu schlafen.

Sie liebte ihren Sohn, aber an manchen Tagen tat es fast weh, sein liebenswertes Lächeln zu sehen, das er von seinem Vater geerbt hatte, genau wie sein arisches blondes Haar, das so ganz anders war als ihr eigenes dunkelbraunes. Sie vermisste William schmerzlich. Wenn dieser Krieg vorbei war, würden Hein und sie mit dem ersten Schiff, das nach New York auslief, nach Amerika fahren und dort endlich mit ihm als Familie zusammen sein.

Hein deutete auf seine Brust. »*Spelen*?«

Eliese seufzte. »Ich kann jetzt nicht spielen.«

Er sprach mit seinen zwei Jahren noch nicht viele Wörter, aber die, die er konnte, beherrschte er in drei Sprachen: auf Englisch, der Sprache seines Vaters, auf Deutsch, der Sprache seiner Mutter, und auf Niederländisch, der Sprache dieses Landes, in dem es ihr und William bestimmt gewesen war, einander zu begegnen.

Sie sprach hauptsächlich Englisch mit ihrem Sohn, um ihn auf Amerika vorzubereiten.

»Mama?«

Eliese hatte keine Zeit für ihn. Sie spielte in letzter Zeit selten mit ihm, egal, in welcher Sprache er sie darum bat. Stattdessen saß sie stundenlang an diesem Tisch und arbeitete an den Büchern ihres Vaters. Sie durften dieses alte Haus am Kanal nicht mehr verlassen, da sie kein Freund oder Bekannter sehen sollte. Eine Handvoll Menschen war in ihre Rückkehr aus England eingeweiht, aber nur ihr Vater und die Hausangestellten wussten von ihrem Sohn.

Inzwischen waren sie von den Nazis gezwungen worden, ihr Personal zu entlassen. Kein Arier durfte mehr für einen Juden arbeiten.

Hein warf seinen Ball schwungvoll gegen den Geschirrschrank auf der anderen Seite des Zimmers. Die Türen wackelten, aber sie schützten das Porzellan und die kunstvoll geschwungene Kaminuhr mit der Hinterglasmalerei aus rosafarbenen Rosen. Letztere hatte ihrer Mutter gehört, die eine Woche nach Elieses Geburt gestorben war. Ihr Vater hatte die Uhr sorgfältig eingepackt, als sie aus Deutschland geflohen waren. Sie war eines der wenigen Erinnerungsstücke, das er hatte behalten können. Es war ihm auch gelungen, genug von ihrem finanziellen Kapital mitzunehmen, um in Amsterdam die Niederländische Handelsbank zu gründen, ein Schwesterunternehmen der Bank, die er und sein arischer Partner in Berlin betrieben. Und später die Partnerbank, die William mit einem deutschen Freund ihres Vaters, Peter Ziegler, in New York gegründet hatte.

Hein rüttelte an den Stäben des Laufstalls. »Bitte, Mama!«

»Bald, Schatz.« Sie konzentrierte sich wieder auf das Buch und die Ziffern.

Hein sollte mit anderen Kindern in einer Kinderkrippe spielen, aber auch, dass ein jüdisches Kind zusammen mit Ariern erzogen werden durfte, gehörte der Vergangenheit an. Dabei war Heins Vater nicht mal Jude.

Als der Kleine zu weinen begann, sprang sie auf, um schnell

die Fenster zuzumachen. Die Nachbarn mussten zwar längst mitbekommen haben, dass ein Kind hier im Haus war, aber sie wollte weder sie daran erinnern noch irgendjemanden sonst, der draußen auf dem Gehweg oder am Kanal unterwegs war, auf ihn aufmerksam werden lassen. Sie setzte sich wieder an den Tisch. Ihre Augen brannten und sie kämpfte darum, ihre Aufmerksamkeit wieder auf ihre Aufgabe zu fokussieren.

Oh, wie sie sich nach den sorglosen Tagen in Giethoorn sehnte, als sie mit Josie und den Jungs stundenlang hatte spielen können! Wenn sie nur ihren Sohn in dieses Dorf auf den Inseln bringen und für den Sommer bei Frau Pon wohnen könnte wie früher! Dort könnten sie unbeschwert Zeit miteinander verbringen.

Sie hätte eine Möglichkeit finden müssen, in London zu bleiben, nachdem William nach New York zurückgekehrt war. Wenn sie die Zieglers angefleht hätte, hätten sie vielleicht eine andere Bleibe für Hein und sie gefunden.

Peter und seine Frau Trudy wohnten nicht mehr in Deutschland. Sie besaßen sowohl in New York als auch in London ein Haus. In dem Jahr, in dem sie in Amerika gewesen waren, hatten sie Eliese in ihrem Terrassenhaus in England wohnen lassen. William und sie hatten eigentlich im Sommer 1939 heiraten wollen, aber die New Yorker Bank hatte ihn im Mai zurückbeordert. Er hatte versprochen, bald zu ihr zurückzukehren, sodass sie dann zu Weihnachten heiraten würden.

Eliese gab Hitler persönlich die Schuld daran, dass William gezwungen gewesen war, sein Versprechen zu brechen.

William hatte nichts von dem Baby gewusst, als er aus London abgereist war, aber die Zieglers hatten es bald herausgefunden. Bei ihrer Rückkehr nach England waren sie schockiert gewesen, Eliese schwanger vorzufinden.

Sie hatte William unzählige Telegramme an die Adresse der Kingstons in New York geschickt, aber nie eine Antwort bekommen. Die Zieglers waren gute Freunde von William, doch Trudy war ebenfalls schwanger gewesen und sie hatten nicht zwei Babys gleichzeitig im Haus haben wollen. Am ersten September war es ihnen gelungen, für Eliese einen Platz auf einem der letzten

Zivilschiffe zu bekommen, an Bord dessen sie nach Amsterdam zurückgefahren war mit der Versicherung, dass William sie bald holen würde.

Sie hatte ihrem Vater erzählt, dass William und sie in England geheiratet hätten und trug jetzt voll Stolz seinen Nachnamen. Eliese Kingston. Ihr gefiel der weltmännische Klang, der englische Name, der sie zu einer anderen Frau machte. Von William auserwählt. Selbst wenn sie das Haus nicht mehr verlassen durfte.

Vater glaubte nicht, dass sie verheiratet war – das wusste sie –, aber diese angebliche Verbindung war für sie beide von Vorteil. Sowohl William als auch Peter waren seit Kriegsbeginn nicht mehr nach Amsterdam gekommen – die Niederländische Handelsbank war geschlossen worden –, aber das amerikanische Geld war unter der Leitung ihres Vaters zu dem alleinigen Zweck, sein geliebtes Deutschland zu unterstützen und amerikanisches Kapital in dessen Wirtschaft zu pumpen, in großen Summen investiert worden. Die Zinsen dieser Investitionen waren nach Amsterdam zurückgeflossen, besonders die von dem Geld, das sie in die *I. G. Farben* gesteckt hatten, die über vierzig deutsche Produkte herstellte, von denen einige für die deutschen Streitkräfte kriegsrelevant waren. Das wusste Eliese von den vielen nächtlichen Gesprächen zwischen ihrem Vater und William. Vor Kriegsausbruch hatte sie ihnen Gläser mit *Oude jenever* gebracht und ihre Gespräche aufgesogen wie der Schwamm, mit dem ihr früheres Hausmädchen verschüttete Flüssigkeiten weggewischt hatte.

Laut ihrem Vater hatten sie und ihre Investoren bei dem Ganzen ein kleines Vermögen verdient.

Als die Nazis das Bankgebäude beschlagnahmt hatten, hatte er die Belege für seine Investitionen in dieses alte Haus im Herzen von Amsterdam gebracht. Und er hatte seine Diamantensammlung – in diesen Zeiten viel wertvoller als Gulden – im Keller versteckt, um sie den Nazis nicht aushändigen zu müssen.

»Mama!«, rief Hein wieder.

Sie drehte sich um und entdeckte Büschel seiner blonden Haare auf dem Boden.

»Hör auf, dir die Haare auszureißen!«, schimpfte sie.

»Nicht reißen.« Er schüttelte ernst den Kopf und lächelte dann. »Spielen?«

Wenn sie sich nicht gerade vor Sorgen verzehrte, ließ sein Lächeln ihr Herz höherschlagen.

Oh, warum hatte sie nicht mit Hein in England bleiben können? William hätte sie so bald wie möglich nach Amerika nachkommen lassen. Sie wären zu dritt nach New York gefahren, und hätten – nach ihrer Hochzeit – in den letzten zwei Jahren all die Orte besuchen können, von denen er ihr erzählt hatte: das Empire State Building, die Radio City Music Hall, das St. Regis Hotel. Sie hätten als Familie zusammengelebt, statt durch einen Ozean getrennt zu sein, auf dem in diesen Tagen nur Militärfahrzeuge unterwegs waren.

Irgendwann würden sie wieder vereint sein und Hein würde zu einem genauso klugen und attraktiven Mann heranwachsen wie sein Vater.

Er rüttelte an den Seiten seines Laufstalls und rief immer wieder nach ihr, aber gerade als Eliese endlich ihren Stuhl zurückschob, kam ihr Vater ins Zimmer.

»Anneliese kann heute nicht spielen«, sagte er.

Hein setzte sich auf den Boden seines Laufstalls. Auf sie hörte er vielleicht nicht, aber auf Opa immer.

Eliese nahm ihren Füller wieder zur Hand.

»Bist du fertig?«, fragte Papa.

Sie nickte. »Alles ist eingetragen.«

Ihr Vater klemmte das Buch und die Papiere unter seinen Arm.

Solange er in die deutschen Firmen investierte – und ihr Geld versteckte –, würde Hitler sie beschützen. Der Mann verachtete nur die Juden, die er nicht brauchte. Wenigstens glaubte Papa das.

Manchmal fragte sie sich, ob Hitler sie nicht vielleicht sogar noch mehr hasste, *weil* er sie brauchte.

Ihr Vater deutete mit dem Kopf auf Hein. »Wir müssen einen anderen Platz für ihn finden.«

Sie schüttelte den Kopf. »Er muss bei mir bleiben.«

»Das ist zu gefährlich.«

»Was wird William sagen, wenn er erfährt, dass du seinen Sohn weggegeben hast?«

»Oh, Anneliese!« Sein Blick sagte alles. Ihr Vater glaubte, dass William sich nichts aus ihr und ihrem gemeinsamen Sohn machte, dass er nicht zurückkommen würde, auch wenn der Krieg irgendwann vorbei war. In Papas Augen war sie nicht anders als die Frauen, die sich in De Wallen, dem Bezirk hinter der Mauer, verkauften. Aber William liebte sie.

Papa hatte 1937 ein Auge zugedrückt, als sie und William angefangen hatten, sich zu treffen, weil er von dem Geldstrom, den William und Peter seiner Bank als stille Teilhaber in Deutschlands wachsender Wirtschaft brachten, mehr als angetan gewesen war.

»Wir führen in Zukunft nicht mehr Buch über unsere Konten«, erklärte ihr Vater.

»Wie wollen wir sie uns dann merken?«

»Alle wichtigen Zahlen sind hier drinnen.« Er tippte an seinen Kopf. »Solange ich lebe, bekommt Hitler sein Geld.«

»Aber wir stehen doch auf Puttkammers Liste.«

Papa hatte ein Vermögen von 30.000 Gulden gezahlt, damit sie auf diese Eliteliste gesetzt worden waren, die ein anderer Bankier namens Puttkammer erstellt hatte. Die Liste – zusammen mit Puttkammers Unterschrift und einem Stempel in ihren Ausweisen – garantierte ihre Freiheit. Nur für den Fall, dass die Nazis vergessen sollten, was Gernot Linden und seine Bank alles für sie getan hatten.

Hein brauchte keinen Puttkammer-Stempel. Weder jüdische noch arische Kinder brauchten einen Ausweis.

»Das Geld ist immer noch unsere Sicherheit«, sagte er langsam. »Und deine Arbeit.«

Sie warf einen Blick auf das Kontenbuch unter seinem Arm. »Meine Arbeit?«

»Walter Süskind braucht deine Hilfe.«

Sie stand auf. »Welche Art von Hilfe?«

Ihr Vater schwieg für einen Moment. Seine nächsten Worte schienen ihm schwerzufallen.

Sie kannte Herrn Süskind, aber nur flüchtig. Wie ihr Vater war der *Unilever*-Mitarbeiter ein jüdischer Geschäftsmann, der aus Deutschland ausgewandert war, und die beiden waren seit fast zehn Jahren in Kontakt.

Ihr Vater trat zur Hintertür. »Der Judenrat richtet in der *Hollandsche Schouwburg* ein Deportationszentrum ein. Er will, dass du bei der Registrierung hilfst.«

Eine Gänsehaut lief über ihre Arme. »Damit will ich nichts zu tun haben!«

»Du hast keine andere Wahl. Der Judenrat hat ihn beauftragt, und er hat dich beauftragt.«

Sie hob Hein aus dem Laufstall und setzte ihn auf ihre Hüfte. »Puttkammer wird uns schützen.«

»Und deine Arbeit bei Süskind.«

Das Geschirr im Schrank klirrte erneut, als die Tür ins Schloss fiel und ihr Vater über den Flur schritt, um in den überwucherten Garten hinter ihrem Haus zu gelangen. Der Kellerabgang im Haus war von einem neuen Boden verdeckt worden, aber Papa hatte einen Zugang durch den Gartenschuppen gebaut, über den er seinen Tresor erreichen konnte.

Eliese hob eine von Heins Locken vom Boden auf und steckte sie in eine dafür vorgesehene Innentasche in seinem Babyalbum. Dann hob sie den Ball auf, setzte sich neben ihr Kind und rollte ihn an die Wand.

Hein strahlte sie an. »Spielen!«

7. Kapitel

Sonnenstrahlen dringen durch die staubverschmierten Scheiben, während mein ugandischer Fahrer Willie versucht, seinen Land Rover auf etwas, das er Straße nennt, über kraterähnliche Löcher zu manövrieren. Das Fahrzeug brettert nicht zum ersten Mal in eines davon, dass all meine Knochen durcheinandergerüttelt werden. Als die Hinterräder wieder auf der Straße aufsetzen, fühle ich mich, als wären wir Astronauten in einem dieser alten Raumschiffmodule beim ersten Versuch des Wiedereintritts in die Erdumlaufbahn.

Du gehörst nicht dazu.

Austins Worte schießen mir immer wieder durch den Kopf und quälen mich auch jetzt, Stunden später, noch. Sie haben mich noch viel schlimmer erschüttert als diese unsanfte, holprige Fahrt über Stock und Stein.

Doch bei dieser Reise geht es nicht um mich. Es geht um die Unterstützung einer Organisation, die elternlosen Kindern hilft. Waisenkindern, die genau wie ich das Gefühl haben, nicht dazuzugehören.

Ich hoffe, *Bishara* hilft ihnen in dem Heim tatsächlich, eine Familie zu finden.

Willie und ich sind schon über zwei Stunden unterwegs. Zuerst ging es über eine Schnellstraße und dann tief ins Innere dieses Landes hinein. Das trockene Gras zu beiden Seiten des Wagens ist fast genauso hoch wie ich mit meinen 1,65 m. Es streift meine Tür jedes Mal, wenn Willie das Lenkrad herumreißt, um einem Schlagloch auszuweichen.

Wenn hier draußen irgendetwas passiert, wüsste ich nicht, wen ich anrufen sollte. Mein Handy liegt, wie mir auf dem Weg zum Amsterdamer Flughafen eingefallen ist, immer noch zusammen mit den übrigen Kingston-Geräten in Claires Korb. Der einzige Kontakt, den ich in meinem neuen Prepaid-Handy eingespeichert habe, ist Willie. Ich habe ihn angerufen, nachdem ich einen

Vermerk mit seiner Nummer gefunden hatte, der an das Dossier angeheftet war.

Nachdem er mich von meinem Hotel in Entebbe abgeholt hatte, hat Willie mich anfangs mit Geschichten über seine Kindheit am Victoriasee unterhalten, aber inzwischen drehen sich alle seine Erzählungen um die diversen Bewohner des Elefantengrases. Die die Gemeinsamkeit haben, dass sie über die Erde kriechen oder sich schlängelnd fortbewegen.

Kern des Ganzen: Egal, was während meines Aufenthalts in Uganda passiert, ich sollte mich von dem Gras fernhalten!

»Die Plantage müsste am Ende dieser Straße sein«, sagt Willie, obwohl aus seinem Tonfall nicht viel Zuversicht spricht, dass wir hier etwas vorfinden werden.

Laut dem Förderantrag befindet sich die *Bishara*-Kaffeeplantage fünf Kilometer außerhalb der Stadt Mityana. Ich hoffe, dass das stimmt. Vor einigen Monaten bin ich in Kenia über eine ähnliche holprige Straße geschaukelt worden, um diese andere NGO zu überprüfen, aber der Fahrer und ich fanden an unserem Zielpunkt nichts weiter als ein Feld und eine Lehmhütte mit einem Bewohner vor, der noch nie etwas von *Nairobi Kids International* oder dem Kinderheim gehört hatte, das sich angeblich auf seinem Süßkartoffelfeld befinden sollte.

Ich habe danach noch drei andere Adressen in Kenia besucht, die als Standorte dieser Organisation angegeben waren, und alles Mögliche gefunden, nur nicht die Hauptniederlassung oder eine Schule oder ein Kinderheim. Offenbar war man nie auf die Idee gekommen, dass jemand von der Kingston-Stiftung oder einer der Spender tatsächlich nach Afrika kommen könnte.

Statt die Organisation selbst zu kontaktieren, rief Marcella einen Freund an – den Generalanwalt von New York. Binnen weniger Tage musste das Büro von *Nairobi Kids* in Brooklyn seine Türen schließen, und die Anklage gegen sie ist noch nicht entschieden. Marcella ist großzügig mit dem Stiftungsgeld, aber sie toleriert keinen Betrug.

Heute will ich die Echtheit dieser Kaffeeplantage überprüfen und dann mit dem Mitternachtsflug zurück in die Niederlande fliegen und von dort aus weiter nach New York. Wenigstens ist das mein Plan. Von Entebbe nach Amsterdam geht nur ein einziger Flug am Tag. Heute Morgen habe ich versucht, meine Reservierung zu bestätigen, aber auf dieser Straße bekomme ich keinen Internetempfang.

Willie fährt unter einem Torbogen durch, auf dem zu lesen ist, dass wir auf der *Bishara*-Kaffeeplantage angekommen sind. Sie ist von bewachsenen Hügeln umgeben, die in tausend Grünschattierungen leuchten. Ich bin erleichtert. Jetzt muss ich nur noch mit Landon West sprechen, einen kleinen Rundgang machen und kann dann zum Hotel zurückfahren. Nach einem späten Abendessen steht dem Mitternachtsflug nach Amsterdam nichts mehr im Wege.

Am Eingang der Plantage eröffnet sich ein großer, von drei Gebäuden mit Blechdächern umgebener Hof. Lange Tische unterteilen ihn in saubere Reihen. Jeder davon ist mit leuchtend roten Kirschen bedeckt, aus denen vermutlich im nächsten Schritt die Bohnen herausgelöst werden müssen. Auf den Hängen rechts von uns stehen hinter dem langen Haus mehrere Gebäude zusammen, die wie Wohnhäuser und landwirtschaftliche Lagerhallen aussehen – ein kleines Dorf an diesem entlegenen Ort.

Allem Anschein nach scheint diese Kaffeeplantage genau das zu sein, was auf den Antragspapieren angegeben ist. Also muss ich nur noch den Mann finden, der sie zusammen mit einem Team aus Einheimischen betreibt.

Willie stellt den Land Rover am Rande des Hofes ab. Meine Absätze bohren Löcher in die rote Lehmerde, als ich aussteige und mir meine Handtasche über die Schulter hänge. Ein Gemisch aus verschiedenen Gerüchen begrüßt mich: landwirtschaftliche Nutztiere, Dieselabgase, der süße Duft von Beeren.

»Soll ich auf Sie warten?«, fragt Willie.

Ich schaue auf mein Handy. Mir bleiben nur wenige Stunden, um mir ein Bild von Landon West und seinem Team zu machen, höchstens vier. Neun, bis ich in die Staaten fliege.

»Können Sie um drei Uhr zurückkommen? Falls ich Sie früher brauche, rufe ich Sie an.«

»Kein Problem, *Mzungu.*«

»Ava«, erinnere ich ihn, aber er zuckt nur mit den Schultern.

Ich habe in Amsterdam mein teures Kleid und die High Heels gegen Jeans, eine weiße Bluse und Sandalen mit Absätzen getauscht, aber ich fühle mich hier trotzdem völlig fehl am Platz. Das verstärkt sich noch, als ich eine Afrikanerin sehe, die in einem traditionellen lila-gelben Kleid mit Schulterklappen und einer breiten Schärpe auf mich zukommt. Ihr Haar ist zu einem losen Knoten zurückgesteckt.

»Willkommen bei *Bishara*«, sagt sie herzlich und streckt mir zur Begrüßung beide Hände entgegen.

»Danke.« Ich ziehe den Riemen meiner Tasche auf meiner Schulter zurecht. »Ich suche Landon West.«

Willie wendet den Land Rover und verschwindet schnell durch das offene Tor. Die Frau wirft einen Blick auf das davonfahrende Auto und dann auf die Straße. »Wo ist Ihr Team?«

»Ich bin allein«, sage ich, als wäre das selbstverständlich. Ich versuche ruhig und gelassen zu klingen. Ich bin einfach eine Amerikanerin, die auf einer entlegenen Plantage mitten in Afrika auftaucht. Ohne Begleitung.

Daran ist überhaupt nichts selbstverständlich.

Das Lächeln der Frau verblasst. »Wir erwarten fünfzehn Leute.«

»Ich habe niemanden mitgebracht«, erkläre ich erneut.

Ein Traktor tuckert zwischen den Tischreihen hinter mir hindurch und wirbelt eine rote Staubwolke auf.

»Kommen Sie aus England?«, fragt die Frau.

»Nein, aus den Vereinigten Staaten.«

Sie schaut mich prüfend an. »Normalerweise kommen Amerikaner nur in Teams von Ehrenamtlichen.«

»Ich bin hier, um mit Mr West zu sprechen.«

Die Frau deutet zur Ostseite des Gebäudekomplexes. »Ich habe ihn zuletzt bei den Kindern gesehen.«

Ich werfe einen Blick auf die Tische mit den Kaffeebeeren. »Sollte er sich nicht um die Ernte kümmern?«

»Er arbeitet doch immer da, wo er gerade gebraucht wird.«

Sie überquert mit einem leichten Humpeln den Hof und ich folge ihr.

Hinter uns ist das Holpern von Fahrzeugen auf der schmalen Straße zu hören. Wir drehen uns beide um und sehen zwei weiße Kleinbusse auf uns zukommen. Das erwartete Team, nehme ich an.

Der Blick der Frau wandert zwischen den Kleinbussen und mir hin und her. Offensichtlich ist sie unschlüssig, wie sie jetzt am besten vorgehen soll.

»Ich kann Mr West allein finden«, helfe ich ihr aus ihrem Dilemma.

Sie deutet zu dem Gebäude mit einer großen Doppeltür rechts neben dem Hof. »Sie müssen zur anderen Seite des Lagerhauses.«

Also gehe ich hinein. Hier arbeiten Dutzende Afrikaner, die gerade schwere Jutesäcke auf einen Lastwagen hieven. Sie nicken mir zu, als ich den Raum durchquere, als wäre es völlig normal, eine Weiße zu sehen, die allein über das Gelände spaziert. Obwohl das mit meinen Absätzen auf diesem Boden beinahe schon lebensgefährlich ist, renne ich fast zu der offenen Tür gegenüber, da ich Landon West unbedingt sprechen will, bevor dieses Team eintrifft.

Die Kleinkinderstation ist leicht zu finden. Das Weinen eines Kindes dringt durch ein offenes Fenster nach draußen. Das zweistöckige Haus ist aus rostorangefarbenen Steinen gebaut. Neben der Tür befindet sich eine Ansammlung von bunten Crocs in den verschiedensten Größen, die nur auf Füße warten, die in sie hineinschlüpfen.

Im Inneren bedeckt ein gewebter Teppich den größten Teil des Betonbodens. Eine Tonne mit Spielsachen und zwei Schaukelstühle befinden sich neben einem Fenster mit Mückengitter. Auf der anderen Seite des großen Raums schöpft eine junge Frau Bohnen aus einem gusseisernen Topf und etwas, das wie Haferbrei aussieht, auf die Blechteller von ungefähr zwanzig Kindern, die auf Bänken nebeneinandersitzen.

Nur wenige Sekunden nach meinem Erscheinen springen mehrere von ihnen von ihren Plätzen auf und stellen die Teller klappernd auf die Bänke, um mich zu umringen. Ich hätte Geschenke mitbringen sollen, Bonbons oder irgendetwas. Mit leeren Händen lächle ich sie unsicher an.

Die Frau erwidert mein Lächeln, scheint aber nicht der Meinung zu sein, dass ich ihre Hilfe bräuchte. »Sie können gerne mitessen«, sagt sie und schöpft eine weitere Portion Bohnen aus dem Topf.

Eines der Mädchen ergreift meine Hand und ich erschrecke leicht.

»Hallo«, sage ich.

Sie versteckt sich hinter meinem Arm und späht dann vorsichtig wieder hervor.

Ein kleiner Junge kniet auf dem Boden, um meine lackierten Zehennägel zu untersuchen, ein anderer zupft an meinem Ellbogen. »Kommen Sie«, sagt er und versucht mich zu den Bänken zu ziehen.

»Tut mir leid.« Ich schüttle langsam den Kopf. »Ich muss Landon West finden.«

Die Betreuerin deutet mit dem Kopf zur Tür. »Er ist draußen.«

Ich seufze, da ich ungern in meinen hochhackigen Sandalen über die Plantage stöckeln will. In diesem Moment tritt ein großer hellhäutiger Mann – Mr West, nehme ich an – durch die Tür. Ein Mädchen von zwei oder drei Jahren liegt weinend in seinen Armen. Er trägt eine ausgewaschene Jeans und ein ausgebleichtes Flanellhemd. Das Mädchen klammert sich an seinen Ärmel. Er schaukelt sie, als wäre sie ein Baby, aber das scheint die Kleine nicht wirklich zu beruhigen.

»Ich bin Ava«, setze ich an, »von …«

»Ich bin so froh, dass Sie hier sind, Miss Ava.« Lange Locken hängen ihm in die Augen. Er schüttelt sie sich mit einer Kopfbewegung aus dem Gesicht. Ich habe mit Überraschung gerechnet, vielleicht sogar Frustration wegen der unangemeldeten Störung, aber ich sehe nur Erleichterung in seinen Augen.

Barfuß geht er über den Teppich und ich folge ihm. »Sie wussten, dass ich komme?«

»Natürlich.« Seine braunen Augen funkeln, als er mich ansieht. »Wir warten schon die ganze Woche auf Sie.«

Normalerweise hält Marcella diese Besuche geheim, aber sie hat gesagt, dass sie im Büro in Portland angerufen hat. Ich hatte keine Ahnung, dass sie Landon eine Nachricht hinterlassen hat. Wahrscheinlich hat er die letzten Tage damit zugebracht, die Plantage und seine Papiere für meinen Besuch vorzubereiten.

»Sie braucht …« Er hält mir das Mädchen hin und für einen Moment hört das Kind auf zu weinen und schaut mich mit großen Augen an. Es scheint von diesem Ortswechsel genauso beunruhigt zu sein wie ich. »Ich bin nicht ganz sicher, was sie braucht. Ich hoffe, Sie finden es heraus.«

»Oh nein!« Ich hebe abwehrend die Hände. Ja, ich will Kindern helfen, aber ich habe seit der Nacht, in der mein Bruder starb, keines mehr in den Armen gehalten.

Landon legt das Mädchen langsam wieder an seine Brust, tritt aber nicht von mir zurück. »Ihr englischer Name ist Faith.«

Noch mehr Tränen laufen der Kleinen übers Gesicht und tränken den Kragen ihres blauen Kleides.

»Was ist mit ihr?«

»Das weiß ich nicht. Sie hat schon den ganzen Morgen Bauchweh. Unsere Krankenschwester kommt erst am Freitag zurück.« Er nimmt einen Becher mit Milch und hält ihn an ihre Lippen, aber sie weigert sich zu trinken. »Ist ein Arzt oder eine Krankenschwester im Team?«

»Keine Ahnung.«

»Wenn nicht, bringe ich sie in die Klinik.«

Ich schaue die Frau an, die die anderen Kinder füttert. »Kann sie denn niemand anders nehmen?«

»Wir sind personell unterbesetzt«, erklärt er. »Deshalb sind wir sehr dankbar für Menschen wie Sie, die kommen, um zu helfen.«

Ich weiß nicht genau, warum ich so lang gebraucht habe, um zu begreifen, dass Landon mich genau wie die Frau vorhin für eine ehrenamtliche Helferin hält. Vielleicht liegt es am Jetlag – oder weil ich so lange schon in der Kingston-Blase lebe.

Marcella wäre ehrlich entsetzt, aber ich empfinde es irgendwie als tröstlich, als Mitglied dieses unbekannten Teams behandelt zu werden und nicht als Marcellas Enkelin, die keine Ahnung hat, wie man sich um Kinder kümmert.

»Bitte, Ava!«, fleht er und hält mir das Mädchen wieder hin. »Sie braucht nur ein wenig Zuwendung.«

Mein Verstand schreit mich an, seine Bitte abzulehnen, aber meine Arme machen sich selbstständig. In diesem Moment scheint Landon West keine fünf Millionen Dollar von der Kingston-Stiftung zu brauchen. Er braucht jemanden, der sich um dieses Kind kümmert.

Faith fängt wieder an zu weinen, als ich sie nehme. Mir ist auch danach zumute, während ich sie unbeholfen halte und für den Fall, dass sie niest, das Gesicht abwende. »Wo finde ich ein Tempo?«

Landon lächelt. »In Kampala.«

Das sind ja nur zwei Stunden östlich von hier.

Als Faith die Hände nach ihm ausstreckt, küsst er sie auf die Stirn. »Ich bin bald zurück, Mirembe. Miss Ava wird sich gut um dich kümmern.«

Wenn ich nur selbst auch ein solches Vertrauen in meine Fähigkeiten hätte!

Gut, dann werde ich eben mit ihm über die Mission von *Bishara* sprechen, sobald er das Team begrüßt hat und jemand von den Neuankömmlingen mir Faith abnimmt.

Bevor er den Raum verlässt, dreht Landon sich noch einmal um, betrachtet mich kurz und fragt dann: »Sind Sie schon lange in Uganda?«

Faith weint immer noch, aber ich habe sie auf meine linke Hüfte gesetzt, sodass sie immerhin nicht direkt in mein gutes Ohr heult. »Seit elf Stunden. Die meiste Zeit davon war ich im Hotel.«

Er lacht, als hätte ich einen Scherz gemacht. »Wir ziehen immer die Schuhe aus, bevor wir ein Haus betreten.«

Ich starre ihn verblüfft an und die Rebellin in mir begehrt auf. Ich habe Tausende Kilometer zurückgelegt, einen Höllenpfad, den man kaum als Straße bezeichnen kann, überlebt und biete ihm möglicherweise mehrere Millionen Dollar an. Und er hat die Frechheit, mich für meine Sandalen zu kritisieren? In diesem Moment will ich einen meiner Absätze in seine Kniescheibe treten. Andererseits weiß er nicht, dass ich von der Stiftung komme, und als ich einen Blick auf die Betreuerin und dann zu den Kindern werfe, sehe ich, dass sie alle barfuß laufen. Mein Geduldsfaden ist kurz vorm Zerreißen, aber ich bin bestimmt nicht hier, um diese Menschen oder ihre Kultur zu beleidigen.

Landon wartet, während ich die Sandalen ausziehe und sie ihm übergebe. Dann wirft er meine 300-Dollar-Schuhe auf den Crocs-Berg.

»Sie können sich später ein Paar ausleihen, wenn Sie möchten«, sagt er und deutet auf den farbenfrohen Haufen. »Wir haben alle Größen.«

»Nein, danke.«

»Morgen werden Sie Ihre Meinung vielleicht ändern, falls Sie draußen arbeiten.«

Eine ganze Horde Spinnen und Schlangen taucht vor meinem inneren Auge auf und ich winde mich bei der Vorstellung, wie sie über meine Zehen krabbeln und kriechen.

Ich wende mich ab und klopfe sanft auf Faiths Rücken, während wir zu einem Fenster auf der anderen Seite des Raums gehen. Irgendwie traue ich mich nicht, Landon zu sagen, dass ich morgen nicht mehr hier sein werde.

8. Kapitel

JOSIE

Giethoorn
Juni 1942

Wolken zogen über den Dorfkanal unterhalb des Hauses der Familie van Rees, stürmische Wellen bewegten die Wasseroberfläche und schlugen gegen die Holzwände. Mit einer Tasse Kaffee-Ersatz in der Hand saß Josie neben ihrem Bruder und schaute auf die Brücke zwischen ihrem Haus und dem reetgedeckten Cottage, in dem Klaas' Eltern wohnten.

Neun Jahre waren vergangen, seit Eliese aus Deutschland gekommen war. Damals hatte Frau Pon sie wie eine Tochter im Haus nebenan bei sich aufgenommen. Zuerst nur für ein Jahr und dann jeden Sommer, bis Eliese nach London gezogen war.

Eine Mücke landete auf Josies Arm, ein Eindringling, der durch das Fliegengitter der Veranda geschlüpft war. Sie schlug danach.

Seit Elieses Ankunft in Giethoorn, hatte sich vieles zwischen ihnen verändert. Wenn sie Eislaufen oder Schwimmen gegangen waren, hatte Frau Schoght Klaas oft nicht mitgehen lassen. Sie war der Meinung, dass Eliese zusammen mit den ganzen anderen jüdischen Einwanderern wieder nach Deutschland zurückgehen und dortbleiben sollte, aber Dr. Schoght hatte seine Nachbarn nie feindselig behandelt. Wenn Frau Schoght nicht zu Hause gewesen war, hatte Klaas mit ihnen spielen dürfen.

Mutter trat mit einem Rucksack zu ihnen auf die Veranda, in dem sie Proviant für Josie und Samuel eingepackt hatte. Sie war enttäuscht gewesen, als Josie erklärt hatte, dass sie gleich eine Kanutour unternehmen wollten, bevor es zu regnen anfing, aber sie und Samuel hatten im Zug nach Giethoorn nicht miteinander sprechen können. Wenigstens über nichts Wichtiges. Sie konnte es nicht erwarten, ihn nach den Gulden in dem Umschlag zu fragen.

»Wie geht es Frau Pon?« Samuel nickte zu dem Haus hinüber, in dem Eliese und ihr Vater gewohnt hatten. Es war neben ihrem eigenen Haus das einzige auf der kleinen Insel.

Mutter seufzte. »Sie ist nicht mehr in Giethoorn.«

Samuel stellte seine Kaffeetasse auf die Untertasse. »Wohin ist sie gezogen?«

»Kamp Westerbork. Sie hat einen Brief bekommen.«

Westerbork lag fünfzig Kilometer nordöstlich ihres Heimatorts, ein Internierungslager, das ursprünglich für jüdische deutsche Flüchtlinge eingerichtet worden war, die vor Hitler geflohen waren. Drei Jahre später waren ihnen Hitlers Soldaten über die Grenze gefolgt.

Samuels Schultern sackten nach unten. »Sie hätte nicht hingehen sollen.«

»Das ist nur vorübergehend«, erklärte Mutter, »bis die Nazis wieder fort sind. Dann kommt sie zurück.«

»Die Nazis haben nicht vor, so schnell zu verschwinden.«

Mutter tätschelte seine Hand. »Sie ist ja nicht weit weg. Wir können sie besuchen, wann immer wir wollen.«

»Es ist trotzdem eine Falle«, beharrte Samuel.

»Wenn sie nicht gegangen wäre, hätten sie sie nach Deutschland zurückgeschickt.«

Das Gesicht von Frau van Gelder tauchte vor Josies innerem Auge auf. Die schreckliche Angst in ihrem Blick. Würden die van Gelders nach Westerbork geschickt oder nach Deutschland deportiert werden?

Mutter setzte sich auf das Weidensofa und trank einen Schluck aus ihrer Tasse, die sie zum Abkühlen hier draußen stehen lassen hatte. »Westerbork hat das beste Krankenhaus in ganz Holland und die Beschäftigten sind Juden. Frau Pon hat eine gute Stelle als Krankenschwester und braucht sich keine Sorgen um diese NSB-Männer zu machen, die die Juden schikanieren. Für die Flüchtlinge in Westerbork gibt es Regeln. Schutz für alle, die nicht versuchen, sich zu verstecken.«

Kamp Westerbork war ein Dorf für Einwanderer, kein Gefangenenlager wie Amersfoort. Vielleicht gefiel es Frau Pon, im Krankenhaus zu arbeiten. Seit ihr Mann gestorben war, hatte sie einsam gewirkt.

Samuel rührte einen weiteren Löffel voll Zucker in seinen Kaffee. »Das Krankenhaus ist nur Tarnung.«

Mutter schien ihn nicht zu hören. »Es wird von Juden betrieben, nicht von den Nazis.«

»Aber sie unterstehen trotzdem Hitler!«

»Die Unterkünfte sind zwar nicht luxuriös, aber Frau Pon hat gesagt, dass sie gut zurechtkommt.«

Samuel schaute durch das Fenster auf die rosa Hortensien, die um das Haus der Pons herum blühten, als würde vielleicht Eliese wie früher auf dem ausgetretenen Pfad zwischen ihren Häusern angesprungen kommen. Josie wusste genau, wo seine Gedanken in diesem Moment waren. Bei der Frau, in die er seit Jahren verliebt war und die sein Herz mitgenommen hatte, als sie die Niederlande verließ.

Samuel wandte den Blick vom Nachbarhaus ab. »Wenn wir nicht doch vom Regen erwischt werden wollen, sollten wir jetzt aufbrechen.«

Josie küsste ihre Mutter auf die Wange und ging dann mit dem Rucksack über der Schulter an Samuels Seite zu dem überdachten Bootsschuppen neben dem Haus. Josie hatte den Traum ihrer Mutter, dass aus ihr eine richtige Dame werden könnte, zunichtegemacht und sich mehr dafür interessiert, Camping- und Wanderabzeichen zu erwerben als die Plaketten, die sich andere Pfadfinderinnen in der Küche oder mit ihren Nähmaschinen erarbeiteten. Ihre Mutter kritisierte sie inzwischen nicht mehr. Im Gegenteil, ihr schien die Frau, zu der sich Josie entwickelt hatte, zu gefallen.

Samuel band das Kanu los, während sie die vier Sprossen zu ihm hinabkletterte. Dann reichte er ihr ein Paddel. Für einen Junitag war es ziemlich kalt, und sobald der Regen einsetzte, würde die Temperatur bestimmt noch weiter abfallen. Aber sie konnten nicht das Risiko eingehen, zu Hause über die Widerstandsbewegung zu sprechen.

Josie löste den Pullover, den sie sich um die Taille gebunden hatte, und zog ihn sich über den Kopf. Dann tauchte sie ihr Paddel ins Wasser. Sie fanden in ihren Rhythmus und grüßten freundlich einige Nachbarn, die auf dem Fußweg unterwegs waren, während das Kanu über den schmalen Wasserweg glitt.

Nach einer Weile erreichten sie den ruhig daliegenden See, der von im Moor befestigten Holzkähnen gesäumt war. Vögel beäugten sie neugierig aus dem Gras. Sie fuhren am Rand um den See herum, dann steuerte Samuel das Kanu durch einen anderen, zu den Seiten mit Schilfrohr bewachsenen Kanal. Rechts von ihnen stand die verlassene Windmühle, in der die Pfadfinderinnen früher zu ihren wöchentlichen Treffen zusammengekommen waren. Sie waren alle in Gruppen hierher gepaddelt, Josie und Eliese und ungefähr zehn andere, und hatten dieses alte Gebäude zu ihrem Hauptquartier erklärt.

Sie vermisste diese unbeschwerten Zeiten mit ihren Freundinnen so sehr.

Nachdem die Nazis in ihr Land einmarschiert waren, waren die Pfadfinderinnen- und Pfadfindergruppen verboten worden. Solange die Menschen isoliert waren, glaubten ihre Feinde, sie hätten die Macht über alles und jeden. Aber so wie Josie und Samuel in diesem Marschland zusammen waren, trafen sich die Niederländer auch weiterhin, nur dass es jetzt heimlich geschehen musste. Die Menschen hier fürchteten die Männer, die ihr Land besetzt hatten. Josie hatte den Eindruck, dass die Nazis sie im Gegenzug auch fürchteten. Wenigstens hatten sie Angst davor, dass sie sich zusammenschlossen. Kein Nazi – ob Niederländer oder Deutscher – konnte sie daran hindern, miteinander zu sprechen.

Sie paddelten aufs Ufer zu und Samuel zog das Boot auf den weichen Torf hinauf, damit sie aussteigen konnten. Sie wanderten durch das Gras, bis sie die Windmühle erreichten, fünf Stockwerke voll mit den schönsten Erinnerungen.

Im großen Raum standen noch die Kisten und Stühle, die sie benutzt hatten, als sie sich früher getroffen hatten, um gemeinsam Dinge zu lernen, wie z. B. ein Feuer anzuzünden, Wunden zu versorgen oder die wollenen Badeanzüge zu stricken, die sie an heißen Sommertagen getragen hatten. Die Mühle war auch der Startpunkt ihrer Bootsrennen gewesen. Diese Wettkämpfe, bei denen sie durch das Marschland gepaddelt waren, hatten den ganzen Tag gedauert. Als Eliese und sie das letzte Mal als Team gestartet waren, hatten sie gewonnen.

Statt die eingestaubten Stühle zu benutzen, setzten Samuel und sie sich auf die alten Bretter vor der Tür, streckten die Beine aus und genossen den Anblick des Sumpfes vor sich – ein Torfmoor, das vom Himmel, dem Wasser und dem Schilf umrahmt war. Samuel stützte sich auf seine Hände zurück und sah für einen kurzen Moment aus wie der Junge, der früher mit Klaas gewetteifert hatte.

Vor hundert Jahren hatte hier ein Torfstecher mit seiner Familie gewohnt. In jener Zeit, als man noch keinen Strom gehabt hatte, hatten der Mann und seine Arbeiter den Torf getrocknet, um ihn als Brennstoff zu verwenden. Damals sei das Leben einfacher gewesen, sagten einige.

Auch Josie sehnte sich nach mehr Einfachheit – nach den schönen Jahren ihrer Jugend. Aber jetzt war es, als wären ihr die Hände und Füße gefesselt, und die Knoten dieser verworrenen Stricke konnte selbst die klügste Pfadfinderin nicht lösen.

Die Windmühlenräder knarrten über ihnen in der leichten Brise. Samuel blickte sich um, um sich zu vergewissern, dass ihnen niemand gefolgt war, der sie belauschen konnte. »Hast du den Brief in Maastricht abgegeben?«

»Ja.« Sie hatte den Inhalt des Rucksacks inspiziert und riss nun die Wachskruste von einer Käsekugel, bevor sie den Edamer mit ihrem Bruder teilte. »Der Empfänger war sauer, weil der Inhalt nass war.«

Samuel beugte sich vor. Er trug eine Brille wie ihr Vater, ein braunes Gestell, das Vierecke um seine Augen zeichnete. Diese blauen Augen funkelten kämpferisch, wenn jemand die Menschen, die er liebte, bedrohte. »Wieso war er nass?«

»Jemand von der NSB – der *Nationaal-Socialistische Beweging in Nederland* – hat den Inhalt des Korbs in eine Pfütze gekippt. Zum Glück hat er den Umschlag nicht entdeckt.«

Samuel stöhnte. »Das hätte ins Auge gehen können.«

Sie strich mit der Hand über das hohe Gras, das zwischen den Holzbrettern wuchs. »Ich mache mir Sorgen, Samuel.«

»Die machen wir uns alle.«

»Der Mann in Maastricht hat den Umschlag geöffnet.«

Er schloss die Augen.

»In dem Umschlag war …«

»Sag es nicht, Josie.«

Sie wand sich unbehaglich und der Stoff ihrer Hose blieb an den Brettern hängen. »Du weißt genau, was in dem Umschlag war.«

»Natürlich.«

»Ich habe die ganze Zeit geglaubt, ich würde Briefe für den Widerstand überbringen. Um die Nazis aufzuhalten …«

»In vielen der Umschläge waren Briefe.«

Sie machte die Zwiebackpackung auf und nahm einen Bissen von dem knusprigen Brot. »Woher hattest du das Geld?«

»Das kann ich dir nicht sagen.«

»Warum nicht?«

»Das würde alles ruinieren.«

»Ich riskiere mein Leben, um dir zu helfen, und weiß nicht einmal, was du machst.« Sie hörte selbst, dass sie wie ein schmollendes Kind klang, aber es war nun einmal einfach ungerecht. »Bestiehlst du Juden?«

»Nein.«

»Aber du stiehlst.«

»Wahrscheinlich bestehle ich die Reichen, um es den Armen zu geben.«

»Das ist kein Spiel, Samuel.«

Er errötete. »Wir nehmen Geld, das eingesetzt werden soll, um zu zerstören, und benutzen es für etwas Gutes.«

Sie lehnte sich an den Türpfosten und hatte Mühe, seine Worte zu verarbeiten. War es richtig, Geld des Feindes zu stehlen, Mittel, die eingesetzt werden sollten, um Juden zu vernichten?

»Ich kann dir nicht sagen, woher das Geld kommt, aber es soll Menschen wie Frau Pon helfen.«

»Und Eliese?«

»Wenn sie noch in Holland wäre.«

Die Windmühlenräder bewegten sich wieder leicht. »Als ich das letzte Mal hier war«, sprach sie ihre Erinnerung von vorhin aus, »haben Eliese und ich unseren großen Sieg gefeiert.«

Samuel nahm seine Brille ab und putzte sie an seinem Hemd. »Ich vermisse unser früheres Leben.«

»Ich glaube, du magst Eliese immer noch.«

Er wischte sich die Schweißtropfen von der Stirn und fuhr mit der Hand durch sein kurzes blondes Haar. »Ich will, dass alle Juden in Sicherheit sind.«

»Aber bei Eliese ist es etwas anderes.«

»Sie ist unsere Freundin und Gott sei Dank ist sie in London. Dort können sie ihr nichts anhaben.«

Josie seufzte und trommelte mit ihren Fersen aufs Holz. »Es wird immer schlimmer, nicht wahr?«

Er nickte langsam. »Die Nazis lassen sich Zeit, aber das ist alles nur Taktik. Sie warten ab, bis die Holländer unvorsichtig werden. Und dann werden wir alle Hitlers Brutalität zu spüren bekommen.«

Ein Kormoran schoss nach unten und ein Stück über den Kanal, bevor er unter der Wasseroberfläche verschwand. Wenige Sekunden später tauchte er wieder auf und hatte einen Fisch im Schnabel.

»Letzte Woche habe ich gesehen, wie eine jüdische Familie aus ihrem Haus fortgebracht wurde. Ein kleines Mädchen und seine Eltern.«

»Die Juden in Amsterdam werden alle in das jüdische Viertel umgesiedelt«, sagte Samuel.

Die Brücke zum jüdischen Bezirk war ganz in der Nähe ihrer Schule. Das Gebiet war mit Stacheldraht abgesperrt. »Vielleicht könnte ich mal dorthin.«

Er schüttelte den Kopf. »Da dürfen nur Juden rein. Und dann lassen sie sie nicht mehr hinaus.«

»Ich will nur helfen.«

»Du hilfst schon, Josie. Und zwar nicht nur mir«, erklärte er leise. »Hunderte, vielleicht Tausende verstecken sich inzwischen. Der Widerstand nennt sie *Onderduikers.*«

Untertaucher. Wie die Frau in dem Haus in Maastricht.

»Je weniger du weißt, umso sicherer ist es für dich. Falls dir irgendetwas zustoßen sollte …« Er sprach nicht weiter. »Wir brauchen deine Unterstützung, aber ich kann die Vorstellung nicht ertragen, dass dir jemand Schaden zufügt.«

»Mir wird keiner etwas tun. Sie halten mich für ein einfältiges holländisches Mädchen.«

»Du bist das klügste einfältige Mädchen, das ich kenne.«

»Bis auf Eliese«, fügte sie hinzu.

»Eliese ist nicht das kleinste bisschen einfältig.«

Josie schlug ihn gegen den Arm und Samuel lachte, bevor er die Lippen wieder zusammenkniff.

»Danke, dass du uns hilfst«, sagte er. »Menschen wie wir, Studenten, Lehrer und Buchhalter, werden diesen Krieg gewinnen.«

Josie lag schon im Bett, als Samuel am Abend an ihre Tür klopfte.

»Josie?«

Sie schaltete ihre Lampe ein und setzte sich auf. »Was ist?«

Er kam ins Zimmer und schloss die Tür wieder hinter sich. »Ich muss für eine Weile fort.«

Der Schreck traf sie tief. Einer nach dem anderen verschwanden still und heimlich immer mehr Menschen, die ihr wichtig waren. »Als Untertaucher?«

»Eher als Untergrundmitarbeiter.«

»Wissen Mutter und Vater Bescheid?«

»Nein, aber zumindest Vater würde es nicht überraschen.«

»Ich will weiterhin helfen«, sagte sie.

»Ich habe noch einen Umschlag, den du überbringen musst. Er muss zu einem Freund in Amersfoort und der …« Er sprach einen Moment nicht weiter und zog besagten Umschlag aus seiner Jacke. »… der Inhalt wird von dort aus verteilt werden.«

Sie schaute den Umschlag an. »Wie viele Gulden sind da drin?«

»Zwanzigtausend.«

Sie erschauerte. »So viel Geld habe ich noch nie gesehen.«

Sein Blick wanderte zum Fenster. »Es ist genug, um viele zu versorgen, die sich jetzt verstecken, und um ihnen neue Ausweise zu beschaffen.«

»Hast du es von den Nazis?«

»Ich habe nie jemanden beklaut.«

Sie nahm ihm den Umschlag ab. »Ich werde es überbringen.«

Samuel gab ihr die Adresse und die genauen Anweisungen, was sie zu sagen hatte, wenn sie zu dem Haus kam. Auch dieses Mal würde der genau festgelegte Gesprächsverlauf bestätigen, dass die richtige Person diese große Summe bekam, mit der der Widerstand unterstützt werden sollte. Josie wiederholte die Worte mehrmals, bis sie sie auswendig konnte.

»Vertraue niemandem«, sagte Samuel, »bis du von mir hörst.«

»Was ist mit Klaas?«

Er küsste sie auf die Wange. »*Niemandem.*«

Wie sie diesen Krieg hasste, der ihnen das Vertrauen zu Freunden und Nachbarn raubte!

»Wir sehen uns bald.« Er küsste sie auf die Stirn. »Lang lebe der Widerstand!«

»Lang lebe …« Aber da war er schon hinausgehuscht. Josie zog ihren Frotteebademantel über ihr Nachthemd und eilte in den Gang hinaus, da sie sich unbedingt noch richtig von ihrem Bruder verabschieden wollte. Aber im Zimmer nebenan war das Bett ordentlich gemacht und Samuels Tasche war fort.

Draußen lief sie über das taunasse Gras zum Kanal und die Nachtluft drang durch ihren Bademantel. In der Dunkelheit hörte sie einen Motor, und als sie im Schuppen ankam, musste sie feststellen, dass das Boot der Familie nicht mehr da war.

Josie sank auf die Kante der Slootje und ließ die Füße ins Wasser baumeln. Samuel und sie waren schon immer im selben Team gewesen, solange sie zurückdenken konnte. Um sie zu schützen, erzählte er ihr nicht jedes Detail, aber er hatte ihr immer alles anvertraut, was sie wissen musste.

Sie hatte den Verdacht, dass Samuel dieses Mal nicht zurückkommen würde. Wenigstens für eine ganze Weile nicht. Das Netz aus Kanälen könnten ihn quer durch die ganzen Niederlande führen, wo auch immer er gebraucht wurde, bis ihr Land wieder frei war.

Lang lebe der Widerstand!

Und lang – betete sie – lebe Samuel van Rees!

9. Kapitel

Singen! Das hat meine Mutter immer gemacht, wenn ich nicht einschlafen konnte. Ein altes Lied von einem Regenbogen, dessen Farben alle in meinem Kopf auftauchten und sich miteinander vermischten.

Ich singe Faith das Lied leise vor, während wir in einem Schaukelstuhl schaukeln. In dem Text geht es darum, dass sie auf ihr Herz hören und das singen soll, was sie fühlt. Doch statt zu singen, weint Faith ihre Gefühle laut hinaus und umklammert meinen Finger, als könnte ich ihre Schmerzen vertreiben.

Ich wünschte, das könnte ich. Ich wünschte, ich könnte allen Kindern auf der Welt die Schmerzen nehmen.

Landons Versprechen, bald wiederzukommen, liegt schon eine lange Weile zurück. Ich habe die ganze Zeit versucht, Faith zu trösten, aber sie hat sich geweigert, ihr Mittagessen aus *Posha* und Bohnen zu essen. Und sie wollte auch nicht mit den anderen Kindern oben Mittagsschlaf machen.

Faiths Weinen wird langsam leiser und geht in ein Wimmern über, während ich noch einmal von den Farben des Regenbogens singe. Ihre Hand entspannt sich und ihr Griff lockert sich. Ich schaukle weiter und singe nun nur noch flüsternd.

Bevor sie nach oben gegangen ist, hat mir Ruth, eine der zwei Betreuerinnen in diesem Heim, einen Teller mit der Breimischung gebracht und mir ihre Geschichte erzählt, während ich den Teller leer gegessen habe. Ruths Mutter ist gestorben, als Ruth elf war. Sie war die dritte Frau eines Mannes, der schon alle Kinder, die er wollte, mit seinen anderen Frauen hatte. Jahre später hat Landon sie als Betreuerin der Kinder bei *Bishara* eingestellt. Einige von ihnen sind Waisen und wohnen hier. Andere gehen jeden Abend nach der Kaffeeernte mit ihren Eltern nach Hause.

Ich höre auf zu singen, als Faith die Augen zumacht, aber ich schaukle weiter und drücke meine nackten Fersen auf den rauen

Teppich. Ihr Atem hat sich beruhigt und ihr Weinen ist jetzt verstummt.

Ruth hat gesagt, dass Landon normalerweise der Einzige ist, bei dem Faith zu weinen aufhört. Niemand ist hier, um meine Leistung zu bewundern, aber als ich den Kopf an die Stuhllehne zurücklege und mich an die geschnitzten Bretter lehne, regt sich ein gewisser Stolz in mir, dass sie bei mir ebenfalls aufgehört hat.

Mein Blick wandert zu dem verschmierten Fenster. Draußen flattert auf einer Leine die Wäsche – bunte Röcke, Blusen und Shorts für Kinder. Auf dem Hügel dahinter wässern Plantagenarbeiter lange Strauchreihen, an denen Trauben von roten Beeren hängen.

Meine Zehen graben sich in den Teppich und ich lausche dem Lachen eines Kindes über mir. Schritte tapsen über den Boden, während Ruth, vermutlich gemeinsam mit der anderen Betreuerin, die Kinder ins Bett zu bringen versucht. Ich staune über die Schlichtheit dieses Ortes, sauge sie förmlich auf. Erst gestern war ich von unermesslichem Reichtum umgegeben, aber statt Dankbarkeit erzeugte dieser Reichtum nur Unzufriedenheit. Wut. Niemand in der Familie hat die Haute Cuisine des Restaurants gewürdigt oder den teuren Wein oder die elegante Umgebung, genauso wenig wie sie ihre Familie schätzen. Die Säule eines Vermächtnisses – und Marcellas Hartnäckigkeit – sind das Einzige, was die Familie Kingston noch verbindet. Und das Geld. Wenn der Konzern aufgeteilt wird, werden sie vermutlich nicht einmal mehr durch ihr gemeinsames Vermögen zusammengehalten.

Was würde William Kingston denken, frage ich mich, wenn er vom Himmel herabschauen und dieses Desaster von Nachkommen sehen könnte? Wenn er wüsste, dass seine Familie an dem Vermögen zerbricht, das er und Peter Ziegler mühsam verdient haben, um ihr ein sorgenfreies Leben zu ermöglichen? Sowohl er als auch Peter wären vermutlich am Boden zerstört, wenn sie das miterleben würden.

Ich werfe einen Blick auf die Bänke. Ruth und die älteren Mädchen haben das Essen inzwischen abgeräumt.

Meine Onkel, Austin und die anderen würden rebellieren,

wenn sie jeden Tag *Posha* und Bohnen essen müssten, doch ehrlich gesagt kann ich ihnen daraus keinen Vorwurf machen. Ich bin auch in diesem Luxusdenken gefangen. Einerseits will ich wegen meiner sozialen Stellung nicht anders behandelt werden, andererseits habe ich erwartet, dass die Leute mir samt meinen teuren Schuhen mit Respekt begegnen, statt mir zu überlegen, wie ich *sie* respektieren kann. In solchen Momenten bin ich genau wie Austin, der sich an sein Smartphone klammert, als wäre es wichtiger als seine Mitmenschen.

Jetzt, wo Faith schläft, packe ich das Buch aus, das mir Paul gegeben hat. Die Bibliothek in Amsterdam ist seit Jahren ein Traum von Marcella gewesen. Bücher, hat sie einmal gesagt, sind das beste Vermächtnis. Sie überdauern unser Leben, und selbst wenn die Wahrheit nur schwer zu finden ist, bringen sie Licht in die Vergangenheit.

Vielleicht wird dieses Buch, *Vor der Morgendämmerung ist es am dunkelsten*, im Hinblick auf meine Familie ein wenig Licht ins Dunkel bringen.

Ich verlagere Faith vorsichtig auf meinen linken Arm, balanciere den Buchrücken auf meinem Knie und fange an, den Prolog zu lesen. Das Buch wurde in den 1960er-Jahren geschrieben. Es ist ein historischer Bericht über Amerikaner, die vor dem Zweiten Weltkrieg in Europa investierten, eine Analyse, wie diese Männer nach den schwierigen Jahren der Weltwirtschaftskrise ein riesiges Vermögen scheffelten.

Ich überfliege die Seiten und finde das Kapitel über meine zwei Urgroßväter – Randolphs Vater, William Kingston, und Peter Ziegler, Marcellas Vater. Das Kapitel ist nur neun Seiten lang. Fasziniert lese ich Peters Geschichte; Marcella erzählt nie etwas von ihm.

William und Peter haben beide in Cambridge studiert. Laut dem Autor lernten sie sich nach der Aufnahme in einen Geheimbund namens *Memento Mori*, kurz: die *Mori Men*, kennen. Der Eid, den meine Urgroßväter in dieser Brüderschaft leisteten, war lebenslang bindend.

Auf der nächsten Seite finde ich Fotos von William und Peter aus dem Jahrzehnt nach Cambridge. William trägt einen Hut auf seinem dunklen Haar, eine Krawatte und ein Jackett. Die Kleidung passt zu der Entschlossenheit in seinen Augen, der messerscharfen Konzentration auf Erfolg. Ich habe sein Abbild oft gesehen an den Wänden des Kingston-Hauses und in den Gesichtern meiner beiden Onkel.

Von Peter Ziegler habe ich dagegen nie ein Bild gesehen. Sein Gesicht ist schmaler als Williams und auf dem Foto lächelt er. Sein Haar ist glatt aus der Stirn gekämmt, fällt zu einer Seite und legt sich dann nach hinten. Ich sehe Marcella in ihm – die braunen Augen und das längliche, blasse Gesicht –, auch wenn Marcellas Blick immer von der Kingston-Entschlossenheit geprägt ist.

Peter war Jude. Ein deutscher Jude.

Das überrascht mich. Ich weiß, dass William vor dem Zweiten Weltkrieg eine Weile in Europa gewesen ist, aber ich hatte keine Ahnung, dass Peter jüdischer Herkunft war. Nach dem Studienabschluss, schreibt der Verfasser, ging William wieder nach New York. Peter und seine Frau Trudy bauten, statt nach Deutschland zurückzukehren, sowohl in London als auch in New York ein Haus.

Ich schaukle leicht, während ich umblättere, damit Faith ruhig weiterschläft.

Der Autor zählt vier Firmen auf, in die William und Peter Geld hineingesteckt haben und von denen ich bisher nie etwas gehört habe. William wurde in mehr als einer dieser Firmen Direktoriumsmitglied. Vor dem Zweiten Weltkrieg erweiterten die beiden Männer ihre Geschäfte, indem sie in New York eine Privatbank als Partnerunternehmen einer Bank in Amsterdam eröffneten.

Nach dem Krieg gründeten meine Urgroßväter ihre Fensterfirma *Kingston Windows* und investierten in eine Vielzahl von anderen Firmen, die grenzüberschreitend produzierten. Anfang der 1950er-Jahre waren beide Männer mehrere Millionen schwer. 1962 wurde Peter in ein Sanatorium in New York, das sogenannte *Craig House*, eingeliefert, während Williams Sohn Randolph die Firma weiter ausbaute.

Damit endet dieses Kapitel. Das war der letzte Absatz über die Kingston-Ziegler-Dynastie.

Weigert sich Marcella deshalb, über ihren Vater zu sprechen? Wurde er krank oder hat er die perfekte Fassade der Kingstons irgendwie befleckt?

Wenn ich nach New York zurückkomme, werde ich sie noch einmal bitten, mir seine Geschichte zu erzählen.

Die Uhr an der Wand zeigt an, dass es schon nach eins ist. Willie soll mich um drei abholen und ins Hotel zurückbringen, aber ich kann Faith nicht allein lassen, solange Landon nicht zurück ist, und ich kann erst wieder aus Uganda abreisen, wenn ich ihm meine Fragen gestellt habe.

Ich blicke auf das Mädchen hinab, das auf meinem Schoß schläft. Pockennarben verunstalten Faiths Wangen und die Haare stehen wirr von ihrem Kopf ab. Ich war so damit beschäftigt, sie zu beruhigen, dass ich ihr Gesicht bis jetzt gar nicht betrachtet und sie als Mensch wahrgenommen habe. Durch all die Gedanken über den Ausgang meines Gesprächs mit Landon hätte ich dieses Mädchen fast übersehen.

Wie sieht Faiths Zukunft hier in Uganda aus? Mithilfe von Landon und vielleicht eines Stipendiums von der Stiftung braucht sie nicht wie Ruths Mutter die zweite oder dritte Ehefrau eines Mannes zu werden, um zu überleben. In dieser Hinsicht könnte das Stiftungsgeld wirklich sinnvoll eingesetzt werden.

Es ist warm im Raum und mir fallen nun selbst die Augen zu. Faith schläft weiter an meiner Brust und ich döse vor mich hin, bis ich draußen Stimmen höre. Landon steckt den Kopf durch die Haustür und sieht sich suchend um. Als sein Blick auf Faith und mich fällt, flüstert er etwas, das ich nicht verstehen kann.

Ich drehe den Kopf ein wenig. »Was haben Sie gesagt?«

»Entschuldigung, dass es so lange gedauert hat.« Er tritt zu uns und richtet den Blick auf Faith. »Wie geht es meinem Mädchen?«

»Sie schläft seit über einer Stunde.«

»Das ist eine gute Nachricht. Leider ist niemand im Team Mediziner und ich mache mir ernsthaft Sorgen um sie.« Er zieht einen zweiten Schaukelstuhl heran und setzt sich neben mich. Dann streicht er sich ein weiteres Mal die hellbraunen Locken aus den Augen. »Seltsamerweise weiß auch niemand im Team etwas von einer Amerikanerin, die mit Kindern arbeitet.«

Ich blicke wieder auf das Mädchen, dessen Arm über meinem hängt. »Das liegt daran, dass ich nicht zu den neuen Helfern gehöre, und fürs Protokoll: Ich habe auch keine Erfahrung mit Kindern.«

»Sie waren heute ein Geschenk des Himmels.« Er sieht mich neugierig an. »Aber warum sind Sie nach *Bishara* gekommen?«

Füße poltern die Treppe herab, und als zwei Kinder um die Ecke spähen und uns ansehen, deute ich mit dem Kopf zur Tür. »Vielleicht können wir uns woanders unterhalten?«

»Natürlich«, sagt er. »Hat Faith etwas getrunken, bevor sie eingeschlafen ist?«

»Nein, sie wollte nicht.« Als ich sie auf meinen anderen Arm verlagere, fällt ihre freie Hand auf meinen Schoß. »Ich habe gefühlt, ob sie Fieber hat, aber es scheint nicht so.«

Wenigstens nicht, wenn man die hohe Temperatur in diesem Raum berücksichtigt. Ich weiß nicht viel über Kinder, aber ich weiß, dass heiße Haut bei jedem ein schlechtes Zeichen ist, egal ob jung oder alt.

»Wenn sie aufwacht, wird sie etwas essen wollen.« Landon greift nach Faiths Hand, um sie auf ihren Bauch zu legen, doch dann stockt er. Das Lächeln in seinem Gesicht weicht Sorge. Er rutscht von seinem Stuhl, kniet neben uns nieder und berührt ihren Kopf und ihre Wangen.

»Eben hat sie sich nicht heiß angefühlt«, wiederhole ich.

Er erwidert etwas, aber seine Stimme ist zu leise. Ich drehe den Kopf und beuge mich näher, um seine Worte zu verstehen. »Wie bitte?«

»Nein, im Gegenteil, ihre Haut ist zu kalt.«

Ich schaue mich nach einer Decke um, aber hier drinnen ist es viel zu warm für Decken.

Als er Faith von meinem Schoß nehmen will, protestiere ich: »Es hat eine Ewigkeit gedauert, bis sie eingeschlafen ist.«

Ich kann nicht genau deuten, was da in seinem Blick liegt, aber es sieht fast wie Mitleid aus. Warum hat er Mitleid mit mir?

»Sie schläft nicht, Ava.« Er hebt Faith hoch. »Sie ist bewusstlos.«

Meine Arme fallen kraftlos nach unten. Die Wucht seiner Worte presst mir die Luft aus den Lungen und der Raum scheint sich um mich zu drehen.

Wie konnte mir das nur entgehen? Ich hätte versuchen sollen, sie zu wecken, und Hilfe holen müssen, aber stattdessen war ich erleichtert. Sogar stolz auf meine Leistung.

Landon drückt das Mädchen an seine Brust. »Ich muss sie in die Klinik in Mityana bringen.«

Ich wünschte, ich hätte Willie nicht in die Stadt geschickt. »Können wir mit einem der Lastwagen da draußen fahren?«

»Sie brauchen nicht mitzukommen.«

»Ich will helfen.« Dieses Mal wirklich.

Die Handtasche wieder über der Schulter folge ich Landon aus dem Haus, wo er feste Sandalen anzieht. Dann wirft er mir ein Paar limettengrüne Crocs in Erwachsenengröße zu. Ich lasse sie im Gras liegen, greife stattdessen zu meinen Sandalen und ziehe sie schnell an. Landon hält Faith in den Armen und wir laufen durch das Lagerhaus und in ein kleines Steingebäude, in dem ein verbeultes Motorrad steht.

Er übergibt Faith wieder an mich. »Sie müssen sie so eng wie möglich an sich drücken, damit sie nicht zu sehr durchgerüttelt wird.«

Ich starre das Motorrad an. »Wir fahren *damit*?«

»Bei den vielen Schlaglöchern auf der Straße brauchen wir mit dem Lastwagen mindestens eine Stunde, um in die Klinik zu kommen. Ich fürchte, so viel Zeit haben wir nicht mehr. Mit dem Motorrad sind wir in zwanzig Minuten da.«

Landon setzt Faith einen Kinderhelm auf, dann reicht er mir einen Helm ohne Visier. Entweder er will keinen Helm tragen oder ich bekomme den einzigen Erwachsenenhelm, den er besitzt.

Während meines Studiums hatte ich einen Freund, der leidenschaftlicher Motorradfahrer war. Ich war oft genug mit ihm unterwegs, um diese Leidenschaft zu verstehen, auch wenn ich selbst wesentlich mehr für das Cabrio übrighatte, das ein Geschenk von Marcella war. Aber ich weiß noch, wie ich mich in die Kurven legen muss, und das erweist sich als äußerst hilfreich, als Landon durch die Tischreihen im Hof rast. Ich drücke Faith mit meinem linken Arm fest an mich, während ich den rechten um Landon gelegt habe. Faith und meine Handtasche liegen geschützt zwischen uns.

Gras streift meine nackten Arme, während wir um die Schlaglöcher herumfahren und der Motor in meinem guten Ohr dröhnt. Meine Arme schmerzen, aber ich wage es nicht, auch nur für einen Moment locker zu lassen.

Während wir auf Mityana zurasen, bete ich und bitte Gott, dieses Kind gesund zu machen und es zu retten. Wenn ich nur begriffen hätte, dass sie so krank ist! Dann hätte ich Landon sofort gesucht, damit er sie in die Klinik bringen kann.

Wir nehmen eine enge Kurve und Landon ruft etwas zu mir nach hinten, was ich nicht verstehen kann.

Ein schmaler schwarzer Turm richtet sich auf der Straße auf, so hoch wie das Gras. Darunter, auf der Lehmstraße zusammengerollt, liegt eine dunkle Spule.

Mein Schrei hallt in meinem Helm wider, als der Kopf der Schlange auftaucht, schwarz mit gelben Flecken. In diesem Moment ist mir nur allzu bewusst, dass meine hautenge Jeans und die offenen Sandalen mich absolut nicht vor ihren Giftzähnen schützen können.

Ich schreie wieder, als Landon das Motorrad nach rechts herumreißt und durch das hohe Gras weiterrast. Die Grashalme peitschen gegen mein Gesicht, meine Arme, meine Beine. Ich schließe die Augen und beuge mich schützend über Faiths regungslosen Körper. Meine Fantasie entspinnt die wildesten Horrorszenarien um diese Schlange, die uns folgt wie ein Stier dem Matador.

Dieses Ungeheuer wird Faith nicht kriegen!

Landon biegt wieder auf die Straße und drosselt die Geschwindigkeit, um das nächste Schlagloch zu umrunden, damit wir uns nicht überschlagen.

Er muss diese Straße schon sehr oft gefahren sein. Wie viele Male ist er schon vor einer Schlange geflohen?

»Halten Sie sich fest!«, übertönt er den Motorenlärm, aber ich klammere mich sowieso schon wie der Widerhaken einer Angel an ihn.

Über meine Schulter sehe ich, wie das schwarze Band in einem beängstigenden Tempo auf uns zuschlängelt.

Wie schnell können Schlangen werden?

»Beeilen Sie sich!«, schreie ich, obwohl Landon meine Anfeuerung gar nicht braucht. Ich lehne mich wieder an ihn, während er sich tiefer über den Lenker beugt und weiter beschleunigt. Faith halte ich nach wie vor fest an mich gedrückt. In diesem Moment bin ich froh, dass sie nichts von alldem mitbekommt. Wenn ich Landon loslassen müsste, um sie zu beruhigen …

Ich kann Landon nicht loslassen.

Wir rasen über einige kleinere Schlaglöcher und vor uns sehe ich mehrere Autos, die die Straße kreuzen. Die Löcher werden weniger. Als ich mich wieder umdrehe, scheint auch die Schlange verschwunden zu sein. Ein schrilles Hupen mischt sich in das Dröhnen des Motorradmotors. Ich hole tief Luft, zähle – *sechs, sieben, acht …* – und versuche mein rasendes Herz und meinen auf Hochtouren arbeitenden Verstand zu beruhigen.

Landon biegt auf die stark befahrene Straße. Die Seiten sind von Hütten gesäumt, an denen Schilder für Cola und Airtel hängen. An die Pfosten vor den Gebäuden sind Kühe mit langen Hörnern angebunden.

Die Leute drehen sich nach uns um, weil wir so viel Lärm machen. In diesem Moment bin ich überglücklich, dass wir nicht mehr weit und breit die Einzigen sind.

Ich lasse mich mit Faith ein kleines Stück zurücksinken. Sie fühlt sich an wie eine der Puppen, die ich als Kind hatte. Wie mein Bruder vor langer Zeit, als ich ihn zu retten versucht habe.

Der Gedanke überrascht mich.

Habe ich Andrew in jener Nacht gehalten?

Ich erinnere mich an so wenig von dem Feuer, und bei den Dingen, an die ich mich erinnere, bin ich mir nie sicher, ob sie tatsächlich passiert sind oder nicht. Ich bin mit meinen verwirrten, schmerzhaften Erinnerungen allein. Ohne zu wissen, was real ist und was sich mein Hirn nur erdacht hat, um mit der Wahrheit fertigzuwerden.

Landon biegt erneut ab und parkt das Motorrad wenig später vor einem Betongebäude mit einer Rotkreuz-Flagge.

Als ich absteige, nimmt er mir Faith aus den Armen und drückt sie wieder vorsichtig an sich. »Wie geht es ihr?«

»Unverändert, denke ich.« Aber woher soll ich das wissen? Ich habe mich heute nicht gerade als Expertin erwiesen.

Im Inneren der Klinik ist ein Wartezimmer. Zwei Personen sitzen auf Kunststoffstühlen am Fenster. Ein dunkelhäutiger Mann in Arztkleidung empfängt uns. Landon kennt ihn und spricht ihn mit Dr. Daniel an. Der Arzt nimmt Landon Faith ab und eilt mit ihr in ein Untersuchungszimmer. Uns fordert er mit britischem Akzent auf, dass wir warten sollen.

Landon setzt sich neben mich auf einen Stuhl. Er erzählt mir, dass Dr. Daniel zweimal im Jahr aus England kommt, um eine Zeit lang in dieser Klinik zu arbeiten, aber in meinem Kopf kriecht immer noch die Schlange herum. »Was war das für ein Vieh?«

»Eine Speikobra.«

Meine Arme beginnen zu zittern. Auch ohne eine Schlangenkennerin zu sein, weiß ich, dass eine Kobra töten kann. Und diese Kobra hatte uns als Zwischenmahlzeit eingeplant.

»Warum hat sie uns verfolgt?«

»Sie hat uns nicht verfolgt, Ava. Sie hat versucht, von uns wegzukommen.«

»Es kam mir definitiv so vor, als würde sie uns jagen.«

»Ich habe in Uganda nur sehr selten Schlangen gesehen«, erzählt er und tippt mit den Füßen auf den Betonboden. »Jede hat die Flucht ergriffen.«

»Diese Schlange nicht. Wenigstens nicht gleich.«

»Wir haben sie erschreckt.« Landon steht auf. »Sie hatte wahrscheinlich genauso viel Angst vor uns wie wir vor ihr.«

Ich will mir nicht vorstellen, wie sich diese Schlange verhält, wenn sie keine Angst hat.

Landon tritt ans Fenster, während ich auf mein Handy schaue. Viertel nach drei. Ich schicke Willie kurz eine Nachricht, dass ich in Mityana bin. Dann massiere ich die Muskeln in meinem Arm und mache dann beim anderen weiter, um mich zu beruhigen. Das Adrenalin schießt immer noch durch meinen Körper.

Schließlich setzt Landon sich wieder und fährt mit den Fingern durch seinen langen Pony. »Ich hätte sie schon früher herbringen sollen.«

Mein Blick wandert an ihm vorbei zu dem schmalen Flur, wo der Arzt mit Faith verschwunden ist. Die Worte *Hakuna Matata* sind in einem fröhlichen Orange an die Wand über dem Durchgang geschrieben. »Sie konnten nicht wissen, dass es so ernst ist.«

»Ava ...« Er beugt sich vor und faltet die Hände auf seinem Schoß. »Warum sind Sie denn nun in Uganda?«

»Ich arbeite für die Kingston-Stiftung. Wir haben Ihren Förderantrag bekommen.«

Er schaut mich verwirrt an. »Ich habe keinen Antrag gestellt.«

In Kenia war ich wegen eines Förderantrags für eine Arbeit, die es in Wirklichkeit nicht gibt. Aber wer sollte einen Förderantrag für eine Organisation fälschen, die tatsächlich existiert?

Ich nehme meine Handtasche und ziehe die Akte mit der Kopie des Antrags heraus. Auf dessen Rückseite finde ich die Unterschrift des Antragstellers. Kendall West Stafford hat ihn unterschrieben. Landons Schwester.

Während ich ihm den Antrag reiche, senke ich die Stimme, damit die Leute, die mit uns im Raum sitzen, unser Gespräch nicht mithören. »Ihre Schwester hat fünf Millionen Dollar beantragt, damit Sie Ihren Betrieb erweitern und sowohl hier als auch in Portland mehr Leute einstellen können. Ich kann Ihnen zwar zum jetzigen Zeitpunkt noch keine Förderung versprechen, aber ich muss sagen, dass ich ihr zustimme. Sie könnten definitiv noch einige Mitarbeiter im Kinderheim und eine fest angestellte Krankenschwester auf der Plantage brauchen.«

Er schüttelt den Kopf. »Wir haben genügend Missionsteams, die kommen und helfen.«

»Sie … Sie wollen die fünf Millionen nicht?«, stottere ich, völlig überrumpelt von seinem abwehrenden Tonfall. Bislang waren alle begeistert, wenn sie gehört haben, dass ich von der Stiftung komme, und haben sich bemüht, ihre Organisation im besten Licht darzustellen, statt mir die Unterstützung ausreden zu wollen.

»Es ist nicht so, dass ich das Geld nicht wollen würde.« Er blickt auf seine staubverschmierten Hände hinab. »Wir könnten es natürlich brauchen. Aber mir gefallen die Bedingungen nicht, die damit verknüpft sind.«

»Bei unserer Stiftung sind die Bedingungen minimal, solange Sie mit dem Geld das machen, was Sie sagen – beziehungsweise was Ihre Schwester geschrieben hat.«

Er sieht mich an. »Trotzdem sind Sie den weiten Weg von … Von wo eigentlich?«

»Streng genommen war ich in Amsterdam, aber ich lebe in New York. Auf dem Land, nördlich von New York City.«

»Sie wissen vermutlich schon, dass ich die halbe Zeit in Portland lebe.«

Ich nicke und versuche zu lächeln. »Das steht in Ihrem Lebenslauf.«

»Sie sind also das Sprachrohr dieser Stiftung?«

»Die Direktorin. Aber eigentlich bin ich mehr mit Nachforschungen beschäftigt. Ich prüfe, ob die Angaben in den Förderanträgen den Tatsachen entsprechen.«

Landon knöpft die Tasche an seinem Flanellhemd auf und zieht sein Handy heraus.

»Was haben Sie vor?«

Er tippt etwas. »Ich schreibe meiner Schwester.«

»Warum?«

»Sie hätte vorher mit mir reden müssen.«

Ich nehme den Antrag und stecke ihn wieder in die grüne Akte. »Ich hoffe, Sie geben es ihr so richtig.«

Er schreibt unbeirrt weiter.

»Im Ernst«, lege ich nach. »Ihre Schwester muss ein furchtbarer Mensch sein! Wie kann sie nur Fördergeld für Ihre Organisation beantragen?«

»Es wäre schön, wenn ich das gewusst hätte, bevor sie meinen Lebenslauf rausschickt.« Kurz blickt er zu mir. »Und Sie nach Uganda einlädt.«

»Sie wusste nicht, dass ich komme.«

Vielleicht fühlt er sich besser, wenn er sich bei Kendall beschwert als Ablenkung davon, dass er im Moment nichts für Faith tun kann. Ich stecke die Akte zurück in meine Handtasche. Während Landon auf eine Antwort seiner Schwester wartet, lehne ich den Kopf an die Wand und schaue zu, wie ein Patient mit jemandem im Wartezimmer spricht.

»Ich musste bis jetzt wirklich noch nie eine Förderung so mühsam verkaufen«, sage ich nach einer Weile.

»Sie brauchen mir nichts zu verkaufen«, erwidert er. »Stand in meinem Lebenslauf, wo ich früher gearbeitet habe?«

»Google. Systemanalytiker.«

»Ich habe also ein bisschen Ahnung von Planung.«

»Wahrscheinlich haben Sie während des Masterstudiums in Betriebswirtschaft an der Portland State sogar sehr viel darüber gelernt.«

Er stöhnt.

»Oder schon, als Sie als Klassenbester an der Anoka High School in Minnesota Ihren Schulabschluss gemacht haben.«

»Das ist beunruhigend, Ava.«

»Ich meine ja nur, dass Sie genau wissen, wie wichtig die gebührende Sorgfalt bei den Vorüberlegungen ist, wenn man vorhat, in eine Firma zu investieren.«

Er lässt sein Handy sinken. »*Bishara* ist gemeinnützig.«

»Aber unsere Stiftung sieht es als Investition. Die Bedingungen sind in Ihrem Fall ein Bericht, wie viele Leute als Folge der Erweiterung von *Bishara* eine Arbeitsstelle bekommen und wie viele Kinder in Ihren Häusern betreut werden. Wir wollen, dass Sie Erfolg haben, Landon.«

»In diesem Punkt sind wir uns ja dann einig.« Sein Blick wandert wieder zum Flur, als könnte er Faith hinter der geschlossenen Tür sehen. »Mir ist das im Moment nur alles ein wenig zu viel.«

Ich nicke. »Konzentrieren wir uns zuerst auf Faith. Über die Förderung können wir später sprechen.«

»Beten Sie, Ava?«

»Ich habe auf der Fahrt hierher sehr viel gebetet.«

»Dann könnten Sie es vielleicht jetzt zum zweiten Mal mit mir tun.«

Er beugt den Kopf und einen Moment lang denke ich, er wird meine Hand nehmen – was er aber nicht tut. Eindringlich betet er um Hilfe, da er nicht weiß, was er tun soll. Irgendwie scheint von diesem Mann Kraft auszugehen, während er Gott anfleht, Faiths Leben zu retten.

10. Kapitel

JOSIE

Amsterdam
Juni 1942

Frühlingsblumen blühten in Töpfen an der weitläufigen Straße in der Nähe von Amersfoorts Altstadt. In der Ferne läuteten Kirchenglocken. Josie schlenderte unter den Türmen der mittelalterlichen Tore hindurch, dann ging sie eine Straße mit Reihenhäusern entlang. Sie zwang sich zu einem sorglosen Lächeln, als würde sie einfach nur den warmen Nachmittag genießen.

Vor einer Stunde hatte sie ihren Koffer am Bahnhof in ein Schließfach eingeschlossen und war auf Umwegen in diese Richtung losgezogen. Unterwegs war sie immer wieder stehen geblieben, um sich zu vergewissern, dass niemand sie beobachtete. Unter dem Arm trug sie einen Laib Brot, den sie einer Freundin bringen wollte. Falls ihr jemand folgte, würde er hoffentlich bald das Interesse verlieren.

Andere gingen an diesem Sonntagnachmittag ebenfalls spazieren und schienen die Soldaten, die ihr Land besetzten, ganz vergessen zu haben. Auf den Straßen von Amersfoort waren keine Polizisten unterwegs, aber Josie fuhr trotzdem nicht mit der Straßenbahn, da sie befürchtete, man könnte sie kontrollieren. Ihr gefälschter Ausweis war in Amsterdam – sie hatte nicht gewusst, dass sie auf der Rückfahrt zum Kolleg etwas für Samuel auszuliefern haben würde. Falls man sie anhielte, hätte die Polizei das Geld der Widerstandsbewegung und auch ihren richtigen Namen. Dann würden sie nicht lang brauchen, um ihre Eltern zu finden und eine landesweite Suche nach Samuel in die Wege zu leiten.

Nachdem sie eine Stunde durch die Stadt spaziert war, fand sie die Adresse, die Samuel ihr genannt hatte. Das weiß getünchte Backsteinhaus stand eng zwischen zwei anderen Gebäuden, auf der anderen Straßenseite lag ein Park mit großen, dünnen Birken. Dieser Ort sah genauso unschuldig aus wie sie in ihrer Rolle als Kurierin.

Laut Samuels Anweisungen sollte sie an eine Seitentür in der Gasse klopfen und fragen, ob sie ein Ei kaufen könne. Sie huschte zwischen die Häuser und fand die kleine Tür. Am Fenster daneben waren die Vorhänge weit offen, um zu signalisieren, dass alles in Ordnung war.

Nachdem Josie die Ziffern an der Tür überprüft hatte, hob sie den Türklopfer und klopfte zweimal.

Ein Mann öffnete ihr. Eine Locke seines blonden Haars fiel ihm in die Stirn und er lächelte breit. »Guten Tag, *Juffrouw*.« Die Begrüßung in fließendem Niederländisch war richtig und der Mann war eindeutig freundlich.

Vielleicht zu freundlich.

Sie erinnerte sich gut an den Mann in Maastricht letztes Wochenende, an seine Nervosität. Obwohl die Lieferungen, die sie brachte, für den Widerstand lebensnotwendig waren, konnten es die meisten nicht erwarten, sie wieder loszuwerden.

Sie sagte ihren eingeübten Text auf. »Meine Mutter hat mich gebeten, ein Ei zu kaufen.«

»Natürlich«, antwortete der Mann. »Komm bitte herein.«

Josie rührte sich nicht. Der Mann sollte sie nicht ins Haus einladen. Noch nicht. Er sollte sagen: »Ich kann Ihnen auch zwei Eier verkaufen.«

Wenigstens hatte Samuel ihr das so angekündigt.

Ihre Finger glitten an ihrer Taille hinab und legten sich auf den Umschlag unter ihrer Kleidung, während sie versuchte, die Situation einzuordnen.

Bei all den Umschlägen, die sie im Laufe des letzten Jahres überbracht hatte, war kein einziges Mal bei der Begrüßung die Reihenfolge durcheinandergebracht worden. Die präzise Einhaltung des festgelegten Textes war entscheidend.

Sie drehte den Kopf und warf wieder einen Blick zum Fenster. Jemand hatte den dünnen Vorhang einige Zentimeter weiter zusammengezogen. Er war nicht ganz zu, aber teilweise. Es sah aus, als versuchte sie jemand im Haus zu warnen.

Alles in Josie schrie, schnell wegzulaufen, doch sie trat nur wie beiläufig einen Schritt zurück und zwang sich erneut zu einem Lächeln. »Bitte entschuldigen Sie.« Sie klopfte auf ihre Rocktasche. »Ich habe mein Geld vergessen.«

»Das können Sie später bringen.« Er warf einen Blick zur Straße. »Sie müssen jetzt hereinkommen.«

Einfältig tun. Das hatte sie Samuel gegenüber doch erst kürzlich noch zu ihrem Schutz erklärt. Wenn sie sich weiterhin naiv stellte und sich an die ungeschriebenen Regeln hielt, würden die Nazis keinen Verdacht schöpfen, dass sie bewusst gegen sie arbeitete.

»Das kann ich unmöglich.« Sie kicherte und hielt sich wie ein unsicheres Schulmädchen die Hand vor den Mund. »Mama hat gesagt, dass ich zuerst bezahlen muss.«

Der Mann sah besorgt aus, als wäre er nicht sicher, ob er darauf bestehen sollte, dass sie ins Haus kam oder nicht.

»Ich bin gleich wieder da, es ist nicht weit.«

»*Juffrouw* …«

Aber sie wandte sich unbeirrt ab und setzte sich in Bewegung.

Trotz ihres unguten Gefühls nagten Zweifel an ihr. Und wenn dieser Kontaktmann es nur gut mit ihr meinte? Wenn er sie zu beschützen versuchte? Die Begrüßungsworte waren völlig banal; vielleicht hatte er sich wirklich bloß versehentlich nicht an den Text gehalten. Aber der Vorhang …

Etwas raschelte hinter ihr.

Verfolgte der Mann sie?

Sie wagte es nicht, schneller zu laufen. Es musste so aussehen, als spazierte sie nach Hause, um von ihrer Mutter die Münzen für das Ei zu holen. Inständig betete sie darum, nicht von einem Polizisten angehalten zu werden.

Wer auch immer hinter ihr war, sie musste ihn überzeugen, dass sie keine Angst hatte. Dass sie in nichts Verbotenes verwickelt war. Pfeifend bog sie auf die Kopfsteinpflasterstraße und schaute kurz hinter sich. Niemand folgte ihr.

Mehrere Kinder spielten im Park an einem Teich. Josie sank auf eine Bank hinter einem Schild aus Ulmenblättern, die ihr die Sicht auf das Haus versperrten. Sie blieb sitzen und überlegte, was sie jetzt tun sollte.

Wäre es doch richtig, zu dem Haus zurückzugehen? Oder würde der Niederländer kommen und sie suchen?

Sie wollte diesen Umschlag loswerden, aber sie konnte ihn nicht abgeben, solange sie nicht genau wusste, ob dieses Haus sicher war. Wenn Samuel sie wider Erwarten bald aufsuchen und sauer sein sollte, würde sie ihm von dem falschen Text und dem Vorhang erzählen.

Etwa eine Stunde verging. Plötzlich fuhren Lastwagen dröhnend durch die Straße und Bremsen quietschten. Die Kinder liefen vom Teich weg und suchten Schutz in den Armen ihrer Eltern. Die Familien schienen zwischen den Bäumen unterzutauchen. Josie huschte zu einem Guckloch zwischen den Blättern.

Drei Lastwagen, die Ladeflächen mit Planen bedeckt, blieben vor dem Haus stehen – wie die Militärlastwagen, die sie in der Plantage Middenlaan gesehen hatte. Ein Dutzend Soldaten in schwarzen Stiefeln sprangen heraus und stürmten mit angelegten Gewehren das Haus.

Eine Razzia.

Josies Magen verkrampfte sich und sie klammerte sich an einen Ast, weil sie das Gefühl hatte, jeden Moment in Ohnmacht zu fallen. Die armen Menschen da drinnen! Sie wollte helfen. Sie wollte unbedingt helfen. Aber was konnte sie schon tun, eine einfache Pfadfinderin, die eher eine Brieftaube war als eine Widerstandskämpferin und nur ihre Botschaften und Geldscheine ablieferte, bevor sie wieder nach Hause ging? Eine Taube konnte es nicht mit dem deutschen Reichsadler aufnehmen. Sie würde bei lebendigem Leib gefressen werden.

Sie konnte diesem Wahnsinn keinen Einhalt gebieten und keinen der Menschen in diesem Haus oder sonst irgendwo retten.

Wenige Minuten später wurden mindestens zehn ihrer Landsleute von den Soldaten aus dem Haus geführt. Diese Männer und Frauen waren vermutlich in den Untergrund gegangen oder sie hatten andere versteckt. Egal, ob sie Juden waren oder nicht, sie wurden wie Verbrecher behandelt.

Als die Gefangenen auf die Lastwagen gezerrt wurden, trat der blonde Mann, der ihr die Tür geöffnet hatte, aus dem Haus. Er verfolgte die Szene so ruhig, als beobachte er den letzten Akt eines Schauspiels. Die Hände in den Jackentaschen, ignorierte er die Hilferufe der Menschen.

War dieser Mann ein Nachbar? Oder vielleicht ein Verwandter, der seine Familie für Geld an die Nazis verraten hatte? Wie sonst hätte er wissen sollen, wie die Begrüßung für die Umschlagübergabe lauten sollte?

Vielleicht hatte derjenige, von dem er die Informationen bekommen hatte, die Abfolge absichtlich falsch weitergegeben, um Josie zu retten. Wenn sie den Umschlag ausgehändigt und das Haus betreten hätte, würde sie jetzt mit diesen Menschen ins Gefängnis gebracht werden, wie jeder, der Widerstand leistete.

Wenn sie Glück hatte, war es diesem Mann zu peinlich gewesen, den Soldaten zu verraten, dass sie ihm entkommen war.

Bevor die Lastwagen wegfuhren, drückte ein deutscher Offizier dem Verräter etwas in die Hand. Ein Dutzend Menschen, es gab siebeneinhalb Gulden für jeden Juden. Und wofür? Für ein paar Restaurantbesuche vielleicht und neue Kleidung. Und für eine Fahrkarte, um mit dem nächsten Zug die Stadt zu verlassen. Denn falls jemand von der Widerstandsbewegung ihn fand, würde er wahrscheinlich getötet werden.

Josie sah den Mann davongehen.

Warum hatte er sie nicht am Arm gepackt und gewaltsam ins Haus gezerrt?

Vielleicht hatte er gedacht, sie würde eine Szene machen, bevor die Soldaten eintrafen. Oder vielleicht hatte er erwartet, dass sie wiederkommen würde.

Sie strich mit der Hand über ihren Rock und presste sie dann gegen dessen Bund. Was hätten sie mit ihr gemacht, wenn sie nicht schnell genug wieder verschwunden wäre? Dieses Geld, wofür auch immer es bestimmt war, wäre jetzt in den Händen der Deutschen. Und sie …

Samuel hatte ihr unzählige Male gesagt, wie groß das Risiko war, aber bis zu diesem Moment hatte sie nie wirklich geglaubt, dass die Nazis sie, eine gewöhnliche Studentin, die einfach nur Kinder unterrichten wollte, verhaften würden.

Was sollte sie jetzt mit den zwanzigtausend Gulden machen?

Während der ganzen Heimfahrt betete sie, dass sie einen sicheren Ort für dieses Geld finden würde und dass ihr Bruder bei seiner Arbeit, Menschen in ganz Holland zu verstecken, genauso wenig zu fassen sein würde wie der Wind.

Gott sei Dank wusste sie Eliese in England in Sicherheit und Frau Pon war in Westerbork gut untergebracht.

11. Kapitel

Landon bedeutet mir, mit ihm zu Faith zu gehen, aber ich zögere. Wahrscheinlich möchte er doch lieber allein mit dem Arzt sprechen.

»Bitte kommen Sie mit«, sagt er und der verzweifelte Unterton macht mir klar, dass er mich nicht nur aus Nettigkeit dabeihaben will.

Wir folgen Dr. Daniel, vorbei an vier Patientenzimmern, die alle besetzt sind, und betreten ein Zimmer, in dem Faith in einem schmalen Bett liegt, über dem ein Moskitonetz von der Decke hängt. Daneben steht ein Stuhl. Faiths Arm ist an eine Infusion angeschlossen. Die hellroten Flecken auf ihrem Gesicht scheinen im Abendlicht, das durch das Fenster hineinfällt, zu leuchten.

Der Arzt lehnt sich an die Wand, von der der Putz abblättert. Er sieht uns ernst an. Ohne uns schonend auf seine Worte vorzubereiten, teilt er uns die Diagnose mit: »Sie hat leider zerebrale Malaria.«

Landon sinkt auf den Stuhl.

»Was bedeutet das genau?«, frage ich Dr. Daniel.

»Malariaparasiten blockieren die Blutgefäße zu ihrem Hirn, das dadurch anschwillt.«

Ich grabe meine Fingernägel in die Innenflächen meiner Hände. »Und was kann man dagegen tun?«

»Das beste Gegenmittel, das wir haben, ist Chinin. Wir geben es ihr bereits intravenös, zusammen mit Glukose, um ihren Blutzucker zu heben.«

Bei meiner nächsten Frage zittert meine Stimme: »Ist diese Krankheit tödlich?«

»Sie kann tödlich sein«, sagt er langsam. »Wir können jetzt nichts anderes tun, als das Mädchen zu überwachen und abzuwarten.«

Genau das Gleiche hat der Rettungssanitäter nach dem Brand damals auch gesagt. Er hat überwacht und ich habe abgewartet und abgewartet. Und dann waren sowohl meine Mutter als auch mein Bruder nicht mehr da.

Landon beugt sich vor und stützt die Arme auf seine Oberschenkel. »Wie lang müssen wir warten?«

»In vierundzwanzig Stunden wissen wir mehr«, erklärt Dr. Daniel. »Ich rufe Sie morgen früh an …«

Landon schüttelt den Kopf. »Ich lasse sie nicht allein.«

Im Hintergrund läutet eine Glocke und wenige Sekunden später tritt Willie in unser Zimmer. »Ich habe Ihre Nachricht bekommen.«

Ich blinzle, als ich so plötzlich in meine Realität zurückgeholt werde. Das Flugzeug nach Amsterdam fliegt um Mitternacht ab.

»Sie haben gesagt, dass Sie um drei fertig sind«, sagt Willie.

»Entschuldigung.« Ich betrachte Faiths stilles Gesicht. »Wir hatten einen Notfall.«

Er wirft einen kurzen, teilnahmslosen Blick auf das Bett, als ob ein bewusstloses Mädchen in Uganda ein gewohnter Anblick wäre. Als spiele der Kampf um ihr Leben überhaupt keine Rolle. »Wir sollten Ihre Sachen vor Einbruch der Dunkelheit aus dem Hotel holen.«

Der Jetlag und überhaupt dieser ganze Tag erdrücken mich fast. Ich würde so gern in ein anständiges Bett fallen, ein paar Stunden schlafen und mich dann in einen Sitz in der ersten Klasse setzen, um von hier wegzukommen. Aber etwas an der Art, wie Landon da am Bett sitzt, die Resignation in seiner Haltung und in seinen Augen, nagt an mir. Dieser Mann, der so viel für andere aufgegeben hat, kann in diesem Moment nichts mehr geben.

»Haben Sie noch einen zweiten Stuhl?«, frage ich den Arzt.

»Sie brauchen nicht zu bleiben«, sagt Landon.

Ich schaue ihn unverwandt an. »Sie auch nicht.«

»Es geht jeden Tag nur ein einziger Flug nach Amsterdam. Wenn Sie ihn verpassen …«

»… fliege ich morgen.«

Willie schaut mich an, als wäre ich nicht ganz richtig im Kopf. »Also keine Fahrt zum Flughafen?«

»Ich rufe Sie morgen früh an.«

»*Mzungu*«, murmelt er, bevor er geht.

Landon bietet mir seinen Stuhl an, aber ich setze mich erst, als Dr. Daniel einen zweiten bringt. Die Erschöpfung überkommt mich und mein ganzer Verstand ist wie in dichten Nebel gehüllt.

»Malaria gehört zu den häufigsten Todesursachen in diesem Land.« Landons Blick weicht nicht von Faiths Gesicht. »Eine Krankheit, die wir in den USA heilen oder wenigstens eindämmen können, kostet hier jeden Tag Menschen das Leben, ohne Rücksicht auf ihr Alter, weil die meisten keine fünf Dollar haben, um sich Chinin zu kaufen.«

»Aber Sie und Dr. Daniel unternehmen doch etwas dagegen.«

Er schüttelt den Kopf. »Ein kleiner Stein, der in einem Meer von Problemen untergeht.«

»Oder ein Stein, der einem Riesen an den Kopf geschleudert wird.«

Jetzt wendet er sich mir zu und betrachtet mich einen Moment lang, bevor er meint: »Vermutlich sollte jeder von uns das auf unsere Feinde werfen, was Gott ihm gibt.«

In der Ferne leuchten helle Lichter auf. »Was ist das?«

»Die Einheimischen fangen Heuschrecken.«

»Was machen sie denn mit ihnen?«, frage ich.

»Sie essen sie.«

Mein Magen zieht sich zusammen. Als Kind musste ich manchmal hungrig ins Bett gehen, wenn meine Mutter auf ihre nächste Lohnzahlung wartete, aber es war nie so schlimm, dass ich Insekten gegessen hätte.

»Heuschrecken sind hier eine Delikatesse«, erklärt Landon. »Vor Jahren haben einige unternehmenstüchtige Ugander die bedrohlichen Schwärme als Chance erkannt. Die Menschen locken sie mit Licht an und fangen sie dann in Öltrommeln, um sie zu grillen und auf dem Markt zu verkaufen.«

Nun zieht mir auch der Rauchgeruch in die Nase, der durchs Fenster hereindringt. »Hier ist alles so anders.«

»Die Lebensweise vielleicht, aber nicht die Menschen. Durch Idi Amins Völkermord und den Terror der Lord's Resistance Army im Norden haben die Menschen in Uganda in den letzten vierzig Jahren ihren eigenen Holocaust erlebt. Sie sind fest entschlossen, nicht aufzugeben, obwohl sie so viel verloren haben. Sie stecken all ihre Energie in den Wiederaufbau und ich …« Er schweigt einen Moment. »Ich glaube, Gott hat mich berufen, Teil seines Erlösungsplans für dieses Land zu sein.«

Seine Worte rütteln mich auf. Ich habe in der Schule von dem Völkermord gelesen, aber ich wäre nie auf den Gedanken gekommen, das, was hier passiert ist, mit dem Holocaust in Europa zu vergleichen, und ich habe auch nie überlegt, wie Gott Menschen und ihre Leidenschaften für seine Pläne gebrauchen kann. Landon produziert und verkauft Kaffee – guten Kaffee, soweit ich gelesen habe. Aber kann ein Getränk tatsächlich Teil von einem Erlösungsplan Gottes sein?

Als Landons Handy summend den Eingang einer Nachricht verkündet, sieht er nach. »Tut mir leid, Ava«, sagt er und blickt wieder auf. »Meine Schwester sagt, ich kann manchmal ein wenig … äh … kratzbürstig sein.«

»Sie setzen sich einfach mit ganzer Kraft für Ihre Arbeit ein.« Die Lichter flackern über Faiths Gesicht. »Und für die Menschen, die Sie lieben. Das muss Ihnen nicht leidtun.«

»Vor zehn Jahren hat Gott mich gerettet, als ich vor den Pforten der Hölle stand. Dann hat er die vielen Scherben wieder zusammengesetzt und mich aufgefordert zu helfen, andere zu retten. Es ist …« Er fährt mit den Fingern durch sein Haar und scheint seine Gedanken zu ordnen. »Gottes radikale Gnade hat mich und alle, die die Veränderung in meinem Leben gesehen haben, tief erschüttert. Es ist eine Ehre, andere Menschen so zu lieben, wie er mich liebt.«

Ich staune über seine Worte und diese besondere Beziehung zu Gott, die ihm unübersehbar sehr viel bedeutet. Meine Mutter hätte im letzten Jahr ihres Lebens dasselbe gesagt. Sie hat Gottes radikale Gnade ebenfalls erfahren.

»Dann haben Sie Faith also auch gerettet?«

Sein Blick wandert zum Bett. »Ich habe sie gesucht, als mir ein Freund von einem Mann erzählte, der seine Nichte verkaufen wollte.«

Ich erschauere.

»Der Zustand der Hütte ihres Onkels, der Gestank ...« Er greift nach Faiths Hand. »Der Mann dachte, ich würde kommen, um Geld für ihre Zukunft zu bieten, genau wie die anderen Interessenten. In gewisser Weise war es auch so. Aber ich möchte ihr eine völlig andere Perspektive bieten, als im Netz des Menschenhandels gefangen zu sein.« Tränen benetzen seine Wangen. Ich bin überrascht. Noch nie habe ich einen der Männer in meinem Leben weinen gesehen.

»Tut mir leid«, sagt er. »Manchmal ist die Traurigkeit hier wirklich niederdrückend.«

»Sie sind ein Held.«

»Nein, ich bin ein Jünger, Ava. Ein sehr miserabler.« Er steht auf und tritt ans Fenster. »Viel zu oft habe ich den Wunsch, nach Portland zu fliehen und mich hinter unserem Kaffeegeschäft dort zu verstecken. Aber jedes Mal, wenn ich von hier weggehe, habe ich das Gefühl, dass ein Teil von mir in diesem Land zurückbleibt. Und dann bringt Gott mich immer wieder hierher.«

»Mussten Sie Faiths Onkel Geld zahlen?«

Er schüttelt den Kopf. »Ich habe die Ortspolizei daran erinnert, dass das Parlament vor Kurzem den Children Act erlassen hat, ein Gesetz, das ugandische Kinder vor Ausbeutung schützen soll. Das *Bishara*-Heim bekam das Sorgerecht für Faith zugesprochen.«

»Ohne Sie hätte sie keine Chance gehabt.«

»Es gibt Tausende wie sie, die jemanden brauchen, der sich um sie kümmert.« Er setzt sich wieder auf seinen Stuhl und schaut mich an. »Es war mutig von Ihnen, ganz allein nach Uganda zu kommen.«

Meine Mutter hat mich einmal als mutig bezeichnet, aber falls mich je sonst jemand so eingeschätzt hat, hat er das nicht gesagt. Ich fühle mich alles andere als mutig. »Danke.«

»Und es war tapfer von Ihnen, dieser Schlange in die Augen zu blicken, statt das Motorrad umzuwerfen.«

»Ich habe geschrien, Landon. Ich habe ihr *nicht* mutig in die Augen geblickt.«

»Ich habe Sie nicht schreien gehört.«

Eine Schwester bringt eine Matte und eine dünne Decke und reicht Landon beides. Ich bin so müde, dass ich selbst auf dem Boden einschlafen könnte, bin aber umso dankbarer, als sie ein Bett ins Zimmer schiebt, das sie mir anbietet. Landon bleibt bei Faith sitzen, während ich auf die dünne Matratze sinke, die sich in diesem Moment bequemer anfühlt, als ein Flugzeugsitz es könnte. Die Tür zum Flur ist offen, doch es ist trotzdem ein sonderbares Gefühl, in diesem Bett zu liegen, während Landon im Raum ist.

Heuschreckenlichter kreisen hinter meinen Lidern, als mir die Augen zufallen. Flammen flackern und züngeln wie Fangarme, die versuchen, mich in die Klauen zu bekommen. Es fühlt sich an, als stünde ich vor den Pforten der Hölle.

Ich schrecke aus dem Halbschlaf hoch und schaue wieder aus dem Fenster, auf das orangegelbe Flackern in der Ferne. Die Albträume quälen mich, seit ich zurückgekehrt bin, um bei Marcella zu leben, ihre Nahrung die grausamen Erinnerungen an meine Vergangenheit, die ich nicht vergessen kann.

Als ich erneut eindöse, schlagen die Flammen in der Dunkelheit höher. Es ist zu spät, um mich von den Bildern loszureißen und in die Gegenwart zurückzukehren.

Ich höre meinen Bruder im Feuer schreien. Ich höre ihn mit meinen beiden Ohren. Ich drehe den Kopf nach allen Seiten, versuche ihn zu orten, ihn aus den Flammen zu retten, aber ich kann ihn nicht sehen. Die Hitze scheint an meiner Haut zu lecken, sie zu durchdringen. Jeden Moment wird die Decke über mir einstürzen.

»Nein!«, rufe ich und klettere über Trümmer und Schutt. »Andrew!«

Ich muss ihn finden, bevor es zu spät ist.

Der Raum ist erfüllt von gleißendem Feuer. Rauch in jedem Winkel. Ich kann nichts sehen, kann nicht atmen, aber ich strecke die Hände aus und taste um mich, bis meine Hand etwas berührt. Jemanden.

»Du bekommst ihn nicht!«, schreie ich und stürme weiter.

Andrew weint und schreit inmitten den Flammen nach mir.

Jetzt kann ich das Gesicht meines Bruders sehen, so nahe, und doch kann ich ihn nicht erreichen. Ein Mann umfasst meinen Arm, zieht mich weg und ich wehre mich gegen ihn.

»Nein!«

»Ava?« Ich weiß nicht, wer er ist, aber ich kämpfe mit aller Kraft gegen seinen Griff an.

»Bitte, Ava!« Die Stimme ist jetzt lauter und drängender. »Wir werden ihn zusammen finden.«

Ich schlage die Augen auf. Landon sitzt neben mir auf der Matratze und hält meine Hand. Ich fühle mich furchtbar entblößt, weil er diesen Teil von mir gesehen hat.

»Die Schlange ist weg«, sagt er leise, aber mit Stärke in der Stimme.

Irgendwo in der Nähe weint ein Kind. Ich blicke mich im Zimmer um und komme wieder zu mir, erinnere mich, wo ich bin. Denke an das Mädchen, das neben uns im Bett liegt und dessen Leben in Gefahr ist.

»Entschuldigung.« Am liebsten würde ich unter dieses Metallbett kriechen und mich verstecken. »Manchmal träume ich …«

»Dafür brauchen Sie sich nicht zu entschuldigen.«

»Jetzt haben Sie mich definitiv schreien gehört«, sage ich und lache beschämt.

Er lächelt mich an, als wäre ich eines der Kinder, die er betreut. »Die ganze Klinik hat Sie gehört.«

»Oh nein!«

Er lässt meine Hand los. »In diesem Zimmer sind keine Schlangen.«

Aber die Schlangen in meinem Kopf verfolgen mich überallhin.

»Habe ich Sie verletzt?«, frage ich.

»Alles gut, Sie haben mich bloß ein bisschen gekratzt.« Landon wartet neben mir und möchte mir vermutlich Gelegenheit geben, ihm von meinem Albtraum zu erzählen, aber diesen Schmerz kann ich mit niemandem teilen.

»Danke, dass Sie mich geweckt haben.«

»Schlafen Sie jetzt weiter.« Damit kehrt er zu seinem Stuhl zurück.

Von draußen kommt ein leichter Windhauch ins Zimmer und kühlt meine Haut ab.

»Heute Nacht kommen keine Träume mehr«, bestimmt Landon.

Ich nicke, als könnten wir sie gemeinsam vertreiben.

Jedes Erlebnis, das Gott uns schenkt, jeder Mensch,
den er uns im Leben schickt,
ist die vollkommene Vorbereitung auf die Zukunft,
die allein er sehen kann.

Corrie ten Boom
Die Zuflucht

12. Kapitel

ELIESE

Amsterdam
Juli 1942

Der Wind wehte durch die offenen Türen und drang in die höhlenartigen Winkel des Theaters, aus dem alle Vorhänge und Stühle entfernt worden waren. Er wirbelte den Staub auf und trug den Schweißgeruch fort, der von den Männern ausging, die angewiesen worden waren, dieses schöne Gebäude zu entweihen. Neunhundert Sitze waren aus der Verankerung gerissen worden und selbst den rotgoldenen Teppichboden im Publikumsraum hatten sie beseitigt.

Bald würden die Gäste eingelassen, die – genau wie Eliese – viel lieber zu Hause wären.

Aus den ganzen Niederlanden waren Menschen in das jüdische Getto umgesiedelt worden, das nur einige Straßen vom Theater entfernt war. Eliese hatte gehört, viele von ihnen seien erleichtert gewesen, dass sie nicht in eines dieser grauenvollen Lager in Deutschland gebracht wurden.

Aber heute Abend …

Heute Abend würde sich für die Juden, die nach Amsterdam geholt worden waren, alles ändern. Sie war machtlos und konnte ihnen nicht helfen. Ihr Name blieb auf Puttkammers Liste, sagte ihr Vater, aber nur, wenn sie mit Walter Süskind und dem Judenrat kooperierte. Wenn sie nicht mit ihnen zusammenarbeitete, könnte sie genauso weggebracht werden wie die Juden aus dem Getto. Dann würde sie ihren Sohn vielleicht nie wiedersehen.

Sie musste stark bleiben. Wenn dieser Krieg vorbei war, würde William zurückkommen und sie nach Amerika mitnehmen.

Eliese betätigte vier Lichtschalter und Dunkelheit legte sich über den Orchestergraben und die zwei Logen darüber. Dann schloss sie die Doppeltür, die in den Zuschauerraum führte. Auf der anderen Seite dieser Türflügel war das Foyer mit dem Kartenverkaufsschalter, einem Sofa und einem alten Klavier. An diesem Ort hatten sich die Theaterbesucher gemütlich unterhalten können, bevor die Aufführung begonnen hatte. Dort hatten die Nazis den Teppich nicht angerührt, als würde er die Menschen hereinlocken.

Sie hatte den Verdacht, dass ihre Besatzer es schon die ganze Zeit so machten: Sie lockten die Juden langsam in ihre Falle. Was passieren würde, wenn die Falle zuschnappte, wusste keiner genau.

Eliese lief ein Schauder über den Rücken und ihre Hand wanderte zu dem Stern, der auf den schwarzen Aufschlag ihres Boleros genäht war. Die oberste Sternspitze war von ihren Haaren verdeckt. Ihr Ausweis steckte in der Handtasche, die sie über der Schulter trug. Der Stempel darin war ihre Fahrkarte in die Freiheit. An diese Hoffnung musste sie sich klammern, denn sonst hatte sie nichts. Ohne den Stempel unterschied sie sich nicht im Geringsten von den Menschen, die deportiert werden sollten.

In der Garderobe an der Seite des Foyers waren zwei Tische aufgestellt worden, auf denen jeweils eine Schreibmaschine wartete. In der Mitte hinter den Tischen stand ein hellbrauner Aktenschrank. Darin befanden sich Hunderte Registrierungskarten. Stapel von leeren Karteikarten lagen auf den Tischen bereit. Sie mussten ordentlich ausgefüllt werden, damit die Nazis jede Person, die heute ins Theater kam, erfassen konnten.

Walter Süskind trat von draußen ins Foyer. Sein kahler Kopf glänzte, der Kragen seiner verknitterten Jacke war vor Schweiß ganz feucht. Neben seinem Jackenaufschlag war ebenfalls ein gelber Stern angenäht. Zudem trug er eine weiße Armbinde, die zeigte, dass er zum Judenrat gehörte.

Herr Süskind war selbst vor der Judenverfolgung geflohen, als er Deutschland verlassen hatte. Jetzt überwachte er sie hier in den Niederlanden, und von Eliese und den anderen Registrierungsmitarbeiterinnen wurde verlangt, ihm dabei zu helfen.

Sie hasste diesen Mann für das, was er den Juden antat. Sie hasste sich selbst, weil sie gezwungen wurde, daran mitzuwirken. Natürlich könnte sie sich weigern, aber nur, wenn sie ohne ihren Sohn ins Kamp Westerbork gebracht werden wollte. Wenn sie Hein zurücklassen müsste, würde sie sich das nie vergeben – und William würde es ebenso gehen.

Angst war ein starker Motivator, den die Nazis perfekt einzusetzen wussten.

»Es werden bald noch zwei weitere Mitarbeiterinnen kommen«, teilte ihr Herr Süskind mit. »Möchten Sie einen Kaffee?«

»Nein.«

»Es wird eine lange Nacht.«

»Eine lange Nacht in einem beängstigend langen Jahr.«

Er nickte kurz und abweisend. Vor dem Theater heulte ein Lastwagenmotor auf. Dann hörte sie Schritte. Jemand forderte die Menschen, die mit dem Lastwagen gebracht worden waren, laut auf, sich in einer Reihe aufzustellen.

Der befehlshabende SS-Offizier, ein unangenehmer Mann namens Ferdinand aus der Fünten, kam ins Gebäude. Herr Süskind begrüßte ihn mit einem »Heil Hitler«. Eliese wurde schlecht von diesem Anblick. Die zwei Deutschen – der eine Arier mit blondem Haar und der andere Jude – waren ein ungleiches Gespann in dem, was Eliese mehr und mehr für ein Verbrechen zu halten begann.

Zwei andere Frauen kamen zu ihr an den Tisch, beide trugen den Judenstern. Sie stellten sich Eliese vor und sie erfuhr, dass beide erst vor Kurzem ihr Studium abgeschlossen hatten. Herr Süskind begann sie einzuweisen. Für jede Familie sollten sie eine Registrierungskartei anlegen, die dann in dem Aktenschrank einsortiert werden musste. Auf den Karteikarten waren Name und Geburtsdatum jedes einzelnen Familienmitglieds zu vermerken. Sie wurden mehrfach ermahnt, ja niemanden zu übersehen.

Fünten machte eine knappe Bewegung mit der Hand und einer seiner Männer führte eine Familie mit drei Kindern herein. Außer dem Kleinkind hatte jedes Mitglied einen Stoffbeutel und zusammengerolltes Bettzeug dabei. Herr Süskind nickte Eliese zu.

Sie nahm eine der Registrierungskarten vom Stapel und spannte sie in die Schreibmaschine ein.

»Guten Abend«, sagte sie zu dem Mann und der Frau und versuchte, auch unter diesen herausfordernden Umständen ein wenig Freundlichkeit zu vermitteln. »Kann ich Ihre Ausweise haben?«

Die Frau klammerte sich an den Arm ihres Mannes, der zwei zusammengefaltete Ausweise herauszog. Auf jeden war ein kupferfarbenes *J* gestempelt. Im Gegensatz zu Elieses eigenem Ausweis rettete diese Familie kein Sonderstempel davor, deportiert zu werden.

Sie tippte schnell ihre Namen auf die Karteikarte und fragte dann nach den Namen der Kinder.

»Wohin kommen wir?«, fragte die Frau.

Eliese deutete zu den geschlossenen Türen, neben denen ein deutscher Soldat stand, als warte er nur darauf, Theaterbesucher zu ihren Plätzen zu führen. »Ins Theater.«

»Nicht heute Abend«, flüsterte die Frau. »Nach dem Theater.«

Eliese warf einen Blick zu der Schlange, die sich hinter dem Paar und den Kindern bildete. Fünten beobachtete sie und die anderen Registrierungsmitarbeiterinnen genau, um sich zu vergewissern, dass sie keinen Fehler machten.

»Ich weiß nicht, was danach kommt.« Eine Lüge, aber sie brachte es nicht über sich, der Frau zu sagen, dass sie aus Amsterdam weggebracht werden würden. Wenn die Nazis schon Menschen aus ihren Wohnungen holten, sollten sie ihnen auch sagen, was sie mit ihnen vorhatten!

Der Wachmann öffnete die Tür. Während die Familie zögernd den Zuschauerraum betrat, ordnete Eliese die Registrierungskartei im Aktenschrank ein und spannte die nächste leere Karteikarte in die Schreibmaschine.

So ging es mehrere Stunden ununterbrochen weiter. Herr Süskind hatte nicht zu viel versprochen, als er ihr eine lange Nacht angekündigt hatte. Ihre Finger schmerzten vom Tippen auf der Schreibmaschine, mit der sie schon über hundert Erwachsene und ihre Kinder registriert hatte. Die Schlange näherte sich jetzt ihrem Ende. Inzwischen brach schon der Morgen an und sie hätte sich am liebsten genau wie diese Menschen auf einer Schlafmatte zusammengerollt.

Von ihrem Platz im Foyer aus hörte sie draußen jemanden weinen, ein schluchzendes Kind. Als die Familie des kleinen Jungen in den Garderobenraum kam, wurde sein Weinen noch viel lauter, da es von den Stuckwänden widerhallte. Elieses Kopf schmerzte.

»Ruhe!«, schrie ein Wachmann hinter dem Rest der Schlange.

Die Mutter wiegte das Kleinkind auf ihrer Hüfte und versuchte verzweifelt, es zu beruhigen. Eliese konnte sich gut in ihre Lage hineinfühlen. Mit Hein war es ihr oft ähnlich ergangen, als er noch kleiner gewesen war. Sie hatte immer Angst gehabt, er würde die Nachbarn stören. Nicht selten hatte nichts, was sie tat, etwas genutzt.

Der Wachmann zog seine Pistole und richtete sie auf das Kind. Die älteren Kinder im Foyer, die die Bedrohung erkannten, begannen ebenfalls zu weinen, genau wie die Mutter.

»Wenn Sie ihn nicht sofort zum Schweigen bringen …«, der stählerne Pistolenlauf ließ einen abgehackten Lichtstrahl über die Wand tanzen, als der Mann mit der Waffe fuchtelte, »… erschieße ich ihn auf der Stelle.«

Im gesamten Foyer brach Unruhe aus, aber Herr Süskind stand wie versteinert neben ihr. Fünten wies den Wachmann nicht zurecht. Er sagte kein Wort.

Ein Schuss fiel.

Eliese blieb beinahe das Herz stehen.

Im Raum wurde es mucksmäuschenstill. Als Eliese es wagte aufzublicken, sah sie das Kind immer noch in den Armen seiner Mutter. Und ein Loch in der Stuckwand.

Der Junge fing wieder an zu weinen.

»Fräulein.« Der Offizier deutete auf Eliese. »Machen Sie etwas mit diesem Kind.«

Sie stand schnell auf und warf einen Blick zu Herrn Süskind. Er bestätigte die Anweisung des Offiziers mit einem scharfen Nicken. Ihre Gedanken rasten in abgehackten Fetzen durcheinander. Wenn sie dieses Kind nahm und es nicht mit dem Weinen aufhörte, würde der Wachmann sie dann alle beide erschießen?

Sie musste den Jungen von hier wegbringen.

»Auf der anderen Straßenseite ist eine Kinderkrippe«, sagte Eliese auf Deutsch. »Vielleicht können sich die Mitarbeiterinnen dort bis morgen um ihn kümmern.«

»Die kümmern sich so lange um ihn, wie ich es sage.« Fünten klang, als interessierte ihn ausschließlich alles mehr als das Leben dieses Kindes.

Eliese senkte den Blick zu Boden. »Natürlich.«

»Bringen Sie ihn jetzt weg!«

Die Mutter zögerte genauso wenig wie Eliese. Als sie um den Tisch trat, kam die Frau schnell zu ihr und hielt ihr das Kind entgegen. »Er heißt Clemens«, flüsterte sie.

Eliese nickte, da sie sich nicht traute, etwas zu sagen. Mit dem Jungen in ihren zitternden Armen eilte sie durch den Ausgang des Foyers auf den Gehweg und dann über die breite Straße, die das Theater von der Kinderkrippe trennte.

In diesem Moment war es ihr so klar wie nie zuvor: Sie musste Hein vor diesen Männern verstecken, sonst würden sie auch ihm wehtun.

13. Kapitel

Die Sonnenstrahlen malen kleine Tupfen auf den Betonboden wie Tränen. Die Flüssigkeit im Infusionsbeutel glitzert im Licht. Ich fahre hoch und verheddere mich in dem Moskitonetz, das von einem Haken über dem Bett neben mir hängt.

Ich bin in Afrika. Ich schlafe in einer Klinik.

Irgendwann in der Nacht muss Landon das Netz über mich gezogen haben.

Er selbst schläft auf der Matte. Fast mache ich die Augen wieder zu, um mich noch ein paar Minuten auszuruhen. Da bewegt sich links von mir etwas. Ich drehe den Kopf und fokussiere meinen Blick auf das Mädchen neben mir.

Sie erwidert mein Lächeln.

»Landon!«, rufe ich und werfe das Netz zurück.

Er setzt sich langsam auf, zuerst schlaftrunken, doch als er Faith sieht, ist er sofort hellwach, springt auf die Beine und ruft nach dem Arzt.

»Warten Sie, bis Dr. Daniel sie untersucht hat«, rate ich und halte ihn zurück, bevor er Faith mit dem intravenösen Zugang an ihrem Arm in die Höhe schwingt.

Er küsst Faith auf die Stirn und hält ihre Hand, wie er gestern Abend meine gehalten hat.

Dr. Daniel kommt ins Zimmer. Der ernste Blick in seinen Augen weicht einer sichtlichen Erleichterung, als Faith zu ihm aufblickt. Wie oft, frage ich mich, schaffen es seine kritisch kranken Patienten, die Nacht zu überstehen?

Er spricht in einer anderen Sprache mit ihr, vielleicht ist es Suaheli oder Luganda, das hier in der Gegend gesprochen wird. Sie antwortet ihm mit einem Kopfnicken. Dr. Daniel misst ihre Vitalwerte. Schließlich hängt er das Stethoskop wieder um seinen Hals und wendet sich an Landon. »Sie dürfte wieder ganz gesund werden.«

Landon atmet vor Erleichterung tief aus. »Danke!«

»Danken Sie unserem Herrn«, sagt Dr. Daniel. »Es war gut, dass Sie sie so schnell hierhergebracht haben.«

Als Faith die Augen wieder schließt, lässt Landon ihre Hand los. »Wann können wir sie mit nach Hause nehmen?«

»Ich will sie noch einige Stunden überwachen.« Dr. Daniel wirft einen Blick auf seine Uhr. »Wenn sich ihr Zustand nicht verschlechtert, kann ich sie gegen Mittag entlassen. Vorausgesetzt, Sie haben für die Rückfahrt ein geschlossenes Fahrzeug.«

»Natürlich.«

Dr. Daniel deutet zur Tür. »Und jetzt gehen Sie erst mal einen Kaffee trinken.«

»Wir sollten warten ...«, setzt Landon an, aber Dr. Daniel schiebt uns beide aus dem Zimmer.

»Sie braucht noch ein paar Stunden Ruhe. Ich rufe Sie an, wenn Sie sie abholen können.«

»Sie haben einen Kaffee dringender nötig als wir«, beharrt Landon.

»Bringen Sie mir gern einen mit.«

»Wo können wir denn welchen kaufen?«, frage ich und bemerke sofort, wie albern das in den Ohren eines Mannes klingen muss, der eine Kaffeeplantage betreibt. »Ich meine fertigen, in Tassen.«

Der Arzt lacht. »Landon weiß, wo.«

Die Frau am Empfang reicht jedem von uns eine Wasserflasche. Ich trinke meine praktisch in einem Zug leer, weshalb sie mir noch eine zweite gibt, bevor wir die Klinik verlassen.

Landon betrachtet das Motorrad und schaut dann vielsagend auf meine Sandalen. »Zu Fuß geht es fast schneller.«

»Gibt es hier Kobras?«

»Ich habe noch keine gesehen.«

»Na, dann los.«

Wir wirbeln bei jedem Schritt Staubwolken auf, als wir über die mit Steinen übersäte Straße marschieren. Winzige gelbe Vögel – Weber, sagt Landon – sitzen in den Bäumen und zwitschern laut. Ihre kunstvollen Nester hängen über unseren Köpfen in den Zweigen. Außerdem sind dort oben wassermelonengroße Früchte zu sehen.

Ich werde es nicht zugeben, aber ich wünschte, ich hätte Landons Angebot, mir Crocs auszuleihen, angenommen.

»Was ist das?«, frage ich und deute auf die stachligen Früchte.

»Jackfrucht.«

Bis jetzt kannte ich nur gewürfelte Jackfrucht aus der Dose. Diese Früchte sehen aus, als könnten sie uns bewusstlos schlagen, falls sie beschließen, vom Baum zu fallen.

Wir gehen weiter und erreichen schließlich ein kleines terrakottafarbenes Gebäude. Landon hält mir die Tür auf. An drei der fünf runden Tische im Inneren sitzen Gäste und nippen an ihren Getränken. Die Wände sind eine Galerie afrikanischer Kunstwerke.

»Landon!«, ruft der Mann hinter der Theke. »Ich habe dich vermisst.«

Landon schüttelt ihm herzlich die Hand. »Wir machen Überstunden auf den Feldern.«

»Das Personal hier macht auch Überstunden.«

Landon wendet sich mir zu. »Michael verkauft den besten Kaffee in ganz Uganda. Er röstet eine geheime Arabica-Mischung.«

Der Mann hinter der Theke lacht. »Nicht *ich,* Landon. *Wir* verkaufen den besten Kaffee.«

Erst jetzt fällt mir das Schild über Michael auf: *Bishara Café.*

Ich kann mich nicht erinnern, in dem Dossier etwas von diesem Café gelesen zu haben. Wie viele Cafés betreibt Landon eigentlich?

»Landon ist hier in der Gegend als König der goldenen Bohne bekannt.«

»Und Michael ist dafür bekannt, dass er zu viel redet.« Die Stoppeln an Landons Kinn bewegen sich mit nach oben, wenn er lächelt. »Aber er ist mein Geschäftspartner und ein absoluter Kenner. Er beherrscht es perfekt, Ihnen einen Kaffee genau nach Ihrem Geschmack zuzubereiten.«

»Ehrlich gesagt trinke ich lieber Tee als Kaffee«, gebe ich zu und trommle mit den Fingern auf die Theke.

Michael lacht. »Das geht auch den meisten Ugandern so.«

Landon sieht mich kopfschüttelnd an. »Dann haben Sie noch nie eine anständige Tasse Kaffee getrunken.«

»*Mzungu.*« Michael deutet zu einer Tafel, die die verschiedensten Wahlmöglichkeiten anbietet. »Was möchten Sie?«

Ich nehme an, dass er mit mir spricht. »Schwarzen Tee, bitte. Und was genau heißt *Mzungu*?«

Die Männer lachen.

»Was ist?«

Landon senkt die Stimme und legt eine Hand auf meine. »Damit ist jemand gemeint, der ziellos herumwandert wie ein verrückter Weißer.«

Ich will ihm einen Klaps auf den Arm geben, doch da ist er schon zu Michael hinter die Theke geflüchtet. Ich besuche erst mal die moderne Toilette an der Seite des Cafés. Nachdem ich mir Leitungswasser ins Gesicht gespritzt habe, binde ich meine Haare mit einem Gummi zurück, hole eine Reisezahnbürste aus meiner Handtasche und putze mir mit dem Wasser aus der Flasche die Zähne. Ich fühle mich immer noch ein wenig benommen, aber der Tee wird meinen Verstand hoffentlich neu beleben.

Landon wartet mit zwei Tassen schwarzem Kaffee und Tellern mit Rühreiern und frischer Mango an einem Tisch auf mich.

Er schiebt mir eine der Tassen hin. »Michael besteht darauf, dass Sie zuerst seinen Kaffee probieren, bevor Sie Tee trinken.«

»Ich denke, *Sie* wollen, dass ich ihn probiere.«

»Wie können Sie *Bishara* bewerten, ohne unser Produkt wenigstens gekostet zu haben?«

Damit hat er natürlich recht. Vorsichtig trinke ich einen Schluck und schürze die Lippen, bevor ich die Tasse wieder absetze.

Er lässt mich nicht aus den Augen. »Was schmecken Sie?«

»Bitterkeit.«

Er winkt ab. »Und was noch?«

Ich trinke einen kräftigen Schluck aus der Wasserflasche. »Um das sagen zu können, brauche ich Süßstoff und Milch.«

Mit einem Seufzen führt er seine eigene Tasse an die Lippen.

Ich schiebe meine Ellbogen einige Zentimeter vor und beobachte ihn neugierig, während er den Geruch aus seiner Tasse zu genießen scheint und daran schnuppert, als wäre es ein Glas Wein. »Was genau riechen Sie?«

»Honig und Mandeln und ... Bergamotte.«

»Ich glaube, Sie sind hier der *Mzungu*.«

Er lacht wieder und trinkt dann einen kräftigen Schluck. »Und einen Hauch Schokolade.«

Ich beschließe, um der Schokolade willen noch einen Schluck zu kosten. »Für mich schmeckt er immer noch bitter.«

»Jede Tasse Kaffee birgt den Geschmack seiner Herkunft in sich«, erklärt er. »*Terroir* sagen wir dazu.«

Die Kunst des Kaffees ...

»Milch und Zucker haben Terroir.«

Er schüttelt den Kopf. »Die Zusätze rauben dem Kaffee sein ganzes Herkunftsaroma.«

Trotzdem geht er zur Theke, während ich die Mangoscheiben esse und ihr afrikanisches Terroir genieße.

Als Landon an den Tisch zurückkommt, hat er geschäumte Milch und eine Tüte Rohrzucker dabei. »Für die meisten unserer Gäste haben wir Sahnepulver, aber ich kann nicht zulassen, dass sie diesen Kaffee vollkommen ruinieren.«

Ich kippe den Zucker und die Milch in meine Tasse. Jetzt kann ich fast Schokolade schmecken.

Mehrere Leute drängen sich um einen der Nachbartische und unterhalten sich in einer Sprache, die ich nicht verstehe.

»Das mag ich am Kaffee am meisten«, sagt Landon. »Egal, wo man ist, und wie man zu seinem Geschmack steht – er bringt Menschen zusammen.«

Ich spiele nervös mit dem Henkel meiner Tasse und fühle mich vor diesem Mann, den ich kaum kenne und den ich eigentlich überprüfen soll, ein wenig entblößt. »Danke, dass Sie mich gestern Nacht geweckt haben. Meine Albträume können manchmal sehr beängstigend sein.«

»Sie haben nach jemandem gerufen, einem Andrew.«

Ich blinzle und bin nicht sicher, was ich sagen soll. Ich habe seit Jahren nicht mehr über Andrew gesprochen. Nicht einmal mit Vi.

»Meine Urgroßmutter hat auch Albträume«, sagt Landon, als ich nicht zu einer Erklärung ansetze. »Manchmal schreit sie im Schlaf.«

»Ihre niederländische Urgroßmutter?«

Er stöhnt. »Wissen Sie denn wirklich *alles* über mich?«

»Nein«, sage ich langsam. »Ich stelle fest, dass ich trotz der vielen Fakten nur sehr wenig über Sie weiß.«

»Mir ist klar, dass Sie hier sind, um mich und meine Arbeit zu checken, aber ich habe nicht vor, etwas aus mir zu machen, was ich nicht bin.« Er macht eine ausholende Handbewegung. »Etwas, was wir nicht sind.«

»Das verlange ich auch nicht.« Ich schweige einen Moment. »Worum geht es in den Albträumen Ihrer Urgroßmutter?«

»Sie scheint jemanden zu suchen.«

»Wissen Sie, wen?«, frage ich.

Er schüttelt den Kopf. »Sie spricht nicht viel über die Vergangenheit, aber sie ist eine Frau des Gebets. Sie betet schon mein ganzes Leben lang für mich.«

»Und Sie selbst scheinen jeden, der für Sie arbeitet, mit Ihrem Glauben zu inspirieren.«

Er nippt wieder an seinem Kaffee. »Viele der Menschen hier haben die Gnade und das Licht Gottes auf eine Weise erfahren, wie sie nur wenige Amerikaner erleben. Sie gehören zu den freundlichsten, großzügigsten Menschen, denen ich je begegnet bin, und ich arbeite gern mit ihnen, um zu helfen, Ordnung in dieses Land zu bringen. Wir wollen den Menschen, die nicht für sich selbst kämpfen können, Liebe erweisen. Gemeinsam Jesu Hände und Füße sein.« Er trinkt seine Tasse leer und stellt sie ab. »Je dunkler das Böse ist, umso heller sind die Lichtpunkte. Das ist genau das, was sich hier für mich immer wieder bestätigt. Dieses Aufflackern des Himmels in den Herzen der Menschen und in ihrem Land und in der Liebe der vielen, die hierherkommen, um zu helfen. Wir benötigen dafür weder mehr Geld noch eine ausgeklügelte Infrastruktur, Ava. Alles, was wir brauchen, ist die Bereitschaft von Jesu Nachfolgern, dorthin zu gehen, wohin er sie führt, um das Gute an diese Welt weiterzugeben.«

»Hat Ihre Schwester gesagt, dass Sie mir ausreden sollen, Ihre Organisation zu unterstützen?«

»Nein.« Er seufzt. »Sie hat mich gebeten, nett zu sein.«

»Sie haben eine sehr kluge Schwester.« Ich beuge mich vor. »Vielleicht hat Gott ja auch unsere Stiftung zu Ihnen geführt.«

Er zieht skeptisch eine Braue hoch. »Nachdem Sie gestern Nacht eingeschlafen waren, habe ich auch ein wenig recherchiert.«

Ich drehe meine Tasse langsam im Kreis. »Und was haben Sie herausgefunden?«

»Die Familie Kingston ist ein Fiasko.«

»Das ist noch freundlich ausgedrückt.« Ich beschließe, ihm noch nicht zu verraten, dass ich Teil dieses Fiaskos bin.

Landon lehnt sich auf seinem Stuhl zurück, seine nussbraunen Augen forschen in meinem Gesicht. Dieser Mann ist fünf Jahre älter als ich, und falls ihm bewusst ist, wie gut er aussieht, ist ihm das durch nichts anzumerken. »Warum wollen Sie Geld in eine Missionsgesellschaft investieren?«

»Im Gegensatz zum Rest der Familie will die Stiftungsverwalterin sich auch für gute Zwecke einsetzen. Marcella liegt es besonders am Herzen, Menschen mit niederländischer Herkunft zum Erfolg zu verhelfen.«

»Mir ist eine gleichberechtigte Partnerschaft wichtig. Und ich will nicht für PR-Spielchen herhalten müssen.«

Ich schlucke schwer. Ich kann ihm das Geld garantieren, vorausgesetzt, Marcella stimmt meiner Empfehlung zu. Aber ich kann ihm auf keinen Fall versprechen, dass *Bishara* nicht in Pressemitteilungen, auf der Website der Stiftung und in den sozialen Medien genannt wird. Die meisten begrüßen diese Publicity.

Landon formt mit seinen Händen ein Zelt und lässt die Fingerspitzen aneinandertippen. »Manchmal stellen Firmen bewusst ihr soziales Engagement in den Vordergrund, um etwas zu vertuschen, das nicht so gut ist.«

»Hier geht es nicht darum, etwas zu vertuschen.« Aber noch während ich das sage, denke ich an alles, was im Untergrund des

Kingston-Konzerns brodelt. Es ist ein Wunder, dass die Geschäfte noch reibungslos laufen.

Er zuckt mit den Schultern. »Ich habe nach Informationen über eine Ava Drake bei der Kingston-Stiftung gesucht, konnte aber nicht viel finden.«

»Ich ziehe es vor, mein Leben offline zu halten.«

»Bewundernswert«, sagt er, aber es ist nicht so bewundernswert, wie er denkt. »Was ist Ihre Geschichte?«

Ich spiele weiter mit meiner Tasse. Ich verbringe einen Großteil meiner Zeit damit, Menschen zu ergründen, aber es behagt mir überhaupt nicht, wenn andere etwas über mich wissen wollen. »Ich bin in North Carolina bei meiner Mutter aufgewachsen.«

»Wo ist Ihr Vater?«

»In Idaho. Er verließ uns, als ich noch klein war.«

»Kein Vater sollte sein Kind verlassen.«

Wenn die Welt nur nach Landon Wests Regeln leben würde!

»Als ich vierzehn war, gab es in unserem Haus …« Ich atme tief ein und senke den Blick auf die Tischplatte. »Meine Mutter starb bei einem Brand.«

»Das tut mir leid.«

»Ihr Glaube an Gott war unerschütterlich, aber meiner wurde auf eine harte Probe gestellt.« Und auch meine Lebensgrundlage – nicht nur die finanzielle. »Nach dem Tod meiner Mutter fand eine Sozialarbeiterin heraus, dass diese Fiaskofamilie tatsächlich meine Verwandten sind.«

Seine Lippen verziehen sich zu einem O, als überlege er, ob er sich entschuldigen soll oder nicht.

»Sie haben recht«, fahre ich schnell fort. »Die meisten in der Familie *sind* ein Fiasko, aber Marcella – meine Großmutter – will Menschen wirklich helfen.«

»Sie sind also nach dem Tod Ihrer Mutter zur Familie der Kingstons gekommen.«

»Ich bin zu *meiner* Familie gekommen, Landon, nicht zu ihrer.« Zeit, das Thema zu wechseln. »Wenn Sie Geld von der Stiftung bekämen, was würden Sie damit machen?«

»Ich würde mehr Leute einstellen, die auf der Plantage arbeiten und sich um die Kinder kümmern.«

»Denken Sie, dass Arbeit frei macht?«

Er schaut mich neugierig an. »Arbeit ist befreiend, aber die Wahrheit ist das Einzige, was uns frei machen kann.«

»Sie kombinieren also Arbeit und Wahrheit?«

Jemand ruft Landons Namen und er winkt kurz. »Ich möchte unseren Partnern ein tragfähiges Einkommen sichern und die Gewinne einsetzen, um allen, für die wir Fürsorge tragen, Bildung, eine Wohnung, Nahrung und ärztliche Versorgung zu ermöglichen.«

Ich will ihn, seine Schwester und die Kinder hier gern unterstützen. Mein Besuch in Portland wird hoffentlich bestätigen, dass Gott durch Kendall, Landon und ihr Team auf beiden Seiten des Ozeans arbeitet.

Am Nachmittag holt Willie mich – die verrückte Weiße – zusammen mit Landon und Faith von der Klinik in Mityana ab. Als wir im Land Rover sitzen, leihe ich Faith meine Sonnenbrille, da ich mir Sorgen mache, dass sie vom grellen Sonnenlicht Kopfschmerzen bekommt, und halte während des gesamten Rückwegs auf der holprigen Straße ihre Hand. Dann darf ich sie ins Kinderheim tragen.

Ruth breitet die Arme aus und drückt Faith glücklich an sich. »Gott sei Dank.«

Ich würde Faith gern auf die Stirn küssen, wie Landon es am Morgen getan hat, aber ich habe das Gefühl, dass ich damit eine Grenze überschreiten würde.

Faith nimmt die Sonnenbrille ab und hält sie mir hin.

Ich schüttle den Kopf. »Für dich.«

Sie lächelt mich übers ganze Gesicht an und setzt die Brille wieder schief auf ihre Nase. Dann läuft sie die Treppe hinauf und lässt mich etwas traurig zurück. Ich hätte mich gern noch richtig von ihr verabschiedet.

Doch nur wenige Sekunden später ist sie zurück und hält etwas in der Hand. »Für dich.«

Es ist ein alter Handkreisel in allen Regenbogenfarben. Einer seiner drei Arme ist kaputt, aber für sie scheint er ein Schatz zu sein.

»Ich kann doch nicht …«

»Das ist ein Geschenk«, erklärt Landon mit unmissverständlichem Tonfall. Offensichtlich muss ich das Spielzeug annehmen. Ich drücke den Kreisel an meine Brust. »Danke schön, ich liebe ihn!«

Faith macht eine Faust und ich schaue Landon ratlos an. Als er etwas flüstert, drehe ich den Kopf, um ihn verstehen zu können.

»Stoßen Sie sie mit ihrer an«, wiederholt er.

Also balle ich ebenfalls eine Hand zur Faust und stupse damit sanft gegen Faiths.

»Ich kann Sie zum Flughafen bringen«, schlägt Landon vor, während wir aus dem Kinderheim in den leichten Wind hinaustreten, der nach Zitronen duftet.

Ich halte den Kreisel fest in der Hand. »Sie brauchen nicht …«

»Ich muss sowieso nach Kampala, um einiges einzukaufen.«

»Zum Beispiel Tempos?«

Er lacht. »Ich werde versuchen, welche parat zu haben, wenn Sie das nächste Mal kommen.«

Das nächste Mal?

Auch wenn es sonderbar klingen mag, gefällt mir der Gedanke.

»Bauen Sie auf Ihrer Plantage Zitronengras an?«, frage ich.

»Ja.« Er grinst mich schief an. »Es hält die Schlangen fern.«

Ich schicke Willie in die Stadt zurück und eine Stunde später bringt Landon mich zum Flughafen. Nicht wegen der Fördergelder, die ich ihm verschaffen kann, sondern weil er es anscheinend tatsächlich genießt, Zeit mit mir zu verbringen.

»Ich bin froh, dass Sie gekommen sind«, sagt er, als wir vor der Sicherheitskontrolle stehen.

»Ich auch.«

»Schreiben Sie mir, wenn Sie in New York gelandet sind?«

Ich lächle. Landon ist nicht verheiratet, aber ich frage mich in diesem Moment, ob er zu Hause eine Freundin hat. Die Nachforschungskanzlei hat ja diese frühere Verlobte erwähnt, aber keine aktuelle Beziehung. »Dann brauche ich Ihre Nummer.«

Er schickt sie mir auf mein ugandisches Handy und ich antworte mit meiner iPhone-Nummer, da ich hoffe, dass Claire es mit nach New York genommen hat.

»Wann geht es für Sie wieder nach Portland?«, frage ich.

»Am Sonntag.«

»Vielleicht sehe ich Sie ja in einem Ihrer amerikanischen Cafés«, sage ich.

»Das wäre schön.«

Er winkt ein letztes Mal, nachdem ich die Sicherheitskontrolle passiert habe. Dann ist er fort.

Als ich ins Flugzeug steige, umklammere ich immer noch den kaputten Handkreisel. Landon hat gesagt, dass er jedes Mal, wenn er Uganda verlässt, das Gefühl hat, ein Stück von sich zurückzulassen.

Es kommt mir ebenfalls so vor, als ob ein kleiner Teil von mir hierbleibt.

14. Kapitel

JOSIE

Amsterdam
Juli 1942

Josie schreckte hoch. Schweißgebadet lauschte sie in die Dunkelheit. Hörte sie ein Geräusch oder waren das noch Reste ihres Traums, die in ihrem Kopf nachhallten?

Sie zog den Vorhang ein Stück zurück und schob ihr Fenster mit einer Holzstrebe auf. Die kühle Nachtluft wehte in ihr Zimmer. Die Flugzeuge der Alliierten hatten noch nie Bomben auf ihre Stadt geworfen, aber in manchen Nächten riss ein Bombenalarm ganz Amsterdam aus dem Schlaf. In gewisser Weise fand Josie die Sirenen tröstlich. Selbst wenn sie sie nicht sehen konnte, kämpften diese Flugzeuge für ihre Befreiung.

Vor ihrem Fenster war nichts zu hören. Seit die Nazis hier waren, herrschte, wenn nicht gerade die Luftalarmsirenen heulten, in den Nächten Totenstille, als hätte die Stadt Angst, auch nur zu atmen.

War es ihrem Bruder irgendwie gelungen, sich unten in den Hof zu schleichen? Vielleicht hatte er Steine an ihr Fenster geworfen.

»Samuel?«, flüsterte sie, bekam jedoch keine Antwort.

Seit sie letzte Woche an jene Tür in Amersfoort geklopft hatte, schlief sie sehr unruhig. Sie hatte gehofft, ihr Bruder würde sie finden und ihr sagen, was sie nach der gescheiterten Geldübergabe nun mit dem Umschlag machen sollte. Er war nicht aufgetaucht und sie hatte auch keine Nachricht bekommen, aber in ihrem Kopf war eine Bildercollage entstanden: sie und Samuel, wie sie von der Windmühle zurückpaddelten; daneben der Holländer, der ihr die Tür geöffnet hatte; Menschen, die wie Tiere in den Militärlastwagen getrieben wurden. Sie blinzelte, doch die Eindrücke wollten sich nicht aus ihrem Kopf löschen lassen.

Am Fußende ihres Betts hing die Kopie eines Bauernhauses von Weissenbruch an einem Nagel an der kahlen Wand. Auf der Rückseite des alten Ölbilds befanden sich in einer Tasche, die Josie aus Pappe und Tesafilm gebastelt hatte, ihr gefälschter Ausweis für ihre Identität als Laurina de Jong und Samuels Umschlag. Sie wollte am liebsten so tun, als wäre er nicht da, aber die Verantwortung für dieses Geld lastete schwer auf ihr. Es wurde irgendwo gebraucht, aber solange Samuel nicht zurückkam, konnte sie nicht in Erfahrung bringen, wo. Sie konnte es schlecht einfach in einem Kanal versenken, wie es viele Leute mit den Sachen machten, die sie verstecken mussten. Also würde sie weiterhin beten, dass Samuel sich bald meldete – oder jemanden schickte, der ihr das Geld abnahm.

Wieder ein Geräusch.

Kein Stein, der gegen das Fenster geworfen wurde – ein Weinen.

Josie griff nach ihrem Morgenmantel am Haken neben dem Bett. Die Kinder und Mitarbeiterinnen der Kinderkrippe waren mit Ausnahme der Leiterin um diese Uhrzeit alle zu Hause. Aber falls eines der Kinder hier übernachtete, brauchte Fräulein Pimentel vielleicht ihre Hilfe.

Sie verließ ihr Zimmer. Durch das Fenster im Treppenhaus bemerkte sie fünf Lastwagen, die aussahen wie die, die sie in Amersfoort beobachtet hatte. Sie standen vor dem Theater und auf dem Gehweg hatte sich eine Menschenschlange gebildet. Fast wirkte es, als würden die Leute auf eine Mitternachtsaufführung warten. Allerdings waren sie nicht für einen Abend im Theater gekleidet und trugen trotz der Sommerhitze lange Mäntel. Sie umklammerten Koffergriffe und hielten ihre Kinder an den Händen.

Das Mondlicht wurde von den weißen Theatermauern reflektiert, ein fahler Scheinwerfer auf die Menschen gerichtet, die auf die Bühne vor dem Gebäude gezwungen worden waren. Dann schien das Licht für einen Moment zu verschwinden, als eine Wolke vor die Mondsichel zog. Es war fast, als würde Gott blinzeln.

Josie eilte die Treppe hinab und durch den Gewölbegang, der das Kolleg von der Kinderkrippe trennte, zu dem abgeschlossenen Tor, das zur Plantage Middenlaan hinausführte.

Aus dem Schatten beobachtete sie, wie ein weiterer Lastwagen auf der anderen Straßenseite parkte und Menschen von der Ladefläche kletterten. Die meisten von ihnen schwiegen und warteten wie versteinert, aber mehrere Kinder weinten in den Armen ihrer Eltern.

Ihr wurde übel.

Hatten sie sich versteckt oder waren sie aus ihren Wohnungen geholt worden? Sie mussten große Ängste ausstehen.

Sterne auf Mantelstoff leuchteten im Mondlicht.

Gott schlief nicht. Er sah das alles. Jeden Mann und jede Frau, sie alle, die wie Vieh zusammengetrieben wurden. Jedes Kind, das weinte. Jeden Soldaten, der sein Gewehr auf wehrlose Menschen richtete.

Wenn er doch nur die Erde unter diesem Gehweg erbeben ließe und diese Soldaten in die Flucht schlagen würde! Wenn er nur diesem Wahnsinn ein Ende setzen würde!

»Gott, steh uns bei«, betete Josie. Sie schaute dem zu, was vor ihren Augen geschah, und flehte innerlich darum, dass jemand für das eintreten würde, was richtig und wahr und gut war. Es fühlte sich ganz ähnlich an wie damals, als sie sich unter dem Holzsteg versteckt und darauf gewartet hatte, dass ihr Bruder die Flagge aufhängte.

Sie würde nicht aufhören zu beten, aber das Warten ertrug sie nicht mehr länger. Sie wollte Menschen wie den van Gelders helfen.

Ein Licht huschte über den Weg. Josie drehte sich um und sah Fräulein Pimentel mit einer Taschenlampe. Sie hatte einen hellrosa Morgenmantel um ihren stämmigen Körper geschlungen und ihr gelocktes graues Haar zurückgesteckt. Sie wohnte im obersten Stockwerk der Kinderkrippe und wusste über alles Bescheid, was in diesem Gebäude geschah, sei es tags oder nachts. Die Helferinnen in der Krippe sahen zu der älteren Frau auf, denn auch wenn sie einen strengen Führungsstil hatte, war sie ein gutes Vorbild und kümmerte sich bedingungslos um die ihr anvertrauten Kinder.

Fräulein Pimentel schaltete die Taschenlampe aus und trat neben Josie ans Tor, wo sie immer noch stand, die Finger um zwei der schmiedeeisernen Gitterstäbe geschlossen. »Es hat begonnen.«

»Was?«, flüsterte Josie.

»Die Rassenreinigung«, erwiderte Fräulein Pimentel. »Die Nazis planen, alle Juden aus den Niederlanden zu entfernen, angefangen in Amsterdam.«

Josie schüttelte den Kopf. »Das ist unmöglich.«

In ihrem Land lebten über hunderttausend Juden.

Lastwagen Nummer sieben fuhr vor und die Soldaten scheuchten weitere Menschen auf den Gehweg.

»Nicht in ihren Augen«, erwiderte Fräulein Pimentel. »Der Hass macht in seiner Zerstörungswut vor nichts halt, aber die Liebe kann die Wurzel des Bösen überwinden und guten Samen ausbringen.«

»Wir müssen etwas unternehmen, um diesen Wahnsinn aufzuhalten!«

»Wir werden im Gebet kämpfen, und wir müssen das zusammen tun, Hand in Hand mit den Menschen, denen wir vertrauen.« Fräulein Pimentel wandte ihren Blick nicht von dem Geschehen am Theater ab. »Diese Kinderkrippe ist mein Reich, Josie.«

»Reich?«

Sie klopfte mit der Taschenlampe gegen den Rand des Tors. »Wer weiß, ob wir beide nicht gerade für eine Zeit wie diese jetzt hier sind.«

Josie erkannte die Anspielung auf das Buch Ester, der biblischen Geschichte von einer Königin, die ihr Leben riskierte, um genau von dem Platz aus, an den Gott sie gestellt hatte, ihr Volk zu retten.

Vielleicht musste Josie nicht untertauchen wie Samuel, um sich diesem Feind zu widersetzen. Vielleicht könnte sie hier, wo sie war, Widerstand leisten. Statt heute Nacht Engel auszusenden, hatte Gott ihr vielleicht Fräulein Pimentel geschickt.

Aber was konnten zwei Frauen gegen die deutschen Waffen ausrichten?

»Ich sehe, wie gut Sie mit den Kindern umgehen können, Josie. Sie sind ein Segen für sie.«

»Und die Kinder sind ein Segen für mich.«

Fräulein Pimentel legte eine Hand auf Josies Schulter. »Lassen Sie uns dafür beten, dass wir den Menschen auf der anderen Straßenseite ein Segen sein können.«

Fräulein Pimentel wollte gerade zu beten beginnen, da eilte eine Frau aus dem Theater auf sie zu. Sie hielt ein weinendes Kind in den Armen.

»Tritt zurück«, befahl Fräulein Pimentel und Josie huschte schnell hinter den Fahrradständer.

»Dieser Junge muss irgendwo bleiben«, flüsterte die Frau von der anderen Seite des Tors. »So weit weg von den Soldaten wie möglich.«

Von der anderen Straßenseite rief eine Männerstimme sie grob zurück.

»Er heißt Clemens.« Die Frau schob den kleinen Jungen durch die breite Lücke zwischen den Gitterstäben in die Arme der Kinderkrippenleiterin. »Ich muss gehen.«

»Wann sollen wir ihn zurückbringen?«

»Sobald es hell wird.«

In diesem Moment wusste Josie, wozu Gott sie berufen wollte, auch wenn ihr Bruder gesagt hatte, dass sie die Menschen, die schon inhaftiert waren, nicht retten könnten. Sie würde diesen Kindern helfen, deren Eltern nicht mehr für sie kämpfen konnten.

»Schnell!«, sagte Fräulein Pimentel und winkte Josie zum Eingang der Krippe.

Im Haus weinte der Junge weiter, aber hier konnten ihn die Soldaten nicht hören.

Fräulein Pimentel holte eines der Bettchen, in denen die Kinder immer ihren Mittagsschlaf machten, aus der Kammer und stellte es so weit wie möglich vom Fenster entfernt auf. Dann holte sie ein Glas Buttermilch und bestrich eine Scheibe Kartoffelbrot mit Honig.

Der Junge beruhigte sich allmählich und trank. »Mama?«

»Du bist nur zum Schlafen hier«, sagte Josie, während sie ihn zudeckte. »Deine Mutter siehst du morgen wieder.«

Sein Atem beruhigte sich und wenige Minuten später war er eingeschlafen.

Fräulein Pimentel zog den dunklen Vorhang zurück und schaute vorsichtig hinaus, bevor sie sich an Josie wandte: »Sie müssen jetzt in Ihr Zimmer gehen.«

»Wir sollten ihn nicht allein lassen.«

»Ich schlafe neben ihm auf einer Matte«, beruhigte sie die Krippenleiterin. »Morgen bringen wir ihn ins Theater zurück.«

Als sie wieder in ihrem Zimmer war, schlüpfte Josie unter die Bettdecke, aber sie konnte nicht mehr einschlafen. Sie betete für Clemens und für seine Mutter. Für Samuel und Frau Pon. Für Fräulein Pimentel.

Und am innigsten betete sie für die Kinder und ihre Eltern, die den Rest der Nacht voller Ungewissheit in einem Theater verbringen mussten.

15. Kapitel

Ich finde Marcella im Frühstückszimmer, dessen Fensterfront einem einen spektakulären Blick auf den Hudson und die mit Ahornbäumen bewachsenen Hügel dahinter eröffnet.

»Ich habe mir Sorgen um dich gemacht.« Marcella legt ihre Gabel neben eine Schale mit Erdbeeren und Sahne und streckt mir die Hände entgegen.

Als ich mich zu ihr beuge, küsst sie mich auf die Wange. Ich sinke auf einen der mit Hussen aus weißem Leinen bezogenen Esszimmerstühle. Es fühlt sich sonderbar an, zurück in New York zu sein – keine gackernden Hühner, keine Heuschreckenlichter und auch keine Schlangen, die mich verfolgen.

»Hat Claire dir meine E-Mail ausgedruckt?«

»Ja.«

Leah, die Haushälterin, die schon seit vielen Jahren hier arbeitet, füllt aus einer antiken Silberkaraffe Marcellas Kaffeetasse auf und die trinkt einen Schluck. »Sie hat versucht, dich über die Nummer zu erreichen, die du geschickt hattest, aber es hat nicht funktioniert.«

»Hat sie mein iPhone aus Amsterdam mitgebracht?«

»Ja, es liegt in deinem Zimmer.«

Das befindet sich im Westflügel dieses riesigen Hauses. Die Kingstons haben ihr Zuhause achtzig Jahre lang ausgebaut. Jetzt wirkt es genauso groß – vielleicht sogar noch größer – als alle Gebäude auf der *Bishara*-Plantage zusammen. Es ist seltsam, dass nun eine einzige Frau so viele Quadratmeter für sich allein hat. Zumindest fast für sich allein – da wären ja noch die Hausangestellten und ich.

Leah bringt eine zweite Schale mit Erdbeeren und ich bedanke mich.

»Du musst erschöpft sein«, sagt Marcella.

»Ich habe im Flugzeug ein wenig geschlafen.«

Sie trinkt einen weiteren Schluck von ihrem Kaffee. Ich bin

fasziniert von den winzigen Wellen, die er in ihrer Tasse bildet, jetzt, wo ich weiß, welch weiten Weg er zurückgelegt hat, um auf diesem Tisch zu landen. Einen Weg, den die meisten von uns als selbstverständlich hinnehmen.

»Und, gibt es die Kaffeeplantage wirklich?«

»Ja, eine Plantage mit Arbeitern und deren Kindern. Dazu eine kleine Schule und ein Waisenheim.«

»Du hast alles aufgeschrieben?«

»Ich habe mir Notizen gemacht und formuliere sie aus, wenn ich mit Kendall Stafford gesprochen habe.«

Sie tupft mit ihrer Stoffserviette ihre Mundwinkel ab. »Wie war deine Begegnung mit Mr West?«

In mir regt sich ein Lachen, das Wellen schlagen will wie der Kaffee. Ich bin überrascht. Es ist lange her, dass ich gelacht habe, wirklich gelacht. Ich unterdrücke es schnell, da ich sonst die Nacht in der Klinik erklären müsste. Marcella fände das bestimmt überhaupt nicht lustig.

Die Stunden mit Landon auf dem Weg zum Flughafen, die Zeit mit Faith, der Morgen im Café – diese Erinnerungen gehören mir allein.

Ich bewundere Landon für seine Arbeit, und noch mehr bewundere ich an ihm, dass er vor mir nicht gekatzbuckelt hat, als er erfuhr, dass ich von der Stiftung komme. Er kann die finanzielle Unterstützung durch die Stiftung unübersehbar gut gebrauchen, aber das hat nicht die Macht, ihn zu verbiegen.

»Er leitet die Organisation sehr kompetent und steht mit Leib und Seele hinter ihrem Auftrag. Eine finanzielle Zuwendung würde ihm sicher helfen, mehr Mitarbeiter einzustellen und die Infrastruktur dadurch zu verbessern – was beides dringend nötig ist.«

Das Telefon auf der Seite des Esszimmers klingelt. Es ist eines dieser altmodischen Dinger mit einer Wählscheibe, schwarzem Hörer und Spiralkabel.

Marcella wirft einen Blick auf ihre Armbanduhr. »Wir haben viel zu besprechen, Emily.«

»Ava.«

Sie kneift die Lippen fest zusammen, wie immer, wenn sie mich mit dem Namen meiner Mutter angesprochen hat.

»Natürlich. Ava.« Sie lächelt mich an. »Ich bin froh, dass du wohlbehalten zurück bist.«

»Danke, dass du *Bishara* eine Chance gibst.« Ob Landon das Geld will oder nicht, ich werde alles in meiner Macht Stehende tun, um ihm zu helfen, diese Förderung zu bekommen.

»Ich habe heute Nachmittag einen Termin in Brooklyn und werde dort übernachten«, sagt Marcella. »Wir reden weiter, wenn du aus Portland zurück bist.«

»Morgen fliege ich erst mal nach North Carolina.« Ich kann es nicht erwarten, für ein paar Tage in die vertraute Welt meiner Vergangenheit einzutauchen, bevor ich in mein Leben hier zurückkehre. Darauf freue ich mich schon so lange!

»Tut mir leid.« Sie schiebt ihren Stuhl zurück. »Das wirst du auf später verschieben müssen.«

»Aber …«

»Du musst die Überprüfung des Förderantrags abschließen.«

Ich bohre meine nackten Fersen in den Mahagoniboden. »Ich kann am Montag nach Portland fliegen.« Wenn Landon wieder zu Hause ist.

»Der Stiftungsausschuss trifft sich am Montagmorgen. Dann sollte der Antrag beschlussreif sein.«

Die Worte bleiben mir im Halse stecken und löschen das Lachen, das noch unter der Oberfläche gewartet hat, mit einem Schlag aus.

»Die nächste Ausschusssitzung ist erst wieder in mehreren Monaten«, stellt Marcella klar.

Wenn in Oregon alles rechtens ist, sollen Landon und Faith und die anderen Kinder bei *Bishara* nicht so lange auf die Fördergelder warten müssen. Oder sie am Ende womöglich gar nicht bekommen.

North Carolina muss warten. Wieder einmal.

»Ich habe ein altes Buch über unsere Familie gelesen, als ich in Afrika war«, erzähle ich, während ich ebenfalls aufstehe.

Marcella wird blass. »Welches Buch?«

»Der Titel lautet *Vor der Morgendämmerung ist es am dunkelsten.*«

»In alten Büchern steht viel Unsinn.«

»Und auch einiges Wahres«, erwidere ich. »Sonst hätten wir in Amsterdam nicht eine ganze Bibliothek damit bestückt.«

»Hast du das Buch in Amsterdam bekommen?« Das Buch ist ihr anscheinend wichtiger als die Informationen darin, auf die ich eigentlich hinauswollte.

»Paul Epker hat es für mich gefunden, aber es ist nicht …«

»Bitte gib es Claire, damit wir es zurückschicken können.«

»Stimmt es, dass dein Vater seine letzten Jahre in einer Einrichtung verbracht hat, dem *Craig House*?«

Sie umfasst die Rückenlehne ihres Stuhls so fest, dass ihre Knöchel weiß werden. »Ich habe jetzt einen Telefontermin.«

»Warum willst du nicht über Peter sprechen?«, frage ich.

»Er hatte Probleme.« Marcella blickt auf den Fluss hinaus. »Er brauchte in den letzten Jahren seines Lebens einen sicheren Ort, an dem er zur Ruhe kommen konnte. Deshalb haben wir ein gutes Heim in der Nähe für ihn gesucht.«

Aber warum musste Peter Ziegler trotz seines ganzen Reichtums in einem Heim leben? Wenn er Ruhe gebraucht hat, hätte er sich für den Rest seines Lebens eine seinen Wünschen entsprechende Unterkunft und alle nötige Unterstützung leisten können.

»Wollte er dort sein?«, frage ich.

Die Fältchen in ihren Augenwinkeln kommen zum Vorschein. Ich habe zwar schon erlebt, dass sie gegenüber ihren Söhnen explodiert ist, aber mir gegenüber ist sie noch nie wütend geworden. Doch genau wie der ölige Ozongeruch ankündigt, dass ein Sturm unmittelbar bevorsteht, sind die Zeichen eindeutig. Jeden Moment wird ein Blitz aufflackern.

»Es spielte keine Rolle, was mein Vater wollte.«

Claire rauscht mit ihrer Aktentasche ins Frühstückszimmer, als hätte sie vor der Tür gelauscht und auf diesen Moment gewartet, um uns zu unterbrechen. »Es ist Zeit für Ihren Telefontermin«, sagt sie.

Marcella streicht mit den Händen über ihren glatten Rock. »Natürlich.«

Claire lächelt mich an. »Willkommen zurück.«

Zurück. Nicht *zu Hause.* Nach Hause – drei Bundesstaaten südlich von hier – fahre ich erst, sobald ich den Förderantrag für *Bishara* abgeschlossen habe.

Ich nicke Claire zu. Sie scheint mein Unbehagen nicht zu bemerken und greift bereits nach Marcellas Kaffeetasse, um sie mitzunehmen. »Henry Bradwell ist schon in der Leitung.«

»Ich nehme das Gespräch in meinem Büro entgegen«, sagt Marcella und rückt ihre Perlenkette zurecht. Sie tätschelt meine Schulter und die kleinen Falten sind wie weggebügelt. Sie ist wieder in die sichere Geschäftswelt zurückgekehrt. Es ist, als ob diese Sitzungen und der volle Terminkalender jedes Gespräch zwischen uns, das wirklich von Bedeutung ist, im Keim ersticken. Vielleicht war das der Grund, warum sich meine Mutter, obwohl sie so viel gearbeitet hat, um für Andrew und mich zu sorgen, regelmäßig Zeit für uns genommen hat, in der wir einfach zusammen sein konnten.

Marcella mag mich auf ihre Art, aber trotzdem bin ich ihr in diesem Moment weniger wichtig als dieser Zeitungsredakteur und irgendein dringendes Kingston-Geschäft. Meine Fragen nach Peter, meine Pläne fürs Wochenende, sie werden einfach ignoriert. Was soll ich Victoria sagen?

Claire folgt Marcella nach nebenan ins Büro und ich trete geräuschlos wieder auf den Flur hinaus, gehe an Kunstwerken vorbei, die die Familie Kingston seit Generationen gesammelt hat, und an Porträts von William und seiner Frau Abigail, meiner Urgroßmutter.

Von Peter oder Trudy Ziegler gibt es kein einziges Bild, aber im Flur, der zur Bibliothek, dem Musikraum und einem Bankettsaal führt, hängen mehrere Fotos von Marcella in verschiedenen Altersstufen. Ihr Hochzeitsfoto mit Randolph ist das letzte gerahmte Bild am Fuß der mit Teppich ausgelegten Treppe. Darüber hängen die formellen Porträts von Randolph und Marcella mit ihren drei Kindern. Danach folgt der Beginn der nächsten Generation, einschließlich einer Fotografie von mir als Studentin.

Von meinem Zimmer aus blickt man auf gepflegten Rasen und die gepflasterte Zufahrt hinaus, die um einen aus Rom importierten Springbrunnen herumführt. Ich falle auf das Himmelbett mit violetten und weißen Rüschen, die Marcella für meine Mutter ausgesucht hat, als diese noch ein junges Mädchen war. Leah hat die meisten Sachen meiner Mutter auf den Dachboden gebracht, aber die Möbel sind alle noch da.

In den Wochen nach meinem Einzug habe ich die Kisten auf dem Dachboden gefunden und unzählige Kleidungsstücke sowie eine ganze Sammlung von Kinderbüchern und Kassetten durchgesehen, doch irgendwie konnte ich meine Mutter darin nicht finden. Ein Stück von ihr ist in diesem Zimmer, in diesen zuckerwatterosafarbenen Wänden. Die Erinnerung an ihre Jugend gibt mir Hoffnung.

Mein Handy liegt auf dem Nachttisch. In der Zwischenzeit sind ganz schön viele Nachrichten eingetroffen, die meisten sind von Victoria. Die letzte hat sie gegen Mitternacht abgeschickt. Darin droht sie, dass sie die Polizei alarmiert, wenn ich mich nicht auf der Stelle bei ihr melde.

Ich schreibe ihr kurz: Bin wieder da.

Ihre Antwort kommt sofort: Gott sei Dank! Ich dachte schon, du hättest mich für immer verlassen!!

Marcella hat mich nach Afrika geschickt.

Wenige Sekunden später klingelt mein Handy und Vis hübsches Gesicht erscheint auf meinem Display. »Du bist in Afrika?«, ruft sie aus, als ich den Anruf entgegengenommen habe.

»Nein, ich bin heute Morgen zurückgekommen.«

»Ich dachte, du warst in Amsterdam bei dieser Museumseröffnung.«

»Es war eine Bibliothek.«

»Wie soll ich mir das alles merken, Ava? Du verbringst mehr Zeit in der Luft als ein Zugvogel.«

Ich öffne die Doppeltüren, die auf eine Terrasse mit einem Tisch, zwei schmiedeeisernen Stühlen und roten Geranien hinausführen. Frische Luft strömt herein. »Ich musste eine gemeinnützige Organisation überprüfen. Mein Kopf – genauer gesagt, mein ganzer Körper – ist absolut hinüber.«

»Nur gut, dass du morgen nach Hause kommst!«

»Was das betrifft …«

Vi stöhnt. »Ihre Majestät hat deine Pläne gestrichen?!«

»Du sollst sie nicht so nennen«, flüstere ich und trete von der Terrasse weg.

»Dann eben Ihre Hoheit. Oder Oberhoheit.«

»Vi!«

»Ihre königliche Poheit?«

»Etwas mehr Respekt bitte.«

»Sie ist keine Königin, Ava. Und du brauchst sie nicht zu verteidigen.«

Ich falle aufs Bett und lege den Kopf auf mein weiches Kissen. »Ich muss nach Portland und die Zentrale der Organisation besuchen.«

»Du musst nach Hause kommen. Marcella wird dir deshalb schon nicht kündigen.«

»Es geht nicht um sie.«

»Richtig«, erwidert Vi schnippisch.

»Wenn ich nicht fahre, bewilligt der Stiftungsausschuss vielleicht das Geld nicht, und Landon braucht die Förderung.«

»Mooooment! Wer ist Landon?«

»Landon West. Der Eigentümer der Kaffeeplantage.«

»Verheiratet?«

»Oh, bitte!«

»Das ist eine wichtige Information.«

Ich schwinge meine Beine über die Bettkante und blicke wieder auf die Zufahrt hinaus. »Nicht verheiratet. Auch wenn dich das überhaupt nichts angeht.«

»Mich vielleicht nicht, aber dich sollte es interessieren.« Vi unterbricht kurz das Gespräch, um mit jemand anderem zu sprechen. Dann ist sie wieder dran. »Du verrätst mir wahrscheinlich nicht, ob er süß ist?«

»Nein.« Ich hole Pauls Buch aus meiner Tasche und wechsle das Thema: »Ich habe in den letzten Tagen etwas Eigenartiges über die Kingstons herausgefunden. In einem Buch, das mir jemand gegeben hat.«

»An dieser Familie ist *alles* eigenartig.«

Ich will sie daran erinnern, dass wir von *meiner* Familie sprechen, aber das ist ihr natürlich völlig klar. »In dem Buch steht, dass mein Urgroßvater vor ungefähr fünfzig Jahren in einer Einrichtung für geistig Kranke gestorben ist.«

»Hast du Marcella gefragt, ob das wahr ist?«

»Sie will nicht über ihn sprechen.«

»Und was hast du jetzt vor?«

Ich überlege einen Moment. »Ich schätze, ich werde auf eigene Faust herausfinden, was damals passiert ist.«

»Gib mir Bescheid, wenn ich dir helfen soll«, bietet sie mir an. »Morgen Abend habe ich noch nichts vor, da ich ja dann nicht mit dir am Strand bin.«

»Es tut mir leid, Vi.«

»*Du* tust *mir* leid, meine Liebe. Ich will nicht, dass du dich selbst verlierst, während du versuchst … hm, ich bin immer noch nicht ganz sicher, was genau du versuchst.«

Jemand klopft an meine Zimmertür. »Ich muss aufhören.«

»Bitte komm bald nach Hause.«

Am Montag, sage ich mir, sage es aber nicht laut. Ich will nicht schon wieder etwas versprechen, das ich dann doch nicht halten kann.

Ich beende das Telefonat.

Leah öffnet die Tür. Einige Strähnen ihres gelockten Haars sind aus ihrem Dutt gerutscht und fallen über ihre Schultern in der schwarzen Angestelltenuniform wie silberner Nebel. »Ich dachte, Sie haben vielleicht Hunger. Soll ich Ihnen etwas zu essen und heißen Tee bringen?«

»Ja, bitte.«

Ihr Lächeln lässt das Blau ihrer Augen strahlen. »Ich bin gleich wieder da.«

Sie geht auf Zehenspitzen rückwärts, als hätte ich schon vergessen, dass sie da ist.

»Leah?«, rufe ich, bevor sie die Tür schließt.

Sie schaut noch einmal herein. »Ja, Miss Ava?«

Ich lasse meinen Blick über die Pastellfarben in diesem Zimmer wandern. Definitiv nicht die eines rebellischen Teenagers. Wie hat meine Mutter in ihrem Leben von dieser Umgebung zu einem so dunklen Ort gelangen können, bevor sie zum Glauben und damit zum Licht zurückfand?

»Sie haben schon hier gearbeitet, als meine Mutter noch ein Kind war, oder?«

Vorsicht tritt in ihre Augen. Es ist zum Verrücktwerden! Marcella erzählt mir nichts über ihren Vater und das Personal soll nicht über ihre Tochter sprechen.

»Ja«, sagt sie zögernd.

»Welche Erinnerungen haben Sie an sie?«

Sie kommt wieder herein und macht die Tür zu. »Ihre Mutter hat Leben in dieses Haus gebracht, als es dringend Leben brauchte. Sie war freundlich und großzügig und hatte einen guten Geschäftssinn. Wenn Mr Kingston es erlaubt hätte, hätte sie seine Firma leiten können.«

»Warum hat er das nicht getan?«

Sie zuckt die Schultern, aber ich kenne die Antwort: weil sie ein Mädchen war. Soweit ich weiß, hatte nicht einmal Marcella eine aktive Rolle in der Firma, solange ihr Mann gelebt hat. Als Randolph starb, nahm sie seinen Platz ein – sehr zum Verdruss ihrer Söhne, die damit gerechnet hatten, ihr Erbe anzutreten. Sie wurden unmissverständlich auf untergeordnete Plätze verwiesen, was ihnen überhaupt nicht gefallen hat.

»Ist sie von zu Hause weggegangen, weil sie schwanger war?«

Leah tritt von einem Fuß auf den anderen. »Es steht mir nicht zu, über Ihre Familie zu sprechen.«

»Okay, tut mir leid.« Marcella würde Leah kündigen, falls sie irgendetwas sagen sollte, das ich nicht hören soll, als wäre ich mit siebenundzwanzig Jahren immer noch zu jung, um die Wahrheit zu erfahren.

»Ich bringe Ihnen Ihren Tee.«

Als Leah fort ist, nehme ich den kaputten Kreisel aus meiner

Tasche und lege ihn neben das gerahmte Foto auf der Kommode. Es ist ein Bild von meiner Mutter und mir, als ich drei Jahre alt war. Hand in Hand spazieren wir in Sommerkleidern mit dem gleichen Muster am Strand entlang, Blumenketten um die Hälse.

Jemand aus der Gemeinde, für die Mama arbeitete, hat mir dieses Bild in der Woche nach dem Feuer gegeben, zusammen mit ihrer Bibel und den anderen Dingen, die sie in ihrem Schreibtisch aufbewahrt hatte. Die Bibel ist eine richtige Schatztruhe, die bunten Zeichnungen auf den Seitenrändern zeigen, was meine Mutter im letzten Jahr ihres Lebens gelesen und was sie dabei empfunden und gedacht hat. Da gibt es einen wilden Löwen und ein sanftes Lamm. Ein kaputtes Herz auf der Seite, auf der beschrieben wird, wie Jesus starb. Türkisfarbene Meereswellen neben Versen über Frieden. Und goldene Tore, die weit offen stehen, fast am Ende des dicken Buchs. Eine Frau in einem Sommerkleid tritt hindurch und breitet die Arme vor einem König aus. An dieses Bild klammere ich mich, wenn mein Herz am meisten schmerzt.

Ich öffne meine Nachttischschublade, hole Mamas Bibel heraus und stecke sie in meine Handtasche, damit ich im Flugzeug darin lesen kann. Dann lehne ich mich in die Kissen zurück und schließe die Augen. Meine Gedanken kehren nach Afrika zurück, zu Faith und zu dem Mann, der sich um sie und die anderen kümmert, als wären sie seine eigenen Kinder.

Wir haben vieles gemeinsam, dieses kleine Mädchen und ich. Eines Tages wird Landon Faith ihre Geschichte erzählen. Wie sie vor einem Leben in Unfreiheit gerettet wurde. Eines Tages wird hoffentlich auch mir jemand die Teile meiner Familiengeschichte anvertrauen, die ich bis jetzt nicht kenne.

Leah kommt mit einem kleinen Tablett zurück, darauf Sandwiches mit Eiersalat und Tomatenscheiben sowie eine Kanne Darjeelingtee. Sie stellt es auf meinen Nachttisch. Dann wendet sie sich mir zu. »Ich kann wirklich nicht über Ihre Mutter sprechen.«

»Ich hätte Sie nicht nach ihr fragen sollen.«

»Aber von ihr selbst«, fährt sie fort, als hätte ich gar nichts gesagt, »könnten Sie viel über die Vergangenheit erfahren.«

Seufzend ziehe ich die Beine an meine Brust wie ein kleines Kind. »Ich wünschte, ich könnte noch einmal mit ihr sprechen.«

Leah tritt zur Tür zurück, geht aber noch nicht hinaus. »Ihre Mutter hat Tagebuch geschrieben.«

Ich hebe den Kopf. »Tagebuch?«, echoe ich.

»Ich habe die Tagebücher bei mir aufbewahrt, damit sie nicht verloren gehen.«

»Oh, Leah!«

Wenige Minuten später bringt sie mir ein kleines Bündel, das in von Kreppband zusammengehaltenes braunes Papier gewickelt ist.

Ich springe praktisch aus meinem Bett. »Danke!«

»Auf dem Dachboden verschwinden manchmal Sachen. Ich wollte nicht, dass diesen Büchern etwas zustößt.« Tränen treten in Leahs Augen. »Ich vermisse Ihre Mutter sehr.«

»Danke.« Es ist das erste Mal, dass jemand in diesem Haus sagt, dass sie ihm fehlt.

»Sie erinnern mich sehr an Miss Emily. Sie wollte auch immer das Richtige tun.«

»Manchmal ist es schwer zu wissen, was das Richtige ist.« Ich nicke ihr noch einmal dankbar zu, bevor ich auf die Terrasse hinausschlüpfe. Ich setze mich in den bequemen Stuhl, löse das Kreppband und schlage das Papier vorsichtig zurück. Es sind drei Tagebücher, ein Umschlag hat ein buntes Paisley-Muster, der zweite ist kariert. Der dritte ist blau, ein stürmischer Ton, der mich an den Hudson erinnert.

Ich schlage das Paisley-Tagebuch auf und tauche in die Welt eines dreizehnjährigen Mädchens ein, das das Gefühl hat, nicht dazuzugehören. Auf den meisten Seiten sind Zeichnungen, aber mich verlangt es vor allem nach den Worten, die sie in ihrer schönen Handschrift geschrieben hat.

Während ich lese, parkt eine schwarze Limousine in der geschwungenen Einfahrt. Marcella und Claire verlassen das Haus und steigen ein. Wenn ich will, kann ich den ganzen Nachmittag hier sitzen und niemand wird mich stören.

Aus Minuten werden Stunden, während ich Jahre aus dem

Leben meiner Mutter erlebe. Ich lese von der Privatschule für Mädchen in Connecticut, von ihren Brüdern, die sie im Sommer geärgert haben, von den Pferden, die sie an der Schule und zu Hause geritten ist.

Dann taucht mein Vater auf. Jeffery Drake. Ein Stalljunge, den sie bei einem Reitwettbewerb kennenlernte. Er war siebzehn, ein Jahr älter als sie, und sein Traum war es, Trainer zu werden. Sie überredete den Stallknecht der Kingstons, ihn einzustellen, und begann, ihre Wochenenden und gesamten Ferien zu Hause zu verbringen.

In jedem Eintrag suche ich nach neuen Informationen über meine Eltern, aber über meinen Vater finde ich nicht viel.

Jeffery war davon ausgegangen, ein Stück vom Kingston-Kuchen abzubekommen, als er mit meiner Mutter durchbrannte. So hat Marcella es mir erzählt. Als Jeffery das Geld – und den luxuriösen Lebensstil – nicht bekam, beschloss er, erneut abzuhauen. Dieses Mal allein.

Und meine Mutter kam mit einem anderen Mann zusammen.

Ich bin eine Königstochter. Das war ihre Antwort, wenn ich nach meinem Vater gefragt habe. Eine Prinzessin. Nachdem Mama Christin geworden war, sagte sie, dass wir beide Königstöchter seien.

Auf den letzten Seiten des blauen Tagebuchs hat meine Mutter, inzwischen erwachsen, Fragen festgehalten, die sie nicht losließen. Sie verstehe nicht, warum sie sich in dieser Familie so fehl am Platz fühlt. Warum Marcella sie verwöhnt und Randolph sie ignoriert und warum ihre älteren Brüder, Carlton und Will, sie verspotten, wenn niemand in der Nähe ist.

Will war betrunken, sternhagelvoll, als er mich allein im Stall gefunden hat. Der Blick in seinen Augen – zuerst habe ich gedacht, er will mich töten. Aber stattdessen hat er mich mit Worten verletzt. Mit gemeinen Worten, die meinem Herz tiefe Wunden zugefügt haben.

Er hat mir bestätigt, was ich die ganze Zeit schon geahnt habe: Mama und Papa haben mich als Baby adoptiert. Ich bin von

Zigeunern vor der Tür abgelegt worden, hat er gesagt. Nicht einmal sie wollten mich.

Ich lasse das Tagebuch sinken und spüre ihren Schmerz in mir widerhallen. Als ich sie als Kind nach ihren Eltern gefragt habe, hat sie mir ihre Namen nicht verraten. Nur dass sie adoptiert worden ist, hat sie mir gesagt. Als wäre damit alles klar.

Als Jugendliche habe ich begriffen, dass das im Grunde überhaupt nichts erklärt. Vi wurde auch adoptiert und sie liebt ihre Eltern.

Meine Hände verharren an dem aufgeklappten Buch, während mein Blick zum Dach der alten Reithalle zwischen den hohen Bäumen auf der Nordseite des Geländes wandert. Die Pferde, die meine Mutter früher geritten hat, sind seit ungefähr zehn Jahren fort. Das Gebäude wurde in ein Fitnesszentrum mit Basketballfeld, Kraftraum und Wellnessbereich umgewandelt.

Wenn man unbegrenzt Geld zur Verfügung hat, kann man sein Leben und seine Umgebung jederzeit problemlos neu gestalten. Wenn einem etwas nicht gefällt – ein Gebäude, ein Lebensstil, ein Auto, ein Ehepartner –, tauscht man es einfach aus.

Und wenn man mit seiner Familie nicht glücklich ist, kauft man ein anderes Kind.

Aber niemand, auch kein Kind, kann ein unglückliches Herz heilen.

Durch meine Adern wird nie Kingston-Blut fließen, aber Marcella hat mir versichert, dass ich zu dieser Familie gehöre.

Hat sie das meiner Mutter jemals gesagt?

Meine Hand zittert, als ich die letzte Seite ihrer Tagebucheinträge aufschlage. Ich verschlinge die Worte und sinne dann darüber nach, bis das Tageslicht schwächer wird.

Marcella hat ihn und Carlton bezahlt, sie bezahlt sie immer noch, hat Will mit einem Lachen gesagt, damit sie über die Adoption schweigen. Die beiden wissen natürlich, was geschehen ist. Sie waren 13 und 15, als ich geboren wurde.

Ich hatte gehofft, Marcella hätte mich adoptiert, weil sie ein

Baby retten wollte. Aber anscheinend wollte sie nur sich selbst retten. Und den guten Ruf der Kingstons.
Geld kann die Vergangenheit nicht wiedergutmachen, aber ich fürchte, Marcella wird alles tun, um die Sünden dieser Familie zu vertuschen.
Ich habe Angst vor meinen Brüdern. Ich habe Angst um meine Zukunft. Angst, was passiert, wenn noch jemand die Wahrheit herausfindet.

Ich klappe das Buch zu und ihre Worte klingen in meinem Kopf nach.

Die Adoptionsakte meiner Mutter ist nicht einsehbar; ich habe mich erkundigt, als ich achtzehn war. Bezahlt Marcella ihre Söhne fast fünf Jahrzehnte später etwa immer noch dafür, dass sie die Adoption – oder die Identität der leiblichen Eltern meiner Mutter – geheim halten? Und wie sollte die Adoption meiner Mutter den Ruf der Kingstons retten?

Mein Handy weist mich vibrierend auf eine Nachricht von Landon hin, der nachfragt, ob ich gut nach Hause gekommen bin. Ich schreibe ihm eine kurze Antwort und entschuldige mich, dass ich ihm nicht schon früher geschrieben habe. Ich bin dankbar für seine Sorge. Für die aufkeimende Freundschaft zwischen uns. Wenn nur meine Familie mehr wie Landons wäre! Normal. Dann müsste ich nicht in mühsamer Detektivarbeit nach der Wahrheit suchen.

Bevor ich morgen nach Portland fliege, werde ich das *Craig House* besuchen.

Vielleicht finde ich dort, was Marcella zu verstecken versucht.

16. Kapitel

JOSIE

Amsterdam
Juli 1942

Der rechteckige Hof hinter der Kinderkrippe war durch mehrere Gebäude wie von einer Festung umgeben und wurde von Heckenreihen unterteilt, die so hoch waren, dass Josie nur so gerade hinüberschauen konnte. Über der Hintertür zur Kinderkrippe befand sich ein Buntglasfenster mit Strand- und Muschelmotiv.

Der Garten war wie ein Zufluchtsort, wo sich weder die Kinder noch ihre Betreuerinnen wegen der Nazis auf der anderen Straßenseite sorgen mussten. In diesem paradiesischen Hof konnte man fast glauben, es gäbe den Krieg nicht – obwohl er gleich hinter der Hecke wütete – und mit Spielen könnte man jeden Schmerz heilen. Hier war Josie schon oft in ihren Tagträumen versunken – davon, wie Eliese und sie mit dem Kanu ins Torfmoor hinausfuhren oder in den Wintermonaten auf dem Kanal Schlittschuh liefen. Sie hatten damals in ihrer eigenen Welt gelebt und alles andere war nicht wichtig gewesen.

Josie trug Clemens den ganzen Morgen auf den Armen, während sie die anderen Kinder zu beschäftigen versuchte. Seit er aufgewacht war, fragte er immer wieder nach seiner Mutter, aber weder Josie noch Fräulein Pimentel wollten ihn ins Theater zurückbringen. So überfüllt der Gehweg in der Nacht gewesen war, so leer war er heute. Außer einem Soldaten, der Wache stand, war keine Menschenseele zu sehen.

Josie blickte zum Fenster ihres Zimmers auf der anderen Seite der Hecke, die das Kolleg und die Kinderkrippe voneinander trennte. Hier wurden Kinder betreut, während in dem Gebäude nebenan Lehrer und Lehrerinnen ausgebildet wurden, die in Zukunft Schüler unterrichten würden. Es waren zwei getrennte Einrichtungen und doch verfolgten sie ein gemeinsames Ziel. Egal, was in ihrem Land passierte, es würde immer Kinder geben, und diese Kinder brauchten Menschen, die auf sie aufpassten und ihnen alles beibrachten.

Ein Mädchen trat neben Josie und zupfte an ihrem Ärmel. »Jetzt bin ich dran!«

»Alles klar.« Josie hielt Clemens mit einem Arm fest und beugte sich hinab, um der Sechsjährigen zu helfen, ein Band um ihren Bauch zu wickeln, an dessen Ende ein Nagel baumelte. Das Mädchen trat zu vier anderen Kindern, von denen jedes um eine Flasche herumsprang und versuchte, den Nagel in die Öffnung zu bekommen.

Metall schlug klirrend gegen Glas und ein Junge namens Dirk hob seine Flasche hoch, um allen zu zeigen, dass der Nagel darin gelandet war. Dann sprang er wie ein Hase an einer der Blumenrabatten entlang und der Faden mit dem Nagel hüpfte hinter ihm her. Als Josie seinen Namen rief, beäugte er gerade einen Spalt in der Hecke zum Kolleg, als wollte er hindurchschlüpfen.

Josie eilte zu ihm. Widerstrebend löste er das Band von seinem Bauch und übergab ihr den Nagel, bevor er sich bei einem anderen Spiel anschloss.

Die Älteren – über zwanzig Kinder – hüpften in Mehlsäcken am Rand des Gartens entlang, kickten einen Fußball über die Erde und zielten mit Nägeln in Milchflaschen, während die Kleinkinder in Laufställen spielten, die der Hausmeister im Schatten der Bäume aufgestellt hatte. An den Nachmittagen gingen die Betreuerinnen mit den Kindern eine Runde um den Häuserblock spazieren. Die Babys schoben sie in ihren Kinderwagen, während die Größeren ihnen wie junge Gänse dicht auf den Fersen folgten.

Josie und ihre vier Kolleginnen trugen auf Fräulein Pimentels Anweisung hin identische aschgraue Kleider mit weißen Schürzen und hatten weiße Tücher über ihr Haar gebunden.

Diese Morgenstunden, in denen sie das Lachen und Spielen der Kinder genießen konnte, statt im Unterrichtszimmer ihrem

Lehrer zuzuhören, waren schnell zu Josies liebstem Teil des Tages geworden. Wenn sie später selbst Lehrerin war, würde sie ihre Schüler im Freien unterrichten, am besten den ganzen Tag lang. Dann könnten sie träumen und ihrer Fantasie freien Lauf lassen und sich bewegen, und ihr Verstand würde voller Inspiration sein, so wie sie es als Mädchen erlebt hatte.

Wieder landete ein Nagel klirrend in einer Flasche. Die Kinder klatschten und lachten miteinander.

Josie schloss die Augen und schlug sie dann langsam wieder auf, als könnte sie diese friedliche Szene in ihrem Kopf abspeichern und sie überallhin mitnehmen, um die schrecklichen Bilder aus Amersfoort zu verdrängen. Oder sie ihnen wenigstens gegenüberzustellen.

Diese Kinder kannten die Angst, die ihr Land überrollt hatte, aber innerhalb dieser Mauern fanden sie Geborgenheit. Das Licht, das sie Tag für Tag in die Welt brachten, leuchtete gegen die Dunkelheit an, die auf der anderen Seite des Tores herrschte.

Eine Frau trat durch die Hintertür der Krippe in den Garten. Josie starrte sie an. Zwei Haarnadeln hielten ihr langes Haar zurück und sie trug einen schwarzen Rock und eine schwarze Jacke, an der ein Stern prangte. Binnen eines Moments wurde Josie in ihre Kindheit in Giethoorn zurückversetzt.

»Eliese?«

»Josie?« Ihre Freundin schien nicht weniger überrascht als sie selbst. »Was machst du hier?«

Josie deutete mit dem Kopf zur Hecke. »Ich studiere am Lehrerkolleg.« Sie verlagerte Clemens auf ihre andere Hüfte, während ihr tausend Gedanken durch den Kopf schossen. Einer davon drängte sich zwischen all den anderen hervor: »Ich dachte, du wärst in England.«

»Ja, ich war eine Weile in London.« Eliese küsste sie auf die Wange. »Vor zwei Jahren bin ich zurückgekommen.«

Also unmittelbar, bevor die deutsche Wehrmacht in ihr Land einmarschiert war.

»Warum hast du dich bloß nicht bei mir gemeldet?«, fragte Josie.

Eliese schüttelte mit traurigen Augen den Kopf. »Das konnte ich nicht.«

»Ich habe dich vermisst.«

»Ich wünschte, ich hätte dir sagen können, dass ich hier bin«, flüsterte Eliese. »Aber es war zu gefährlich.«

»Weiß mein Bruder es?«

Eliese strich mit den Händen über die Knöpfe an ihrer Jacke und schaute prüfend zu den anderen Betreuerinnen im Garten. »Ich bin gekommen, um den Jungen zu holen.« Sie wollte Clemens nehmen, aber der Junge klammerte sich an Josies Schulter.

»Dann warst du das am Tor?«, fragte Josie. »Bist du die ganze Nacht auf gewesen?«

»Ja, leider.«

Josie bemerkte, dass ihre Kolleginnen Eliese nun ihrerseits beobachteten. Sie deutete zur Tür. »Komm mit. Wir sprechen drinnen weiter.«

Gemeinsam traten sie ins farbenfroh gestaltete Innere, wo ein Dutzend Tische schon für das Mittagessen gedeckt waren.

»Was geschieht drüben im Theater?«, fragte Josie.

»Die Nazis registrieren die Juden, bevor sie sie aus Amsterdam wegbringen.«

Josie blickte in die braunen Augen des Jungen in ihren Armen. »Auch die Kinder?«

»Ja.« Eliese lehnte sich an die Wand zurück und eine tiefe Erschöpfung sprach aus ihrem Gesicht. »Sie wollen die Familien nicht trennen.«

»Du hilfst ihnen dabei.«

»Ich habe keine Wahl.«

Josie setzte sich in den Schaukelstuhl vor dem Fenster. War es möglich, dass sie auch die Familie van Gelder hierhergebracht hatten?

»Wie geht es Samuel?«, fragte Eliese.

Josie schüttelte den Kopf. »Das weiß ich nicht.«

Eliese zog einen der Stühle unter dem Tisch hervor und setzte sich neben Josie. »Ich muss dir etwas sagen.«

Clemens wand sich unruhig und Josie setzte den Schaukelstuhl leicht in Bewegung. Was auch immer Eliese zu erzählen hatte, sie vermutete, dass sie es nicht hören wollte.

»Erinnerst du dich an William Kingston? Er hat mit meinem Vater zusammengearbeitet.«

Sie erinnerte sich an ihn. Samuel konnte diesen Mann nicht ausstehen.

»Wir beide haben in London geheiratet.«

Josies Zehen hörten abrupt auf zu schaukeln. Wie hatte Eliese diesen Mann Samuel vorziehen können, der sie mehr geliebt hatte als sein eigenes Leben? Samuel hätte alles getan, um sie zu beschützen. »Samuel wollte dich heiraten.«

»Seit unserer Kindheit ist viel passiert.«

Josie ließ den Kopf gegen die Lehne des Stuhls sinken. »Ich will nicht, dass noch mehr passiert.«

»Ich wünschte, wir könnten das verhindern.«

»Wenn du William geheiratet hast …« Josie schaute sie fragend an. »Warum bist du dann nach Holland zurückgekehrt?«

Eliese richtete ihren Blick wieder auf Clemens, bevor sie Josie ansah. »Ich wusste nicht, wo … mein Sohn und ich sonst hinsollten.«

Josie war wie vor den Kopf gestoßen. Eliese war jetzt Ehefrau und auch noch Mutter? Das konnte sie alles gar nicht so schnell verarbeiten.

»Wo ist William jetzt?«

»In New York«, antwortete Eliese. »Nach den neuen Gesetzen hätte Samuel mich sowieso nicht heiraten dürfen.«

»Er macht sich ziemlich wenig aus den Nazigesetzen.«

Eliese warf einen vorsichtigen Blick zum Fenster, als stünden ihre Besatzer direkt vor dem Haus und könnten sie hören. »So dürfen wir nicht mehr sprechen.«

»Ich habe dich wirklich vermisst«, sagte Josie. »Und unser ganzes früheres Leben.«

Eliese nickte traurig und streckte die Arme wieder nach Clemens aus. »Wir müssen dich zu deiner Mama zurückbringen.«

Clemens vergrub den Kopf an Josies Schulter.

»Er hat Angst.«

»Kannst du ihn hinüberbringen?«, fragte Eliese.

Fräulein Pimentel war in der Küche und überwachte die Vorbereitung des Mittagessens, aber Josie wusste, sie hätte nichts dagegen, dass sie mitging.

Die beiden Frauen warteten, bis im Verkehr in der Plantage Middenlaan eine Lücke entstand und die Straßenbahn vorbeigefahren war, bevor sie zum Theater hinüberliefen.

»Da drinnen ist es sehr voll«, bereitete Eliese Josie im Foyer auf das vor, was sie erwartete.

Josie erschauerte, als ein Soldat die Tür zum Zuschauerraum aufsperrte. Die Juden wurden nicht nur hierhergebracht, die Nazis hatten sie auch noch wie in einem Gefängnis eingesperrt.

Der Zuschauerraum des Theaters war ausgeschlachtet worden, es gab hier nichts mehr außer dem schräg abfallenden Boden, umgeben von hohen Marmorsäulen und Logen. Babys weinten im ganzen Raum – die Akustik war noch genauso gut wie früher, wenn hier ein Orchester gespielt hatte. Kinder spielten lärmend miteinander, Erwachsene forderten sie lautstark auf, leiser zu sein. Und der Gestank! Für den Rest ihres Lebens würde Josie nie vergessen, wie es in diesem Saal, in dem mehrere Hundert Menschen dicht zusammengedrängt ausharrten, roch. Sie hatten nicht einmal genug Platz, um ihre Matten und ihr Bettzeug mit etwas Abstand zueinanderzulegen. Josie hielt nach den van Gelders Ausschau, doch in diesem Meer aus Gesichtern war es so gut wie unmöglich, jemanden zu finden.

»Mama!«, rief Clemens und zappelte in Josies Armen.

Eine Frau kam mit ausgestreckten Armen auf sie zu. Als sie ihr Kind an sich drückte, lehnte Clemens sich zufrieden an ihre Schulter. Die Frau strich ihm die Haare aus der Stirn. »Danke, dass Sie sich um ihn gekümmert haben!«

»Das habe ich gern getan.«

Die Frau kehrte zu ihrer Familie zurück, und obwohl Josie froh war, dass Clemens wieder bei seiner Mutter war, wollte sie ihn nicht hier in diesem Elend lassen. Dieses Kind, alle Kinder an diesem Ort, brauchten Platz zum Spielen. Luft zum Atmen. Vielleicht würden sie in ein Lager wie Westerbork gebracht werden.

Eliese machte eine Kopfbewegung zur Eingangstür. »Du musst gehen.«

Josie drehte sich noch einmal um, aber Clemens und seine Mutter waren bereits in der Menge untergetaucht.

»An manchen Tagen würde ich am liebsten nach Giethoorn zurückkehren«, sagte Eliese. »Wieder auf den See hinauspaddeln.«

»Eines Tages vielleicht«, erwiderte Josie leise. »Dann nehmen wir deinen Sohn mit.«

Eliese lächelte.

Josie wandte sich von ihrer alten Freundin und dem ganzen furchtbaren Chaos an diesem Ort ab. Sie ließ den Lärm und den Gestank zurück. Im Gegensatz zu den anderen Menschen in diesem Theater durfte sie an die frische Luft und in die Verheißung eines neuen Morgens hinausgehen, ohne dass sie jemand daran hinderte. Sie, die mehrere Tausend gestohlener Gulden in ihrem Zimmer versteckt hatte. Wenn der Wachmann von dem Geld wüsste, würden er und seine Kollegen sie zweifellos an einen Ort bringen, der viel schlimmer war als dieser hier. Sie wollte stark sein, aber an manchen Tagen fühlte sie sich, als wäre sie der Nagel am Ende des Fadens, der ziellos herumhüpfte, statt sicher im Flaschenhals zu landen. Und wenn sie falsch aufschlug, würde das Glas um sie herum zersplittern.

»Halt!«, rief jemand hinter ihr.

Wie erstarrt blieb sie zwischen den Straßenbahnschienen stehen. Sie drehte sich langsam um und erblickte einen Mann mittleren Alters in einem verknitterten Anzug, dem der Schweiß von der Stirn lief. Was konnte er von ihr wollen?

»Frau Kingston sagt, dass sie Sie gut kennt.«

Josie nickte. »Wir sind zusammen aufgewachsen.«

»Ich heiße Walter Süskind. Ich bin für die Registrierung verantwortlich.«

Sie warf einen Blick auf seinen gelben Stern und dann auf das weiße Band an seinem Arm. Wie tragisch, dass ein Jude dafür sorgte, dass andere Juden deportiert wurden!

Sein Blick glitt an den Backsteinhäusern an der Straße entlang. »Wo ist diese Kinderkrippe?«

Josie deutete zu dem Gebäude hinter der Straßenbahnhaltestelle.

»Die Kapazität der *Schouwburg* ist bald ausgelastet«, sagte er.

»Ich finde, dass sie längst überschritten ist.«

Die Gleise unter ihren Füßen begannen zu vibrieren. In Kürze würde die Straßenbahn die Krippe und das Theater voneinander trennen wie ein Vorhang, der vor die Bühne fällt.

»Die Kinder sind zu laut«, sagte Herr Süskind und rieb die Hände aneinander, als wäre ihm kalt. »Wir müssen vorübergehend einen anderen Platz für sie finden.«

»Unsere Leiterin hat immer Platz für Kinder.«

Josie trat von den Gleisen, kurz bevor die Straßenbahn anrollte. Eine Minute verging, eine Ewigkeit, die in diesen sechzig Sekunden eingeschlossen war, bevor die Bahn entlang der Stromleitungen wieder von der Schule wegfuhr.

Herr Süskind war verschwunden.

Mehrere Stunden später klopfte jemand an die Eingangstür. Fräulein Pimentel ließ ihren Blick durch den Raum schweifen, offenbar um sich zu vergewissern, dass alles am richtigen Platz war. Die meisten Kinder spielten im Garten, während diejenigen, die im Haus waren, gleich ihren Mittagsschlaf machen würden.

Fräulein Pimentel strich ihren grauen Rock glatt und öffnete die Tür. Ein deutscher Offizier stand auf der Schwelle. Sein honigbraunes Haar war an der Seite gescheitelt und ordentlich zurückgekämmt, an der Brusttasche seiner olivgrünen Uniformjacke glänzten Orden. Ungefähr dreißig Kinder waren hinter ihm auf dem Gehweg aufgereiht; die älteren trugen die jüngeren.

Der Offizier nickte kurz. »Diese Kinder werden hierbleiben, bis sie abtransportiert werden.«

»Sie sind herzlich willkommen.«

Er wandte sich zum Gehen, aber Fräulein Pimentel hielt ihn zurück. »Selbstverständlich brauchen wir einiges, um sie betreuen zu können.«

Er drehte sich wieder um. »Was denn?«

»Zusätzliche Lebensmittelrationen, Windeln, Betten und Decken für jedes Kind.«

Der Offizier deutete mit dem Kopf zu der Schlange hinter ihm. »Sie haben Matten.«

»Kinder können doch nicht auf dem Boden schlafen!«, erklärte Fräulein Pimentel mit sichtlichem Entsetzen. Josie bewunderte die Stärke in ihrer Stimme. Sie sprach, als wäre dies tatsächlich ihr Hoheitsgebiet. »Wir halten in dieser Krippe Ordnung, Herr ... äh ...«

»Hauptsturmführer«, sagte er und betrachtete ihre Bluse, als erwarte er einen gelben Stern zu sehen. »Hauptsturmführer aus der Fünten.«

»Als Offizier verstehen Sie sicher, wie wichtig das ist – Ordnung zu halten. Und ausreichend Lebensmittel zur Verfügung zu haben.«

Er schüttelte den Kopf. »Das sind Kinder. Dreckige Juden.«

»Auch Juden brauchen ihren Schlaf.«

Josie konnte den Sarkasmus sehr gut heraushören, aber falls Fünten merkte, dass Fräulein Pimentel ihn verspottete, wies er sie nicht zurecht.

»Sie bekommen, was Sie brauchen.«

»Dann können Sie uns so viele Kinder bringen, wie Sie wollen«, sagte Fräulein Pimentel, als ob sie eine andere Wahl hätte.

Der Offizier ging und die Kinder traten nacheinander ein. Josie betrachtete ihre Gesichter, bis sie Clemens bei einem der älteren Kinder entdeckte. Er kam zu ihr gelaufen und sie nahm ihn in die Arme und begrüßte ihn und alle diese Kinder in Fräulein Pimentels Reich.

17. Kapitel

Das Verdeck meines Cabrios ist offen und mein langes Haar flattert im Wind. Ich fahre über die Brücke über dem Hudson und vorbei an der niederländischen-reformierten Kirche in den Bergen, die aussieht, als wäre sie ungefähr zur gleichen Zeit wie Rip van Winkle aus Irvings berühmter Geschichte in einem Tiefschlaf versunken und nie wieder aufgewacht.

Das *Craig House* befindet sich etwas außerhalb der Kleinstadt Beacon. Die Zweige hängen tief über meinem Auto, als ich es unweit des Tors abstelle. Der Wind inszeniert eine Aufführung aus Licht und Schatten auf der schwarzen Motorhaube und dem Sitz. Nachdem ich das Verdeck geschlossen habe, schlüpfe ich neben dem Tor durch, wo ein schmaler Pfad für Fußgänger verläuft, und schlendere die überwucherte Zufahrt hinauf.

Das hohe Unkraut versetzt mich zurück nach Afrika, zu der Motorradfahrt auf der tückischen Straße nach Mityana. Ich ertappe mich dabei, wie ich den Weg nach Kobras absuche. Wenigstens machen sich unsere Klapperschlangen akustisch bemerkbar, bevor sie zuschlagen. Ein einziges verdächtiges Klappern würde genügen und ich wäre in Rekordzeit auf einem dieser Bäume.

Ich habe mich online über das *Craig House* informiert. Es ist ein mittlerweile verlassenes viktorianisches Herrenhaus, das ursprünglich von einem Bürgerkriegsoffizier gebaut wurde. Die Häuser aus dieser Ära, die ich in meiner Kindheit gesehen habe, waren bunt gestrichen und hatten große Veranden, wo man es sich mit einer Freundin und einem Krug eiskalter Limonade gemütlich machen konnte.

Das braune Gerippe dieses Hauses hier mit seinen dunklen Türmen und den losen Steinen im Mauerwerk ist unheimlich. Diese Türen laden eher Gespenster als Freunde ein. Vielleicht sind seine Gespenster aber auch im Inneren des Hauses eingesperrt.

Vor hundert Jahren wurde das Gebäude in eine luxuriöse

Psychiatrie umgewandelt, in der bekannte Persönlichkeiten wie Zelda Fitzgerald und Rosemary Kennedy untergebracht waren. Was auch immer hier mit Peter passiert ist, Marcella scheint es aus der Kingston-Familiengeschichte löschen zu wollen.

Ich kann leider die Vergangenheit nicht ändern, aber – wie Landon gesagt hat – die Wahrheit hat die Macht, Menschen frei zu machen. Ob sie auch eine ganze Familie verwandeln kann? Das werde ich nur erfahren, wenn ich weitergrabe, bis ich sie kenne.

Das Haus wurde dem Verfall preisgegeben. Unkraut wächst zwischen den kaputten Stufen, aber der Ausblick von der Veranda ist atemberaubend. Der Blick geht über das Hudson-Tal, das sich unter mir ausbreitet, bis zu den Catskill Mountains in der Ferne. Früher gab es hier einen großen Golfplatz, habe ich gestern Abend gelesen, da es die Philosophie dieses Hauses war, Therapie mit Luxus und Entspannung zu kombinieren, damit der Geist heilen konnte.

Mein Handy summt. Als ich einen Blick darauf werfe, sehe ich ein Bild von Faith, die meine Sonnenbrille auf der Nase hat und grinst.

Sie vermisst dich.

Lächelnd antworte ich Landon: Sag ihr, dass ich sie auch vermisse.

Ich frage mich, ob er mich auch ein kleines bisschen vermisst, denn wenn ich ehrlich bin, würde ich am liebsten nach Uganda fliegen und noch ein paar Tage mit ihm verbringen.

Ich habe heute eine Frau eingestellt, die im Kinderhaus mithilft. Sie ist keine Krankenschwester, aber sie hat früher den Ärzten in einer Klinik in Kampala assistiert.

Das freut mich – ist bestimmt eine Entlastung für euch alle!

Dadurch kann ich auf jeden Fall mit einem besseren Gefühl nach Hause fliegen. Besser gesagt zu meinem zweiten Zuhause …

Zuhause. Ein interessantes Wort, besonders an dem Ort, den ich mir gerade ansehe. Hier haben früher Hunderte Menschen gelebt und gearbeitet, aber wahrscheinlich haben sie sich hier nie zu Hause gefühlt.

Vielleicht haben sich während ihres Aufenthalts aber auch einige selbst gefunden.

Starb Peter in der Heilanstalt oder kehrte er vor seinem Tod nach Hause zurück? Marcella muss damals Mitte zwanzig gewesen sein und war zu dem Zeitpunkt selbst schon Mutter.

In Uganda hat Landon von den Lichtpunkten, den Momenten, in denen der Himmel spürbar wird, wie von einem Zuhause gesprochen. Dieses Bild klingt immer noch in mir nach. Vielleicht sollen wir uns nirgends auf der Welt wirklich vollständig zu Hause fühlen. Das würde bedeuten, dass es bei dieser Sehnsucht in unseren Herzen, in meinem Herzen, um mehr geht als um ein kurzes Aufleuchten des Himmels. Möglicherweise ist es die Sehnsucht nach einer bleibenden Heimat.

Ein Motorengeräusch nähert sich von den Hügeln her. Als ich mich umdrehe, sehe ich einen Golfwagen auf mich zukommen. Er wird von einer älteren Frau gelenkt. Gut zehn Meter von mir entfernt hält sie an, springt schwungvoll auf die Erde und schiebt ihre rubinrote Sonnenbrille in ihr kurzes weißes Haar. Dann gleiten ihre Hände nach unten und bleiben auf ihren zierlichen Hüften liegen. »Das hier ist Privatgelände.«

Schnell steige ich die Stufen hinab. »Entschuldigung.«

Sie legt den Kopf schief und betrachtet mich, während ich auf sie zugehe. »Was suchen Sie hier?«

Die Wahrheit, würde ich am liebsten sagen, aber das würde sie wohl nicht verstehen.

Sie richtet den Blick auf das alte Haus. »Die meisten Leute, die hier auftauchen, sind nur neugierig, aber einige wollen Antworten bekommen.«

»Mein Urgroßvater war vor ungefähr fünfzig Jahren Gast – Patient – hier. Ich wüsste gern, was aus ihm wurde.«

»Wie hieß er?«, fragt sie.

»Peter Ziegler.«

In ihrem Gesicht verändert sich etwas und sie kneift die Lippen zusammen. »Sie sind eine Kingston.«

»Ja«, sage ich langsam, auch wenn es offensichtlich ist, dass mir das keine Pluspunkte einbringen wird. »Ich heiße Ava.«

Sie wirft einen Blick auf ihre Uhr. »Es ist Zeit für den Nachmittagstee. Ich habe kein edles Gebäck oder etwas in der Art, aber wenn Sie möchten, können Sie gern eine Tasse Tee mit mir trinken. Ich bin übrigens Stella Martin.«

Ich klettere auf den Beifahrersitz des Golfwagens und klammere mich an den Überrollbügel, während wir holpernd über moosbewachsene Steine und Stöcke fahren. Es sieht so aus, als wäre vor Kurzem ein Sturm über dieses Gelände gezogen und als hätte sich danach niemand die Mühe gemacht aufzuräumen.

Zwischen den Bäumen zurückgesetzt steht eine Reihe kleiner Gebäude. Vor einem weiß gestrichenen Haus mit einer einladenden Veranda, auf der zwei hölzerne Schaukelstühle stehen und auf uns zu warten scheinen, stellt Stella den Wagen unter einer Überdachung ab.

»Das Krankenhaus wurde 1999 geschlossen«, erklärt sie mir. »Ich habe bis dahin als Krankenschwester gearbeitet und jetzt lassen mich die Besitzer als eine Art Hausmeisterin hier wohnen.«

»Und als Aufpasserin?«

Ihre Mundwinkel heben sich. »Auf diesem Gelände geschieht nichts ohne mein Wissen.«

»Waren Sie 1967 auch schon hier?«, frage ich, während wir durch das hohe Gras gehen und dann die Veranda hinaufsteigen.

Sie nickt und hält mir die Haustür auf.

»Dann kannten Sie Peter?«

»Jeder hier kannte Mr Ziegler.«

Saubere Zeitschriftenstapel – Magazine mit Einrichtungstipps, Unterhaltungsblätter und medizinische Fachjournale – liegen auf dem Glastisch in ihrem kleinen Wohnzimmer. Sie tritt in die Küche und ich höre das Klicken eines Elektrowasserkochers.

Stella hat hoffentlich keinen Grund, mir Informationen vorzuenthalten.

Einige Minuten später bringt sie zwei dampfende Tassen, in denen jeweils ein Teebeutel hängt, und reicht mir beide. Dann holt sie noch einen Teller mit Shortbread, bevor sie mich wieder auf die Veranda hinausführt.

Das Giebeldach des Herrenhauses überragt den Hügel vor uns. Als sie wieder spricht, klingt sie traurig: »Dr. Slocum bestand darauf, dass wir jeden Nachmittag eine Teepause einlegten, als würden wir im Buckingham Palace arbeiten.«

»Vermissen Sie das Krankenhaus?«

»Sehr. Die meisten Patienten, die hierherkamen, brauchten einfach jemanden, der als Freund für sie da war.«

»Und Sie waren so eine Freundin?«

»Ich habe ihnen nur zugehört, genauso wie Dr. Slocum und die anderen.« Sie nimmt mir eine der beiden Tassen aus der Hand und wir setzen uns auf die Schaukelstühle. »Der Queen wird wahrscheinlich kein grüner Tee serviert, aber ich trinke ihn gern.«

Ich nehme einen ersten Schluck und erkenne den Jasmin darin, genauso wie Landon das Herkunftsaroma in seinem Kaffee schmecken kann. »Wenn sie diesen Tee probieren würde, würde die Queen ihn ganz bestimmt trinken.«

Stella hebt ihre Tasse.

»Wissen Sie, warum Peter ins *Craig House* eingeliefert wurde?«, frage ich.

»Ich weiß nichts Konkretes, obwohl er unübersehbar einen Rückzugsort und feste Tagesabläufe brauchte. Er erzählte die haarsträubendsten Geschichten und hat damit die anderen Patienten unterhalten. Er war ein freundlicher Mann, aber …«

Sie hält kurz inne. Ich beuge mich vor und warte, dass sie weiterspricht.

»Wenn er nicht malte, war Mr Ziegler leicht reizbar. Das Atelier gab ihm ein wenig Trost, zumindest bis …«

»Bis was?«

Sie schaut mich ein wenig irritiert an. »Hat Ihnen niemand gesagt, was passiert ist?«

»Die meisten aus meiner Familie mögen mich nicht und diejenigen, die mich mögen, wollen nicht über ihn sprechen.«

Sie blickt auf ihren Tee hinab und dann wieder zu der Villa, als überlege sie, ob sie mir die Geschichte erzählen soll oder nicht. »Einige Erinnerungen können fehlerhaft sein.«

Sofort muss ich an den Albtraum denken, der mich immer wieder quält – meine eigenen fehlerhaften Erinnerungen an meine Kindheit. »Ich will es verstehen.«

»Einige Patienten kann man unmöglich vergessen, vor allem nicht diejenigen, die sich das Leben genommen haben.«

Die Tasse rutscht mir aus der Hand und zerschellt auf dem Boden, der Tee spritzt über die Bretter. Ich laufe schnell in die Küche, um einen Lappen zu holen. Meine Hände brauchen eine Aufgabe, egal welche. Den verschütteten Tee aufzuwischen, ist mir plötzlich sehr wichtig. »Entschuldigung«, sage ich und tupfe den Boden sauber, während Stella die Scherben aufsammelt und zu einem Haufen zusammenlegt.

»Es tut mir leid, dass Sie das ausgerechnet von mir erfahren müssen«, sagt sie. »Er hat sich im Atelier erschossen.«

Es muss ihr nicht leidtun. Ich wünschte nur, dass meine Familie ehrlich zu mir wäre und die Vergangenheit nicht totschweigen würde. Ich will von den Menschen, die eigentlich auf derselben Seite stehen sollten wie ich, statt mich auszuschließen, die Wahrheit hören.

»Den Bewohnern waren aber doch sicher keine Waffen erlaubt?«

»Nein.« Stella schüttelt den Kopf. »Aber Mr Ziegler war ein intelligenter und reicher Mann. Es war bestimmt nicht schwer, einen Angestellten zu überreden, ihm eine zu besorgen.«

»Er muss sehr krank gewesen sein.«

»Sein Gewissen war sein schlimmster Feind, fürchte ich.« Sie lehnt sich wieder auf ihrem Stuhl zurück und starrt die Scherben an. »Möchten Sie sein letztes Bild sehen?«

Mein Herz beginnt zu rasen. »Unbedingt.«

Sie nickt und fährt mich kurz darauf in ihrem Golfwagen wieder den Hügel hinauf. Sie steuert ihn zwischen der Villa und einem leeren Swimmingpool hindurch, der vor Algen ganz grün ist.

Die Hintertür der Villa ist abgeschlossen, aber Stella zieht einen Schlüssel aus ihrer Tasche und wir gehen hinein. Ich erwartete beschädigte Vertäfelungen, verrottende Möbel und eine dicke Staubschicht, aber im Salon und in der Bibliothek duftet es nach Zitrone und Pinienöl. Der Lack auf dem alten Mobiliar glänzt, die Sessel mit den hohen Rückenlehnen sind in fröhlichen Gelb- und

Blautönen gepolstert. Selbst der Speisesaal auf der anderen Seite der Eingangshalle mit seinem langen Tisch sieht aus, als wäre er bereit fürs nächste Bankett. Fast habe ich das Gefühl, mehrere Jahrzehnte zurück in die Vergangenheit gereist zu sein.

»Sie kümmern sich sehr gut um dieses Haus«, sage ich.

Sie grinst mich schelmisch an und ihre braunen Augen glänzen. »Das sollten wir lieber für uns behalten.«

»Der Eigentümer weiß nichts davon?«

Sie zuckt die Achseln. »Für ihn ist das Grundstück eine Kapitalanlage. Das Haus interessiert ihn nicht.«

Stella verbindet viele Erinnerungen mit diesem Haus. Kein Wunder, dass sie alles in Ordnung halten will.

Sie deutet zu einer breiten Treppe mit dunkler Wandverkleidung. »Das Atelier ist oben.«

Wir steigen die abgenutzten Stufen hinauf, wie die vielen Patienten und Mitarbeiter vor uns.

»Dr. Slocum hat versucht, wenigstens ein Werk von jedem Bewohner, der hier gemalt hat, aufzubewahren«, erklärt sie. »Aber er hat sich konsequent geweigert, Mr Zieglers Bilder irgendjemandem zu zeigen.«

Stella öffnet eine Tür im obersten Stockwerk und wir betreten eine Galerie mit unzähligen Gemälden an den vertäfelten Wänden. Landschaftsbilder, Porträts und einiges Abstraktes – sonderbare Formen oder klobige Figuren. Stella drückt sich zwischen zwei Gemälden gegen die Wand, die sich daraufhin auf uns zubewegt.

Ich starre die entstandene Lücke an.

»Kommen Sie.« Sie schaltet eine Taschenlampe ein und quetscht sich durch den kurzen engen Gang. Dieses alte Haus wirkt plötzlich noch viel gruseliger auf mich, aber dass ich den Drang habe, mir selbst ein Bild von allem zu machen, gilt nicht nur für meinen Job. Also folge ich Stella und ihrem Licht ungefähr anderthalb Meter hinter die Wand und in ein anderes Zimmer. Sie reicht mir die Taschenlampe, um dann mindestens zwanzig Leinwände durchzusehen, die alle in einem Stapel auf dem Boden liegen. Hohe Regale stehen rundum an den Wänden.

Die Regale sind voller Pappkartons, die mit den Namen von Medikamenten beschriftet sind.

Dr. Slocum scheint ein kluger Mann gewesen zu sein, wenn er die Medikamente vor seinen Patienten versteckte. Aber warum hat er die Bilder meines Urgroßvaters hier aufbewahrt?

Stella zieht eine Leinwand heraus. »Mr Ziegler hat ein Pseudonym benutzt.«

»Sind Sie sicher, dass es von ihm ist?«

Sie dreht es langsam um und die Antwort wird überflüssig. Es ist eine Art Selbstporträt, Peters Gesicht in einem bleichen Weiß. Er starrt auf etwas auf dem Boden, einen Haufen Blätter, die in einer Blutlache schwimmen. Hinter seiner Schulter ist ein anderer Mann zu sehen, sein Gesicht liegt teilweise im Schatten. Auf der Stirn beider Männer prangt im selben Rotton ein Hakenkreuz.

Mein Magen zieht sich zusammen.

Stella deutet auf den blutgetränkten Haufen. »Wissen Sie, was das ist?«

Ich beuge mich näher vor und betrachte das, was ich für Blätter gehalten habe. »Sind das Geldscheine?«

Stella dreht das Bild schnell wieder um, aber vorher sehe ich noch das Pseudonym, das mit schwarzer Schrift in die Ecke geschrieben wurde: Daan Kooiman.

Die Familie Kingston würde vermutlich fast alles tun, um zu verhindern, dass dieses Gemälde in die Öffentlichkeit gelangt. Genauso wie es in ihrem Interesse gewesen sein muss, meinen Urgroßvater zum Schweigen zu bringen.

18. Kapitel

JOSIE

Amsterdam
Juli 1942

Josie versuchte sich vorzustellen, silberne Kokonfäden wären um die Kinderkrippe herum gespannt und würden alle darin beschützen. So gut sie konnte, tat sie so, als wäre alles gut. Aber als Klaas die Kinderkrippe besuchte, wurden diese imaginären Kokonfäden zerrissen.

Sie setzten sich auf eine der Bänke im Garten des Kollegs, wo die Hecke sie von den ungefähr fünfzig Kindern trennte, die jetzt in der Krippe wohnten. Die Nazis hatten ihre bisherigen Schützlinge in eine andere Betreuungseinrichtung umgesiedelt, damit die Kinder, die deportiert werden sollten, Tag und Nacht hier sein konnten.

Klaas sah gut aus in dem braun karierten Anzug, über dessen Kragen sich sein blondes Haar kringelte. Sie hingegen trug ihr graues Kleid mit der weißen Schürze. Sie war genauso schlicht und unauffällig wie die Bussarde, die am Himmel flogen.

»Eliese ist zurückgekommen«, erzählte sie ihm.

»Einen schlechteren Zeitpunkt hätte sie kaum wählen können.« Er drehte seine Tweedkappe in den Händen. »Weiß Samuel Bescheid?«

»Ich habe ihn seit meiner Rückkehr aus Giethoorn nicht mehr gesehen.« Als sie ihr Gewicht verlagerte, rutschte das weiße Kopftuch in ihre Stirn. Sie löste es schnell und ließ es auf ihren Schoß fallen. Ihr Bruder würde bestimmt am Boden zerstört sein, wenn er erfuhr, dass Eliese jetzt Mrs Kingston war. »Hast du mit ihm gesprochen?«

»Nein.« Sein Blick wanderte zur Hecke. »Er sollte etwas zu Freunden von uns bringen, aber …«

Sie wand sich unbehaglich, als er sie forschend ansah.

Klaas und sie waren immer gute Freunde und nur im Spiel manchmal Feinde gewesen. Seit sie erwachsen waren, war er wie ein zweiter Bruder für sie. Hatte Samuel seine Meinung geändert und Klaas von dem Umschlag erzählt, den sie in Amersfoort hatte abgeben sollen? Ihr Bruder verheimlichte ihr viel. Er hatte ihr ja nicht einmal verraten, dass sie in diesen Umschlägen Geld überbrachte, bis sie das in Maastricht herausgefunden hatte.

Klaas beugte sich vor. »Ich dachte, er hätte es ihnen gegeben, aber … weder unsere Freunde noch ich haben ihn gesehen. Ich mache mir Sorgen um ihn, Josie.«

Sie nickte. »Die mache ich mir auch.«

»Ich wollte ihn in der Bank besuchen, aber sein Filialleiter hat gesagt, dass sie eine Nachricht bekommen hätten, dass er nach Deutschland geschickt worden sei.«

Sie glaubte keine Sekunde, dass Samuel in einer deutschen Fabrik arbeitete. Bevor er in einem Zug in Richtung Osten fuhr, würde er untertauchen.

Andererseits hatte sie Gerüchte von Männern gehört, die in Zügen in andere Richtungen aufgegriffen worden waren. Hatten die Nazis Samuel geschnappt, als er unterwegs zu einem Versteck gewesen war?

»Er hat nichts über Deutschland gesagt«, beharrte sie.

»Was hat er denn gesagt?«

Fast hätte sie die Sprache von sich aus auf den Umschlag gebracht, aber etwas an der Art, wie Klaas fragte, die Dringlichkeit in seiner Stimme, ließ sie verstummen.

»Was hat Samuel gesagt, als er aus Giethoorn weggegangen ist?«, wiederholte er.

»Dass wir uns bald wiedersehen werden.«

Klaas legte ein Bein über das andere und wippte mit dem Fuß, der in einem Budapester steckte. »Ich glaube nicht, dass er in einer deutschen Fabrik ist.«

Sie blickte auf ihre Hände hinab. »Ich auch nicht.«

»Diese Lieferung«, sagte er langsam. »Sie war sehr wichtig für unsere Arbeit.«

»Welche Arbeit?«, fragte sie unschuldig. Aber Klaas kannte sie besser als die meisten anderen. Ihm konnte sie nichts vormachen.

»Du weißt, welche Arbeit, Jozefien.« In der Feststellung lag nicht der Hauch eines Zweifels.

Mehrere Flugzeuge mit schwarzen Hakenkreuzen an den Seiten flogen über sie hinweg.

»Wann hört das alles auf, Klaas?«, flüsterte sie.

»Ich fürchte, es hat gerade erst richtig angefangen.«

Sie schaute auf ihre miteinander verschränkten Finger. Wann hatte er ihre Hand genommen? Oder hatte sie nach seiner gegriffen?

»Hat Samuel dir etwas gegeben?«, fragte er.

Sie waren keine Kinder mehr, die schnell überreagierten. Wenn sie Klaas mochte, wenn sie ihn wirklich mochte, musste sie ihm ihr Vertrauen schenken. Doch wenn sie ihm die Wahrheit sagte, würden die Nazis ihn vielleicht auch abtransportieren. Der Inhalt dieses Umschlags war eine Gefahr für jeden, der ihr wichtig war.

»Ich muss gehen«, sagte sie und entzog ihm ihre Hand. Dann floh sie zur Tür, während die verschiedensten Gefühle in ihr tobten.

Sie konnte jetzt nicht darüber nachdenken, was sie für ihn empfand. Wenn sie ehrlich war, wollte sie am liebsten gar nichts fühlen. Sie mussten zuerst diesen Krieg überleben.

Danach würden sie immer noch klären können, was da zwischen ihnen war.

Die jüngeren Kinder schliefen in Wiegen unter dem Mosaikfenster mit den Muscheln, das Fräulein Pimentel trotz des Verdunklungsbefehls nicht abdeckte. Lampenlicht drang jeden Abend durch das bunte Glas nach draußen, aber bisher hatte sich niemand im Hof bei den Behörden darüber beschwert. Josie vermutete, dass die Leiterin nichts dagegen hätte, wenn die alliierten Piloten das Licht entdeckten.

Die älteren Kinder drängten sich in ihren weißen Nachthemden um Josies Beine, weil sie ihnen eine Geschichte versprochen hatte. Ein Lastwagenmotor dröhnte vor dem Fenster. Wahrscheinlich brachten Soldaten noch mehr Menschen zum Theater, aber wegen der schwarzen Decken konnten sie nicht nach draußen sehen.

Wie lange diese Kinder hierbleiben würden, wusste niemand. Josie war unbegreiflich, wie die Nazis noch mehr Erwachsene in das überfüllte Theater pferchen konnten.

Einer der Jungen schaute auf eine Art zum Verdunkelungsvorhang, die sie stark daran erinnerte, wie Klaas als Kind immer ausgesehen hatte, wenn er einen neuen Streich ausgeheckt hatte. Falls auf dieser Seite der Kinderkrippe Licht nach draußen drang, würde der Wachmann auf der anderen Straßenseite vielleicht das Fenster einschlagen.

Josie beugte sich lächelnd zu dem Jungen vor. »Möchtest du gern etwas Spannendes hören?«

Damit hatte sie seine Aufmerksamkeit. Er nickte.

»Wer möchte vor dem Schlafengehen ein Abenteuer erleben?«, fragte sie die Kinder.

Einige hoben die Hand, andere schauten sie nur mit großen Augen erwartungsvoll an. Sie erzählte ihnen von einem kleinen Mädchen und einem kleinen Jungen, die noch nie das Meer gesehen hatten.

Ungefähr die Hälfte der Kinder hob die Hand, als sie fragte, ob sie schon einmal an der Nordsee gewesen waren. Die Niederländer hatten die Nazis nicht abwehren können, aber vor Jahrhunderten hatten sie das wilde Meer erobert und ihm ihr Land abgerungen.

»Die Eltern dieses Jungen und dieses Mädchens waren fort. Deshalb verbrachten sie die Nacht bei ihrer Lieblingstante in Amsterdam. Lange nach Mitternacht weckte die Tante sie eilig und sie stiegen am Hauptbahnhof in einen Zug. Die Kinder wussten jedoch nicht, dass es ein besonderer Zug war, ein Zauberzug, mit dem sie in den Himmel hinauffahren konnten. Sie drückten die Nasen an die Fensterscheiben, während sie zwischen den

Sternen hindurchwirbelten und den Mond umkreisten und dann elegant wieder auf der Erde landeten und auf der Nordsee aufsetzten.« Eines der Kinder schnappte gespannt nach Luft und Josie senkte ihre Stimme zu einem Flüstern. »Aber sie mussten leise sein, sehr leise, wenn sie sehen wollten, was unter der Wasseroberfläche war, denn schon beim leisesten Geräusch würden sie die Meerestiere erschrecken und vertreiben.«

Die Kinder zu ihren Füßen wurden mucksmäuschenstill, keines wagte, sich zu bewegen.

»Der Zug tauchte in die Tiefen des Ozeans ein. Sie kamen gerade rechtzeitig.«

»Rechtzeitig wozu?«, platzte ein Junge heraus.

Sein Nachbar stieß ihn mit dem Ellbogen. »Du sollst doch ruhig sein!«

In den Regalen ihres Vaters in Giethoorn standen viele naturkundliche Zeitschriften und Bücher. In einem Heft hatte sie eine Illustration vom Abtauchen einer Tiefseekugel in den Ozean gesehen. Jetzt nahm sie die Kinder zu ihren Füßen zu einem imaginären Tauchgang mit. Sie beschrieb Wale, Tintenfische, Oktopusse und alle Tiere, an die sie sich aus den Zeitschriften ihres Vaters erinnern konnte, in strahlenden Farben. Selbst in den Tiefen des Meeres hatte Gott so viele Meisterwerke erschaffen! Niemand kannte alle Geschöpfe, die dort lebten.

Als Josie ihre Geschichte beendete, trat Fräulein Pimentel neben sie. Alle Kinder falteten die Hände und sie sprachen gemeinsam das bekannte Gebet: »Wir falten die Hände, schließen die Augen und beten leise zu dir, Herr. Pass auf uns auf. Segne uns alle.«

»Amen!«, rief eines der jüngeren Mädchen.

Die Kinder schlüpften in ihre Betten, unter denen ihre Sachen verstaut waren. Josie hatte noch immer ihr Zimmer im Kolleg, aber Dr. van Hulst hatte sie von ihrem gesamten Unterricht befreit. Meistens schlief sie hier bei den Kindern.

Irgendwann in der Nacht wurde sie durch ein energisches Klopfen geweckt. Das verhieß nichts Gutes. Herr Süskind oder Eliese kamen normalerweise morgens, wenn sie neue Kinder zu ihnen brachten, nachdem sie alle Neuankömmlinge registriert hatten.

Josie wartete auf ihrer Bettkante, während Fräulein Pimentel die Tür öffnete.

»Guten Abend.« Fünten versuchte nicht einmal, seine Stimme zu mäßigen, obwohl es mitten in der Nacht war.

Mehrere Kinder rührten sich, aber keines weinte. Wenn Fünten oder einer seiner uniformierten Männer in die Krippe kamen, waren die Kinder immer ganz still.

Fräulein Pimentel trat hinaus, um mit ihm zu sprechen, und schloss die Tür hinter sich. Josie zog den Vorhang ein winziges Stück zur Seite und spähte hinaus. Zwei Lastwagen standen vor dem Theater, wie jede Nacht war eine Schlange auf dem Gehweg zu sehen, aber heute bewegten sich diese Menschen aus dem Theater hinaus und nicht hinein.

Wenige Sekunden später kam Fräulein Pimentel mit einem Zettel in der Hand zurück. »Sie bringen einige Familien aus Amsterdam fort.«

»Wohin fahren sie?«

»Das weiß ich nicht.« Fräulein Pimentel hielt ihr den Zettel mit einer Namensliste hin. »Ihre Eltern warten draußen auf sie.«

Josie nickte, aber sie brachte kein Wort heraus. Was hätte sie auch sagen können, nun, wo sie Teil dieses bösartigen Plans geworden war, Kinder aus ihrer Stadt, aus ihrem Land wegzubringen?

Aber wenigstens erlaubten die Nazis den Familien zusammenzubleiben. Falls sie nach Kamp Westerbork gebracht wurden, hatten die Kinder genug Platz, um in den Wäldern, auf den Heidewiesen und vielleicht sogar an einem Kanal zu spielen.

Fräulein Pimentel beleuchtete die Liste mit ihrer Taschenlampe. Josie überflog die elf Namen. Sie durfte die Traurigkeit nicht zeigen, die sich ihrer bemächtigte, musste eine Maske aufsetzen. Es blieb ihr nichts anderes übrig, als diese Kinder gehen zu lassen. Aber vorher wollte sie sie noch einmal daran erinnern, dass Gott sie liebte, auch wenn manche Menschen noch so böse sein konnten.

Josie begann, die älteren Kinder zu wecken. Auch der Junge, der sie vorhin so an Klaas erinnert hatte, war darunter.

»Fahren wir zum Meer?«, fragte er.

»Heute Nacht nicht. Du fährst in ein Lager.«

Er rührte sich nicht.

Sie beugte sich vor und flüsterte: »Deine Eltern kommen mit dir.«

Offenbar ein wenig beruhigt, holte er seinen Rucksack unter dem Bett hervor.

Während Fräulein Pimentel die anderen Kinder holte, bereitete Josie für Clemens, der der Jüngste auf der Liste war, eine Flasche vor. Sie verrührte Milchpulver und eine beruhigende Tinktur – damit er nicht weinen würde – mit Wasser, hob ihn aus der Wiege und gab ihm die Flasche.

Mit dem Kleinen in den Armen führte Josie die zehn anderen Kinder hinaus und über die Straße. Sie folgten ihr wie Schafe ihrem Hirten. Keines von ihnen sagte etwas. Ihre Worte waren von den Männern gestohlen worden, die absolute Ruhe einforderten. Ordnung. Keet hatte ihr gesagt, dass sie nicht weinen dürfe, aber als sie Clemens stumm seiner Mutter zurückgab, liefen ihr die Tränen übers Gesicht. Während die anderen Kinder zu ihren Eltern liefen, wandte sie das Gesicht ab und wischte sie ab.

Herr Süskind zählte die Menschen – Angehörige seines eigenen Volks – noch einmal, bevor sie einstiegen, und glich die Namen mit den Registrierungskarten ab. Plötzlich wurde Josie bewusst, dass sie selbst sich nicht von ihm oder Eliese unterschied. Sie alle halfen mit, ihre Landsleute Hitlers Männern auszuliefern.

Herr Süskind entließ sie mit einem Nicken. Doch Josie entfernte sich nicht weit. Sie stand hinter dem Tor und schaute zu, bis die Lastwagen fort waren – und mit ihnen die Kinder, die für einige Tage ihre Kinder gewesen waren.

Zehn leere Betten und eine Wiege standen jetzt in der Krippe. Sie wollte so gern glauben, dass die Kinder, die noch vor einer Stunde hier geschlafen hatten, an einen besseren Ort kamen, in ein Lager mit viel besseren Bedingungen als im überfüllten Theater, aber obwohl sie bei ihren Familien waren, befürchtete sie, dass ihre Eltern sie nicht würden beschützen können.

Wenn sie – sie und ihre Landsleute – doch nur zusammenarbeiten könnten, um diese Kinder von den Nazis fernzuhalten! Sie wollte sie nicht wegbringen lassen, sondern vor Ort einen sicheren Platz für sie finden, an dem sie leben konnten, bis ihr Land wieder frei war.

19. Kapitel

ELIESE

Amsterdam
September 1942

Um genau 4:45 Uhr, eine Stunde, bevor der erste Zug den Amsterdamer Hauptbahnhof verließ, stieg Eliese in die Fahrerkabine eines Lastwagens auf den Platz in der Mitte zwischen Fünten und dem Mann am Steuer. Es war einer von sechs Lastern, die in einem Konvoi zum Bahnhof fuhren.

Seit fast drei Monaten holten die Nazis Juden aus dem Theater und brachten sie ins Kamp Westerbork. Heute Morgen deportierte der Hauptsturmführer – mithilfe des Judenrats – über hundert Menschen, bevor die Sperrstunde endete. So wurden nur die Bürger, die vor Tagesanbruch wach waren und einen Blick zwischen den Vorhängen nach draußen wagten, Zeuge davon.

Niemand konnte die Menschen sehen, die in diesen Lastwagen zusammengepfercht waren.

Obwohl Eliese einen gelben Stern auf ihrem Pullover trug, sprach keiner der Theaterbewohner mehr als das Nötigste mit ihr. Sie hatte in den Augen dieser Menschen eine Grenze überschritten und war zur Verräterin geworden, keinen Deut besser als die Mitglieder der NSB, die ihre Unterdrücker unterstützten. Wenn sie irgendeine Möglichkeit hätte, den Nazis Einhalt zu gebieten, würde sie sie sofort ergreifen, aber sie war machtlos und konnte sie nicht bekämpfen. Sie hatte nur Puttkammers Stempel – und diese Arbeit –, um sich und ihre Familie zu retten. Hätten die Menschen hinter ihr auf der Ladefläche dieses Lastwagens die Chance, sich einen Stempel zu erkaufen, würden sie das auch tun.

Fünten beugte sich zu ihr. Sein Bein berührte ihres und der

silberne Totenkopf an seiner Soldatenmütze kam ihr viel zu nahe. »Sie arbeiten sehr fleißig, Fräulein.«

»Frau.«

Aber dem Hauptsturmführer war es egal, ob sie verheiratet war. Er war die Katze und sie war eine Maus – oder Ratte –, mit der er tun konnte, was er wollte.

»Ich schätze fleißige Menschen«, sagte er. »Diese Arbeit wird Sie frei machen. Sie wird uns alle frei machen.«

Eliese warf einen Blick zum Fahrer, der seine Mütze tief in die Stirn gezogen hatte. Falls Fünten versuchen sollte, sich an ihr zu vergreifen, würde dieser Mann ihr wohl kaum helfen.

Die Hand des Hauptsturmführers begann zu wandern. Eliese schob sie von ihrem Bein. »Haben Sie eine Frau, Herr Hauptsturmführer?«

Er drückte unsanft ihre Hand. »Das spielt keine Rolle.«

»Für sie vielleicht schon.«

Fünten lachte über sie, als wäre sie ein Kind.

Der Fahrer hielt den Lastwagen vor dem Uhrenturm des Bahnhofs an und sprang hinaus. Eliese rutschte von Fünten fort, aber er packte sie am Arm. Sie fürchtete sich vor dem, was als Nächstes kommen würde.

»Auf uns wartet Arbeit«, sagte sie.

Fünten war ein Mann der Arbeit, ein Mann der Prinzipien. Vielleicht würde er ihr später etwas antun, heimlich, aber als jemand ans Fenster klopfte, ließ er sie los und sprach nicht mehr mit ihr.

In dem stickigen Personenzug zum Kamp Westerbork saß sie für sich. Sie war vom Judenrat als Begleiterin abgestellt worden, um sicherzustellen, dass alle auf Herrn Süskinds Liste im Lager ankamen. Als ob jemand versuchen würde, aus dem fahrenden Zug zu springen!

In Westerbork am östlichen Rand der Niederlande war ein deutscher Offizier Aufseher, aber genauso wie im Theater waren die Juden für die Abwicklung von allem selbst zuständig. Eliese stellte mit Erleichterung fest, dass die Menschen hier im Gegensatz zu den Juden im Theater viel Platz hatten. Soldaten bewachten das Lager von Wachtürmen aus, aber die Lagerbewohner konnten in der Heide spazieren gehen und hatten innerhalb des Stacheldrahtzauns richtige Baracken und Latrinen. Einige Familien wohnten sogar in Holzhäusern im Außenbereich. Es war nicht luxuriös, aber es unterschied sich kaum vom Pfadfinderinnenlager, an dem Josie und sie als Kinder teilgenommen hatten. Wenigstens schienen sie hier einige Annehmlichkeiten zu haben. Einen Friseur. Ein Theater. Ein Heim für Waisenkinder.

Eliese übergab den Registrierungsmitarbeitern im Lager die Namensliste und sie fingen an, die Neuankömmlinge zu zählen und ihr Eintreffen zu dokumentieren. Diejenigen, die mit dem Zug angekommen waren, schoben Schubkarren mit ihrem Gepäck zur Registrierung; dann begleiteten die niederländischen Arbeiter sie zu ihren neuen Unterkünften.

Als Eliese wieder hinaustrat, war der Personenzug verschwunden und an seiner Stelle stand ein Zug mit fensterlosen Viehwaggons. Unzählige Menschen versammelten sich auf dem Bahnsteig, aber im Gegensatz zu denen, mit denen Eliese hergekommen war, trug jeder von ihnen nur eine einzige Tasche bei sich.

»Wohin fährt dieser Zug?«, fragte Eliese einen der stoischen Arbeiter, die schon vorhin hier gewesen waren.

»In den Osten.«

Während sie die braunen Wagen betrachtete, ging sie im Geiste die Namen in den Kontenbüchern zu Hause durch, die Auflistung der ganzen Metall-, Chemie- und Ölfirmen, die mit der Unterstützung ihres Vaters groß geworden waren. »Um Material hinzubringen?«

»Nein«, sagte er und deutete mit dem Kopf zu den wartenden Männern und Frauen. »Um diese Leute in ein deutsches Lager zu verlegen.«

»Ich dachte, sie bleiben hier.«

»Einige schon, aber für die meisten ist dieses Lager nur eine Durchgangsstation.«

»Sie stecken die Menschen in Viehwaggons?«, fragte sie entsetzt.

»Alle anderen Züge werden anderswo gebraucht.«

Ein kalter Wind wehte über die Heide und Eliese rieb sich die Arme.

Kein Wunder, dass ihr Vater so viel Wert darauf legte, dass sie auf Puttkammers Liste standen! Er sagte immer wieder, dass es besser sei, in den Niederlanden zu leben, wo der niederländische Judenrat für das Wohl ihres Volkes sorgte. An die Zeit, als sie noch in Deutschland gewesen waren, konnte Eliese sich kaum erinnern.

»Ich soll heute Nachmittag nach Amsterdam zurückkehren«, sagte sie.

»Dann müssen Sie eine Mitfahrgelegenheit zum Bahnhof in Hooghalen finden.«

Elieses Blick wanderte über die vielen Menschen und blieb plötzlich an einer Person hängen, die sie kannte: Frau Pon, die freundliche Frau, die Eliese bei sich aufgenommen hatte, als sie aus Deutschland gekommen war. Sie hatte Eliese jedes Jahr eingeladen, den Sommer bei ihr zu verbringen, und gesagt, dass sie wie eine Tochter für sie sei, da sie selbst keine Kinder hatte. Ihr hübsches Haar war grauer geworden, seit Eliese sie vor drei Jahren das letzte Mal gesehen hatte, und auch ihr Gesicht war merklich gealtert.

Sie hielt einen Jungen und ein Mädchen an den Händen, die ungefähr fünf oder sechs Jahre alt waren. Beide Kinder trugen Holzschuhe an den Füßen.

Eliese eilte zu ihr und küsste sie auf die Wange, erleichtert, eine Freundin zu sehen, aber die ältere Frau erwiderte weder ihren Kuss noch ihr Lächeln.

»Ich hatte gehofft, dass sie dich nicht hierherholen würden«, sagte Frau Pon traurig.

»Das haben sie auch nicht. Ich lebe jetzt in Amsterdam, mit meinem Vater und meinem Sohn.«

»Du und Samuel …«

Eliese fiel ihr ins Wort. »Ich bin mit William Kingston verheiratet. Er ist Amerikaner.«

»Oh.«

»Warum sind Sie nicht in Giethoorn?«, fragte Eliese und

wünschte, sie säßen in ihrem Haus dort, könnten warme Karamellschokolade trinken und Frau Pon würde von ihrem Mann erzählen und Eliese nach ihren Zukunftsträumen fragen.

Frau Pon deutete zu einem zweistöckigen Gebäude hinter ihnen, das vom Rest des Lagers getrennt war. »Ich arbeite im Krankenhaus.«

Eliese fiel der wartende Zug wieder ein und ihr wurde ganz schwer ums Herz. »Fahren Sie nach Deutschland?«

Die ältere Frau schüttelte den Kopf. »Ich werde hier gebraucht, aber diese zwei tapferen Soldaten …« Sie lächelte zu den beiden Kindern hinab, als wären sie die besten Freunde. »Sie wurden ausgewählt, um schon einmal vorauszufahren.«

»Wir warten im nächsten Lager auf Sie«, erklärte der Junge.

Frau Pon strich über sein gewelltes Haar. »Ich komme zu euch, sobald ich kann.«

Ein Mann in einem blauen Arbeitsoverall blies in eine Pfeife und die Menschen begannen sich vor den Waggontüren anzustellen.

Frau Pon küsste die Kinder auf die Scheitel. »Geht jetzt. Ich schaue euch von hier aus nach.«

Die Kinder gingen ohne sie weiter, beide trugen Bettzeug und einen Koffer.

Eliese blickte sich um. »Wer begleitet sie im Zug?«

»Die Waisenkinder fahren ohne Begleitung weiter.«

Ein Arbeiter führte die Kinder zu einer offenen Tür.

Eliese erschauerte. »Die Deutschen haben bestimmt Betreuerinnen und Lehrerinnen, die im nächsten Lager auf sie warten.«

»Da bin ich mir nicht so sicher.« Frau Pon winkte noch einmal, bevor der Mann die Tür zuschob und mit Kreide *46 Pers.* auf die Seite des Zuges schrieb, damit der Arbeiter, der diese Tür öffnete, genau wusste, wie viele Personen in dem Waggon waren.

Vorne an den Zug hatte jemand *Auschwitz* geschrieben.

Eliese kannte den Namen dieser polnischen Stadt durch die Arbeit ihres Vaters. Die *I. G. Farben* hatte dort vor dem Krieg eine Fabrik für Kautschuk und synthetisches Öl gegründet.

»Jeden Dienstag kommt ein Zug und fährt dann mit über

zweitausend Personen ab, um die Vorgabe der Deutschen zu erfüllen«, flüsterte Frau Pon. »Uns wurde gesagt, dass sie in ein schöneres Lager kommen, aber bis jetzt ist keiner zurückgekehrt, um das zu bestätigen.«

War es wirklich eine Lüge, genau wie die, die Eliese den Menschen erzählte, die ins Theater kamen? Während immer mehr Kinder in den Zug geladen wurden, alle ohne einen Erwachsenen, konnte sie sich einfach nicht vorstellen, dass sie an einen freundlicheren Ort fuhren. Sie hatte das starke Gefühl, dass es für die Kinder wesentlich besser wäre, hier unter der Fürsorge von jemandem wie Frau Pon zu bleiben.

»Wer bestimmt über die Verlegungen?«, fragte sie.

»Jemand aus dem Judenrat erstellt eine Liste. Diejenigen, die sich versteckt haben, werden als Erste deportiert. Und der Rest … Es scheint ziemlich willkürlich zu sein, wer sonst noch weggebracht wird. Im Grunde kann es jeden treffen.«

»Bis auf die mit einem Stempel«, sagte Eliese.

»Einem Stempel?«, fragte Frau Pon verwirrt.

Eliese nickte. »Von Puttkammer.«

»Den Leuten werden alle möglichen Versprechen gemacht, aber die Nazis scheren sich nicht um Stempel oder irgendetwas anderes.«

Eliese wollte ihr widersprechen, aber es hatte keinen Sinn, mit ihr zu streiten, da sie offensichtlich noch nie von Herrn Puttkammer und seiner Liste gehört hatte.

Ein paar Meter weiter kam es zu einem Handgemenge. Eliese sah einen älteren Mann, der von einem Wachmann mitgezerrt wurde und sich mit Händen und Füßen dagegen wehrte, in den Zug verfrachtet zu werden.

Schnell wandte sie sich ab, als der Wachmann zu seinem Gewehr griff, aber sie hörte den Schuss und Frau Pons Keuchen. Dann legte sich Stille über den Bahnsteig, während einer der Arbeiter eine Handkarre holte und der Tote darauf gewuchtet wurde. Sie brachten ihn nicht weg. Es war wie eine Warnung, als sollten alle sehen, was passierte, wenn man sich zu widersetzen versuchte.

Elieses Hände zitterten, während sie inmitten all der Menschen stand und wartete, bis auch die letzte Wagentür quietschend zugeschoben und von außen verriegelt worden war. Dann stieg Rauch von der Lokomotive auf und der Zug rollte in Richtung Osten davon.

Trotz des Ratterns der Räder war leise zu hören, wie die Menschen hinter den Metallwänden sangen.

»Sie singen immer, wenn sie wegfahren«, erklärte Frau Pon.

In den Minuten, nachdem der Zug abgefahren war, herrschte eine bedrückte Stimmung, doch während die Menschen langsam vom Bahnsteig weggingen und zu ihrer Arbeit zurückkehrten, begannen sie ebenfalls zu singen. In ihren Stimmen schwang eine tiefe Erleichterung mit. Sie konnten alle mindestens noch eine Woche in Westerbork bleiben.

»Ich würde Ihnen gern etwas schicken«, sagte Eliese. »Vielleicht Kleidung?«

»Wir brauchen Lebensmittel für die Kinder«, sagte Frau Pon.

»Dann werden Sie welche bekommen.«

Frau Pon küsste Eliese auf beide Wangen, bevor sie zum Krankenhaus zurückkehrte.

Eliese nahm ihre Handtasche und zog den Reißverschluss auf, um nach ihrem Ausweis mit dem wertvollen grünen Stempel zu tasten, den sie in die Innentasche gesteckt hatte. Herr Puttkammer hatte versprochen, die Menschen auf seiner Liste zu beschützen.

Am Tor zeigte sie den Ausweis vor. Ein Wachmann winkte sie an dem Stacheldrahtzaun vorbei, damit sie ihre Rückfahrt nach Amsterdam organisieren konnte.

Den Nazis waren diese Stempel nicht egal. Dank ihnen wurden Eliese, Herr Süskind, die Mitglieder des Judenrats und viele weitere nicht deportiert.

20. Kapitel

Das *Bishara*-Café in Portland, einem der von Landons und Kendalls drei Standorten in den USA, befindet sich in Pearl, dem reicheren Teil der Stadt. Ich habe diese Woche schon genug Überraschungen erlebt; deshalb tauche ich nicht unerwartet auf, sondern habe mit Landons Schwester einen Termin vereinbart.

An den weiß getünchten Backsteinwänden hängen Tafeln, auf denen mit Kreide geschriebene Bibelverse zu lesen sind. Durch das Innenfester hinter der rustikalen Holzbar kann man die Rösterei sehen. Vor dem Fenster nach draußen stehen zwei Holztische, auf die der Regen prasselt.

Was auch immer ich hier finde, ich hoffe, es bestätigt, dass *Bishara Kaffee & Café* eine Organisation ist, die unsere Stiftung unterstützen kann.

Statt eines Kaffees bestelle ich ein Glas Lavendel-Kombucha, ein perlendes Teegetränk, das man hier in Portland anscheinend genauso gern trinkt wie Kaffee. Auf einem Barhocker sehe ich zu, wie zwei Arbeiter ugandische Bohnen aus Jutesäcken in einen Röster kippen, dann die gerösteten Bohnen wiegen und in Papiersäcke abfüllen. Mir gefällt, dass man sehen kann, wie der Kaffee geröstet wird, bevor die Baristas ihn servieren.

Gestern Abend habe ich auf meinem Flug nach Portland eine E-Mail an Paul geschickt, in der ich mich nach der Kingston-Biografie erkundigt habe, die er bestellt hat, aber ich habe noch keine Antwort von ihm bekommen. Statt die Zeit während des Fluges zu nutzen, um für die Stiftung eine weitere Organisation unter die Lupe zu nehmen, sind meine Gedanken weiter darum gekreist, was aus Peter Ziegler und William Kingston geworden ist. Und warum Peter ein Selbstporträt mit einem Hakenkreuz auf seiner Stirn gemalt hat.

Laut dem Buch *Vor der Morgendämmerung ist es am dunkelsten* war Peter ein deutscher Jude. Dann kann er ja eigentlich kein Anhänger der Naziideologie gewesen sein?

In dem Material, das ich online gefunden habe, wird das zukunftsorientierte Denken des Kingston-Ziegler-Konglomerats gerühmt und beschrieben, wie die beiden in viele Firmen investiert haben, die dazu beitrugen, Europa und die Vereinigten Staaten nach der Weltwirtschaftskrise wiederaufzubauen. Außerdem wird immer wieder der Erfolg ihres Glaskonzerns nach dem Zweiten Weltkrieg erwähnt. Aber über ihr Privatleben ist nichts zu finden. Die Geschichte der Kingstons wird auf einer Vielzahl von Websites fast im gleichen Wortlaut wiedergegeben, als wären die Informationen einfach von Wikipedia kopiert worden. Als hätte die Version der Geschichte, die die Kingstons selbst verbreiten, dank ihres Geldes und endloser Ressourcen an Personal und Marketingmöglichkeiten auch die Onlinewelt eingenommen. Ist es möglich, dass sie umgeschrieben haben, was sich wirklich zugetragen hat?

Während ich auf Kendall warte, suche ich nach Informationen über die *Mori Men*, die Brüderschaft, durch die William und Peter sich laut dem Autor von *Vor der Morgendämmerung ist es am dunkelsten* 1932 kennenlernten. Der Orden der Memento Mori – so lautet die vollständige Bezeichnung. Das ist lateinisch und bedeutet: *Bedenke, dass du sterben wirst.*

Ich reibe mit den Händen über meine Arme. Wer kommt auf so einen Namen?

Ein gruselig aussehendes Gebäude erscheint auf dem Bildschirm, die Fassade ist hellrot gefärbt, als wäre es ihr peinlich, welche Geheimnisse sich hinter ihr verbergen. Die Krypta. So nannten die Studenten ihr Klubhaus.

Die Gesellschaft wurde vor zwanzig Jahren aufgelöst, aber hier hat die Verbindung zwischen den Familien Ziegler und Kingston begonnen. Die *Mori Men*, lese ich, waren eine studentische Elitegruppe an der Universität von Cambridge. Die Brüderschaft war über hundert Jahre alt und entstammte der Legende zufolge dem Illuminatenorden, aber ihre Lehren erscheinen undurchsichtig.

Nur zwölf neue Mitglieder wurden jedes Jahr für die Aufnahme ausgewählt wie Schüler, die einem Anführer folgen, dessen Namen ich im Internet nicht finden kann. Nach dem Studienabschluss zogen die Männer mit dem Streben nach Erfolg in die Welt hinaus, aber sie haben sich nie zu weit von ihrer Brüderschaft entfernt. Oder von dem Eid, den sie geschworen hatten.

Ich nippe an dem säuerlichen Kombucha und ziehe dann mein iPhone aus der Tasche. Paul hat immer noch nicht auf meine E-Mail geantwortet und die *Kingston-Bibliotheek* schließt in einer Stunde. Deshalb beschließe ich, in Amsterdam anzurufen. Falls er die Biografie inzwischen hat, kann er sie mir hoffentlich per Express nach Portland schicken.

Eine Frau, die sich mir als Liesbeth vorstellt, nimmt meinen Anruf entgegen. Ich frage, ob ich Herrn Epker sprechen kann.

»Tut mir leid«, sagt Liesbeth. »Er ist von seinem Direktorenposten zurückgetreten.«

»Aber die Bibliothek wurde doch gerade erst eröffnet.«

»Wir werden bald einen neuen Direktor einstellen.«

Mein Verstand arbeitet auf Hochtouren. Es ergibt einfach keinen Sinn, dass er nur eine Woche nach der großen Eröffnungsfeier kündigt.

Als ich erkläre, dass ich Marcellas Enkelin bin, ist Liesbeth sofort bereit, mir zu helfen, so gut sie kann.

»Herr Epker hat gesagt, dass Sie bald ein seltenes Buch über unsere Familiengeschichte bekommen. Ich möchte dieses Buch gern lesen.«

»Kennen Sie den Titel?«, fragt sie.

»Leider nicht.«

»Ich kann es gern für Sie suchen.«

Ich danke ihr und beende das Gespräch, als ich eine Frau in Leinenblazer und -rock eintreten sehe. Ihr Haar ist zu einem klassischen Dutt nach hinten gesteckt, sie trägt eine elegante Schildplattbrille und ist dezent geschminkt.

»Sie müssen Ava sein«, sagt sie und reicht mir die Hand. In ihrem Lächeln liegt eine unverkennbare Ähnlichkeit zu Landon. Ich beschließe sofort, sie zu mögen.

Sie setzt sich neben mich. »Meinen Bruder haben Sie ja schon kennengelernt.«

»Ja. Das war definitiv ein Abenteuer.«

»Sie haben ihn völlig überrascht.« Kendall legt ihre Tasche auf die Bar. »Er wusste nicht, dass ich einen Förderantrag gestellt habe.«

»Das habe ich auch schnell gemerkt.«

»Ich hätte es ihm gesagt, wenn ich gewusst hätte, dass wir für eine Förderung in Betracht gezogen werden.«

Ein Barista serviert ihr einen Latte macchiato.

»Das heißt natürlich nicht, dass Sie uns das hätten sagen müssen«, fügt sie an.

»Sie wären überrascht, was wir schon alles herausgefunden haben, wenn wir unerwartet aufgetaucht sind.«

»Für die seriösen gemeinnützigen Organisationen ist es sehr bedauerlich, dass es immer wieder Menschen gibt, die in diesem Bereich Betrugsversuche machen.«

»Das sehe ich auch so.«

Sie nippt an ihrem Kaffee. »Ich hoffe, Landon hat Sie nicht von der Plantage gejagt.«

»Nein.« Ich lache. »Er dachte, ich gehöre zu einem ehrenamtlichen Team, das an diesem Tag eingetroffen ist, und hat mir gleich Arbeit gegeben.«

»Dass Sie jetzt hier sind, bedeutet hoffentlich, dass nicht alles schiefgelaufen ist.«

»Nein. Sie und Landon scheinen ein nachhaltiges Modell entwickelt zu haben, durch das viele Menschen Arbeit haben. Ich bin froh, dass ich dort war.« Ich ziehe das Dossier aus meiner Tasche und lege es zwischen uns auf den Tisch. »Warum haben Sie sich für eine finanzielle Förderung beworben?«

»Ich habe das im Laufe der Jahre bereits für zahlreiche Unterstützungsgelder getan, aber immer ohne Erfolg. Meine Urgroßmutter lebte während des Krieges in Amsterdam. Sie hat Landon und mich dazu inspiriert, kreative Wege zu finden, um anderen Menschen zu helfen. Als ich gelesen habe, dass Ihre Stiftung eine Bibliothek in Amsterdam eröffnet, habe ich auf eine Chance für uns gehofft.«

»Ich habe ausführlich mit Ihrem Bruder gesprochen, aber ich würde gern auch von Ihnen hören, wie Ihre Vision für *Bishara* aussieht.«

Sie nickt. »Landon und ich wollen unseren Partnern in Afrika ein regelmäßiges Einkommen bieten und unseren Gewinn nutzen, damit die Kinder, die wir betreuen, ein Zuhause, Schulbildung, Nahrung und Medikamente bekommen. Wir folgen Jesus nach und versuchen deshalb, unsere Arbeit mit unserem Glauben in Einklang zu bringen.«

»Ihr Bruder ist von der Möglichkeit einer Förderung nicht sonderlich begeistert.«

»Er brennt für den Gedanken, *Bishara* zu erweitern. Aber er will sich, genau wie Sie, ein Bild davon machen, mit wem er es zu tun bekäme.«

»Das ist nur fair.«

Sie zieht eine dünne weiße Akte aus ihrer Tasche und reicht sie mir. »Darin finden Sie eine Kopie unserer aktuellen Bilanz.«

Ich stecke sie ein. »Danke.«

»Zu unseren wichtigsten Prinzipien gehört Transparenz. Deshalb rösten wir zum Beispiel auch den Kaffee für dieses Café hier vor Ort.« Sie deutet zu dem regennassen Fenster, das nach draußen zeigt. »Aber das Rösten des übrigen Kaffees und alle Vertriebsaktivitäten finden an der Eastside statt. Möchten Sie eine Besichtigungstour durch unseren Betrieb machen?«

»Sehr gerne.«

»Es ist wirklich schade, dass Sie nicht übers Wochenende bleiben können«, sagt sie.

»Warum?«

»Landon kommt am Sonntagabend nach Hause und seine Besichtigungstouren sind einfach die besten.«

Wieder bin ich versucht, bis Montag zu bleiben, aber ich begreife langsam, dass ich das nicht für die Stiftung tun würde. Für meine Aufgaben als Direktorin ist meine Objektivität unerlässlich, aber ich merke, dass ich sie in diesem Fall immer mehr verliere. Es ist besser, wenn ich am Sonntag wieder weit weg bin.

Nachdem Kendall mich ihren Mitarbeitern hier im Café vorgestellt hat, eilen wir durch den Regen und steigen in ihren Hybrid-Prius. Wenige Minuten später überqueren wir den Willamette River.

Kendall deutet zu den vielen Brücken. »Die Einheimischen nennen unsere Stadt Bridgetown.«

Das Bild von einer Brückenstadt gefällt mir. Die vielen Beton- und Stahlteile, die versuchen, eine Kluft zu überbrücken und zwei Teile einer Stadt miteinander zu verbinden, die durch das Wasser getrennt sind.

Etwas zu trennen ist leicht, aber etwas wieder zusammenzubringen ist schwer. Etwas wieder zu kitten, das kaputt ist.

Damit die Menschen in Portland nicht jeweils auf der einen Uferseite festsitzen, brauchte es die Zusammenarbeit innerhalb eines Teams aus Ingenieuren und Bauleuten.

Das Industriegebiet auf dieser Seite des Flusses ist ganz anders als Pearl an der anderen. Unter der Brücke sind jede Menge Zelte, in denen Obdachlose leben. Als wir weiterfahren, kommen wir an einer Lagerhalle nach der anderen vorbei; zwischen ihnen befinden sich Boutiquen.

»Portland ist nicht nur wortwörtlich eine Brückenstadt«, sagt Kendall. »Brücken lösen nicht all unsere Probleme, aber die meisten Menschen hier versuchen einander zu verstehen.«

»Ich denke, das Bemühen darum ist schon viel wert.«

Sie nickt. »Landon und ich wollen eine Art Brücke sein zwischen Menschen, die helfen wollen, und Menschen, die Hilfe brauchen, um langfristig selbst für sich und ihre Familien sorgen zu können.«

Wir parken auf einem reservierten Platz hinter einem älteren vierstöckigen Backsteingebäude mit Bogenfenstern, die auf Zuggleise und eine Reihe anderer Warendepots hinausgehen. Gleich hinter der Eingangstür befindet sich ein renovierter Bereich mit dunklem Holzboden, wo ein weiteres Café mit ungefähr acht Tischen eingerichtet ist. Durch zwei Garagentore mit Fenstern fällt zusätzlich Licht in den Raum. An sonnigen Tagen werden sie vermutlich geöffnet, damit die Gäste auch im Freien sitzen können.

Kendall führt mich um die große Theke herum und eine völlig neue Welt tut sich vor mir auf. Kartons füllen die massiven Regale in der Vertriebszentrale. Gelbe Fahrzeuge, auf deren Ladeflächen

Jutesäcke und Kartons befördert werden, fahren umher wie emsige Bienen auf Rädern. *Bishara* ist tatsächlich so groß, wie Kendall es in ihrem Förderantrag beschrieben hat.

Der Geruch von frisch geröstetem Kaffee, nach Honig, Butter und Landons Schokolade, strömt aus diesen Wänden und durchdringt jeden Winkel der Lagerhalle. Eine Erinnerung, denke ich, an das größere Ziel ihrer Arbeit.

Kendall winkt einem Angestellten zu und führt mich dann zu einem kleinen Gefährt für zwei Personen. Es erinnert mich an Stella Martins Golfwagen. Ihr würde es bestimmt gefallen, hier zu arbeiten.

Ich steige ein und wir verbringen den Nachmittag damit, die verschiedenen Abteilungen zu besichtigen, mit dem Kern ihres Teams in der Zentrale zu sprechen – den Menschen, die auf der ganzen Welt einen Hauch von Uganda verbreiten.

Am Ende der Tour atme ich den kräftigen Kaffeeduft ein letztes Mal tief ein, um ihn mir einzuprägen. »Ich weiß nicht, ob ich je wieder Kaffee riechen kann, ohne an Afrika zu denken.« Und an Landon.

»Ich war noch nie in Afrika«, gibt Kendall zu, als wir nach draußen treten. Der Regen hat aufgehört, aber die Wolken hängen tief über der Stadt.

»Warum nicht?«

»Wenn es unbedingt nötig wäre, würde ich hinfliegen, aber die Geschichten, die mein Bruder erzählt …« Sie entriegelt die Türen ihres Prius' und wir steigen ein. »Ich wäre dort wahrscheinlich hoffnungslos verloren.«

»Das, was Sie und Landon machen, ist wirklich beeindruckend, auf beiden Kontinenten.« Ich ziehe die Tür zu. »Inwiefern hat Ihre Urgroßmutter Sie inspiriert, diese Organisation zu gründen?«

»Oma inspiriert so ziemlich jeden in ihrem Umfeld.« Kendall wirft einen Blick auf ihre Uhr. »Möchten Sie sie kennenlernen?«

»Das würde mich freuen!«

Kendall lässt den Motor an. »Dann müssen wir uns beeilen.«

Ich lege meinen Sicherheitsgurt an. »Wo ist sie?«

»Im Krankenhaus.«

Ich winke schnell ab. »In dem Fall möchte sie sicher lieber ihre Ruhe.«

»Sie ist nicht als Patientin da, Ava.« Kendall grinst mich an. »Am besten machen Sie sich selbst ein Bild davon, was sie dort macht.«

21. Kapitel

ELIESE

Amsterdam
September 1942

Der Junge und das Mädchen aus Westerbork mit ihren Augen voller Angst verfolgten Eliese während ihrer ganzen Rückfahrt nach Amsterdam. Was wäre, wenn die Nazis – ob nun niederländische oder deutsche – Hein in einen ihrer Züge luden und in den Osten brachten? Und wenn sie zusehen müsste, wie er wegfuhr, ganz allein, nur mit anderen Kindern zusammen?

Ihr Vater hatte recht. Es reichte nicht, bloß dafür zu sorgen, dass niemand ihren Sohn zu Gesicht bekam. Sie musste einen Ort finden, an dem er sich verstecken konnte.

Als sie an diesem Nachmittag nach Hause zurückkehrte, viele Stunden später, als sie sonst aus dem Theater kam, war Papa fort. Hein schlief in seinem Kinderbett. Offenbar hatte ihr Vater ihn zu seinem Mittagsschlaf hingelegt, bevor er das Haus verlassen hatte. Heins Wangen waren rot gefleckt, seine Decke war tränennass und das Kuschellamm hatte er fest an seine Brust gedrückt.

Wie lange hatte er geweint?

Sie lauschte Heins langsamen, gleichmäßigen Atemzügen, streichelte seine Stirn und strich eine seiner blonden Locken zurück. Er hatte wieder Haare verloren. Sie lagen auf seinen Stofftieren. Über seinem linken Ohr war eine kahle Stelle zu sehen. Sie müsste ihn dringend untersuchen lassen, aber in Amsterdam gab es keine jüdischen Ärzte mehr und sie konnte ihn auf keinen Fall nach Westerbork bringen. Dort hatte man vielleicht die Mittel, um ihn zu heilen, aber nicht die Macht, sein Leben zu retten.

Statt sich in ihr Bett zu legen, holte Eliese ihre Decke und das

Kissen und kehrte durch den Flur in Heins Zimmer zurück, wo sie sich nah bei ihm einen Platz zum Schlafen einrichtete.

Die anderen Registrierungsmitarbeiterinnen waren schon vor Wochen entlassen worden. Eliese und Herr Süskind waren die Einzigen, die noch da waren, um die Menschen, die ins Theater gebracht wurden, zu registrieren. Die vielen Nächte, die sie in den letzten drei Monaten durchgearbeitet hatte, hatten sie ausgelaugt. Vielleicht lag es aber auch an der erdrückenden Last ihrer Arbeit. Nach wie vor hasste sie sich für das, was sie tun musste.

Sie küsste ihren Sohn auf die Wange, bevor sie sich zudeckte, und erschauerte, als sie sich erneut vorstellen musste, wie die Eisenbahnarbeiter in Westerbork ihn zusammen mit den anderen Kindern in einen Viehwaggon pferchten. Es war für Hein nicht mehr sicher, hier im Haus zu bleiben, aber sie wusste nicht, wohin sie ihn bringen könnte. Wenn nur William hier wäre, um ihr zu helfen! Er wüsste genau, was zu tun war.

Sie schloss die Augen und sah im Geiste sein attraktives Gesicht vor sich, floh in Gedanken zurück zu ihren glücklichen Monaten zusammen in London. Er hatte ihr Herz erobert, als sie ihm als Sechzehnjährige zum ersten Mal begegnet war. Er war zehn Jahre älter als sie und der attraktivste Mann, der sich je für sie interessiert hatte.

Ein Jahr später war William wieder nach Amsterdam gekommen und hatte sie mit Geschenken aus New York überhäuft einschließlich des Türkisrings, den sie jetzt am Finger trug. Aber ihr Herz hatte nicht nur wegen des Rings höhergeschlagen. Er hatte sie mit seinen Worten und mit seinem Lächeln verzaubert. Nachdem er wochenlang mit ihrem Vater zusammengearbeitet und sie jeden Abend zum Essen ausgeführt hatte, hatte er sie eingeladen, mit ihm nach London zu fahren und dort für eine Weile bei der Familie Ziegler zu wohnen. Papa hatte zuerst gezögert, aber er kannte Peter seit ihrer gemeinsamen Zeit am Gymnasium und vertraute ihm.

Sie hatte ihrem Vater nie verraten, dass Peter und seine Frau erst nach London zurückgekommen waren, als sie schon wochenlang in ihrem Haus gewohnt hatte. Aber William hatte sich in der Zeit, in der sie zusammen gewesen waren, gut um sie gekümmert. Einen besseren Ehemann als ihn hätte Papa sich nicht für sie wünschen können.

Als sie Stunden später aufwachte, saß Hein neben ihr, sein Kuschellamm in einer Hand und einen Ball in der anderen.

War er in den Nächten, in denen sie fort gewesen war, auch aus seinem Bett geklettert?

»Ich habe dich vermisst!«, sagte sie und zog ihn in ihre Arme. Ihr Körper schmerzte, aber ihr Herz hüpfte vor Freude, ihren Sohn bei sich zu haben. Er würde ihr jeden Tag fehlen, aber er musste aus dieser Stadt verschwinden, bevor die Nazis merkten, dass sie ein jüdisches Kind übersehen hatten.

Er griff nach dem Ball, den er losgelassen hatte, und schaute sie skeptisch an. Dann hielt er sein kleines Lamm hoch, als könnte sie dem Stofftier unmöglich eine Bitte ausschlagen. »Mama, spielen?«

Josie spielte mit den Kindern in der Kinderkrippe; sie liebte sie, als wären es ihre eigenen. Vielleicht könnte ihr ihre Freundin helfen, einen sicheren Ort für Hein zu finden.

»Ja, Lämmchen«, sagte Eliese und lächelte Hein an. »Wir spielen.«

»Sie bringen die Kinder aus Westerbork weg«, flüsterte sie Herrn Süskind zu, während sie auf Fünten warteten. »Allein.«

Herr Süskind hatte selbst eine Tochter, die nicht viel älter war als Hein. Im Gegensatz zu ihrem Vater verstand er vielleicht ihre Bedenken, ein Kind sich selbst zu überlassen.

Er nahm einen Stapel Karteikarten aus dem Aktenschrank und legte sie auf den Tisch. »Was ist mit ihren Eltern?«

»Alle, die ich gesehen habe, schienen keine mehr zu haben.«

Sie wartete darauf, dass Herr Süskind sie beruhigen würde, dass er sagen würde, die Nazis würden nie Kinder wegschicken, ohne dass jemand dabei sei, der sich um sie kümmerte, oder dass sie nur eine kurze Fahrt zurücklegten. Dass sie an ihrem Ziel ein

Lager mit einer anständigen Unterkunft und einer Schule erwartete.

Doch er sagte nichts.

Fünten schritt durch die Eingangstür. Seine hohen schwarzen Stiefel glänzten im Schein der Raumbeleuchtung. In seinen Augen war wieder dieses Funkeln, diese abstoßende falsche Vertrautheit, als er sie mit ihrem Vornamen ansprach.

Sie wünschte, sie könnte einfach mit Hein weglaufen.

Herr Süskind führte den Hauptsturmführer zum Foyer, um mit ihm über Logistisches zu sprechen. Offenbar hatte er etwas Lustiges gesagt, denn Fünten lachte. Wie konnte dieser Jude mit einem deutschen Offizier lachen, während Hunderte unschuldiger Menschen hinter dieser Wand eingesperrt waren?

Eliese blieb in der Garderobe, staubte ihre Schreibmaschine ab und rückte dann den Stapel Registrierungskarten gerade. Heute Nacht musste sie eine Möglichkeit finden, mit Josie zu sprechen. Sie betete, dass ihre Freundin ihr helfen würde.

Die Türen gingen auf und eine dreiköpfige Familie trat ein. Stofftaschen hingen über ihren Schultern und die Mutter umklammerte die Hand ihrer kleinen Tochter.

Eliese nahm ihre Ausweise entgegen. Der Name der Familie war van Gelder. Sie spannte eine neue Karteikarte in ihre Schreibmaschine und begann, ihre Vornamen abzutippen: Werner, Hanneke und Esther.

Nachdem sie ihre Geburtsdaten eingetragen hatte, zog sie die Karte aus der Schreibmaschine und steckte sie in die Schachtel zum Abheften.

»Die Kinder werden auf der anderen Straßenseite untergebracht«, erklärte Eliese.

Frau van Gelder zog ihre Tochter eng an sich heran und schaute sie mit angsterfüllten Augen an. »Ich will Esther bei mir haben.«

»Die Kinder bekommen in der Kinderkrippe gutes Essen und ein Bett«, beruhigte Eliese sie. »Dort sind Frauen, die sich gut um sie kümmern.«

»Ich will sie trotzdem bei mir haben.«

Eliese schüttelte traurig den Kopf. »Das geht leider nicht.«

Als das kleine Mädchen zu weinen begann, trat Herr Süskind zu ihr und forderte Esther auf, mit ihm zu kommen, aber sie weigerte sich. Was hatte sie gesehen, dass sie so große Angst hatte?

»Bringen Sie sie sofort weg!«, befahl Fünten streng, bevor er nach draußen marschierte.

Während Eliese die nächste Karteikarte in die Hand nahm, drehte sie sich zu Herrn Süskind um. »Darf ich sie hinüberbringen?«

Da niemand anders da war, würden die Leute in der Schlange warten müssen, aber jemand musste dieses Kind zur Krippe begleiten und das war ihre Chance, mit Josie zu reden.

»Gehen Sie.« Herr Süskind nickte ihr zu. Dann nahm er eine Karteikarte und spannte sie in die Schreibmaschine ein. Wenn er die Registrierung übernahm, brauchte sie sich nicht zu beeilen.

Eliese kniete neben dem Mädchen nieder. »Du siehst deine Eltern bald wieder.«

Esther drehte sich zu Herrn und Frau van Gelder und dem Wachmann um, der hinter ihnen stand. »Ich will nicht gehen.«

»Ich verspreche, dass dir dort nichts passieren wird.« Eliese hielt der Kleinen die Hand hin und Esther ergriff sie zögerlich. »Wir müssen uns beeilen.«

Der Hauptsturmführer schritt wieder ins Foyer und bedachte Esther mit einem finsteren Blick. »Warum ist sie immer noch da?«

Unter seinem durchdringenden Blick setzte sich das Mädchen schnell in Bewegung.

Auf der anderen Straßenseite öffnete ihnen Fräulein Pimentel die Tür und Esther folgte ihr bereitwillig zu einer Tasse warmer Milch mit Honig ins Haus. Eliese trat ebenfalls ein und suchte den Raum nach Josie ab, konnte ihre Freundin jedoch nicht entdecken. Was für eine Ironie, dachte sie. Vor Monaten hatte Hein wegen seiner Abstammung in keine Krippe gehen dürfen, und jetzt war diese hier voll mit jüdischen Kindern.

Fräulein Pimentel sagte, dass Josie oben in ihrem Zimmer sei und sich ausruhe, also ging Eliese ins Kolleg, stieg die Treppe hinauf und klopfte an ihre Tür.

»Ich brauche deine Hilfe«, sagte Eliese, nachdem sie auf Josies »Ja?« hin eingetreten war.

Josie setzte sich in ihrem Bett auf. »Wenn du Hilfe brauchst, musst du dich an den Judenrat wenden.«

»Ich wollte Samuel nie verletzen.« Eliese drehte den Schreibtischstuhl um und setzte sich. »Als ich William kennengelernt habe, war es einfach um mich geschehen.«

»Um dich ist es in Bezug auf etwas ganz anderes geschehen.«

»Ich bitte nicht um Hilfe für mich selbst, Josie, sondern für Hein. Er hat nichts Schlimmes getan.«

Josies Augen wurden weicher. »Wie alt ist dein Sohn?« »Fast drei. Er ist ein braves Kind.« Liebenswert, genauso wie sein Vater. »Wenn sich jemand findet, der sich um ihn kümmert, werde ich diese Person gut bezahlen.«

»Ich werde mich umhören«, sagte Josie.

Mehr konnte sie nicht verlangen.

Eliese betrachtete das Gemälde an Josies Wand, das ein einsames Bauernhaus zeigte. »Ich war heute Morgen in Westerbork.«

Josie wurde sofort hellhörig. »Wie sieht es dort aus?«

Als Eliese ihr von den Kindern und den Zügen erzählte, traten Tränen in die Augen ihrer Freundin.

»Ich werde einen Platz für Hein suchen«, versprach Josie.

»Danke.«

Sie folgte Josie zurück in die Krippe. Als sie eintrat, blieb Josie offenbar überrascht an der Tür stehen und rief Esthers Namen.

Die schien sie nicht zu erkennen, aber Josie nahm sie liebevoll in die Arme, als hätte sie das Mädchen schmerzlich vermisst.

22. Kapitel

Das Doernbecher-Kinderkrankenhaus befindet sich an einem steilen Hang über Portland und dem Fluss, der es teilt.

Kendall führt mich zu einem Fahrstuhl. Im fünften Stockwerk begegnen wir zwei Frauen, die zusammen lachen wie engste Vertraute im gleichen Alter, dabei liegen mit Sicherheit sechs oder sieben Jahrzehnte zwischen ihnen.

Das Outfit der älteren Frau – Landons und Kendalls Urgroßmutter, nehme ich an – besteht aus einer schwarzen Leggings und einem weiten, leuchtend orangefarbenen Oberteil, auf dessen Vorderseite Cartoon-Tiger abgebildet sind. Ihr silberweißes Haar trägt sie in einem flotten Kurzhaarschnitt und der Stock, auf den sie sich stützt, ist rot-weiß gestreift wie eine Zuckerstange. Die jüngere Frau scheint Ende zwanzig zu sein. Ihr Haar ist pechschwarz und genauso kurz geschnitten wie Mrs Wests Haar; über ihrer Schulter hängt ein riesiger schwarzer Beutel.

Mrs West ergreift Kendalls Hand. »Oh, hallo, was machst du hier?«

Kendall küsst sie auf die Wange. »Ich wollte dir eine Freundin vorstellen. Das ist Ava Drake aus New York.« Sie wendet sich mir zu. »Das ist meine Urgroßmutter, obwohl sie sagt, dass ihr die erste Silbe auf die Nerven geht. Sei also gewarnt. Wir alle sagen einfach Oma zu ihr. Und das ist Suzanne. Sie ist …« Kendall lächelt die Frau neben Mrs West an. »Was bist du eigentlich genau?«

Suzanne lacht. »Ihre allerbeste Freundin.«

»Nur, wenn du nett bist«, zieht die ältere Frau sie auf.

»Ich bin immer nett!«

»Bis auf die Momente, in denen du mich nach dem ganzen grünen Zeug, das ich mittags essen muss, keine Schokoladentorte bestellen lässt.«

Suzanne verdreht die Augen. »Dieses Tortenstück war riesengroß.«

»Und es wollte gegessen werden.«

Ich muss mir auf die Zunge beißen, um nicht laut zu lachen. Jetzt weiß ich, woher Landon seine spitzbübische Art hat.

»Willkommen, Ava. Ich bin Mrs West«, sagt die alte Dame und ergreift meine Hand. Ihre Finger sind kalt und knöchrig, aber ihr Lächeln ist herzlich. »Möchten Sie uns helfen?«

»Bei was denn?«

Auch ihre hellbraunen Augen haben eine deutliche Ähnlichkeit mit Landons. Mir bei unserer ersten Begegnung ein Kind in die Arme zu drücken, kann sie zwar nicht toppen, doch dafür kramt sie in Suzannes Beutel und reicht mir eine Perücke.

Ich mag keine Perückenexpertin sein, aber das hier ist kein gewöhnliches Haarteil. Es hat einen Zopf, so lang wie der von Rapunzel. Er ist aus Wolle und ein ganzer Garten aus pastellfarbenen Blumen ist darin eingeflochten.

Ich fahre mit den Fingern darüber. »Was soll ich damit machen?«

»Kommen Sie mit«, fordert Mrs West mich auf.

Sie geht leicht gebeugt über ihrem Zuckerstock, legt dafür aber ein ganz schönes Tempo vor, während wir ihr durch den Krankenhausflur folgen. Kendall zwinkert mir zu. Obwohl ich nicht weiß, was gleich kommen wird, bin ich gespannt, was Mrs West vorhat.

Wir treten hinter ihr und Suzanne in ein bunt geschmücktes Krankenzimmer, das trotz der grauen Wolken vor dem Fenster Fröhlichkeit ausstrahlt. Ein junges Mädchen sitzt auf einem Bett und schaut eine Kindersendung im Fernsehen an. Ihr kahler Kopf glänzt im Lampenlicht, ihre Arme sind bleistiftdünn.

»Oma!«, ruft sie begeistert aus, als sie die Frau vor mir sieht.

Mrs West beugt sich vor und umarmt das Mädchen. »Ich habe heute Freundinnen mitgebracht«, erklärt sie. »Und ein Geschenk.«

Mrs West nickt mir zu und für einen Moment komme ich mir vor, als wäre ich wieder in Afrika, weit außerhalb meiner Komfortzone, aber vielleicht kann ich dieses Mal tatsächlich einem Kind helfen, ohne ihm dabei zu schaden. Ich hole tief Luft und halte der Kleinen die Perücke hin. »Ich glaube, die ist für dich.«

»Krass!«, ruft das Mädchen und greift zu. »Genau wie aus *Rapunzel – neu verföhnt*!«

Die anderen drei Frauen kichern mit ihr, während sie die Perücke anprobiert. Das unechte blonde Haar fällt über ihre linke Schulter und ergießt sich an ihrem Rücken hinab aufs Kopfkissen.

»Wie sehe ich aus?«, fragt sie.

Ich warte darauf, dass Mrs West ihr antwortet, bis ich merke, dass ihre Frage mir gilt. »Umwerfend«, sage ich.

Das Lächeln des Mädchens wird noch breiter und ich erkenne, worin dieses Geschenk für sie wirklich besteht. Es sind weniger die Wolle und die Blumen, sondern die Schönheit. Die Würde. Sie braucht die Perücke nicht, um vollständig zu sein, aber sie vermittelt ihr, dass sie etwas Besonderes ist. Durch sie hat sie das Gefühl, in ihrer Schwäche stark zu sein.

»Wo sind deine Geschichtsperlen?«, fragt Mrs West.

Sie steckt die Hand unter ihr Kissen und zieht eine lange Kette hervor. »Ich habe sie versteckt.«

Die bunten Perlen an ihrer Kette haben verschiedene Formen, unter anderem die von Herzen und Tieren. Eine kleine Krone ist auch dabei.

Mrs West setzt sich zu dem Mädchen aufs Bett. »Erzähl mir deine Geschichten von dieser Woche.«

Sie zeigt der älteren Frau eine Krabbe. »Ich habe Schwester Jenn gestern zum Lachen gebracht.«

»Gut gemacht.«

»Und den Panda habe ich für eine Spritze bekommen.«

Mrs West deutet zu einer gelben Emoticon-Perle, ein trauriges Gesicht mit einer Träne. »Du hattest auch einen schlechten Tag, seit ich das letzte Mal bei dir war.«

Sie nickt. »Sie mussten meine Wirbelsäule punktieren.«

Mrs West seufzt. »Mir gefällt es auch nicht, wenn Leute das bei mir machen.«

Das Mädchen betrachtet den Zuckerstock. »Bekommst du auch Erinnerungsperlen?«

»Nein«, erwidert Mrs West mit einem Blick auf Kendall. »Ich habe etwas anderes, das mir hilft, mich zu erinnern.«

»Du solltest das mit den Perlen auch machen. Damit du deine Geschichten nicht vergisst.«

»Vielleicht sollte ich das.«

Ich halte es für eine schöne Idee, Perlen zu sammeln, um sich an die guten Geschichten zu erinnern. Aber wie ist es mit den Pandabären und den traurigen Emoticons? Ich verwende viel Energie darauf, die schrecklichen Tage zu verdrängen. Gibt es einen Grund, an sie zu denken?

Natürlich kann ich die Erinnerungen ohnehin nicht ausblenden, wenigstens nicht in der Dunkelheit. Meine Albträume verhindern das Vergessen.

»Was sagen Sie?«, fragt mich Kendall, als wir Mrs West und Suzanne durch den Gang folgen und mehreren Kindern in anderen Zimmern Besuche abstatten.

»Ihre Oma ist in der Tat eine faszinierende Frau.«

»Sie macht die ganzen Hüte und Perücken von Hand und lässt sich von niemandem helfen.«

»Wirklich bemerkenswert.«

»Das ist ihre Art, diesen Kindern zu zeigen, dass sie geliebt werden.«

Kurz vor dem Ende des Flurs wendet sich Mrs West an Suzanne. »Unser letzter Freund hat um eine grüne Mütze mit Feder gebeten, wie die, die Peter Pan trägt.«

Suzanne zieht die Mütze aus dem Beutel. Rote Wollfäden sind als Haare daran geknüpft. Mrs West nimmt sie entgegen und geht zur Tür. Doch dann bleibt sie abrupt stehen und starrt das Namensschild an.

Es ist leer.

Sie dreht sich zu Kendall um und ich sehe die Angst in ihren Augen. Plötzlich begreife ich, was ein leeres Namensschild wahrscheinlich bedeutet.

Mrs Wests Schritte sind langsam und schleppend, als sie zum Schwesternzimmer geht und sich nach dem Patienten in Zimmer 203 erkundigt. Ich höre die Antwort der Schwester nicht, aber aus ihrem Kopfschütteln, aus der sanften Berührung, mit der sie Mrs Wests Schulter streichelt, spricht eine abgrundtiefe Traurigkeit.

Sie erfasst auch mich und ich habe das Gefühl, mich nicht mehr bewegen zu können.

Ich will diese Traurigkeit nicht fühlen. Ich will nicht in die Dunkelheit zurückkehren.

Mrs West wischt mit dem Handrücken die Tränen von den Wangen, genauso wie ihr Urenkel es getan hat. Es ist für sie offenbar genauso natürlich, ihre Gefühle nicht zu verstecken.

Kendall legt die Hand an Mrs Wests Ellbogen. »Komm, wir gehen einen Tee trinken.«

»Es tut mir so leid.« Suzanne steckt die Peter-Pan-Mütze wieder in den Beutel und umarmt Mrs West. »Er war so ein liebes Kind.«

»Ein Kämpfer«, sagt Mrs West.

Suzanne schaut unsicher zu Kendall. »Ich muss in einer Stunde an meinem anderen Arbeitsplatz sein.«

»Geh ruhig«, erwidert Kendall. »Wir bringen Oma nach Hause.«

Mrs West lächelt, aber irgendwie haben ihre Augen ihr Leuchten verloren. »Wenn du mir die Schlüssel gibst, kann ich auch selbst fahren.«

Kendall schüttelt den Kopf. »Auf keinen Fall.«

Zu dritt fahren wir mit dem Fahrstuhl in ein kleines Café hoch, von dem aus man einen gigantischen Blick über die Stadt hat. Es ist, als wären wir in einem Schloss oben auf einem Berg. Wir bestellen Tee, setzen uns auf die überdachte Terrasse und machen es uns gemütlich, während der Regen beruhigend aufs Dach prasselt.

Mrs West blickt lange schweigend auf die Gebäude und Straßen, die grau in grau unter uns liegen. »Er wollte doch nur mit anderen Kindern spielen«, bricht es dann aus ihr heraus, »aber er musste sein ganzes Leben lang gegen den Krebs kämpfen. Und jetzt …« Ihre Hand zittert. »Sollen wir wirklich einfach sagen, dass Gott ihn heimgeholt hat?«

Kendall schaut mich an, die Sorge um ihre Urgroßmutter steht ihr ins Gesicht geschrieben. Sie ergreift Mrs Wests Hand, um sie festzuhalten, um das Zittern zu unterbinden. »Du kannst nicht alle Kinder retten, Oma.«

»Das weiß ich.«

»Du schenkst ihnen so viel Freude. Sie sehen Gottes Liebe in deinem Lächeln und in allem, was du für sie tust.«

»Ich bete für jedes einzelne Kind«, sagt sie. »Jeden Abend, bevor ich schlafen gehe. Und jeden Morgen danke ich Gott, dass er mir einen weiteren Tag schenkt, damit ich wieder für sie beten kann.«

Mein Herz erwärmt sich bei der Vorstellung, wie sie für diese Kinder betet und ihnen mit jedem Wort und jeder Tat ihre Liebe zeigt, so wie Landon. Was wohl ihre Geschichte ist? Hundert Fragen gehen mir durch den Kopf, aber es ist nicht der richtige Moment, um ihr auch nur eine davon zu stellen.

Kendall lächelt in meine Richtung. »Ava war erst vor wenigen Tagen in Uganda und hat mit Landon die Kaffeeplantage und das Kinderheim besichtigt.«

Mrs West blinzelt, als hätte sie ganz vergessen, dass ich da bin. Ich bewundere es, wie Kendall sie Stück für Stück zurückholt. »Warum waren Sie in Uganda?«

»Ich arbeite für eine Stiftung«, erkläre ich. »Wir prüfen einen Förderantrag von *Bishara*.«

»Wenn es jemand verdient, gefördert zu werden, dann sind das Kendall und Landon. Sie verändern mit ihren Kaffeebohnen die Welt.«

»Wie lange leben Sie schon in Portland?«, frage ich Mrs West, während die Bedienung uns eine Karaffe mit heißem Wasser und eine Auswahl an Teebeuteln bringt.

»Fast mein ganzes Leben lang.«

»Kendall hat mir erzählt, dass Sie aus den Niederlanden kommen.«

»Meine Zeit dort ist lange her.«

Kendall ermutigt mich einem Nicken dazu, weiter nachzuhaken.

»Mein Urgroßvater war kurz nach dem Krieg für eine Weile in Amsterdam.«

Mrs West schaut mich neugierig an. »War er Holländer?«

»Nein, er kam aus New York.«

Die Neugier in ihren Augen verwandelt sich in etwas anderes, etwas, das ich nicht genau deuten kann.

»Nach dem Krieg kamen nicht viele Amerikaner nach Amsterdam«, sagt sie, »eigentlich nur Soldaten.«

»Er war Geschäftsmann, der in die Nachkriegswirtschaft investiert hat. Seine Fenster waren in ganz Europa gefragt.«

Mrs Wests Tee schwappt über den Rand der Tasse, als sie sie abrupt auf den Tisch zurückstellt. »Wie hieß Ihr Urgroßvater?«

»William Kingston.«

Sie atmet scharf ein und wird kreidebleich. »Oh, meine ...« Mrs West neigt sich zur Seite – wie ein Schiff, das sich dem Wind beugt.

Kendall ergreift ihren Arm. »Oma?«

»Ich glaube ...« Auf einmal wirkt sie geradezu verzweifelt. »Oh, Kendall, ich muss nach Hause.«

Schnell springe ich auf. »Soll ich einen Rollstuhl holen?«

»Ja, bitte«, sagt Kendall und ich eile zur Theke.

Der Mann hinter der Theke holt einen Pflegehelfer, der uns einen Rollstuhl bringt und Mrs West vorsichtig hilft, sich hineinzusetzen. Sie klammert sich an die Armlehnen.

»Es tut mir leid«, sage ich.

»Das hat nichts mit Ihnen zu tun, Ava«, sagt Kendall, während wir Mrs West und dem Pflegehelfer durch den Gang folgen. »Dieser Nachmittag war einfach zu viel für sie.«

Als wir zu den Aufzügen abbiegen, dreht Mrs West sich zu mir um und sieht mich an, als wäre ich ein Gespenst. Auch wenn sie es gut meint – Kendall irrt sich. Natürlich hat der Tod des Jungen sie tief getroffen, aber unser Gespräch hat ganz offensichtlich noch etwas anderes ausgelöst. Irgendwie habe ich es geschafft, dieser armen Frau Angst einzujagen.

»Ist es Ihnen recht, wenn wir sie zuerst nach Hause bringen?«, fragt Kendall mich, während der Pflegehelfer einen Knopf drückt, um den Fahrstuhl zu rufen. »Sie wohnt in einem Vorort gleich südlich von hier.«

»Ich fahre einfach mit dem Taxi zum Hotel zurück.«

Als die Fahrstuhltüren aufgehen, streckt Kendall schnell den

Arm aus, damit Mrs Wests Rollstuhl nicht einklemmt wird. »Sind Sie sicher?«

»Natürlich. Sie muss nach …« Kendall hat gesagt, nach Hause, aber ich bin nicht ganz sicher, ob die alte Frau nicht lieber in ein Krankenhaus für Erwachsene gebracht werden sollte. »Sie braucht Sie jetzt.«

»Fahren Sie mit der Seilbahn nach Portland runter«, rät mir Kendall. »Unten können Sie dann in die Stadtbahn umsteigen.«

Ich wage es nicht, Mrs West die Hand zu geben oder sie auch nur noch einmal anzusprechen, da ich Angst davor habe, wie sie reagieren könnte.

»Ich melde mich später«, sage ich, bevor die Türen sich schließen.

Die Seilbahn bringt mich mit einigen anderen Passagieren vom neunten Stockwerk des Krankenhauses den steilen Hang hinab, überquert die stark befahrene Schnellstraße und taucht dann zwischen zwei Gebäuden ab, um uns an ihrer Station am Flussufer abzusetzen.

Der Regen hat aufgehört, wenigstens für den Moment, daher lege ich die kurze Strecke zu meinem Hotel zu Fuß zurück. Fahrräder fahren an mir vorbei und unzählige Hunde laufen mir über den Weg, die den Eindruck erwecken, als führten sie eher ihre Besitzer aus als umgekehrt. Mitarbeiter von der Abfallentsorgung schieben Wagen mit gefüllten Mülltüten vor sich her, die sich bis über deren Rand stapeln. Kinder laufen über die Wiese am Ufer, während ihre Eltern auf einer Decke unter der Brücke sitzen und Wein trinken.

Der Wind bewegt das Wasser und bringt eine ganz eigene Geruchsmischung mit, die Essensdüfte von den Restaurants und daneben die starken Gerüche nach Fisch, Diesel und Flusswasser.

Wenn ich nur eine Brücke bauen könnte, um die Kluft in meiner Familie zu überbrücken und alles wieder zusammenzufügen! Die Trennung scheint bei William und Peter angefangen zu haben, aber solange ich nicht herausfinden kann, was sie auseinandergebracht hat, wo der Riss entstanden ist, werden wir ihn wohl nie kitten können.

Mein Hotel ist einen Häuserblock vom Fluss entfernt. Die Lobby sieht aus wie die einer italienischen Villa, alles ist makellos und ordentlich. Ganz anders als in der chaotischen Welt da draußen. Und in mir selbst.

Wenn ich doch nur Fragen über meine Familie stellen könnte und klare Antworten bekäme!

Wenn die Menschen doch nur ihre Geschichten erzählen würden, statt sie wegzuschließen!

23. Kapitel

JOSIE

Amsterdam
September 1942

Josie ließ sich auf einen der Stühle des Straßencafés fallen und wartete, während sie einen heißen Zichorienkaffee trank und in ihrem Journal zeichnete. Sie hatte die Nachricht bekommen, dass sie um halb fünf in diesem Café am Entrepotdok-Kanal sein sollte.

Jemand hatte ihr die Nachricht zugesteckt, als sie einen Nachmittagsspaziergang mit einigen der Kinder gemacht hatte. Sie hatte sofort gemerkt, dass ihr jemand etwas in die Tasche geschoben hatte, sich aber nicht nach dem Überbringer umgesehen, und gelesen hatte sie die Botschaft erst, als sie unbeobachtet in ihrem Zimmer gewesen war.

Sie müsse etwas Wichtiges erledigen, hatte sie Fräulein Pimentel erklärt, als sie darum gebeten hatte, zwei Stunden frei zu bekommen. Die Krippenleiterin hatte keine Fragen gestellt. Die Holländer – wenigstens die Unschuldigen – stellten in diesen Zeiten nur sehr wenige Fragen.

Viele Menschen saßen an den Tischen neben dem Gehweg und aßen süße Poffertjes zu ihren Heißgetränken, als hätten sie vergessen, dass ihr Land besetzt war. Auch eine Gruppe von Gestapo-Leuten in dunkelgrauen Uniformen saß dazwischen, aus ihren Tassen duftete es nach echtem Kaffee.

Ein Mann nahm Josie gegenüber Platz und ihr Herz begann schneller zu schlagen. Auch mit dem Filzhut und der unförmigen Brille hatte sie ihren Bruder sofort erkannt. Eine große Erleichterung durchflutete sie. Klaas war mehrere Male in der

Krippe gewesen und hatte sich nach Samuel erkundigt, aber sie hatte nichts mehr von ihm gehört, seit er im Motorboot der Familie weggefahren war. Sie hatte schon fast befürchtet, dass er doch gezwungen worden sein könnte, in Deutschland zu arbeiten.

»Es ist freut mich, Sie zu sehen, Fräulein«, sagte er in perfektem Deutsch, als hätte er nicht das Geringste zu verbergen.

»Die Freude ist ganz meinerseits.« Sie senkte die Stimme. »Ich habe mir Sorgen gemacht.«

Ein Lastwagen fuhr zwischen dem Gehweg und dem Kanal durch. Sie wusste genau, warum Samuel diesen Ort ausgewählt hatte: Hier konnten sie sich vor aller Augen treffen und der Straßenlärm schützte sie vor Mithörern.

»Um mich brauchst du dir keine Sorgen zu machen.« Er neigte sich zu ihr, als wären sie ein Liebespaar, und flüsterte: »Was ist aus unserem Brief geworden?«

»Er ist in meinem Zimmer. Ich war bei der Adresse, die du mir gegeben hast, aber die Leute …« Sie tippte mit ihrem Stift aufs Papier und begann, eines der Bilder aus der Collage in ihrem Kopf zu zeichnen. Das Haus in Amersfoort, den Laster auf der Straße, eine Frau, die gezwungen wurde, hinten einzusteigen.

Samuel nickte langsam und deutete auf den Mann, den sie abseits am Rand gezeichnet hatte. »Ein Nachbar.«

»Aber kein Freund«, sagte sie und verdeckte das Bild unter wütenden, dunklen Wolken, für den Fall, dass jemand ihr Buch zu sehen verlangte.

»Nein, absolut kein Freund.«

Die Gestapo-Männer standen auf und schlenderten am Kanal entlang davon, ohne auch nur einen Blick in ihre Richtung zu werfen. Als sie fort waren, wurden die Gespräche an den Tischen auf Niederländisch fortgesetzt. Samuel wechselte ebenfalls ins Holländische und seine Stimme vermischte sich mit den anderen. »Ich hätte dich nie mit reinziehen dürfen.«

»Ich hätte trotzdem geholfen.« Sie wollte nicht, dass er Schuldgefühle hätte. Sie hatte sich aus freien Stücken dazu entschieden, Widerstand gegen die Besatzungsmacht zu leisten und das wenige, was sie hatte, gegen den Feind einzusetzen. »Woher hattest du das Geld, Samuel?«

Er deutete über die Straße. »Lass uns ein wenig spazieren gehen.«

Der Geruch von gepökeltem Hering durchdrang die Luft, während sie wie die anderen Paare am Kanal entlangschlenderten, als würden sie gemeinsam den goldenen Herbst genießen.

»Als ich für Herrn Linden gearbeitet habe, ist viel Geld von Investoren, die Hitlers Kriegsvorbereitungen unterstützten, in die Bank geflossen. Ich habe einen Teil dieses Geldes an verschiedene Widerstandsgruppen verteilt, die es für ihre Pläne brauchten. Einen Teil habe ich für später behalten.«

»Es sieht so aus, als hättest du ziemlich *viel* für später behalten«, sagte Josie. »Weiß Herr Linden Bescheid?«

Samuels Blick verriet ihr, dass er dieses Geheimnis nicht verraten würde.

»Aber die Investoren werden doch irgendwann merken, dass ihr Geld fort ist.«

»Erst nach dem Krieg«, erwiderte er. »Wenn die Alliierten gewinnen, wird niemand zugeben wollen, dass er Hitler unterstützt hat. Sie werden das Geld, das sie noch bei Herrn Linden investiert haben, zurückfordern und verschwinden.«

Plötzlich ging ihr ein Licht auf. »William Kingston ist einer dieser Investoren!«

Samuel blieb abrupt stehen. »Woher weißt du von ihm?«

»Eliese hat ihn erwähnt.« Sie konnte sich nicht überwinden, Samuel zu sagen, in welchem Zusammenhang.

»Du hast Eliese gesehen?«, fragte er.

»Sie arbeitet für den Judenrat und registriert Menschen für die Deportation.«

Traurigkeit überschattete sein Gesicht. »Wahrscheinlich sollte mich das nicht überraschen.«

Sie gingen weiter und bogen um die nächste Ecke.

»Wusstest du, dass sie einen Sohn hat?«, fragte Josie.

»Ich habe Gerüchte gehört.«

»Er heißt Hein.«

Ihr Bruder senkte den Blick zu Boden.

»Ich fange an, sie zu hassen, Samuel. Ich will das nicht, aber ich hasse sie. Sie hilft dabei, dass Menschen deportiert werden, um sich selbst zu retten.«

»Wir wissen nicht, was wir tun würden, wenn wir an ihrer Stelle wären.«

Josie wollte schreien, dass sie das durchaus wisse, aber in Wahrheit war sie die größte Heuchlerin von allen. Sie sah zu, wie Hunderte von Menschen mit ihren Kindern weggebracht wurden, und unternahm nichts, um es zu verhindern.

Sie musste an Esther denken. Sie war eine von vielen, die jemanden brauchten, der sie beschützte. Josie wollte mehr tun, als sich um diese Kinder zu kümmern, bevor sie abtransportiert wurden. Sie wollte einen sicheren Platz für sie finden, an dem sie leben konnten.

Sie beendeten ihre Runde und kehrten zum Café zurück. Die Stühle davor waren inzwischen leer. Die wenigen Leute, die jetzt noch am Kanal unterwegs waren, waren wahrscheinlich auf dem Heimweg von der Arbeit.

»Ich möchte dich um einen Gefallen bitten«, sagte Josie.

Samuel suchte beide Straßenseiten mit den Augen ab. »Worum geht es?«

»Ich brauche ein Zuhause.«

»Du hast doch schon eins. Zwei sogar, wenn du das Haus unserer Eltern mitzählst.«

»Nicht für mich. Ich brauche ein Zuhause für ein Kind, eine Familie, die es bei sich aufnimmt.«

»Ah …«

»Ein Waisenkind«, flüsterte sie. »Das bei der Bombardierung von Rotterdam seine Eltern verloren hat.«

»Im Moment ist es schwer, Waisenkinder unterzubringen.«

Bei so vielen Familien, die ins Theater gebracht wurden, überraschte sie das nicht. »Kannst du einen Platz finden?«

»Es geht um Elieses Sohn, nicht wahr?«

Sie wollte ihn anlügen, weil sie befürchtete, dass er ihre Bitte sonst ablehnen würde, aber dann nickte sie langsam.

Samuel schwieg einen Moment, bevor er antwortete. »Ich werde tun, was ich kann.«

»Trotz allem, was sie dir angetan hat?«

»Josie.« Sein Lächeln war sanft, aber stark. »Ich habe ihr schon vor langer Zeit vergeben.«

»Das ist heldenhaft von dir.« Josie wusste nicht, ob sie selbst Eliese je würde vergeben können, dass sie versprochen hatte, Samuel zu heiraten, und dann mit einem anderen Mann weggegangen war.

»Wir müssen jedem, den wir retten können, so schnell wie möglich helfen.«

Sie tastete nach dem Geländer. »Was hast du gehört?«

»Dass die Menschen, die sie in diese Züge setzen, nie wieder nach Hause kommen werden.«

»Warum nicht?«

»Die Arbeitslager in Deutschland sind in Wirklichkeit Todeslager. Laut Radio Holland bringen die Nazis dort alle um, Alte wie Junge.«

Sie unterdrückte einen Aufschrei.

»Wir treffen uns morgen um dieselbe Zeit, dann kannst du mir den Umschlag geben.«

Sie nickte, froh, dass sie das Geld endlich loswerden würde.

Vor dem Café blieben sie stehen.

»Diesmal auf der anderen Kanalseite neben dem Briefkasten«, sagte Samuel.

Sie blickte zu dem rot gestrichenen Briefkasten auf der anderen Wasserseite hinüber. Die Kronen in seinem Emblem glänzten in der Sonne. Die Nazis hatten fast alles, was in ihrem Land an den König erinnerte, entfernt, aber die Kronen auf den Briefkästen hatten sie übersehen.

Ein Mann blieb neben dem Briefkasten stehen und beobachtete sie. Er sah fast aus wie …

»Das ist Klaas!« Josie winkte ihrem gemeinsamen Freund.

Als Samuel schwieg, drehte sie sich um.

Ihr Bruder war schon wieder verschwunden.

Am nächsten Abend wartete Josie im Regen neben dem Briefkasten, den Umschlag ein weiteres Mal in den Bund ihres Rocks gesteckt. Die Worte ihres Bruders über die Todeslager ließen ihr keine Ruhe. Die Nazis hatten die Kinder aus dem Theater nicht ohne Grund zu ihnen in die Krippe gebracht – sie hassten es ganz offensichtlich, sie um sich zu haben, aber sie konnte sich einfach nicht vorstellen, dass sie sie töteten. Ihr Bruder wusste viel, aber das … Bestimmt waren das im Radio Falschinformationen gewesen.

Der Regen durchnässte ihren Gabardinemantel und an ihren Stiefeln liefen die Tropfen hinab. Nach einer Stunde beschloss sie, dass es sinnlos war, noch länger zu warten. Sie betete, dass Samuel nur vorübergehend aufgehalten wurde, wo auch immer er war.

Was sollte sie jetzt mit dem Umschlag machen? Und was sollte sie wegen Hein unternehmen?

Mit der großen Kapuze auf dem Kopf eilte sie zum Kolleg zurück. Ein im Wind quietschendes Metalltor ließ sie erschrocken zusammenzucken. Aber bei diesem Sturm war vermutlich nicht einmal die Gestapo draußen.

Da trat jemand neben sie und ging neben ihr her. Zuerst glaubte sie, es wäre Samuel, der seinen schwarzen Filzhut tief in die Augen gezogen hatte, um sich vor dem Regen zu schützen.

»Hallo, Jozefien«, sagte der Mann und sie erkannte ihn an seiner Stimme.

Sie blinzelte. »Was machst du hier, Klaas?«

»Ich habe etwas zu erledigen.«

»Gestern habe ich dich gesehen«, bemerkte sie. »In der Nähe des Vers Café.«

Er schüttelte den Kopf. »Das kann nicht sein. Ich war mit jemandem essen, da du ja nie Zeit hast, um mit mir auszugehen.«

Sie war irritiert. Er war es gewesen, da war sie sich ganz sicher. Warum log er sie an?

Klaas senkte die Stimme. »Samuel schickt mich.«

»Warum ist er nicht selbst gekommen?«

»Es musste sich um etwas anderes kümmern, aber er hat gesagt, du hast etwas, was er braucht.«

Sie erschauerte, aber nicht vor Kälte. Wie gern wollte sie dem Mann neben ihr vertrauen, wie gern wollte sie glauben, dass ihre Freundschaft unverbrüchlich war, aber irgendetwas stimmte nicht mit ihm. Sein sorgloses Lächeln war nicht mehr da.

Würde Samuel Klaas schicken, wenn er in Gefahr war? Ihre Alarmglocken schrillten.

»Du musst mir glauben«, sagte er und führte sie in eine Gasse, wo sie im Schutz einer Markise stehen blieben. »Samuel und ich arbeiten schon lange zusammen und jetzt … jetzt braucht er unsere Hilfe.«

Die Hand unter ihren Mantelärmel geschoben, spielte sie unruhig mit dem Löwenanhänger an ihrem Armband, als würde er ihr die Kraft geben, die sie brauchte, um die Wahrheit herauszufinden. »Wo ist Samuel?«

Klaas warf einen Blick zum Eingang der Gasse, um zu sehen, ob jemand sie bemerkt hatte, aber der Regen war wie ein dichter Vorhang, der sie abschirmte. »Die Nazis stellen ihm einige Fragen, aber sie lassen ihn frei, wenn wir genug Geld haben, um den zuständigen Offizier zu bestechen.«

Wusste Klaas von den Gulden, die sie unter ihrem Mantel bei sich trug? Sie würde ihm das Geld sofort aushändigen, wenn Samuels Freiheit wirklich davon abhing.

»Samuel braucht dich, Jozefien. Er braucht uns beide.«

Josie begann am ganzen Körper zu zittern. Sie wollte das Richtige tun, aber Samuel hatte ihr gesagt, dass sie niemandem vertrauen sollte, nicht einmal Klaas. Hatte er seine Meinung geändert? Als sie Kinder gewesen waren, hatte er das manchmal gemacht, aber er hatte Klaas nur gewinnen lassen, um den Frieden zu wahren. Ihr Bruder hatte nie die Spielregeln geändert.

Wieder sah sie die Collage aus Bildern vor sich. Eines davon stach in diesem Moment besonders hervor: der blonde Mann in Amersfoort, der seine Nachbarn verraten hatte. Sie kannte Klaas schon ihr ganzes Leben lang, aber das hier war kein Spiel. Es ging um viel mehr als um die Eroberung einer selbst gebastelten Flagge.

»Ich muss darüber nachdenken«, sagte sie.

»Er ist dein Bruder.«

»Ich soll ihm das Geld persönlich geben.« Jetzt hatte sie sich verplappert! Ohne ein weiteres Wort drehte sie sich um und lief mit schnellen Schritten aus der Gasse und zum Kolleg zurück. Klaas folgte ihr nicht.

Es spielte keine Rolle, ob Klaas sauer auf sie war. Sie hatte Angst um ihren Bruder. Und wenn die Nazis ihn tatsächlich geschnappt hatten?

Später fand sie unter ihrem Kissen einen Umschlag mit dem Symbol eines Löwen darauf. Erleichtert riss sie ihn auf und las die Nachricht ihres Bruders auf dem verbotenen Briefpapier, auf dem ein Bild von Wilhelm von Nassau abgebildet war – einem der Soldaten, die den holländischen Befreiungskampf gegen Spanien angeführt hatten.

Ich muss wieder weiter. Bitte bring den Umschlag zu unserer Cousine. Sie wird wissen, was zu tun ist.
Was das andere Geschenk angeht: Am Dienstag wird eine Frau unsere Freundin am See vor dem Rijksmuseum treffen. Sie trägt ein blaues Tuch, das von einem Diamanten zusammengehalten wird. Dein Paket ist bei ihr sicher.
Kraft und Mut!
O zo.

O zo. Der Triumph von Oranien.

Josie nahm das Weissenbruch-Bild von der Wand, drehte es um und schob den Umschlag wieder zu dem gefälschten Ausweis im Geheimversteck. Dann zerriss sie Samuels Nachricht in kleine Fetzen.

Klaas hatte nicht die Wahrheit gesagt: Ihr Bruder wurde nicht von den Nazis festgehalten. Sie hätte nichts von dem Geld sagen sollen, auch wenn er es schon gewusst hatte. Auch in dem Punkt hatte sich viel geändert zu damals, wenn der Sieger die Flagge aufgehängt und der Verlierer einen oder zwei Tage lang geschmollt hatte, bevor sie das Spiel wieder gespielt hatten.

Auch wenn Klaas sehr attraktiv war, auch wenn er sie wirklich mochte, würde sie sich von ihm fernhalten. Um der Kinder in ihrer Obhut willen.

Sie wünschte, sie könnte Esther mit nach Maastricht nehmen, wenn sie zu ihrer Cousine fuhr, und sie in Keets Haus verstecken. Wenn sie doch nur die Deportationslisten stehlen und vernichten könnten! Dann wären die Kinder in ihrer Krippe frei.

Sie verließ das Haus. Einige der Fenster, die auf die Plantage Middenlaan hinausgingen, waren hell erleuchtet, doch in einer Stunde würden die Vorhänge alles in Dunkelheit hüllen. Offiziell begann Josies Schicht in der Kinderkrippe heute Abend erst um acht Uhr, aber sie versuchte, Fräulein Pimentel und den anderen zu helfen, sooft sie konnte, da sie nur sehr wenige Mitarbeiterinnen waren. Aber zuerst musste sie noch mit Eliese sprechen, bevor die Lastwagen eintrafen.

Sie saß mit Herrn Süskind am Registrierungstisch im Theater. Die beiden sortierten die Karteikarten, hinter ihnen stand ein Soldat und rauchte eine Zigarette.

Gott hatte Josie vieles vergeben, was sie in ihren bisherigen neunzehn Lebensjahren falsch gemacht hatte. Als sie ihre alte Freundin beobachtete und die Traurigkeit in ihren Augen sah, während sie ihre Arbeit verrichtete, erkannte sie, dass sie den Hass in ihrem Herzen loslassen musste. Samuel hatte Eliese vergeben, dass sie ihn verletzt hatte. Mit Gottes Hilfe würde Josie das auch schaffen.

Josie wartete vor dem Fenster, bis Eliese sie entdeckte, und nickte leicht, bevor sie wieder in die Gasse neben der Kinderkrippe zurückwich. Einige Minuten später huschte Eliese zu ihr in den Schatten.

»Ich habe einen Platz für Hein gefunden«, flüsterte Josie.

»Du kannst dir nicht vorstellen, wie dankbar ich dir bin!«

Sie gab Eliese die Anweisungen aus Samuels Nachricht weiter und ließ sie die Details noch einmal wiederholen, um sicherzugehen, dass sie sich alles gemerkt hatte.

»Ich habe ein Gerücht gehört«, sagte Josie. »Es heißt, dass die Nazis in ihren Lagern Kinder töten.«

»Das weiß ich nicht mit Sicherheit.«

»Aber du befürchtest es?«

Eliese nickte.

»Glaubst du …?«, begann Josie und musste noch einmal neu ansetzen, weil die Worte so viel Gewicht hatten. »Glaubst du, ich könnte eines der Kinder aus der Krippe verstecken?«

Eliese rieb sich die Arme. »Das wäre nahezu unmöglich.«

»Wie unmöglich?«

»Es geht um Leben und Tod, Josie. Wir zählen alle, die herkommen und von hier weggebracht werden. Der Hauptsturmführer kontrolliert persönlich die Registrierung und die Deportationslisten, um sicherzugehen, dass niemand fehlt. Wenn er herausfindet, dass ein Kind weg ist, bringt er uns beide um.«

Josie drückte die Hand gegen die Backsteinmauer. »Wenn wir nicht einige dieser Kinder retten, sterben vielleicht alle.«

Eliese senkte den Blick. »Es ist schwer, weiter zu denken als an die Menschen, die wir lieben.«

»Wir müssen um Weisheit beten«, sagte Josie. »Und Gott bitten, dass er uns ein größeres Herz schenkt.«

Selbst wenn dieses größere Herz ihr Leben in Gefahr brachte.

Wenn wir nur diese Kinder verschwinden lassen könnten!

24. Kapitel

ELIESE

Amsterdam
September 1942

Eliese setzte ihrem Sohn eine braune Kaschmirmütze auf den Kopf, bevor sie in den kühlen Nachmittag hinaustraten. Auch ohne die schwarze Melone, die sein Vater trug, sah er in seiner besten Hose und dem Mantel schon jetzt wie eine Miniaturausgabe von William aus.

Hein zog sich die Mütze tief in die Stirn, damit ihn die Sonne nicht blendete. Während sie die Straße hinabgingen, hielt Eliese ihn fest an der Hand. Früher war sie fast jeden Tag mit ihm spazieren gegangen, als er noch unter dem Verdeck seines Kinderwagens versteckt gewesen war, aber Hein war seit Monaten nicht mehr vor der Tür gewesen. Seit sie ihren Gärtner hatten entlassen müssen, war der Garten hinter dem Haus zu verwildert zum Spielen.

Hein nahm fasziniert alles in sich auf: die weiß-rote Straßenbahn, die zwischen den Autos hindurchfuhr, Kübel mit den schönsten Herbstblumen, frisch gebackene Brotlaibe, die goldenen Blätter an den Bäumen, deren Kronen sich über die Hausboote auf dem Kanal neigten.

Die trockenen Blätter unter ihren Stiefeln und das trübe Tageslicht machten ihr bewusst, dass es eine Zeit war, in der vieles zu Ende ging. Sich von Hein zu verabschieden, fühlte sich ein wenig wie Sterben an, auch wenn es nur vorübergehend war. Herbst in ihrem Herzen.

Wie sollte sie ihn einer völlig Fremden anvertrauen?

Irgendwann würde der Frühling kommen – daran musste sie

sich an diesem Morgen klammern. Die Hoffnung auf Erneuerung nach den dunkelsten Tagen. Ohne sie hätte Eliese es nicht ertragen, diesen Schritt zu gehen.

Josie hatte ihr eingeschärft, dass die Frau mit dem blauen Tuch sie vor dem Rijksmuseum erwarten würde. An dem See, in dem sich die Fassade des Gebäudes wie ein von einer Betonmauer umrahmtes Kunstwerk spiegelte. Die Nazis hatten das Museum geschlossen, aber auf der Plaza waren an diesem Nachmittag viele Menschen unterwegs und Hunderte saßen auf den Rasenflächen um den See.

Hein war zum Ufer gelaufen, schöpfte mit den Händen Wasser und spritzte es in die Luft.

»Wir treffen eine Freundin«, erklärte sie ihm. »Du darfst sie ein paar Tage besuchen.«

Er blickte zu ihr auf. »Zum Spielen?«

»Ja, zum Spielen.« Ihr kamen die Tränen, aber sie blinzelte sie zurück. Am Ende würde sie noch von einem Polizisten oder Soldaten bemerkt, eine weinende Frau mit dem Stern auf ihrem Mantel und einem Kind an ihrer Seite.

Sie konnte sich nicht entscheiden, ob sie hoffen sollte, dass die Unbekannte sich verspäten oder zu früh da sein sollte.

In dieser Stadt waren schon viele Sterne erloschen. Die, die noch geblieben waren, schienen dadurch noch heller zu strahlen.

Wenige Minuten später lehnte eine junge Frau ihr Fahrrad neben sie an die niedrige Seemauer. Sie hatte ein von einer Diamantnadel zusammengehaltenes türkisblaues Tuch um den Kragen ihres Mantels gelegt. Auf dem Gepäckträger ihres Fahrrads war ein Kindersitz befestigt.

Als eine Studentengruppe an ihnen vorbeischlenderte, kniete die Frau nieder und gab vor, ihren Reifen zu kontrollieren. »Du musst Hein sein«, sagte sie leise.

Hein nickte.

»Ich habe eine schöne warme Jacke für dich.« Die Frau zog eine schlichte schwarze Jacke aus ihrem Korb und zog sie ihm über, sodass sein Stern darunter verschwand.

»Seine Kleidung ist hier drin.« Eliese hielt der Frau Heins Rucksack hin, aber die schüttelte den Kopf.

»Ich habe alles, was wir brauchen.«

»Gut. Wie werde ich ihn wiederfinden?«

»Wenn alles wieder sicher ist, wird unser gemeinsamer Freund Sie kontaktieren.«

Eliese zog das abgegriffene graue Lamm aus dem Rucksack und reichte es Hein. Dann küsste sie ihn auf die Stirn.

»Mama?«

»Du gehst jetzt spielen«, erinnerte sie ihn.

»Sie müssen zuerst weggehen«, flüsterte die Frau, »damit wir kein Aufsehen erregen.«

Eliese blieb keine andere Wahl. Um ihres Sohnes willen musste sie dieser Frau vertrauen.

Sie brachte ein zittriges Lächeln zustande, als sie zum letzten Mal in diese hellbraunen Augen blickte und die kleinen Hände berührte, die das Lamm umklammerten. Sie musste stark sein.

Dann drehte sie sich um.

Erleichterung. Das war ihr erstes Gefühl, weil sie wusste, dass Hein bei jemandem war, der sich um ihn kümmern würde. Jemand, der ihn vor den Nazis beschützen konnte.

Aber die Beruhigung wich schnell einer eisigen Kälte. Ihr Herz zog sich zusammen, um wenigstens einen Funken Wärme zu bewahren. Sie bekam keine Luft.

Gott, hilf mir!

Die schwere Last ihrer Seele ließ sie bei jedem Schritt fast zusammenbrechen. Sie musste weitergehen. Einen Atemzug nach dem anderen machen und unbekümmert wirken. Wenn das Zittern ihres Herzens sich nach außen hin bemerkbar machte, könnte sie alles verlieren.

Ein Diamant – sie würde so tun, als wäre sie ein Diamant. Wie der am Tuch der Frau. Wie die Diamanten, die im Tresor ihres Vaters weggeschlossen waren, gut versteckt vor dem Feind. Stark genug, um zu widerstehen.

Obwohl ihr Herz blutete, ging sie hoch erhobenen Hauptes von ihrem Sohn weg. William würde wollen, dass Hein in Sicherheit war. Er wäre stolz auf sie, weil sie einen Platz für ihn gefunden hatte, an dem er unterkommen konnte.

William wäre stolz.

Das flüsterte sie sich zu, bis sie an der nächsten Ecke ankam. Dann blickte sie zurück.

Und sie konnte sich nicht länger auf den Beinen halten.

Ihr Sohn – Williams und ihr wunderschöner kleiner Junge – war nirgends mehr zu sehen.

25. Kapitel

Schweißgebadet liege ich in meinem Hotelbett, die Flammen flackern in meinem Kopf, die Hitze brennt auf meiner Haut. Wenn ich Andrews Gesicht doch nur noch einmal sehen könnte, noch einmal seine Hand halten! Fühlen könnte, wie sich seine Arme um meinen Hals legen und wie sich sein Gesicht an meine Haut schmiegt.

Das Feuer hat meinem Bruder das Leben geraubt, aber das Schlimmste in meinen Träumen ist dieser Mann. Jedes Mal wieder steht er tatenlos vor dem Fenster, statt mir zu helfen, Andrew zu retten. Warum lässt er mich nach so vielen Jahren nicht endlich in Ruhe?

Ich werfe die Decke zurück und springe auf die Beine, als könnte ich vor diesen Bildern in meinem Kopf davonlaufen, die mich verfolgen, egal, wo ich schlafe. Ich nehme mein Handy und suche das Foto von meiner Mutter, Andrew und mir, das ich in einem Ordner versteckt habe, wo man es nicht zufällig finden würde: Wir sitzen zu dritt auf einem Strandtuch und ich halte meinen Bruder auf dem Schoß. Andrew war in den Monaten, bevor er starb, wie mein Schatten, der mir im ganzen Haus überallhin nachlief. Mama arbeitete tagsüber in unserer Kirchengemeinde und an den meisten Abenden bediente sie in einem Restaurant, um unsere Rechnungen bezahlen zu können. Deshalb passte ich in den Sommermonaten Tag und Nacht auf Andrew auf.

Rückblickend frage ich mich, wie unsere Mutter damit zurechtgekommen ist, so viel zu arbeiten, nachdem sie als eine Kingston aufgewachsen war. Falls sie sich je gewünscht hat, zu dem luxuriösen Lebensstil ihrer Jugend zurückzukehren, hat sie das mir gegenüber nie gezeigt. Die anstrengende Arbeit war vermutlich immer noch angenehmer, als mit ihren gehässigen Brüdern unter einem Dach zu leben.

Ich lege mich wieder aufs Bett und mein Handy auf den Nachttisch zurück. Ans Kopfteil gelehnt hänge ich meinen Gedanken nach.

Meine Mutter hat für ein paar Jahre aufgehört zu arbeiten, nachdem sie Andrews Vater kennengelernt hatte. Er hat bei uns gewohnt, bis mein Bruder zur Welt kam – bis meine Mutter durch eine Nachbarin von Jesus hörte. Andrews Vater wollte mit Gott und einer Frau, die beschlossen hatte, ihr Leben nach ihm auszurichten, nichts zu tun haben. Ich glaube, wir waren beide erleichtert, als er fort war.

Ich erinnere mich noch an das Lächeln meines Bruders, an das Staunen in seinen Augen, wenn ihm die Welt etwas Neues offenbarte. Ich war zwölf, als er geboren wurde, und ich liebte ihn ab dem Moment, in dem er in unser Leben kam. In den folgenden zwei Jahren nahm ich meine Verantwortung, mich nach der Schule um ihn zu kümmern, sehr ernst. Ich ließ ihn nicht aus den Augen, bis er abends in seinem Bett eingeschlafen war.

Nach dem Brand war ich allein. Außerdem bin ich seitdem auf dem linken Ohr taub. Eine Gasexplosion hat mein Trommelfell zerrissen. Die Ärzte sagen, dass es nichts gibt, was mir mein Gehör zurückbringen könnte.

Nach dem Tod meiner Mutter machte eine Sozialarbeiterin meinen Vater – Jeffery Drake – in Idaho ausfindig, wo er bereits für zwei jüngere Kinder, die dort leben, nur unregelmäßig Unterhalt zahlte. Als sich die Sozialarbeiterin bei ihm meldete, erklärte ihr Jeffery unmissverständlich, dass er kein Interesse habe, in irgendeiner Weise Verantwortung für mich zu übernehmen. Deshalb begab sie sich auf die Suche nach meinen Großeltern.

Als sie den Kontakt zu Marcella herstellte, hat mich die Vorstellung, wieder eine Familie zu haben, sehr froh gemacht. Da wusste ich noch nicht, wie sehr ich außen vor sein würde. Selbst Marcella, die in den letzten zwölf Jahren mein Fels in der Brandung gewesen ist, scheint sich mehr und mehr in ihre eigene Welt zurückzuziehen.

Ich sehe nach, wie spät es ist – hier an der Pazifikküste drei Uhr morgens, in New York also sechs. Keine Ahnung, wie spät es in Uganda ist. Der Nebel in meinem Kopf scheint sich ein wenig gelichtet zu haben, aber meine innere Uhr ist immer noch völlig durcheinander.

Ich stehe wieder auf, mache mir eine Tasse schwarzen Tee und setze mich in einen Ledersessel mit Blick über Portlands Lichtermeer. Zwei Autoschlangen rollen über die Brücke unter meinem Fenster, gelbweiße Scheinwerfer auf der einen Seite, rote Rücklichter auf der Gegenfahrbahn.

Vielleicht ist es an der Zeit, dass ich aufhöre, die Arbeit von anderen zu beurteilen – wenigstens für eine Weile – und mich einige Tage darauf konzentriere, das mit meiner eigenen zu machen. Zu überlegen, was ich mit meinem Leben innerhalb und außerhalb der Familie Kingston anfangen soll. Wo mein Herz zu Hause sein will.

Aber bevor ich mir Gedanken über meine Zukunft machen kann, muss ich meine aktuelle Aufgabe zu Ende führen, für Landon und Kendall und die vielen Hundert Menschen, um die sie sich kümmern. Für meine Mutter, die begeistert wäre von all dem Guten, das diese Geschwister bewirken, und wie sie dabei Gottes Liebe weitergeben. Für meinen Bruder, der nie die Gelegenheit hatte, jemand zu werden, der anderen hilft.

Ich klappe meinen Laptop auf und fange an, die Textvorlage unserer Stiftung auszufüllen: Ich beschreibe die Geschichte und die Ziele von *Bishara Kaffee & Café*, die Gespräche mit Kendall und Landon, meine Eindrücke in Uganda und Portland, das Wirken Gottes, das auf der Plantage deutlich zu spüren ist. Am Ende des Berichts kommt die Skala, in der gefragt wird, ob ich der Stiftung empfehlen würde, diese Organisation zu unterstützen. Ich gebe *Bishara* die höchste Punktzahl und füge eine Notiz bei, in der ich vorschlage, dass sie nicht nur die eigene Arbeit erweitern, sondern außerdem mit weiteren Organisationen zusammenarbeiten könnten, damit auch andere diese gesunde Mischung aus Wirtschaftlichem und Mission übernehmen.

Als ich meine Worte ein letztes Mal überfliege, stelle ich fest, dass ich *Bishara* wirklich in den höchsten Tönen gelobt habe. Aber jedes Wort ist ehrlich und echt.

Ein weiterer Klick und mein Bericht ist auf der privaten Website für die Mitglieder des Stiftungsausschusses hochgeladen. Claire wird ihn für Marcella ausdrucken, damit sie sich Notizen machen kann. Wenn sie der Förderung grünes Licht gibt, werden die anderen Ausschussmitglieder ihrer Entscheidung folgen.

Ich fülle einen To-go-Becher mit Tee, schlüpfe in meine Sneaker und gehe zu einer Brücke hinab, die nur für Fußgänger und Lieferverkehr frei ist. So früh am Morgen ist hier außer mir niemand unterwegs. Ich bleibe stehen und schaue zu, wie sich das erste Tageslicht über die Wasseroberfläche ergießt und die angelegten Boote sowie die kleine Insel in einiger Entfernung in Helligkeit taucht.

Etwas, das mit meinem Urgroßvater zu tun hat, hat Mrs West Angst gemacht. Haben sich andere auch vor ihm gefürchtet? Zum Beispiel Peter Ziegler?

Ich könnte vergessen, was immer William getan hat – oder getan haben könnte. Es loslassen. Statt wegzulaufen wie meine Mutter, könnte ich bei Marcella bleiben und weiterhin anderen durch meine Arbeit bei der Stiftung helfen. Ich könnte versuchen, mit den Stiftungsgeldern das, was in der Vergangenheit passiert ist, so weit wie möglich wiedergutzumachen. Wenn ich keine Nachforschungen anstelle, bleibt die Wahrheit vielleicht noch generationenlang verborgen, vielleicht sogar für immer.

»Die Wahrheit ist das Einzige, was uns frei machen kann.« Das hat Landon in Uganda gesagt. Die Worte erinnern mich an eine Passage in der Bibel meiner Mutter. Ich setze mich auf eine Bank und hole die Bibel aus meiner Handtasche. Darin finde ich die Verse, in denen Jesus von der Wahrheit seiner Worte spricht, von der Wahrheit, die Menschen frei machen kann. Der Vater der Lüge will verhindern, dass die Wahrheit ans Licht kommt, steht dort. Er will, dass die Menschen in ihrer Sünde gefangen bleiben. In ihrer Scham. Gott hat seinen Sohn gesandt, um sie – und *mich* – zu befreien.

Mama hat neben diese Worte eine Kette gezeichnet, die zerrissen ist.

In der Vergangenheit muss etwas passiert sein, das meine Familie kettet und unfrei macht. Eine Lüge vielleicht, die uns alle versklavt. Ich kann die Kingston-Stiftung nicht länger repräsentieren, solange ich nicht weiß, was es mit alldem auf sich hat.

Ein Bild erscheint auf meinem Handy, es ist ein Selfie von Landon und Faith. Er schubst sie auf der Schaukel hinter dem Kinderheim an und sie lächelt freudestrahlend. Sie ist eine Siegerin, denn sie hat die Malaria bezwungen und eine Vergangenheit überwunden, die von Schmerz gezeichnet war.

Ich will so sein wie sie.

Nachdem ich Landon mit einem Smiley geantwortet habe, schicke ich Kendall eine Nachricht, in der ich mich dafür entschuldige, dass ich ihre Urgroßmutter beunruhigt habe. Wenige Sekunden später schreibst sie schon zurück: Könnten Sie vor Ihrer Abreise zu ihr kommen? Sie möchte sich entschuldigen.

Ich würde sie gern besuchen, tippe ich, aber sie muss sich nicht entschuldigen. Sie hat nichts falsch gemacht.

Mehrere Minuten vergehen, bevor die nächste Nachricht von ihr eintrifft.

Geht es um 9 Uhr?

Ich werde da sein.

Während ich zum Hotel zurückkehre, rufe ich bei der Fluggesellschaft an und buche meinen Flug um. Dann schreibe ich Claire, dass ich noch einen Tag länger bleibe, um mit Landons Urgroßmutter zu sprechen.

Ich habe das Gefühl und die starke Hoffnung, dass ihre Geschichte weit über *Bishara* hinausgeht.

Und ich bete darum, erleben zu dürfen, wie die Wahrheit uns alle frei macht.

26. Kapitel

ELIESE

Amsterdam
Oktober 1942

Eliese rutschte einige Zentimeter auf ihrem Stuhl vor und schaute den Jungen auf der anderen Seite des Registrierungstisches an. Mit seinem unschuldigen Lächeln und den kleinen Händen, mit denen er einen Hasen an sich drückte, erinnerte er sie sehr an Hein mit seinem Lamm.

Zwei Wochen waren vergangen, seit sie ihren Sohn der Frau mit der Diamantnadel übergeben hatte. Zwei Wochen, in denen sie Familien registriert hatte, die bald in Richtung Osten aufbrechen würden; in denen sie Lebensmittel besorgt hatte, um sie Frau Pon für sich und ihre Schützlinge zu schicken; in denen sie durch die einsamen Flure ihres Hauses gegangen war und versucht hatte, nicht daran zu denken, dass er fort war.

Aber sie konnte nicht anders. In den Abendstunden, nach dem Essen mit ihrem Vater, klebte sie Fotos in das Babyalbum und schrieb Geschichten über alles, was in Heins Leben gut war. Eines Tages würde sie es ihm geben, damit er sich an diese verlorene Zeit erinnern konnte.

Aber in den Nächten in der Theatergarderobe konnte sie nicht an Hein denken. Sie war gleichzeitig Richterin und Geschworene für jede Familie, die zu ihr kam. Fünten und Herr Süskind legten die Gesetze fest.

Ein Diamant.

Stein.

Sie musste jetzt für sie alle stark sein.

Eliese nahm die Ausweispapiere dieser Familie und begann ihre Daten auf eine neue Registrierungskarte zu tippen.

»Wie heißt du?«, fragte Eliese, obwohl sie es nicht wagte, den Jungen noch einmal anzusehen.

»Lars.«

Aus den Augen seiner Eltern sprach Resignation wie bei den meisten, die in dieses Foyer traten. Und ihre Angst war spürbar.

Das Unbekannte war für alle beängstigend.

Wenn sie nur diese Registrierungskarte wegwerfen könnte! Dann würde diese Familie in den Augen ihrer Besatzer nicht existieren. Lars wäre für sie nie geboren worden. Sie würde so gerne ihre Identität auf dem Papier auslöschen und Lars in die Freiheit entkommen lassen – wie Hein, der dank dieser Frau jetzt außer Gefahr war.

Namen und Adressen – die Daten jeder Person, die in Amsterdam lebte –waren der Treibstoff für die Pläne der Nazis. Fünten und seine Männer arbeiteten anhand dieser Listen, ihrer peniblen Buchführung hier und im zentralen Registrierungsbüro. Die Gesichter dieser Menschen interessierten sie nicht. Sie sahen sie alle nur als Problem an.

Plötzlich keimte ein Gedanke in ihr auf; eine Idee schlug Wurzeln und begann zu wachsen.

Wie wäre es, wenn sie die Listen umschreiben könnte?

Fünten hatte sie seit ihrer Fahrt nach Westerbork nicht mehr belästigt, aber er verließ seinen Posten am Registrierungstisch nur selten und beobachtete sie bei jedem Namen, den sie tippte, damit ihr kein Fehler unterlief.

Was wäre, wenn sie einen Fehler machte, der keiner war? Wenn sie einfach einen Namen entfernte?

Herr Süskind stand mit dem Hauptsturmführer rechts neben ihr und lachte mit ihm, während Eliese die Kartei der Familie neben sich auf den Tisch legte.

Sie wandte sich an Herrn Süskind. »Soll ich den Jungen in die Krippe bringen?«

Die Familie wartete, während Herr Süskind Fünten fragte. Manchmal entschied der, dass die Kinder allein gehen sollten; in anderen Nächten mussten sie im Theater warten und wurden am Morgen als Gruppe hinübergebracht.

»Er soll bei seiner Familie im Theater warten«, teilte Herr Süskind ihnen mit.

Eliese wies ihnen den Weg zur Tür und griff nach der Karteikarte, um sie einzuordnen.

Fünten marschierte aus dem Foyer und trat auf die Straße. Ihre Hände zitterten, als sie den Aktenschrank öffnete. Sie hatte Hein nach seiner Geburt registrieren lassen, wie es von allen verlangt wurde, aber sie betete, dass die Besatzer vergessen würden, dass sie ein Kind hatte.

Wenn Lars und die anderen Kinder nicht registriert waren, gab es sie nicht, wenigstens nicht für die Nazis. Und wenn sie tatsächlich einige Kinder verschwinden lassen könnten, wie Josie vorgeschlagen hatte?

»Eliese?« Herr Süskind stand neben ihr und schaute sie besorgt an.

Sie dachte an seine Tochter. Vielleicht würde er sie verstehen.

Schnell steckte sie die Karteikarte an ihren Platz, spannte dann eine neue in die Schreibmaschine und registrierte eine ältere Frau, die hinter Lars' Familie gewartet hatte.

Herr Süskind setzte sich neben sie an den Tisch. »Fünten will nicht, dass Sie oder ich die Kinder weiterhin in die Krippe bringen.«

»Aber sie müssen dort drüben untergebracht werden.« Wenn die Kinder im Theater waren, konnten sie sie nicht retten.

»Er hat beschlossen, dass jemand von den Betreuerinnen dort kommen und sie holen soll.«

Die nächste Familie in der Schlange wartete vor dem Tisch, aber sie hatten es nicht eilig, in den Zuschauerraum zu kommen. Der Wachmann an der Tür sah aus, als befände er sich in einem komatösen Zustand und als wären seine Stiefel am Boden festgewachsen.

Sie erinnerte sich an das Mädchen, das sie vor Wochen in die Krippe gebracht hatte, das Mädchen, das Josie umarmt hatte. Esther hatte sie geheißen. Esther van Gelder.

Eliese holte die Karteikarte der van Gelders aus dem Aktenschrank und warf einen Blick auf die Daten. Sie könnte sich die Details merken und die Karte neu tippen, während Fünten abgelenkt war und dachte, sie registriere jemand anderen. Aber dazu bräuchte sie Herrn Süskinds Hilfe. Sie betete, dass er sie um seiner Tochter willen gewähren lassen würde. Aber falls er das nicht tat, falls er sie an Fünten auslieferte, wäre der einzige Mensch, der wegen dieses Vorstoßes leiden würde, sie selbst.

»Was ist los?«, fragte er.

Sie setzte sich wieder und konzentrierte ihren Blick auf die Schreibmaschine. »Ich möchte einige Namen von den Registrierungskarten löschen.«

»Welche Namen?«

Sie hob den Blick und schaute ihn an. »Die Kinder.«

Er wandte sich schnell ab und sie hörte, wie er in dem Aktenschrank hinter ihr herumkramte. Sie hielt den Atem an. Würde er den Hauptsturmführer rufen lassen? Oder sie auf der Stelle zu den anderen in den Zuschauerraum schicken? Einer Verräterin konnte nicht einmal Puttkammer helfen.

Herr Süskind beugte sich über ihre Schulter und legte eine Karteikarte neben sie, als würden sie sie gemeinsam überprüfen. »Sie werden die Originalkarten finden.«

Ihr Puls begann zu rasen. Wenn es ihnen wirklich gelang, die Aufzeichnungen zu verfälschen und die Kinder zu verstecken, würden die Nazis nie erfahren, dass sie fort waren.

Eliese holte tief Luft. »Nicht, wenn ich sie mit nach Hause nehme.«

»Sie müssten sie verbrennen.«

»Natürlich.«

»Fünten gleicht die Registrierungskarteien mit dem Zentralbüro ab«, sagte er. »Damit niemand übersehen wird.«

Ihre Idee begann zu bröckeln. Selbst wenn sie diese Karteikarten unbemerkt manipulieren könnte – auf das Registrierungsbüro hatte sie keinen Zugriff.

Herr Süskind warf einen Blick zu der Familie, die vor ihnen wartete, und das Baby in den Armen seiner Mutter. »Ich habe einen Freund, der uns helfen könnte. Ich werde ihn morgen fragen.«

Er sah sie wieder an und sie hielt seinen Blick fest. »Wie können Sie mit Fünten scherzen und lachen?«

Herr Süskind nahm seine Brille ab und wischte sich den Schweiß von der Stirn. »Wenn ich den Menschen hier helfen will, bleibt mir keine andere Wahl.«

Wie vielen hatte dieser Mann bereits geholfen?

»Wir brauchen die Erlaubnis der Eltern«, sagte sie.

Er nickte, während er die nächste Schublade im Aktenschrank öffnete und wieder in den Karteikarten blätterte. »Sprechen Sie mit Ihrer Freundin in der Kinderkrippe und ich rede mit meinem Freund.«

Fünten kam in seiner akkurat gebügelten Uniform in den Garderobenraum zurück, an seiner Seite Josie in ihrem grauen Kleid und mit dem weißen Kopftuch.

Was, wenn sie trotz allem machtlos waren, etwas für diese Kinder zu tun?

»Gibt es ein Problem?«, fragte Fünten, als er zu ihnen trat.

»Nein.« Herr Süskind zog eine weitere Karteikarte heraus und legte sie neben ihren Stapel. »Wir bereiten die Liste für den morgigen Transport vor.«

»Später«, befahl Fünten und deutete auf die Schlange, als hätten sie sie nicht bemerkt.

»Eliese, holen Sie die Kinder, die in die Krippe gebracht werden müssen«, forderte Herr Süskind sie auf, um sich dann auf ihren Stuhl zu setzen und die Registrierung fortzuführen.

Ohne um Erlaubnis zu fragen, führte Eliese Josie in den Zuschauerraum. Sie winkte sie einfach durch die Theatertüren, als hätte Fünten es so angeordnet. Als sie Lars sah, der die Hand seiner Mutter hielt, keimte neue Hoffnung in ihr auf.

»Hast du etwas Neues von Hein gehört?«, fragte Eliese, während sie sich einen Weg zwischen den Schlafplätzen hindurch bahnten.

Josie schüttelte den Kopf.

Sie hatte auch nicht erwartet, dass sich die Frau bei Josie melden würde, aber trotzdem hatte sie es gehofft.

Eliese blieb stehen und senkte trotz des ohrenbetäubenden Geräuschpegels im Raum die Stimme. »Herr Süskind will uns helfen, einige Kinder zu retten.«

Josies blaue Augen weiteten sich. »Ich dachte, er unterstützt die Nazis.«

»Das ist nur gespielt.«

Josie ließ ihren Blick über die vielen Hundert Menschen schweifen, die in diesen Raum gepfercht waren. »Wie sollen wir auswählen, wer bleibt und wer geht?«

»Das werden die Eltern für uns entscheiden.«

Eliese sah sich ebenfalls um. Der ganze Raum strahlte eine abgrundtiefe Verzweiflung aus. »Die van Gelders stehen auf der Transportliste für morgen.«

Josie schüttelte den Kopf. »Wir können Esther nicht gehen lassen.«

»Wenn ich ihren Namen von der Registrierungsliste nehme, müssten wir ein Versteck für sie finden.«

Josie zupfte ihr Kopftuch zurecht. »Ich weiß einen Ort, an den ich sie bringen könnte.«

Eliese lächelte sie an. Es würde sich so gut anfühlen, neben Hein noch ein weiteres Kind in Sicherheit gebracht zu haben.

Und noch besser, wenn viele weitere folgen würden.

27. Kapitel

JOSIE

Amsterdam
Oktober 1942

Wolken überzogen den Morgenhimmel, als Josie und Fräulein Pimentel acht ihrer Kinder fertig machten. Josie zog Esther drei Kleidungsschichten an, aber den Koffer des Mädchens ließ sie unter dem Bett stehen. Dr. van Hulst hatte versprochen, ihn später auf dem Dachboden des Kollegs zu verstecken.

Werner und Hanneke van Gelder hatten ihnen erlaubt, ihre Tochter an einen sicheren Ort zu bringen, und Josie betete, dass bei den vielen Kindern, die jede Woche in die Krippe gebracht und wieder abgeholt wurden, niemand nach dem Mädchen fragen würde.

Sie beobachtete den Soldaten, der den Haupteingang zum Theater auf der anderen Straßenseite bewachte. Er schaute ihnen gelangweilt zu, aber er beachtete sie und die Kinder, die Fräulein Pimentel und sie nach draußen brachten, nicht wirklich.

Zur vollen Stunde würde der Wachmann von einem anderen Soldaten abgelöst werden, einem, der nicht wusste, wie viele Kinder die Kinderkrippe verlassen hatten. Sie hoffte inständig, dass es ihn auch nicht sonderlich interessieren würde.

In dem Kinderwagen, den Fräulein Pimentel schob, saß ein Kleinkind und die anderen sieben Kinder gingen zwischen ihr und Josie her. Ihre Augen wanderten immer wieder zum Theater hinüber, in dem ihre Eltern gefangen gehalten wurden. Keines der Kinder sprach ein Wort, als würde das Schweigen sie unsichtbar machen.

Vor ihnen lag der Bahnhof, Amsterdam Centraal, wo in wenigen Stunden Esthers Eltern und unzählige weitere Juden einen Zug nach Westerbork besteigen würden.

Josie hatte zwei Fahrkarten in der Tasche, eine für sich und eine für ihre Nichte, jedoch für einen Zug, der in den Süden und nicht in den Osten fuhr. Und sie hatte ihren gefälschten Ausweis bei sich.

Als die Kinder um die Ecke bogen, hielt Josie Esther zurück und zeigte ihr eine Gänseschar, die gerade auf dem Kanal landete. Die orangefarbenen Schnäbel kontrastierten mit dem dunkelblauen Wasser. Nachdem sie den Tieren eine Weile zugesehen hatte, hob Esther den Blick und sah sich suchend um. »Die anderen sind ohne uns weitergegangen.«

»Wir beide unternehmen heute eine Abenteuerfahrt.«

Esther blickte zum Uhrenturm des Bahnhofs. »Mit einem Zauberzug?«

»Mit einem Zug, ja, aber ich weiß nicht, ob er Zauberkraft hat.«

Esther blickte sich wieder um. »Kommt Mama auch mit?«

»Dieses Mal nicht.«

»Und Papa?«

»Nein, deine Eltern haben mich gebeten, dich mitzunehmen.«

Tränen traten in Esthers Augen, aber sie blinzelte sie schnell weg.

Hanneke van Gelder hatte nicht gewollt, dass sie Esther wegbrachten, aber nach fast einem Monat im Theater verstand sie, wie dringend nötig es war, ihre Tochter Josies Obhut zu überlassen. Josie hatte versprochen, sie bei liebevollen Menschen unterzubringen. Und sie betete, dass Keet einverstanden sein würde. Dank ihres Gartens und des Bauernhofs brauchte ihre Cousine keine Lebensmittelkarten, um ein weiteres Kind ernähren zu können, und sie wohnte weit genug außerhalb der Stadt, dass sie und Erik Esther leicht verstecken könnten, falls jemand auf die Idee kam, sie zu kontrollieren. Nur Gott wusste, wer sich in diesen Tagen für das Gute entschied und wer das Böse wählte, aber sie wusste, dass dieses Mädchen es bei ihren Verwandten gut haben würde.

Wenige Meter vor dem Bahnhof hielt Esther abrupt an und

stand wie angewurzelt inmitten der Menschenmenge, die dorthin strömte.

»Bitte komm mit«, forderte Josie sie auf.

Erneut hielt Esther Ausschau, vielleicht nach den anderen Kindern oder ihrer Mutter, natürlich ohne Erfolg.

»Wir stellen uns einfach vor, es wäre ein Zauberzug.« Josie ging neben dem Mädchen in die Knie. »Und dann wäre da noch etwas anderes.«

Esther wandte sich ihr wieder zu. »Was denn?«

Josie nahm sie an der Hand. »Wir spielen, dass ich deine Tante bin. Du musst Tante Laurina zu mir sagen.«

»Kann ich Hanneke heißen?«

»Nein, du bleibst Esther«, sagte Josie lächelnd. »Esther de Jong. Und heute tun wir einfach so, als würden deine Eltern keinen gelben Stern tragen.«

»Dieses Spiel gefällt mir.«

»Wir fahren eine Freundin besuchen«, erzählte Josie und führte das Mädchen langsam weiter. »Ich habe Fahrkarten für uns beide.«

Esther lächelte tapfer, als sie den Bahnhof betraten und dann einen Personenzug bestiegen. Sie lächelte, als sie aus Amsterdam hinausrollten. Erst als ein Polizist in ihren Waggon kam und mit strenger Stimme verkündete, dass er die Papiere von allen Fahrgästen sehen wolle, verflog dieses Lächeln und Esther ergriff ängstlich Josies Hand.

Josies Blick wanderte zur Tür, aber der Zug hatte sich bereits wieder in Bewegung gesetzt. Sie konnten diesem Mann nicht entkommen.

Josie spürte, wie Esthers Finger zitterten. Vielleicht waren es aber auch ihre eigenen, mit denen sie die Hand des Kindes fest umschlossen hielt.

Kalte Luft schien durch den Gang zu ziehen, als die Schritte des Polizisten auf dem Metallboden immer näher kamen. Josie stieg der Geruch seines Rasierwassers in die Nase. Sie ließ Esthers Hand los. Während sie ihre Handtasche nahm, flüsterte sie: »Du musst weiterlächeln.«

Trotz Josies Warnung traten Tränen in Esthers Augen – Tränen, die sie verraten könnten.

Der Polizist trat zu den Fahrgästen, die hinter ihnen saßen. »Ihre Ausweise!«

Trotz des Klapperns der Räder auf den Schienen konnte Josie es rascheln hören, als er die Papiere kontrollierte. Josie dachte an Hauptsturmführer Fünten im Theater. Das Einzige, was er fürchtete – oder wenigstens nicht mochte –, waren Kindertränen.

Vielleicht könnte sie Esthers Tränen zu ihrem Vorteil nutzen.

»Esther de Jong!«, sagte sie mit strenger Stimme so laut, dass der Polizist sie hören musste. »Ich habe dir gesagt, dass du aufhören sollst, gegen den Sitz vor uns zu treten.«

Esthers Unterlippe zitterte noch heftiger.

Josie beugte sich näher zu ihr und schalt sie noch vehementer: »So etwas macht man nicht! Das weißt du ganz genau!«

Das brachte das Fass endgültig zum Überlaufen und die Tränen flossen in Strömen. Möge Gott ihr vergeben, dass sie dieses verängstigte Kind zum Weinen brachte!

Der Polizist trat zu ihnen. »Ausweis!«, verlangte er und schaute Josie und Esther prüfend an.

Esthers Wangen waren rot gefleckt. Sie schluchzte so heftig, dass sie kaum Luft bekam.

»Esther!« Josie reichte dem Polizisten mit einem Lächeln, das genauso unecht war wie ihre Papiere, die beiden Ausweise, bevor sie sich wieder dem Mädchen zuwandte. »Du musst still sein.«

»Wohin fahren Sie?«, fragte der Mann. Sein eingeölter Schnurrbart glänzte im Licht.

»Nach Maastricht. Wir besuchen unsere Cousine.« Sofort wünschte sie, sie hätte Keet nicht erwähnt. Je weniger Informationen man preisgab, umso besser, sagte Samuel immer.

»Wie lang bleiben Sie dort?«

»Nur übers Wochenende.«

Er warf einen Blick auf Esther, schien sie aber nicht wirklich wahrzunehmen. Dieser Mann war so auf seine Suche nach dem Feind konzentriert, beziehungsweise nach dem angeblichen Feind, dass er nicht merkte, dass einer direkt vor ihm saß.

»Sie sind Schwestern?«, fragte er.

»Sie ist meine Nichte«, antwortete Josie, während der Mann erneut ihre Papiere begutachtete. Es kam ihr vor wie jene endlosen Sekunden, als sie als Mädchen unter Wasser die Luft angehalten hatte, damit Klaas sie nicht finden würde.

»Wie heißt du?«, fragte der Polizist das Mädchen.

»Esther«, flüsterte sie, bevor sie Josie wieder anschaute. Aus ihren geröteten Augen sprach Panik.

»Esther de Jong«, sagte Josie so genervt, als hätten sie das schon zigmal durchgemacht. »Du musst diesem Mann deinen vollständigen Namen sagen.«

Esther senkte den Blick. »Esther de Jong.«

Der Polizist gab Josie ihre Papiere zurück. »Vielleicht hat Fräulein Esther ja gar nicht absichtlich gegen den Sitz getreten.«

Als der Mann weiter durchs Abteil ging, stieß sie die Luft aus, die sie angehalten hatte. Er kontrollierte nun den Ausweis eines Mannes Mitte zwanzig, im Alter ihres Bruders. Jeder Moment, jeder Atemzug war in diesen Tagen von Angst oder Erleichterung begleitet. Als lebten sie alle ständig in einer Zwischenphase. Diese Angst raubte ihr die Kraft, erschöpfte sie bis ins Mark.

Am nächsten Bahnhof führte der Polizist den Mann aus dem Zug. Entweder brachte er ihn zur Polizeiwache oder schickte ihn in den Osten, wohin anscheinend alle niederländischen Männer zum Arbeiten gebracht wurden.

Josie ergriff Esthers Hand und hielt ihre zitternden Finger fest. »Es tut mir leid.«

Esther wischte sich mit dem Ärmel die Tränen aus dem Gesicht.

»Gemeinsam sind wir stark«, flüsterte Josie.

Esther wusste – oh, Josie hoffte, dass sie es wusste –, dass sie sie nur getadelt hatte, damit der Mann keinen Verdacht schöpfte. Dass sie ihr gegenüber nur so scharf gewesen war, um ihr zu helfen. Dass sie ihr hatte wehtun müssen, um ihr Leben zu retten.

Die ganze Welt stand Kopf.

Als der Zug in Maastricht anhielt, stiegen sie schnell aus und marschierten über die Brücke Richtung Stadtmitte. Alliierte Flugzeuge flogen tief über ihnen, unterwegs in den Osten.

Esther hielt Josies Hand, als sie an der alten römischen Ruine vorbeigingen und dann die Hügel zwischen den Bergwerkszugängen hinaufstiegen, die die Weinberge durchzogen.

Als sie das Haus erreichten, waren zwei Kinder, die Josie nicht kannte, mit ihren Neffen und ihrer Nichte im Garten. Sie machten Musik auf selbst gebauten Stein- und Holzinstrumenten. Die Kinder begrüßten Josie, aber heute hatte sie keine Zeit, mit ihnen zu spielen.

Keet kam an die Tür. Als sie sah, dass Josie nicht allein gekommen war, musterte sie Esther mit wissendem Blick. »Na, wen haben wir denn da? Wie heißt du?«

Esther spielte nervös mit einem ihrer kastanienbraunen Zöpfe. »Esther … Esther de Jong.«

»Ihre Eltern haben bei der Bombardierung von Rotterdam ihr Leben verloren«, erzählte Josie, obwohl sie alle drei wussten, dass das eine Lüge war. »Sie braucht einen Ort, an dem sie einen oder zwei Monate bleiben kann.«

Keet schaute zu den anderen spielenden Kindern, bevor sie sich zu Esther hinabbeugte. »Heute erst habe ich gesagt, wie schön es wäre, wenn wir noch einen Gast mehr hier hätten!«

Keet stellte Esther den Kindern im Garten vor und das Mädchen wurde sofort in ihr Orchester aufgenommen.

»Danke«, sagte Josie, als die Kinder anfingen, miteinander zu musizieren. »Wie geht es Erik?«

»Er macht sich Sorgen«, flüsterte Keet. »Unsere Kinderzahl wächst immer mehr.«

»Ihr habt noch mehr hier?«

»Mit Esther sind es sieben. Und das sind nur die Kinder.«

Josie blickte am Backsteinhaus ihrer Cousine hinauf zu dem Schindeldach über den beiden Stockwerken. Tauchstation, hätte Samuel es genannt. Ein Ort, an dem Menschen untertauchen konnten wie in dem Haus in Amersfoort. Wen versteckte Keet noch und wo?

»Wenn wir könnten, würden Erik und ich jeden aufnehmen,

der einen Unterschlupf braucht, aber auch wenn wir unseren Garten und den Wald haben, müssen wir Lebensmittel und andere Sachen kaufen. Wahrscheinlich geht uns bald das Geld aus.«

Josie trat ins Haus, zog den Umschlag mit Samuels Gulden aus ihrem Rockbund und reichte ihn Keet. »Damit kommt ihr hoffentlich eine Weile aus. Vielleicht könnt ihr damit auch einigen anderen in Maastricht helfen.«

Als Keet den Umschlag öffnete, wurden ihre Augen ganz groß. »Das kann ich nicht annehmen!«

Josie weigerte sich, das Geld zurückzunehmen. »Samuel hat gesagt, dass ich es dir geben soll.«

»Das ist zu viel.«

»Du und Erik könnt es verwenden, um weiterhin Menschen zu helfen, die kein Zuhause mehr haben.«

Keet sah wieder zu den Kindern, die fröhlich auf ihren Fantasieinstrumenten spielten, und steckte den Umschlag in ihre Tasche. »Ich wünschte, wir könnten mehr tun.«

»Ich wünschte auch, dass ich mehr tun könnte«, flüsterte Josie, in Gedanken bei all den Kindern, die in die Krippe gekommen waren.

28. Kapitel

Kendall führt mich durch den offenen Wohn- und Essbereich in Mrs Wests Bungalow am Ufer des Oswego Lakes in einen Wintergarten. Blühendes Springkraut hängt von der Decke und auf dem Fliesenboden stehen orange blühende Geranienpflanzen.

Mrs West sitzt in einem weißen Rohrstuhl und strahlt stille Eleganz aus. Ein rotes Tuch ist um ihren Hals gebunden. Sie lächelt, als ich eintrete, und reicht mir die Hand. »Es tut mir leid, dass ich mich gestern nicht mehr verabschieden konnte.«

Ich setze mich neben sie. »Ich wollte Sie nicht beleidigen.«

Mrs West beginnt mit ihrem silbernen Ehering zu spielen und schaut aus dem Fenster auf die im Wind schaukelnden Tannenzweige. »Ich lebe seit vierundneunzig Jahren, Ava. Ich habe vor langer Zeit aufgehört, beleidigt zu sein.«

»Das ist eine Gabe«, sage ich und wünschte, ich könnte Kränkungen auch so leicht abtun.

Kendall bringt mir eine Tasse Tee und lässt uns dann allein.

»Sie haben gesagt, dass Ihre Familie früher Fenster gebaut hat«, sagt Mrs West.

»Das machen sie immer noch.« Ich nippe an meiner Tasse. »Für Kunden auf der ganzen Welt.«

Sie wendet den Blick nicht von den Bäumen ab und berührt den weißen Fensterrahmen mit der Hand. »Fenster sind etwas Sonderbares, finden Sie nicht?«

»Ehrlich gesagt habe ich mir darüber noch nie Gedanken gemacht.«

»Buntglasfenster verändern das Licht, aber durchsichtiges Glas nicht. Es erlaubt uns zu betrachten, was auf der anderen Seite ist, aber was wir sehen, ist verfälscht.«

Mit der Tasse in den Händen beuge ich mich vor. »Wie meinen Sie das?«

»Wir können den Wind oder sogar ein Feuer beobachten, aber

wir können sie nicht fühlen. Wir sehen die Bäume, aber wir können das Harz nicht riechen. Die Fenster ermöglichen uns einen Blick, aber sie zeigen uns nicht das ganze Bild.«

Während ich zusehe, wie der Wind die Zweige bewegt, kann ich ihn fast fühlen, aber sie hat recht. Hier im Wintergarten weiß ich nicht, ob es draußen heiß oder kalt ist. In Uganda war es anders. Dort habe ich die Hitze gespürt, die durch das offene Fenster ins Haus drang.

»Unsere Augen können uns manchmal täuschen«, sagt sie. »Wir denken, wir würden etwas genau sehen, und doch ist es wie bei einem Fenster: Die Wahrheit kann getrübt sein. In einem einzigen Moment kann das Glas zerschellen …«

»Und das Feuer kann sich ausbreiten.« Meine Worte überraschen offenbar nicht nur mich selbst.

Mrs West nickt langsam. »Feuer. Wind. Eine Regenflut. Ein gutes Fenster kann uns vor allem abschirmen.«

»Mrs West …« Ich schweige einen Moment. »Woher kennen Sie den Namen meines Urgroßvaters?«

»Nach dem Krieg kannten die meisten Niederländer Mr Kingstons Namen.« Ihre Stimme klingt weit weg, wie durch ein Fenster. »Er war sowohl ein Philanthrop als auch ein Geschäftsmann.«

»Sind Sie ihm je begegnet?« Als sie nicht antwortet, wage ich eine andere Frage, vielleicht ist sie zu aufdringlich, aber ich will wissen, was passiert ist. »Hat er etwas getan, womit er Sie verletzt hat?«

Licht tanzt über die Fliesen und sie beobachtet den Walzer von Sonne und Wind. »Darüber kann ich nicht sprechen.«

»Nach dem Krieg …« Ich breche ab. Wenn ich nicht sehr vorsichtig vorgehe, kann dieses Gespräch genauso schnell enden wie das gestrige. »Wann kamen Sie in die Vereinigten Staaten?«

»1946.«

»Dann waren Sie nach dem Ende des Krieges nicht mehr lange in Holland.«

Ihr Nicken erinnert mich an die langsame Bewegung einer Schwengelpumpe, die ihre letzten Tropfen preisgibt. »Lange genug, um mich zu erinnern.«

Ich will ihre Geschichte hören, jedes Wort davon, aber sie scheint sie hinter ihrem eigenen Glas abzuschirmen, vielleicht hinter einer Buntglasscheibe. Diese Fenster hat sie vermutlich in der Vergangenheit für sich selbst und für ihre Familie gebaut.

»Woran erinnern Sie sich?«, frage ich vorsichtig. Hoffentlich schickt sie mich nicht weg.

Sie stellt mir eine Gegenfrage. »Woher kommen Sie, Ava?«

»Aus North Carolina.«

»Haben Sie Geschwister?«

Eine ganz einfache Frage, aber sie zu beantworten fällt mir sehr schwer. »Einen Bruder, aber er lebt nicht mehr.«

Sie lässt meine Worte einen Moment lang in der Stille wirken. »Es ist schwer, einen Menschen zu verlieren, den man liebt. Etwas von uns selbst stirbt mit ihm.«

Das macht mich nachdenklich. Ist etwas von mir an jenem Tag gestorben, an dem ich Andrew und meine Mutter verloren habe? Die Zuversicht in das, wozu Gott mich geschaffen hat, was er für mein Leben geplant hat?

»Kendall und Landon wissen nicht viel über meine Zeit in Holland.«

»Warum haben Sie ihnen nichts erzählt?«

»Die Erinnerungen sind hart.« Sie dreht ihren Ring zweimal um ihren Finger. »Nach dem Krieg wollten viele nicht glauben, dass den Menschen, die die Nazis weggebracht hatten, wirklich so schreckliche Dinge angetan worden waren. Es war vermutlich zu viel, um es zu verarbeiten. Ich hätte es auch nicht geglaubt ...« Sie schaut wieder auf die Tannen hinaus, auf die Nadeln, die die Tannenzapfen verbergen. »Wir alle, die es selbst erlebt haben, haben versucht, diese Erinnerungen tief in uns zu vergraben, aber sie sickern trotzdem immer wieder durch.«

»In Ihren Träumen?« Ich denke daran, wie Landon mir erzählt hat, dass sie wegen eines Menschen, den sie verloren hat, schlecht schläft.

»In Träumen und darin, wie ich andere Menschen behandle, würde ich sagen. Viele Überlebende haben nach Kräften versucht, ein Leben zu führen, das als normal angesehen wird. Frei von den Schrecken. Aber dann kommt etwas Unerwartetes und plötzlich ist alles wieder lebendig.«

Die Zweige tanzen vor dem Fenster, sie schaukeln und wiegen sich im Wind. »Haben Sie Ihre Familie verloren?«, frage ich leise.

»Ich habe ein Kind zurückgelassen.«

Das trifft mich unvorbereitet und mein Herz leidet mit ihr. »Das tut mir leid.«

»Viele Menschen sind gestorben. Sechs Millionen, habe ich gehört. Ich kann mich nicht an sie alle erinnern, aber sehr gut an den, an *die*, die ich verloren habe.«

So gern ich mehr hören möchte – ich muss ihr das Tempo überlassen. Wenn ich nicht will, dass sie dichtmacht, darf ich sie nicht drängen.

»Kommen Sie mit«, sagt sie und steht vorsichtig auf.

Ich folge ihr aus dem Wintergarten hinaus und über den weißen Teppichboden in ein kleines Zimmer ganz vorne in ihrem Haus mit einem Lederliegesessel und einem Regal, in dem viele alte Flaschen in verschiedenen Formen und Größen stehen. Das Sonnenlicht hebt ihre Farben hervor und die schwankenden Äste draußen lassen an der Wand ein bewegtes Muster entstehen. Ich wage es nicht, eine der Flaschen zu berühren, aber ich betrachte die Sammlung aufmerksam und frage mich, warum sie die alle behalten hat.

»Was wurde aus Ihrem Kind?«, frage ich.

»Mein Mann …« Ihre Stimme versagt und sie setzt sich in den Sessel.

»War er Niederländer?«

»Nein, aber wir haben uns in Holland kennengelernt. Ich habe geholfen, ihn zu retten und dann hat er …« Sie schließt die Augen und lehnt den Kopf an die Lehne zurück. »Dann hat er mich gerettet.«

Man hat vergessen.
Und es muss ja auch vergessen werden,
denn wie könnte leben, wer nicht vergessen kann?
Aber zuweilen muss einer da sein, der gedenkt.

Albrecht Goes
Das Brandopfer

29. Kapitel

ELIESE

Amsterdam
September 1943

Sie sangen. Fünten und Süskind sangen. Sie standen mit einem SS-Offizier und dem Soldaten, der die Tür bewacht hatte, um das Klavier im Foyer herum und sangen aus voller Kehle das Deutschlandlied, als wären sie aufgefordert worden, hier im Theater aufzutreten. Der Rauch aus ihren Zigarren bildete die Kulisse zu ihrer Darbietung.

Eliese hatte den Text dieses Liedes als Kind auswendig gelernt, die Erinnerung, dass Deutschland über allem stand, aber sie hatte auch gelernt, dass das eine Lüge war. Die Männer sangen von Brüderlichkeit, Einigkeit und Recht und Freiheit, aber Nazideutschland schützte die Rechte seiner Bürger nicht. Nur die derer, die die Nazis als würdig erachteten.

Die Männer leerten die Weinreserven, die Süskind von zu Hause mitgebracht hatte. Niemand verriet ihr, was sie feierten.

Konnten die Menschen auf der anderen Seite der Türen ihren Gesang hören? Was mussten sie denken, wenn sich diese betrunkenen Männer, die sie gefangen hielten, jetzt als Sieger ihrer Jagd feierten? Ihre Beute hatte nicht einmal versucht zu fliehen.

Inzwischen stand in den frühen Morgenstunden niemand mehr auf dem Gehweg, aber eine Handvoll Leute waren noch da, hinter verschlossenen Türen eingesperrt. Ein kleiner Teil von den Zehntausenden, die seit dem letzten Sommer dieses Theater passiert hatten. Sie hatte Gerüchte von Razzien gehört. Soldaten holten Juden jetzt direkt aus ihren Wohnungen in Amsterdam und steckten sie in einen Zug nach Westerbork oder in das berüchtigte SS-Lager Vught. Eine Reinigung, laut *de Telegraaf*. Die Nazis hatten die Prämie für jeden verhafteten Juden auf 37 ½ Gulden erhöht, um die Kopfgeldjäger anzustacheln, jeden zu finden, der sich noch versteckte.

Bald würde es draußen hell sein und Fünten und sein Offizier würden nach getaner Arbeit im Schutz der Dunkelheit untertauchen. Normalerweise ging Eliese bei Tagesanbruch zu Fuß nach Hause – es war nicht sicher, im Dunkeln draußen unterwegs zu sein, auch nicht mit der weißen Armbinde, die ihr erlaubte, nachts das Haus zu verlassen. Aber diese Feier jagte ihr noch mehr Angst ein als die Soldaten, die mit ihren Gewehren fuchtelten. Am liebsten wäre sie über die Straße gelaufen und hätte die restlichen Kinder vor dem, was Fünten plante, versteckt. In Gottes Augen war jedes Einzelne von ihnen wertvoll, aber sie hatten nicht alle vor den Nazis retten können. Einige Eltern trafen die Entscheidung für sie – sie wollten ihre Söhne und Töchter nicht Fremden überlassen. Andere Kinder waren nicht gesund genug für die Fahrt. Und an manchen Tagen konnten die Leute, die im Untergrund arbeiteten, keinen Unterschlupf für weitere Kinder finden.

Im letzten Jahr hatte jede Person in ihrem Netzwerk ihre Aufgabe tadellos erfüllt. Hunderte jüdischer Kinder waren untergetaucht, hinter dem Sichtschutz der Straßenbahn unbemerkt verschwunden. Sie waren in großen metallenen Milchkannen, Jutesäcken und Fässern in Wagen verladen und weggefahren worden. Einige hatten Eliese und Fräulein Pimentel auch in Kinderwagen gelegt und durch eine Puppe ersetzt, bevor die Kinder von ihren täglichen Spaziergängen zurückkamen. Kuriere brachten diese Kinder in ganz Holland unter.

Die Nazis erfuhren nie, dass sie fehlten.

Aber die Eltern wussten es. Ihnen musste das Herz bluten, genauso wie Elieses Herz blutete, wenn sie an ihren Sohn dachte. Sie alle betrauerten den Verlust ihrer Kinder, auch wenn sie so tun mussten, als wäre alles in bester Ordnung.

Genauso wie sie heute Abend so tun musste, als hätte sie keine Angst.

Fünten schenkte ein weiteres Glas Wein ein und hielt es ihr hin. »Trinken Sie, Fräulein.«

»Frau«, erinnerte sie ihn. »Frau Kingston.«

Er musterte sie und zog das Glas wieder zurück. »Ihre Gewissenhaftigkeit ist bewundernswert, Eliese.«

Als er so vertraulich ihren Vornamen lallte, zog sich ihr Magen zusammen. Wenn sie doch nur sofort gehen und in den Schutz ihres Hauses fliehen könnte!

»Ihr Mann ist Amerikaner«, stellte er fest.

Sie nickte.

»Kämpft er mit den Alliierten?«

»Nein«, erwiderte sie. »Er ist Investor der Niederländischen Handelsbank.«

Fünten hielt ihr das Glas wieder hin. »Dann trinken wir auf Ihren Mann.«

Sie schüttelte den Kopf. »Nein, danke.«

Der Offizier kniff die Augen zusammen.

Herr Süskind schaltete sich schnell ein, nahm Fünten das Glas ab und reichte es Eliese. »Trinken Sie«, befahl er, als hinge ihr Leben – und vielleicht auch das Leben von anderen – davon ab.

»Auf William«, murmelte sie und die anderen tranken ebenfalls auf ihn.

Der Wein hinterließ eine brennende Spur in ihrer Kehle und weiter zu ihrem Magen. Fünten klatschte kurz. Er genoss es sichtlich, dass sie kapituliert hatte. Dann begann er wieder, das Deutschlandlied zu singen, und die anderen Männer stimmten mit ein.

Als Süskind ihr einen warnenden Blick zuwarf, stimmte sie ebenfalls mit ein. Sie staunte über diesen Mann; er wagte einen gefährlichen Drahtseilakt über der Hölle.

Fünten beugte sich nah zu ihr. Der Geruch seines Atems schnürte ihr fast die Kehle zu. Es war klar, was er wollte. Sie konnte es kaum ertragen, mit ihm zu trinken. Aber das … Der einzige Mann, mit dem sie je geschlafen hatte, war William, und das hatte sie getan, weil sie ihn liebte. Würde sie mit diesem Mann schlafen, um sich zu retten? Um ihren Sohn zu retten?

Oh, Hein!

Wenn sie nur wüsste, wo sie ihn suchen sollte! Sie müsste ein Schiff zurück nach England finden oder nach Amerika. Und ihren Sohn weit von hier wegbringen.

Die Foyertür ging auf und die Männer hörten auf zu singen. Sie sah einen Lastwagen draußen vorfahren und eilte in die Garderobe, dankbar für diese Ablenkung. Herr Süskind folgte ihr, während Fünten und die anderen Männer wieder zu singen begannen.

»Was feiern sie?«, fragte sie Herrn Süskind.

»Der Judenrat wird morgen das Theater schließen.«

»Sie stellen die Deportationen ein?« Vielleicht hatte Puttkammers Liste sie und ihren Vater doch gerettet.

»Die Arbeit, die Sie gemacht haben, war gut, Eliese«, sagte er. »Vergessen Sie das nie, auch wenn manche vielleicht etwas anderes sagen.«

Herr Süskind wusste genau, welche Karteikarten sie in ihren Ärmel gesteckt und jeden Morgen mit nach Hause genommen hatte, welche sie am nächsten Abend neu getippt hatte und welche Namen fehlten. Er verstand es, Fünten abzulenken und die Kinder auszusuchen, die es schaffen würden, bei Fremden zu leben.

Sie hatte die Karteikarten allerdings nicht verbrannt, wie er verlangt hatte – sie waren im Tresor ihres Vaters sicher verwahrt, damit die versteckten Kinder eines Tages zu ihren Eltern zurückkehren konnten.

»Ist meine Arbeit beendet?«, fragte sie.

»Wenn es nach Fünten geht, nicht, aber Sie und Ihr Vater müssen sich verstecken, bis der Krieg vorbei ist.«

»Was ist mit den Kindern in der Krippe?«

»Ich fürchte, wir haben alle gerettet, die wir retten konnten.«

Seine Worte bohrten sich wie ein Pfeil in ihr Herz, aber sie hatte keinen Ort, an dem sie die übrigen Kinder aus eigener Kraft verstecken konnte. Ihre Aufgabe hatte immer nur darin bestanden, ihre Namen verschwinden zu lassen. »Werden die Alliierten gewinnen?«

»Ich glaube schon«, sagte er. Seine Stimme wurde von der Musik fast übertönt. »Bis dahin müssen wir stark sein und durchhalten.«

Sie würde durchhalten. Für sich selbst und für Hein. Und für William. Wenn dieser Wahnsinn vorbei war, würden sie ihr Wiedersehen feiern. Dann könnte William ihr und Herrn Süskind helfen, alle Kinder wieder mit ihren Familien zusammenzubringen.

Vor der Tür stand ein Soldat, aber niemand kam herein, um sich registrieren zu lassen. Sie faltete die Hände und betete im Stillen um Kraft.

»Wussten Sie, dass ich einen Sohn habe?«, fragte sie Herrn Süskind.

»Es geht mich nichts an, was Sie …«

»Er versteckt sich jetzt seit fast einem Jahr. Ich habe keine Ahnung, wo er ist.«

»Viele Menschen verstecken sich zurzeit«, erwiderte Herr Süskind.

Nach einem Jahr im Theater war ihr sehr bewusst, dass sie nicht allein war.

»Mein Vater denkt, wir werden ins Schloss in Barneveld eingeladen.«

Herr Süskind warf einen Blick ins Foyer, aber von hier aus war nur die Ecke des Klaviers zu sehen. »Glauben Sie, Fünten und seine Männer lassen Sie lange in einem Schloss wohnen?« Als sie nicht antwortete, schaute er sie ernst an. »Sie und Ihr Vater müssen genauso untertauchen wie Ihr Sohn.«

»Danke, dass Sie mich beschützt haben«, sagte sie. »Andere hätten einfach weggesehen.«

»Wenn Sie wieder hierherkommen, kann ich nichts mehr für Sie tun.«

Sie nickte.

»Sorgen Sie dafür, dass Fünten diese Karten nie findet«, ermahnte er sie.

Sich verstecken und vergessen – das war die einzige Möglichkeit zu überleben.

Ein Soldat führte einen vornehm gekleideten Mann in schwarzem Anzug mit Krawatte ins Theater. Der Mann trug ein Mädchen auf den Armen, das nicht älter als zwei Jahre alt sein konnte. Das dichte Haar des Kindes lockte sich auf seinem Kopf und wurde von einer Schleife zusammengehalten. Hatte der Mann diese Schleife gebunden oder war das Mädchen noch vor wenigen Stunden bei seiner Mutter gewesen?

Als Herr Süskind das Kind sah, kehrte er ins Foyer zurück und Eliese betete stumm, dass sie Fünten noch ein letztes Mal würden täuschen können.

Der Mann klappte seinen Ausweis auf und legte ihn auf den Tisch. Darin las sie seinen Namen – Sjoerd Asch – und das schwarze *J*. Dann sah sie drei grüne Buchstaben auf dem elfenbeinfarbenen Papier, *E.A.P* – dieselben Buchstaben wie in ihrem eigenen Ausweis. Puttkammers Stempel.

»Sie haben den Stempel.« Ihre Stimme zitterte.

»Er ist einen Dreck wert«, fauchte er.

Dieser Stempel, die 30.000 Gulden, die der Mann dafür bezahlt hatte, hätten seine Sicherheit garantieren sollen. Vielleicht war es tatsächlich so, wie Frau Pon gesagt hatte und Herr Puttkammer und seine Kollegen kassierten nur das Geld und lachten sich über jeden ins Fäustchen, der sich seinen Platz auf dieser Liste teuer erkaufte.

Puttkammer würde sie nicht schützen. Und ihre Arbeit auch nicht. Sie hatte sich nur etwas vorgemacht.

Sie nahm eine Karteikarte vom Stapel und spannte sie in die Schreibmaschine. »Wie heißt Ihre Tochter?«

»Das ist nicht mein Kind«, sagte Herr Asch leise.

»Dann nennen wir sie …« Eliese überlegte. »Am besten geben wir ihr überhaupt keinen Namen.«

Etwas flackerte in den Augen des Mannes auf. Er verstand, was sie damit sagen wollte. Dieses Kind hatte nur eine Überlebenschance, wenn es namenlos blieb.

Eliese tippte eine Karte nur mit dem Namen des Mannes. Das Tippen auf der Tastatur ging im Gesang der Männer unter. »Ich habe einen sicheren Platz, an dem sie bleiben kann.«

Als das Singen wieder unterbrochen wurde, sortierte sie die Registrierungskarte schnell ein, bevor Fünten in die Garderobe kam. Herr Süskind folgte ihm, eine Flasche in der Hand. Keinen Wein, sondern *Oude jenever*. Der Gin mochte vielleicht die Sinne des Hauptsturmführers getrübt haben, aber sie bezweifelte, dass er sich deshalb von seinen Absichten abbringen lassen würde.

»Gibt es ein Problem?«, wollte er wissen.

»Nein, alles in Ordnung«, antwortete sie, aber ihre Hände zitterten, während sie eine weitere Karteikarte in die Schreibmaschine spannte und wieder zu tippen begann. Fünten schaute ihr über die Schulter zu. Der Wein- und Zigarrengestank in seinem Atem widerte sie an. Sie hatte sich nicht getraut zu sagen, dass die beiden bereits registriert waren. Am Ende hätte er nachgesehen und die leere Zeile entdeckt.

Schnell erfand sie einen Namen für das Mädchen. Margot – der Name ihrer eigenen Mutter. Margot Asch.

Während Herr Süskind Füntens Glas auffüllte, schob sie die Registrierungskarte mit Margots Namen in ihren Jackenärmel, nahm das Kind auf den Arm und tat, als ordne sie die Karteikarte in den Schrank ein.

Der Soldat brachte den Mann in den Zuschauerraum. Als er fort war, bot der Hauptsturmführer Eliese seinen Arm an wie ein vornehmer Herr, ohne das Kind zu beachten, das an ihrer Schulter lehnte. »Ich bringe Sie nach Hause, Eliese.«

Sie hasste es, wie er ihren Namen sagte, abgehackt und arrogant. Sie hasste die Angst, mit der sie sich Hilfe suchend nach Herrn Süskind umsah.

In den Augen des Mannes entdeckte sie ein Abbild ihrer eigenen Verzweiflung.

»Ich wohne nur zwei Straßen weiter«, sagte sie.

»Zu meinem Zimmer ist es noch näher.«

Herr Süskind klopfte Fünten auf den Rücken, als wären sie die besten Freunde. »Ich habe Elieses Vater versprochen, dass ich sie heute Morgen nach Hause fahre.«

»Ihr Vater ist mir egal.«

Herr Süskind schaute Eliese an, als übergebe er ihr einen unsichtbaren Staffellaufstab. Sie musste jetzt um ihr Leben laufen.

Sie hatte Fünten schon einmal nach seiner Frau gefragt, aber ohne Erfolg. Vielleicht hatte er Kinder. »Haben Sie Töchter, Hauptsturmführer Fünten?«, fragte sie.

Ein Funkeln trat in seine Augen, verschwand aber sofort wieder. Ein kurzer Blick auf seine Menschlichkeit, die schnell wieder von den dunklen Vorhängen seiner Seele verdeckt wurde.

Herr Süskind reichte ihr ein weiteres Glas. Das Getränk brannte in ihrer Kehle und machte sie mutig. »Sie müssen sich gut um sie kümmern, genauso wie mein Vater sich um mich kümmert.«

»Kommen Sie mir nicht mit Sentimentalitäten, Fräulein!«

Herr Süskind hob die Ginflasche und füllte auch das Glas des Hauptsturmführers neu auf. Dann schenkte er auch den anderen Männern jeweils ein Glas ein. »Ein guter Gin vertreibt alle Sentimentalitäten.«

»Ich muss das Mädchen in die Krippe bringen, bevor wir gehen.« Eliese schob das Kind auf ihrer Hüfte ein wenig höher.

Fünten schwankte leicht. »Sie kann hierbleiben.«

»Aber alle Kinder sind …«

»Natürlich kann das Kind bleiben«, fiel ihr Herr Süskind ins Wort. »Aber sie lassen sich leichter zählen, wenn sie zusammen sind.«

»Wir haben genug gezählt«, verkündete Fünten. »Am Donnerstag kommen sie alle weg.«

Das war morgen!

Die Kinder, die noch da waren, hatten alle keine Eltern mehr, die sie begleiten könnten. Sie musste Josie warnen. Irgendwie mussten sie sie in Sicherheit bringen, bevor Fünten und seine Männer sie holten.

»Ich werde sie hinüberbringen.« Herr Süskind nahm Eliese das Mädchen aus den Armen und raunte ihr dabei zu: »Und Sie gehen nach Hause.«

Fünten hob sein Glas. »Auf ein judenreines Amsterdam!«

Eliese erschauerte, und als Herr Süskind ebenfalls sein Glas hob, um mit Fünten anzustoßen, sah sie die Furcht in seinen Augen. Amsterdam war nicht frei von allen Juden. Sie und ihr Vater und Herr Süskind und der Judenrat, die Waisenkinder, die noch in der Kinderkrippe waren, und die Erwachsenen im Theater. Sie waren alle noch hier und besudelten die Stadt.

Die Nazis brauchten den Judenrat nicht mehr, um die Juden zusammenzutreiben; und auch Herrn Süskind und sie nicht, um sie zu registrieren. Amsterdam würde erst dann frei von allen Juden sein, wenn sie fort waren.

Aber Herr Süskind hatte keine Wahl.

Er setzte das Glas an die Lippen.

Während der Feind mit ihm trank, schlich sie sich unauffällig zur Tür hinaus.

30. Kapitel

Die Antworten, die ich suche, liegen in Amsterdam, hat Mrs West gesagt. Es war, als würde Williams Name die Lichter, die auf ihren Wänden tanzen, verdunkeln. Auf jedem Fall hat er das Leuchten aus ihren Augen vertrieben.

Was immer sie über meinen Urgroßvater weiß, sie hat sich geweigert, es mir zu verraten.

Am Flughafen in Portland rufe ich Claire an und hinterlasse ihr eine Nachricht, in der ich frage, warum diese Niederländerin, die jetzt in Oregon lebt, sich vor einem Mann fürchtet, der vor Jahrzehnten gestorben ist. Marcella ruft mich binnen weniger Minuten zurück, aber anstatt meine Fragen zu beantworten, bittet sie mich, nicht länger in der Vergangenheit zu graben. Dann fordert sie mich auf, nach Hause zu kommen.

Aber ich fliege nicht nach New York. Erst wenn ich herausgefunden habe, was William Kingston getan hat.

Das Flugzeug senkt sich über der Nordsee und fliegt dann im Landeanflug über gepflügte Felder, die von Kanälen eingerahmt sind. Die Stiftung zahlt mir zwar kein Gehalt, aber der Stiftungsrat hat mir eine Kreditkarte überlassen, die ich für private wie geschäftliche Ausgaben verwenden kann. Heute Morgen will ich sie benutzen, um Paul Epker und sein Buch zu finden.

Ein Taxi bringt mich vom Amsterdamer Flughafen zum Rand des jüdischen Viertels. Zur Bibliothek an der Nieuwe Keizersgracht. Claire hat mir zwei Sprachnachrichten und eine Textnachricht geschickt. Sie verlangt, dass ich sie sofort anrufe, aber ich habe ihr noch nicht geantwortet. An der amerikanischen Ostküste ist es mitten in der Nacht, und wenn ich ganz ehrlich bin, bin ich noch nicht bereit, mich Marcellas Zorn auszusetzen, weil ich nach Amsterdam statt nach New York geflogen bin.

Der Teil von mir, der es immer allen recht machen will, ist vorsichtig. Ich wünschte, ich könnte mehr sein wie Landon und würde mir nicht so viel daraus machen, was andere denken, aber es beschäftigt mich trotzdem.

»*Das macht nichts*«, flüsterte mir Mama einmal zu, als mich mehrere Mädchen in der Schule mit Worten so verletzt hatten, dass ich davon heute noch Narben habe. Später sagte sie mir, dass ich mich nur darum kümmern solle, was Gott von mir denkt. Aber damals war mir wichtiger, was diese Mädchen dachten.

Was denkt Gott jetzt von mir?

Ich habe mich mein Leben lang darum bemüht, dass andere mich mögen, und darum, gut zu sein, aber ich hatte nie das Gefühl, gut *genug* zu sein. Rückblickend habe ich vielleicht mein Leben lang versucht, Gott zu sein.

Ein Bild von Faith und zwei weiteren Mädchen taucht auf meinem Display auf. Darunter hat Landon geschrieben: Willst du zurückkommen?

Ich würde ihn und Faith wirklich gerne sehen, aber das kann ich ihm nicht sagen. Ich war schließlich nur im Auftrag der Stiftung in Uganda, nicht als Mitglied eines der Teams, die immer wieder nach Afrika fliegen.

Ich tippe schnell eine Antwort: Ich dachte, du bist auf dem Weg nach Hause?!

In ein paar Stunden, schreibt er.

Fliegst du über Amsterdam?

Ja. Und dann direkt weiter nach Portland.

Ich könnte doch zum Flughafen fahren, oder? Und ihn überraschen?

Ich schüttle den Kopf und verdränge diesen verrückten Gedanken. Wenn ich mir kein Flugticket für heute Nachmittag kaufe, komme ich unmöglich durch die Sicherheitskontrolle.

Als ich die Bibliothek betrete, sitzen viele Leute an den Tischen. Marcellas Lieblingszitat über Wissen und Macht prangt an der Wand.

Während ich diesen Fremden zuschaue, wie sie in Büchern blättern und nach Informationen suchen, drängt sich mir eine andere Frage auf: Verfolgt Marcella mit dieser Bibliothek noch einen anderen Plan, als Wissen zu vermitteln? Versucht sie irgendwie, das Wissen zu manipulieren? Ich dachte, meine Familie hätte diese Bibliothek eröffnet, um die Wahrheit zugänglich zu machen, aber vielleicht ging es dabei eher darum, sie zu verschleiern.

Wissen ist Macht, aber Wissen kann auch heilen. Es kann der Schlüssel sein, um etwas Kaputtes zu reparieren.

Eine junge Frau tritt auf mich zu und fragt, ob ich Hilfe brauche.

»Sind Sie Liesbeth?«, frage ich.

Sie schiebt eine blonde Haarsträhne hinter ihr Ohr. »Ja.«

»Ich bin Ava Drake. Ich habe mit Ihnen über ein Buch gesprochen, das Paul Epker mir schicken wollte.«

»Mrs Kingston hat eine Nachricht hinterlassen«, antwortet sie. »Sie sollen sich sofort bei ihr melden.«

»Konnten Sie das Buch, das er bestellt hat, finden?«

Liesbeth deutet zu dem Telefon auf ihrem Schreibtisch, um mich aufzufordern, umgehend meine Großmutter anzurufen. »Bevor ich Ihnen irgendwelche Informationen geben kann, müssen Sie mit Mrs Kingston sprechen.«

»Können Sie mir bitte Herrn Epkers Handynummer geben? Vielleicht kann er mir weiterhelfen.«

»Tut mir leid«, sagt sie kopfschüttelnd. »Mrs Kingston besteht auf Ihrem Anruf.«

Ich habe in den letzten zehn Jahren viel von Marcella gelernt. Unter anderem, dass ich meine Zeit nicht damit vergeude, bei Leuten, die in der Hierarchie weiter unten stehen, Antworten zu suchen, die sie mir nicht geben können. Deshalb verlasse ich die Bibliothek und rufe im Büro des Bürgermeisters an. Nachdem ich mich vorgestellt habe, gibt mir seine Assistentin Paul Epkers Handynummer.

Ich spreche auf seine Mailbox und betrachte dann das Foto, das Landon mir soeben geschickt hat. Was würde er sagen, wenn ich ihn bäte, mit mir den Tag in Amsterdam zu verbringen? Unsere Familiengeschichten scheinen hier aufeinanderzutreffen. Vielleicht können wir gemeinsam eine Brücke bauen.

Statt ihm zu schreiben, beschließe ich, ihn anzurufen.

»Ava?«

»Ja. Hallo!« Ich lächle und freue mich, seine Stimme zu hören. »Bist du am Flughafen in Entebbe?«

»Fast«, antwortet er. »Ich winke, wenn ich über New York fliege.«

Ich gehe an einem Kanal entlang, der von der Bibliothek wegführt, und biege in eine verkehrsreiche Straße ein, die durch eine Straßenbahn geteilt wird. Rechts von mir ist der Zoo. Durch eine Lücke im Zaun sehe ich korallfarbene Flamingos in einem seichten See stehen.

»Kendall hat erzählt, dass du und Oma euch lange unterhalten habt«, sagt Landon.

»Sie hat mir ein wenig von ihrem Leben in den Niederlanden erzählt.« Das verlorene Kind erwähne ich lieber nicht. Das muss sie ihm selbst sagen.

»Vermutlich weißt du über ihre Jahre in Amsterdam dann jetzt mehr als ich.«

»Du solltest sie einfach danach fragen.«

»Das habe ich getan, aber sie sagt, dass sie unsere Familie nicht belasten will.«

»Ich frage mich, warum ihre Erinnerungen eine Last sind.« Aber noch während ich das sage, geht mir auf, dass ich es verstehe. Ich trage die Erinnerungen an meinen Bruder seit Jahren mit mir herum. Das ist eine erdrückend schwere Last.

Es knistert in der Leitung und ich verstehe Landons Entgegnung nicht.

»Ich bin im Moment in den Niederlanden«, sage ich.

»Ich dachte, du wolltest nach North Carolina.«

»Das will ich auch, aber zuerst …« Ich atme tief ein. »Wäre es möglich, deinen Zwischenstopp in Amsterdam um ein paar Stunden zu verlängern?«

Sein Schweigen, das sich einen endlos langen Moment ausdehnt, die Ablehnung – es entmutigt mich. »Deine Oma weiß etwas über meinen Urgroßvater, was ihr Angst einzujagen scheint. Ich habe gehofft, du könntest mir bei der Suche helfen.«

»Das war in ihren Lichtjahren«, sagt er.

»In ihren was?«

»In den Jahren, über die sie nicht sprechen will. Sie erinnert sich durch das Licht an ihren Wänden an sie.«

»Sie hat mir ihre Glassammlung gezeigt.«

»Oma liebt es, anderen zu helfen, aber sie gewährt ihnen nur sehr selten Zutritt zu ihrer Welt.«

Die Fußgängerampel auf der anderen Straßenseite schaltet auf Grün und ich trete vom Gehweg. »Ich will dich jetzt nicht länger aufhalten.«

»Ich buche meinen Flug um«, sagt er und beendet dann das Gespräch.

Vor mir befindet sich die Amsterdamer Holocaustgedenkstätte. Sie wurde in einem Theater mit weißen Renaissancesäulen, durch die es wie ein antiker Tempel aussieht, errichtet. Im Foyer hängt eine Glaswand, in die Tausende Nachnamen eingraviert sind. Niederländer, die von diesem Theater aus weggebracht wurden. 112.000 niederländische Juden wurden während des Holocausts deportiert, lese ich. 5.000 haben überlebt, aber als die Männer und Frauen nach Hause zurückkehrten, war nichts mehr so wie vorher.

Das, was damals passiert ist, scheint auch heute noch Menschen die Lippen zu verschließen.

Der Zuschauerraum dieses alten Theaters ist abgerissen worden. An seiner Stelle ist ein gepflasterter Hof mit Backsteinmauern geblieben zum Gedenken an alle, die hier gefangen gehalten und dann in ein Lager namens Westerbork gebracht wurden.

Mein Telefon summt. Es ist eine Nachricht von Paul Epker. Er lädt mich ein, morgen früh zu ihm nach Hause zu kommen. Er wohnt ein kleines Stück südlich von Amsterdam. Ich nehme die Einladung sofort an und frage, ob ich einen Freund mitbringen kann.

Die anderen Wände des Foyers hängen voller Schwarz-Weiß-Fotos von der Deportationszentrale und von einigen Familien, die in die Lager abtransportiert wurden.

Ein Bild sticht mir besonders ins Auge. Ich betrachte es genauer.

Ein Mann mittleren Alters und eine zierliche Frau stehen neben einer Schreibmaschine. Beide tragen eine weiße Armbinde und einen Stern auf der Brust. Der Name des Mannes ist Walter Süskind, ein deutscher Jude, der dafür verantwortlich war, alle Menschen, die in dieses Theater kamen, zu verzeichnen. Die Frau ist eine Registrierungsmitarbeiterin.

Ich beuge mich näher vor, um den Rest der Bildbeschriftung neben dem Foto zu lesen. Eine Gänsehaut zieht über meine Arme.

Ein Netzwerk aus Menschen, darunter Walter Süskind und seine Assistentin, hat Hunderte Kinder aus diesem Theater gerettet, die in Konzentrationslager gebracht werden sollten.

Auf der gegenüberliegenden Straßenseite, erklärt eine weitere Infotafel, waren eine Kinderkrippe und ein Lehrerkolleg. Das Theater war zu klein, um alle Juden, die aus ihren Wohnungen geholt worden waren, unterzubringen. Deshalb brachte der leitende Offizier die Kinder in der Kinderkrippe unter, bevor sie mit ihren Familien in den Osten gebracht wurden. Mit der Erlaubnis der Eltern begannen die Registrierungsmitarbeiter heimlich, die Namen der Kinder aus der Kartei zu löschen, damit die Nazis keine Unterlagen mehr von ihnen hatten. Trotz der strengen Überwachung durch die Nazis konnte ein Netzwerk aus Mitarbeitern der Kinderkrippe und Studenten diese Kinder verstecken.

Walter Süskind wurde 1944 nach Westerbork gebracht. Er bekam die Erlaubnis, nach Amsterdam zurückzukehren, aber seine Frau und seine Tochter erhielten keine Ausnahmegenehmigung. Als er erfuhr, dass sie deportiert werden sollten, stieg er mit ihnen in den Zug.

Die beiden wurden nach ihrer Ankunft in Birkenau vergast, aber er lebte noch vier Monate. Niemand weiß genau, wie er starb, aber es gibt Vermutungen, dass er von niederländischen Gefangenen in Auschwitz getötet wurde, die ihm vorwarfen, mit dem Feind kollaboriert zu haben.

Das Plakat verrät nicht, was aus der jungen Frau wurde, die ihm geholfen hatte, die Kinder zu retten.

31. Kapitel

ELIESE

Amsterdam
September 1943

Das schwere Schloss quietschte, als Eliese den Schlüssel umdrehte und die Haustür aufsperrte.

»Papa!«, rief sie im Flur, völlig außer Atem, da sie den ganzen Weg nach Hause gelaufen war.

Fünten war vom Gin benebelt gewesen, als sie sich heimlich aus dem Theater geschlichen hatte, aber dieser Zustand würde nicht ewig anhalten. Sie und ihr Vater mussten nun ebenfalls untertauchen genau wie Hein. Irgendwo, wo Fünten und seine Männer sie nicht finden würden.

Drei Umschläge vom Zentralbüro für Judenemigration lagen vor ihren Füßen auf dem Holzboden. Sie waren in der Nacht durch den Briefschlitz geschoben worden.

Der erste Brief war an ihren Vater adressiert und besagte, dass er sich in *De Schaffelaar*, dem Schloss in Barneveld, das für verdienstvolle Juden – die wenigen Auserwählten, die noch von der Deportation verschont blieben – reserviert war, melden sollte.

Anstelle einer Einladung hatte sie selbst eine Aufforderung bekommen, auf der mit Großbuchstaben *OPROEPING!* stand.

Sie sollte sich bis zum Mittag mit einem Koffer am Amsterdamer Zentralbahnhof zum Arbeitseinsatz melden. Was sie mitbringen sollte, war darunter aufgelistet: eine Decke, einen Wollpullover, ein Paar feste Schuhe. Sie kannte diese Zusammenstellung gut – der Judenrat verkaufte sie in vorbereiteten Beuteln an alle, die keine Zeit zum Packen gehabt hatten. Tausende waren mit solchen Tüten ins Theater gekommen.

Planten die Nazis, sie zuerst nach Westerbork zu schicken, oder würde der Zug direkt in ein Arbeitslager weiterfahren, in dem sie Männer wie Fünten erwarteten? Es war egal, wohin sie oder ihr Vater fuhren – die Nazis würden in ihnen keinen verdienstvollen Investor und seine Tochter sehen, nur zwei dreckige Juden, die in den Osten gebracht werden mussten. Und die Nazis im Osten würden sie vermutlich auch nicht wollen.

Aber das spielte keine Rolle – sie würde heute nicht zum Bahnhof gehen.

Der Brief und die Liste im dritten Umschlag waren eine Kopie von ihrem Brief und ihrer Liste, an Hein adressiert, als ob ihr dreijähriger Sohn ein Paar feste Schuhe und einen Wollpullover bräuchte, um sich zur Arbeit zu melden. Sie war unendlich dankbar, dass er schon fort war und hoffentlich in einer Provinz wie Zeeland, weit weg von der Grenze ihres Landes zu Deutschland, einen sicheren Unterschlupf hatte.

»Papa!«, rief sie wieder und eilte mit allen drei Briefen in der Hand die Treppe hinauf. Im ersten Stockwerk angekommen, klopfte sie an seine Tür. »Papa?«

Nach einem kurzen Moment öffnete er. Seine nackten Zehen schauten unter seiner Schlafanzughose hervor und seine Brille, die er eilig aufgesetzt hatte, war verschmiert.

Sie hielt ihm die Briefe hin, aber er nahm sie nicht. »Wir haben Post bekommen«, sagte sie. »Du wirst nach Barneveld geschickt.«

»Und du?«

»Ich soll mich am Bahnhof melden.«

Er nahm die Briefe. »Wir fahren gemeinsam nach Barneveld.«

»Siehst du das denn nicht?«, flehte sie. »Sie bringen dich jetzt in dieses Schloss, aber das ist nur eine Farce. Sie lassen dich nicht auf Dauer dortbleiben!«

»Das weißt du nicht.«

»Wir müssen einen Ort finden, an dem wir uns verstecken können.« Die Registrierungskarte rutschte an ihrem Arm hinab, und sie schob sie unauffällig wieder unter ihrem Ärmel nach oben. »Dort warten wir.«

»Worauf willst du warten?«

»Darauf, dass dieser Krieg zu Ende geht.«

Er lachte hart. »Hitler wird ihn nicht zu Ende gehen lassen, bevor er die ganze Welt erobert hat.«

»Herr Süskind hat gesagt, dass die Alliierten gewinnen werden.«

»Vielleicht, aber Hitlers Männer werden uns finden, lange bevor die Alliierten hier sind. Wir sollten lieber in Barneveld warten, wo wir geschützt sind.«

»Dort wird uns niemand beschützen.«

»Sie brauchen mich«, beharrte ihr Vater. »Um an das Geld heranzukommen.«

Sie schüttelte den Kopf. »Sie haben sich bereits alles geholt, was sie brauchen.«

»Aber da ist noch so viel mehr.«

Gernot Linden und seine Investoren hatten Hitler geholfen, diesen Krieg anzufangen, aber die Nazis hatten inzwischen mehr erbeutet, als sie in Holland brauchten. Das Vermögen der jüdischen Bevölkerung war im Keller der *Liro* sicher verwahrt. Sie waren nicht auf das Geld ihres Vaters angewiesen.

»Wir fahren nach Barneveld.« Er ging in sein Zimmer zurück. »Pack deinen Koffer und nimm deinen wärmsten Mantel.«

Als ob sie bis zum Winter dort wären!

Sie konnte ihren Vater nicht davon abhalten zu kapitulieren, aber sie würde ihn nicht begleiten. Selbst dann nicht, wenn sie glauben könnte, dass die Deutschen ihr Leben verschonen würden. Sie würde Josie bei den Kindern helfen und dann – wenn die Alliierten endlich da waren – würde sie ihren Sohn wiedersehen.

Das Läuten der Haustürglocke hallte durch den Flur und ging ihr durch Mark und Bein.

Plante die Gestapo, sie zum Bahnhof zu bringen? Was würden sie machen, wenn sie herausfanden, dass ihr Sohn nicht mehr da war?

Sie eilte in ihr Zimmer, nahm Heins Babyalbum aus dem Sekretär und stopfte mehrere Kleidungsstücke in einen Rucksack. Papa trat im selben Moment wieder auf den Korridor hinaus wie sie. Er trug jetzt seinen Sonntagsmantel über seinem Pyjama und hatte ein Bündel mit Bettzeug in den Armen.

»Ich komme nicht mit«, stellte sie klar.

Er blinzelte und schaute ihr einen Moment lang resigniert in die Augen. Dann küsste er sie auf beide Wangen.

Sie floh die Hintertreppe hinab. Noch bevor sie in den Garten hinaushuschte, konnte sie Füntens Stimme an der Haustür hören.

»Guten Morgen, Herr Linden.« Der Hauptsturmführer hatte die Wirkung des Alkohols offensichtlich überwunden, wenn er es bis zu ihr nach Hause geschafft hatte. »Wir suchen Ihre Tochter und Ihren Enkel.«

Hatte Fünten gerade erst erfahren, dass sie einen Sohn hatte, oder hatte er das die ganze Zeit gewusst?

»Sie kommen zu spät«, sagte Papa. »Sie sind schon fort.«

»Dann haben Sie sicher nichts dagegen, wenn wir uns umsehen.«

Eliese floh in den Gartenschuppen. So leise wie möglich bahnte sie sich ihren Weg zwischen Blumentöpfen und Gartenwerkzeug hindurch zu dem eisernen Gitter vor der Holztreppe, die in ihren Keller hinabführte. In den letzten Jahrzehnten hatte ein Dienstbote den Kohlenofen über den inzwischen zugenagelten Kellereingang im Haus bestückt, aber sie und ihr Vater waren die Einzigen, die diese Treppe im Schuppen benutzten.

Sie kletterte durch das Gitter und schob den Eisenriegel ins Schloss. Licht drang durch die Kohlenrutsche am anderen Ende des Kellers und an kleinen Punkten an der Decke waren durch den Küchenabfluss einzelne helle Tupfen zu sehen.

Stimmen drangen nach unten, als sie über den rauen, mit Asche bedeckten Boden eilte und sich an einem alten Ofen und Regalen vorbeizwängte, die früher einmal mit Heringsdosen und Goudarädern gefüllt gewesen waren. Das Babyalbum immer noch in den Händen, rutschte sie in die Dunkelheit einer Ecke und wünschte, sie könnte vor dem Mörtel zwischen den Backsteinwänden unsichtbar werden.

Etwas kratzte an ihrem Arm. Sie zuckte erschrocken zusammen. Erst jetzt fiel ihr die Karteikarte unter ihrem Ärmel wieder ein, auf die sie fein säuberlich Margots Namen getippt hatte.

Herr Süskind hatte versprochen, das kleine Mädchen in die

Kinderkrippe zu bringen, aber er wollte Josie und die anderen nicht warnen, da er befürchtete, dass sie das Leben derer, die noch in Amsterdam waren, gefährden könnten, wenn sie jetzt flohen. Wie sie dieses Abwägen hasste, welche Menschen gerettet wurden und welche nicht. Doch Herr Süskind hatte zu Hause eine Familie, die er beschützen musste, und wahrscheinlich gab es auch noch andere, für die er sich verantwortlich fühlte.

Statt Josie selbst zu warnen, war sie schnell nach Hause gelaufen, um sich mit ihrem Vater zu verstecken. Was war nur aus ihr geworden? Wie konnte sie sich selbst in Sicherheit bringen, statt ihrer Freundin zu helfen? Wie konnte sie diese Kinder – Margot und all die anderen – zurücklassen, obwohl sie wusste, dass sie fortgebracht werden würden?

Sie war ein solcher Feigling!

Eliese schob ihren Ärmel hoch und zog Margots Karte heraus, um sie zu den anderen zu legen. Der Tresor befand sich am anderen Ende des Raums, hinter einer Wand versteckt, die ihr Vater gebaut hatte, als sie in dieses Haus gezogen waren. Auf der Mauer lag immer eine Taschenlampe. Sie schaltete sie ein, bevor sie vorsichtig zwei Steine entfernte, hinter denen ein silbernes Zahlenschloss zum Vorschein kam.

Die Schätze in diesem Tresor waren ein Vermögen wert – Diamanten, Geld und Gold. Aber für ihren Vater waren die Kontenbücher mit allen ihren Investitionen am wertvollsten. Für Eliese dagegen waren die Registrierungskarten wichtiger als alles andere.

Oben brüllte jemand etwas. Die Worte kamen nur gedämpft bei ihr an. Sie schob Margots Karte schnell zu den anderen im Tresor. Dann drückte sie einen Kuss auf den Einband von Heins Babyalbum und legte es auf die Bücher. Sie griff tief in den Tresor hinein und holte eine Flasche heraus, die mit den Diamanten gefüllt war, die ihr Vater im Laufe der Jahre gesammelt hatte, eine Geldanlage, die im Gegensatz zu Reichsmark und Gulden ihren Wert nicht verlieren würde. Sie steckte die Flasche in ihren Rucksack, dann schloss sie den Tresor und schob die Steine sorgfältig wieder über die Öffnung, bevor sie sich zwischen den

Metallbehältern versteckte, in denen früher die Kohle gelagert worden war, die von der Straße aus direkt in den Keller gekippt worden war.

Oben hörte sie das Poltern von Stiefelschritten und noch mehr laute Rufe. Dann wurde alles still.

Eliese kletterte auf einen der Kohlenbehälter, schob die Metalltür der Kohlenrutsche ein Stück auf und spähte auf den Gehweg hinaus. Schwarze Absätze von polierten hohen Stiefeln stapften vorbei. Dazwischen die braunen Halbschuhe ihres Vaters.

Ein Motor dröhnte und wenige Sekunden später waren die Schuhe fort.

Eliese sackte auf der Asche zusammen.

Brachte Fünten ihren Vater nach Barneveld oder in ein Lager?

Sie konnte ihm jetzt nicht mehr helfen.

Mit geschlossenen Augen lehnte sie sich an die Wand. In diesem Moment sah sie nicht Heins Gesicht oder das Gesicht ihres Vaters, sondern das von Margot vor sich.

Morgen früh brach der letzte Transport nach Westerbork auf, hatte Fünten gesagt. Sie würden um 4:45 Uhr vom Bahnhof abfahren.

Eliese tastete nach der Flasche mit den Diamanten. Heute Abend würde sie in die Kinderkrippe zurückgehen, um Josie zu alarmieren. Vielleicht könnten sie mit diesen Edelsteinen Wachleute bestechen, damit sie ein Auge zudrückten. Und jemanden, der ihnen helfen konnte, die Kinder zu verstecken.

32. Kapitel

JOSIE

Amsterdam
September 1943

Die Kinder saßen im Kreis um Josie herum und lauschten aufmerksam der Geschichte von einer Fee und einem verzauberten Pfeil, der eine ganze Armee von Ossaerts töten konnte. Diese Ungeheuer quälten die Zwerge in ihrem Wald. Das Märchenbuch war verboten, aber sie hatte es den Kindern in der Krippe schon viele Male vorgelesen.

Die Hintertür zum Hof stand offen; so konnten sie das leise Prasseln des Regens auf dem Pflaster hören und die frische Abendluft genießen. In ihren Armen lag Margot, das Mädchen, das Herr Süskind heute Nacht zu ihnen gebracht hatte. Das einzige Kind hier, das nicht in der Registrierungsliste der Nazis stand. Die anderen siebenundvierzig, die noch hier waren, hatten keine Eltern mehr, die sich um sie kümmern könnten, aber Fünten hatte dafür gesorgt, dass alle Kinder registriert wurden, als sie bei der letzten Razzia aus dem Getto geholt worden waren. Fräulein Pimentel und sie wollten am liebsten jedes der Kinder verstecken, aber Fünten hatte ihre Namen. Wenn sie auch nur eines von ihnen zu retten versuchten, riskierten sie, sie alle zu verlieren.

Mehrere Kinder rutschten näher an Josie heran, als sie ihnen von dem Kaninchenbau tief im Wald vorlas, dem Versteck, das die Zwerge vor den bösen Ungeheuern beschützte.

Das graue Dämmerlicht wurde immer dunkler, bis es draußen pechschwarz war, aber Josie und Fräulein Pimentel ließen die Tür offen. Sie wollten noch ein paar Minuten so tun, als wären sie im Wald, von Zauberpfeilen und einem Regenschild beschützt.

Nachdem sie gebetet hatten, gingen die Kinder ins Bett. Fräulein Pimentel legte ein Baby in eine der Wiegen und Josie zog die Decke über Margot. Als könnten die Decken, die sie von den Nazis bekommen hatten, ein Schutz sein.

Tage waren vergangen, seit die Lastwagen an der Straße gestanden hatten, um die Menschen aus dem Theater wegzubringen. Josie betete, dass Fünten sie vergessen hatte, dass die Kinder, die noch hier waren, bleiben konnten.

Aber die Nazis waren nicht bereit, sie in Ruhe zu lassen.

Das scharfe Klopfen kurze Zeit, nachdem Josie unter ihre Decke geschlüpft war, drang wie eine Gewehrkugel in ihre Seele und lähmte sie. Doch dann begann Margot zu weinen und sie sprang auf. Eine Lampe ging an. Während sie das Kind hochhob, bedeutete Fräulein Pimentel Josie, in die Schatten neben den Betten an der hinteren Wand zurückzuweichen.

Die Krippenleiterin straffte die Schultern und öffnete die Tür.

Fünten marschierte in den Raum und fluchte laut. Als wäre ihm nicht bewusst, dass hier Kinder lagen und schliefen. »Wir brechen auf«, verkündete er ohne jegliche Gefühlsregung in der Stimme.

Im ersten Moment war sie erleichtert. Zogen die Deutschen endlich ab?

»Wir?«, fragte Fräulein Pimentel.

Fünten fuchtelte ungeduldig mit der Hand in Richtung der Kinder. »Sie.«

»Aber sie haben keine Eltern.«

»Die brauchen sie auch nicht, um in einem Lastwagen zu fahren.«

»Wir müssen sie auf diese Fahrt vorbereiten«, beharrte Fräulein Pimentel und presste ihre faltigen Hände zusammen.

»Sie bekommen alles, was sie benötigen.«

Die Krippenleiterin schüttelte den Kopf. »Die Jüngeren brauchen ihre Flasche.«

Fünten reichte Fräulein Pimentel die letzte Liste. Regentropfen liefen an beiden Seiten seiner Schirmmütze hinab und über sein Gesicht. »Sie haben zehn Minuten.«

Zehn Minuten, dann würden alle diese Kinder fort sein.

Wenn sie doch nur die Türen öffnen und sie befreien könnten! Aber Fünten und seine Männer würden sie vermutlich erschießen, sobald sie versuchten wegzulaufen.

Fräulein Pimentel eilte durchs Zimmer – ihr normalerweise hochgestecktes Haar hing wirr über ihre Schultern – und begann Milchflaschen vorzubereiten. Josie floh mit Margot durch die Hintertür und schlüpfte durch die Lücke in der Hecke. Wie in einen Kaninchenbau.

Dr. van Hulst war in seinem Büro. Als er sie und das Kind sah, Josie im Morgenmantel und Margot mit tropfnassem Haar, wurde er bleich. »Was hat das zu bedeuten?«

»Die Nazis bringen alle Kinder weg. Alle bis auf dieses Mädchen. Sie steht nicht auf ihrer Liste.«

Margot ließ sich von Dr. van Hulst auf den Arm nehmen. »Wir werden einen Platz für sie finden«, versprach er.

»Gott behüte Sie!«, flüsterte sie, als er aus dem Büro eilte. Und er schenke Margot ein gutes Versteck!

»Sie müssen verschwinden«, sagte Fräulein Pimentel, als Josie in die Kinderkrippe zurückkehrte und die Tür hinter sich schloss, »bevor Fünten zurückkommt.«

»Was werden Sie tun?«, fragte Josie, während sie ihr graues Kleid zuknöpfte.

»Ich begleite die Kinder ins Lager.«

Josie holte tief Luft und der Entschluss, der bis zu diesem Moment in ihr gewachsen war, festigte sich. Sie hatte sich in den letzten drei Jahren versteckt, war mit Briefen und Geld und später mit Kindern heimlich durchs Land gefahren und hatte zugesehen, wie Tausende deportiert wurden. Dieses Mal wollte sie bei ihren Schützlingen bleiben.

»Ich komme mit.«

Fräulein Pimentel schüttelte den Kopf. »Sie müssen den anderen weiterhin helfen.«

»Gott hat mich berufen, diesen Kindern zu helfen.«

»Nein.«

»Ich kann nicht hierbleiben.«

Fräulein Pimentel wollte ihr erneut widersprechen, aber sie wurde von Fünten und zwei dunkel gekleideten Soldaten unterbrochen, die durch die Tür schritten.

Fünten hob ein Klemmbrett hoch und begann, die Namen der Kinder vorzulesen. Die älteren stellten sich mit ihrem Bettzeug bei der Tür auf. Fräulein Pimentel nahm ein Baby aus der Wiege.

Fünten las den letzten Namen auf der Liste vor und hob dann den Blick. »Wo ist das andere Kind?«

»Welches?«, fragte Josie und hoffte, dass er das Zittern in ihrer Stimme nicht wahrnahm.

»Das Mädchen, das heute Nacht gebracht wurde.«

»Wir haben sonst keine Mädchen mehr hier.«

Fünten zog den Revolver aus seinem Gürtel. Sie glaubte schon, er würde sie erschießen, aber die Kugel traf das Mosaikfenster über ihrem Kopf. Die bunten Glasscherben rieselten in die Wiegen, die darunter standen.

Mehrere Kinder schrien entsetzt. Dann war alles still.

Josie hätte am liebsten geweint, aber um Margots willen verzog sie keine Miene.

»In den Lastwagen!«, befahl Fünten.

Die Krippe war binnen weniger Sekunden leer. Die Kinder wurden durch den strömenden Regen wie Tiere auf die Straße getrieben.

Eines der älteren Mädchen begann zu wimmern. Josie ergriff ihre Hand. Das Mädchen drückte sich auf der Fahrt zum Hauptbahnhof und dann im Eisenbahnwaggon eng an sie.

Sie ließ sie nicht los, bis sie in Westerbork angekommen waren.

33. Kapitel

Landon lächelt mich an, als er das Café betritt, und mein Herz schlägt ungewöhnlich schnell. Ich rühre mich nicht, aber als er den kleinen Eingangsbereich durchquert und mich dann umarmt, würde ich diesen Mann, der Kinder und Kaffee liebt, diesen Mann, der sein Wort hält, am liebsten nicht wieder loslassen.

Mein Telefon summt. Ich trete zurück und atme seinen Geruch von geröstetem Kaffee, Sandelholz und einem Hauch Zitronengras ein, das die Schlangen vertreibt.

Ich gehe nicht ans Telefon. Es ist ohnehin nur wieder Onkel Will, der mir schon vier Sprachnachrichten geschickt hat, jede mit sehr kreativen Formulierungen gespickt. Er bezeichnet meine Reise nach Holland als Hexenjagd.

»Danke, dass du gekommen bist«, sage ich zu Landon. »Wie geht es Faith?«

»Wer sie sieht, würde nie auf die Idee kommen, dass sie Malaria hatte. Mit ihrem neuen Lied über Regenbögen unterhält sie alle anderen Kinder.«

Ich lächle bei der Erinnerung an meine Zeit in Afrika. Ich will wieder dort sein und mit ihr singen, vorausgesetzt die Schlangen lassen mich in Ruhe.

»Ich habe der Stiftung meinen Bericht geschickt«, sage ich, »und *Bishara* meine höchste Empfehlung gegeben, aber ich fürchte …«

Er schaut mich an, als hätte ich ihn beleidigt. »Ich bin nicht wegen der Stiftungsgelder hier.«

»Das weiß ich, Landon.«

Erleichterung tritt in seine Augen. »Dann ist das hoffentlich geklärt.«

»Möchtest du einen Kaffee?«, frage ich auf der Suche nach etwas Vertrautem.

»Später«, antwortet er. »Ich mache mir Sorgen um Oma. Kendall hat gesagt, dass sie ihr Zimmer mit den Glasflaschen nicht mehr verlassen will.«

Ich betrachte diesen Mann in seinem ausgewaschenen Sweatshirt, seiner Jeans und den Wandersandalen. Landon und ich haben einiges zusammen durchgemacht, als wir versucht haben, Faiths Leben zu retten. Ich bewundere seine Hingabe für seine Familie. Ich denke, ich kann ihm meinen Verdacht, dass zwischen Mrs West und meinem Urgroßvater vor langer Zeit etwas passiert sein muss, anvertrauen.

Ich erzähle ihm, was ich gelesen habe, und berichte ihm dann von Paul Epkers Buch. »Ich bin mit ihm verabredet. In einer Stunde erwartet er mich bei sich zu Hause.«

Landon wirft einen Blick auf sein Handy.

»Möchtest du mitkommen?«, frage ich.

Als er schweigt, befürchte ich, dass ich die Grenzen unserer Freundschaft erneut überschritten habe. Doch dann sieht er mich wieder an. »Bist du sicher?«

In Bezug auf was? Sicher, dass er mich zu Paul Epker begleiten soll, oder dass ich will, dass diese Freundschaft zwischen uns weiterwächst?

»Ja, ich bin mir sicher«, sage ich.

Er lächelt.

Paul Epker wohnt in einem hübschen alten Haus an der Amstel. Er erwartet uns an der Tür, mit ernster Miene und einer Tasche in der Hand.

Statt uns hereinzubitten, lädt er Landon und mich zu einem Spaziergang auf einem Weg am Flussufer entlang ein. Der Regen hat die Steine rein gewaschen und die Wiesenblumen gegossen. Inzwischen ist es trocken.

Diese Stadt wird genau wie Portland vom Wasser geteilt. Die Teilung wird durch viele Brücken wieder aufgehoben. An diesem Morgen bleiben wir auf Pauls Seite des Flusses.

Er schaut mich an. »Wussten Sie, dass mein Patenonkel früher für William Kingston gearbeitet hat?«

Ich schüttle den Kopf.

»Nach dem Krieg wurde er von ihm angestellt, um den Fenstervertrieb in den Niederlanden auszudehnen. Mein Vater arbeitete auch einige Jahre für den Kingston-Konzern, aber als er Mitte zwanzig war, kündigte er.« Pauls Stimme wird rau. »Ich wusste die ganze Zeit nicht ...«

»Was wussten Sie nicht?«

Er geht weiter und umklammert die Tasche an seiner Seite. Dann zieht er ein kleines Buch mit einem schokoladenbraunen Leineneinband heraus. »Mrs Kingston hat mich gebeten, dieses Buch für sie zu finden. Soweit ich weiß, ist es das letzte noch existierende Exemplar. Ich fürchte, dass sie es vernichten will.«

Als ich anfange zu zittern, nimmt Landon meine Hand.

»Ihnen möchte ich es eigentlich auch nicht geben«, sagt Paul. »Aber aus einem anderen Grund.«

Ich werfe einen Blick auf die abgenutzten Kanten des Buchdeckels. »Irgendwie will ich es auch überhaupt nicht haben.«

»Das, was darin steht, ist schwer zu verdauen, auch wenn Wissen Macht ist. Der holländische Verlag hat dieses Buch nur wenige Tage nach seinem Erscheinen wieder zurückgerufen.«

»Sind Sie sicher, dass sein Inhalt der Wahrheit entspricht?«, frage ich.

»Wir werden nie alles, was in diesem Buch steht, überprüfen können, aber ich habe genug nachgeforscht, um zu bestätigen, dass die schlimmsten Aussagen wahr sind. Ich weiß nicht, wie der Autor an diese Informationen gekommen ist. Er schrieb unter einem Pseudonym.«

Wir haben einen geschlossenen Pavillon am Rand seines Grundstücks erreicht. Paul bezeichnet ihn als Teesalon. Im Inneren stehen ein Weidensofa mit Kissen, zwei Stühle und ein Glastisch, auf dem ein Wasserkrug mit Zitronenscheiben auf uns wartet.

»Ich dachte, Sie wollen es vielleicht hier lesen.« Er reicht mir das dünne Buch und ich lese den Titel. *Hitlers Bank* von ...

Der Name des Autors verschwimmt einen Moment vor meinen Augen, bevor ich ihn noch einmal lese.

Daan Kooiman.

Der Name, mit dem Peter Ziegler seine Bilder signiert hat.

»Kooiman«, sagt Paul, »bedeutet *Mann im Käfig*.«

Hat Peter während seiner Zeit im *Craig House* auch dieses Buch geschrieben? War das sein Versuch, frei zu werden?

Vielleicht kann es mir erzählen, was ihn und sein Denken in Ketten gelegt hat.

»Ist alles in Ordnung mit dir?«, fragt Landon und legt die Hand an meinen Ellbogen.

»Das weiß ich nicht.«

Er zieht einen Sessel heran. »Ich bleibe.«

»Nein.« Ich atme tief ein. »Ich glaube, ich muss das allein lesen.«

»Wir bleiben in der Nähe«, verspricht Paul. »Schicken Sie uns einfach eine Nachricht, wenn Sie fertig sind.«

Ich schaue Landon an und sehe die Sorge in seinen Augen. »Ich komme klar.«

Landon schließt die Tür, aber die Männer entfernen sich nicht weit. Sie gehen nur bis zum Flussufer.

Meine Hände zittern, als ich die erste Seite aufschlage. Vorne steckt ein Zeitungsartikel von 1968, der besagt, dass das Buch von einem Geisteskranken geschrieben worden sei und dass die ganze Geschichte eine Farce wäre. Die Familie Kingston habe der Welt schon immer viel Gutes getan und setze das in der Gegenwart fort, wird William Kingston zitiert. Die Kingstons haben geholfen, Europa nach dem Krieg wiederaufzubauen, und seien immer auf die Zukunft ausgerichtet gewesen und nicht auf die Vergangenheit.

Das Buch ist 1967 erschienen, ein Jahr vorher.

Dem Jahr, in dem Peter Ziegler starb.

34. Kapitel

ELIESE

Amsterdam
September 1943

Ihre Nachbarn hatten anscheinend nur darauf gewartet, dass die Nazis ihre menschenverachtende Arbeit zu Ende führten. Kaum waren die Männer fort, begannen sie, das Haus der Lindens zu plündern.

In den Stunden, in denen sich Eliese weiter im Keller versteckt hielt, trugen Leute Möbel aus ihrem Wohnzimmer und nahmen wertvolle Gemälde von den Wänden. Selbst die Uhr, die ihr Vater so sorgsam aufbewahrt und als Andenken an ihre Mutter aus Deutschland mitgebracht hatte, nahmen sie mit.

Als es ruhig wurde, eilte Eliese in ihr Zimmer hinauf, schlüpfte in einen schwarzen Rock und eine graue Bluse und band sich die weiße Binde um den Arm.

Der Regen strömte vom dunklen Himmel und prasselte gegen die Fenster. Irgendwie würden Josie und sie die Kinder in den nächsten Stunden heimlich aus der Krippe bringen und ein sicheres Versteck für sie finden, bevor Fünten sie holen kam.

Alle, die noch da waren, könnten vorerst in ihr Haus kommen und sich mit Josie, Fräulein Pimentel und ihr im Keller verstecken, bis sie Familien fanden, die sie aufnehmen konnten.

Die Straßen waren leer. Eliese kämpfte sich gegen den Wind voran. Die Soldaten, die normalerweise patrouillierten, waren auch nirgends zu sehen. Ein Donnergrollen ließ sie zusammenzucken. Nein, das war kein Donner, es war ein anderes Geräusch – der dröhnende Motorenlärm von Lastwagen, die auf der Straße heranrollten.

Eliese huschte in eine Gasse und tauchte im Schatten unter, als zwei Militärlastwagen aus Richtung des Theaters an ihr vorbeifuhren. Die gleichen Lastenwagen, die immer die Juden zum Amsterdamer Bahnhof brachten.

Aber sie brachten die Menschen nie um diese Uhrzeit weg. Es ging immer um 4:45 Uhr los, eine Stunde, bevor der Zug abfuhr.

Blitze zuckten am Himmel, während Eliese auf der Straße weitereilte und um die Ecke bog. Der Gehweg vor dem Theater war leer, die Tür zur Krippe unverschlossen.

Im Inneren der Kinderkrippe war es nachts normalerweise warm, da die Betten in ordentlichen Reihen eng nebeneinanderstanden, aber als sie jetzt die Tür aufmachte, schlug ihr eisige Kälte entgegen.

Wieder leuchtete ein Blitz am Himmel auf. Das Buntglasfenster über der Hintertür war zersplittert. Und die Kinder waren alle fort.

Wie in Trance schlich Eliese durch den Raum, als schliefen die Geister dieser Kinder in ihren Betten, zwischen ihnen Margot. Aber die Betten waren leer und mit Glasscherben übersät.

Eliese sank auf dem verkratzten Holzboden in sich zusammen. Auch hier lagen Scherben, sie schnitten sich in die nackte Haut ihrer Beine. Die Last dieses Tages, dieses Jahres erdrückte sie. Sie hatte diesen Kindern, die ihre Eltern verloren hatten, helfen wollen. Sie hatte sie wie viele andere vorher an einen sicheren Ort bringen wollen. Genauso wie Josie Hein gerettet hatte.

Aber diese Scherben würde sie nie wieder zusammensetzen können.

»Eliese.« Jemand flüsterte von der anderen Seite des Zimmers ihren Namen, aber sie rührte sich nicht. Es konnten nur die Geister sein, die ihr zuflüsterten.

»Eliese«, sagte die Stimme wieder – ein Mann. Dann stand er neben ihr. Es war Samuel. Er hatte nicht mehr viel von dem attraktiven jungen Mann aus ihrer Erinnerung. Sein Gesicht war hager, er hatte einen Stoppelbart und seine zerlumpte Kleidung hing viel zu locker an seinem Körper. Er trug das Mädchen, das sie in dieser Nacht registriert hatte.

»Margot«, flüsterte sie.

Samuel hielt ihr das Kind hin. Sie erhob sich und Margot kam bereitwillig in ihre Arme. Eliese würde sie nicht mehr loslassen.

»Du musst von hier fort«, sagte Samuel.

Sie wischte die Regentropfen von Margots Gesicht, bevor sie sich ihm wieder zuwandte. »Was machst du hier?«

»Ich bin gekommen, um Josie zu warnen …«

»Hat Fünten sie und die Kinder mitgenommen?«

Als er langsam nickte, brach sie fast zusammen. Wenn sie nur vor Einbruch der Dunkelheit das Haus verlassen hätte! Wenn sie nur eine Stunde früher gekommen wäre, hätte sie vielleicht alle retten können.

Samuel trat zur Tür. »Wir müssen einen sicheren Platz für dieses Mädchen finden.«

Eliese zog einen Glassplitter aus ihrer Handfläche und ließ ihn zu Boden fallen. Das Mädchen hatte die Arme um ihren Hals gelegt, wie Hein es immer getan hatte. »Du bist also derjenige, der diesen Kindern hilft.«

»Es gibt viele Helfer.«

»Aber du führst sie an.«

Er nahm ihre Hand und zog sie und Margot von den Glasscherben weg. »Fünten sucht dich, Eliese. Er hat die Belohnung bereits auf fünfundsiebzig Gulden erhöht.«

»Wirst du mich ausliefern?«, fragte sie, als sie sich der Haustür näherten.

»Natürlich nicht! Aber hier kannst du nicht bleiben.«

»Heute Morgen haben sie meinen Vater abgeholt.«

Während Samuel sie mit einer Hand immer noch festhielt, hob er mit der anderen den Verdunklungsvorhang an und spähte hinaus, bevor er sich ihr wieder zuwandte. »Haben sie seine Bücher gefunden?«

Sie schüttelte den Kopf. »Du und ich sind die Einzigen in Holland, die wissen, wo er sein Geld investiert hat.«

Samuel ließ ihre Hand los. »Dein Vater hat bereut, was er getan hat. Er hat versucht, es wiedergutzumachen.«

»Aber er hat nicht damit aufgehört. Auch dann nicht, als die

Nazis einmarschiert sind. Er hat diese deutschen Firmen weiterhin finanziert.«

»Ich fürchte, wir alle haben Blut an unseren Händen.«

Sie blickte auf die Umrisse ihrer eigenen Hände hinab. So viele Menschen waren fortgebracht worden, nachdem sie mit diesen Fingern ihre Namen getippt hatte. So viele, fürchtete sie, waren gestorben. Erwachsene und Kinder, von ihr registriert.

»Haben William und Peter gewusst, was mein Vater getan hat?«, fragte sie mit zitternder Stimme.

»Dein Vater hat sie bis zum Kriegsausbruch über alles auf dem Laufenden gehalten.« Er schwieg einen Moment. »Dann hat er einen Teil ihrer Investitionen zurück in den Widerstand fließen lassen.«

Sie nickte langsam. William würde sich freuen, dass ihr Vater dieses Geld für den Kampf gegen die Nazis eingesetzt hatte.

Samuel legte die Hand auf den Türgriff. »Du kannst dich bei meiner Cousine in Maastricht verstecken.«

Schweren Herzens schaute sie das Mädchen an. »Ohne Hein kann ich nicht aus Amsterdam weggehen.«

»Oh, Eliese.« Aus seiner Stimme sprach eine tiefe Traurigkeit.

Sie wusste sofort, was sie zu bedeuten hatte.

Erneut sank sie zu Boden. Samuel nahm ihr Margot ab und versuchte ihr klarzumachen, dass sie dringend von hier verschwinden müssten. Aber sie hielt sich die Ohren zu und schaukelte vor und zurück, als wäre sie wieder ein Kind und könnte damit diese grausame, dunkle Welt aussperren.

Er legte die Hand auf ihre Schulter und versuchte, sie zu trösten, aber die Trauer bohrte sich tief in sie, obwohl sie sich so sehr bemüht hatte, eine undurchdringliche Mauer um ihr Herz aufzubauen. Sie schlang die um ihre Knie und hätte sich am liebsten zu einer Kugel zusammengerollt, wie in einen Kokon, um sich vor diesem Schmerz zu schützen, der sie durchbohrte. Die ganze Zeit, in der sie gearbeitet hatte, hätte ihr Sohn sie gebraucht. Sie war in Sicherheit, während er …

Sie schaukelte wieder zurück und blickte auf. »Josie hat gesagt, dass es ein sicheres Versteck wäre.«

»Es war sicher. Aber dann hat sich der Nachbar als Verräter entpuppt.«

»Wohin haben die Nazis meinen Sohn gebracht?«

»Sie haben alle, die sie fanden, ins Kamp Vught gebracht.«

Ein viel schlimmeres Lager als Westerbork.

»Ich muss zu ihm und …«

»Es ist zu spät«, unterbrach er sie. »Sie wurden schon in den Osten gebracht.«

Sie schloss die Augen und wandte sich von Samuel ab.

»Steh auf, Eliese«, forderte er sie auf.

Aber sie rührte sich nicht. Sie war die schlimmste Mutter, die es geben konnte. Sie hatte den Männern geholfen, die ihren Sohn geraubt hatten.

»Um Heins willen musst du dich retten.«

Sie brachte die Worte kaum über die Lippen: »Er ist nicht mehr da.«

»Dann tu es für William.«

35. Kapitel

Terroir.

Danach sehne ich mich, als ich *Hitlers Bank* zu Ende gelesen habe. Die warmen Strände von North Carolina, wo ich meine Zehen und vielleicht auch meinen Kopf in den Sand stecken und vor der grausamen Wahrheit, was meine Familie getan hat, davonlaufen kann.

Ich schließe die Augen und lehne mich mit dem Rücken an die Glaswand des Pavillons.

Selbst wenn ich nach Hause gehen würde, könnte ich meinen Kopf nicht lange vergraben. Egal, wohin ich fliehe, die Vergangenheit wird mich immer verfolgen. Selbst wenn ich versuche, mich dagegen zu wehren, greift sie in meinen Träumen nach mir.

Irgendwie muss ich das, was vor langer Zeit passiert ist, ans Licht bringen. Sonst zerstört es mich womöglich auch noch.

Die Anfänge dieser Geschichte kannte ich bereits: Peter und William haben sich in Cambridge kennengelernt – der Beginn einer Verbindung, die ein Leben lang halten sollte. Aber ich habe nicht gewusst, welchen Ursprung ihr Reichtum hat. Dieser Teil ist aus unserer Familiengeschichte gestrichen worden. Die schlimmste Lüge, die es geben kann!

Kurz vor dem Ende der Weltwirtschaftskrise haben diese Männer – genauso wie andere amerikanische und europäische Investoren auch – einen Politiker namens Adolf Hitler unterstützt, der deutsche Geschäftsleute vereinte, um die Wirtschaft nach dem Ersten Weltkrieg wiederaufzubauen. Wie riskant das war, wurde im Laufe der Jahre immer deutlicher. Bevor sich die alliierten Streitkräfte in den Zweiten Weltkrieg einschalteten, waren William und Peter bereits eine Partnerschaft mit einer niederländischen Bank eingegangen, durch die das Geld zurück nach Deutschland floss. Die Niederländische Handelsbank investierte in Öl und Automobile, Kohle und Zink und in die *I. G. Farben*, die ein Pestizid namens Zyklon B produzierte.

Das Gift, das Nazideutschland in seinen Gaskammern benutzte.

William und Peter investierten eine riesige Geldsumme in Hitlers Kriegsvorbereitungen und sie machten durch die Zwangsarbeit in den Konzentrationslagern, wo Waren billig hergestellt wurden, ein Vermögen.

Das Kingston-Geld ist beschmutzt, jeder einzelne Dollar. Mit dem Geld meiner Familie ist getötet und zerstört worden. Der Profit war wichtiger als die Menschen, die um ihr Leben gekämpft haben.

Laut diesem Buch hat Peter Ziegler erst 1944 erfahren, was in den Konzentrationslagern vor sich ging, aber Hitler hat mit seinen Absichten, die Juden zu vernichten, nie hinter dem Berg gehalten. Sowohl Peter als auch William haben auch nach dem Ausbruch des Krieges weiterhin über die Niederländische Handelsbank Geld in Hitler investiert.

Kein Wunder also, dass William in der Nachkriegszeit so viel Geld in den Wiederaufbau gesteckt hat! Er wollte die schmutzigen Investitionen der Familie durch seine wohltätige Arbeit vertuschen, damit weder er noch Peter als Verräter angeklagt werden würden.

Peter – der Mann im Käfig – war keinen Monat nach der Veröffentlichung dieses Buches tot. Sein schlechtes Gewissen hat sich anscheinend in diesem Buch und auf seiner letzten Leinwand Luft gemacht. Er, ein deutscher Jude, hatte sein eigenes Volk verraten.

War er wohl wirklich krank oder haben die Kingstons ihn einliefern lassen, als er drohte, die Wahrheit zu veröffentlichen? Ist William so weit gegangen, seinen Geschäftspartner zu töten, um ihr Geheimnis zu wahren?

Tränen laufen mir übers Gesicht. Landon hatte recht, als er sagte, dass einige Firmen sich gute Zwecke zunutze machen, um etwas zu verdecken, das überhaupt nicht gut ist. Die ganze Kingston-Stiftung, wie sie vor Jahrzehnten gegründet wurde, ist eine riesige PR-Operation, um die Wahrheit über die Vergangenheit zu vertuschen. Sie ist eine bröckelnde Fassade, genau wie das Büro in Kenia, das nur der Tarnung diente.

Ich will damit nichts zu tun haben. Weder mit der Tarnung noch mit dem Vermögen noch mit dieser Kultur, die andere Menschen benutzt und verletzt.

Ein Blick in den Himmel, das ist das *Terroir,* das ich jetzt brauche, ein Ort, an dem sich das Böse nicht länger verstecken kann, wo das helle Licht Jesu die Schatten vertreibt.

Mein Handy kündigt einen weiteren Anruf von Claire an. Ich lehne ihn ab.

Meine Mutter ist von dieser Familie adoptiert worden und ich bin im Alter von fünfzehn Jahren auf der verzweifelten Suche nach den Menschen, zu denen ich gehöre, zu den Kingstons gekommen. Aber diese Täuschungen, diese Lügen – das will ich nicht.

Meine Mutter ist vor diesem Wahnsinn weggelaufen, aber ich will ihm ins Auge sehen. Ich will die Wahrheit aufdecken, damit niemand mehr verletzt werden kann.

Am Ende des Buches ist ein Foto von drei Männern und einer jungen Frau abgebildet, darunter stehen die Namen der abgebildeten Personen. Es zeigt den Eigentümer der Niederländischen Handelsbank, Gernot Linden, und seine Tochter Anneliese mit William und Peter. William hat den Arm um Anneliese gelegt.

Ich beuge mich näher über das Bild. Es ist dieselbe Frau, die ich im Theater gesehen habe, die Frau auf dem Foto mit Walter Süskind, aber auf diesem Bild ist sie jünger. Und sie lächelt.

In ihrem Lächeln sehe ich Landon.

Mit dem Buch in der Hand verlasse ich den Pavillon und finde Paul und Landon, die inmitten von Löwenzähnen am Ufer stehen. Als Landon meine Tränen sieht, nimmt er meine Hand, wie er es bei Faith getan hat, als sie im Krankenhaus lag. Wieder jemand, der gerettet werden muss.

»Sie wissen, wer das geschrieben hat?«, fragt Paul.

»Ich glaube schon, aber es ist zu spät, um es zu beweisen.« Ich streiche mit der Hand über das Buch. »Haben Sie deshalb Ihre Stelle gekündigt?«

Er nickt. »Mein Patenonkel hat sein ganzes Leben lang für die Kingstons gearbeitet, aber ich – ich fürchte, ich kann das nicht mehr.«

»Wie hieß Ihr Patenonkel?«, frage ich.

»Klaas.« Er schweigt einen Moment. »Klaas Schoght.«

Er wartet, als würde ich vielleicht sagen, dass ich Herrn Schoght kenne, aber der Kingston-Konzern hat in den letzten siebzig Jahren Zehntausende Leute beschäftigt und ich kenne nur eine Handvoll aus dem Direktorium.

»Lebt Ihr Patenonkel noch?«, frage ich.

Er schüttelt den Kopf. »Er ist vor über zehn Jahren gestorben.«

»Was wurde aus Anneliese Linden?«

»Das weiß ich nicht.«

Ich schlage das Buch auf und zeige Landon das Foto von Anneliese und ihrem Vater. Er atmet tief ein, als er die Frau neben William betrachtet.

»Oma«, sagt er überrumpelt.

Mrs West kannte meinen Urgroßvater tatsächlich. Anscheinend sogar ziemlich gut.

Paul arbeitet zwar nicht mehr für die Bibliothek, aber er hat immer noch den Schlüssel zum Seitentor. Und als Vertreterin der Kingston-Stiftung steht mir eine nächtliche Führung durch die Bibliothek zu.

Bei einem langen Telefongespräch am Nachmittag hat Mrs West Landon erzählt, dass sie früher Anneliese geheißen hat, aber das war in einem anderen Leben. Sie hat ihm auch vorgeschlagen, den Keller unter dem Haus, in dem sie in Amsterdam gewohnt hat, aufzusuchen. In der Nieuwe Keizersgracht.

Laut Paul haben die Nazis das Kanalhaus, in dem die *Kingston-Bibliotheek* untergebracht ist, im Krieg von einer jüdischen Familie konfisziert, bevor William Kingston es später kaufte, aber Paul war bis heute nicht bewusst, dass darin zuvor Gernot und Anneliese Linden gewohnt haben.

Der Zugang zum Keller befindet sich in einem gläsernen Gartenhaus hinter der Bibliothek, in dem kleine Glühbirnen an der Decke hängen. Paul schaltet das Licht nicht ein. Mithilfe einer

Taschenlampe führt er uns zu einer Treppe, die durch eine halbhohe Wand abgetrennt ist, und dann durch einen kurzen Gang, bis wir uns unter dem Haus befinden.

Der Keller ist feucht, der Lehmboden mit Steinfragmenten durchzogen. Die Wand besteht aus Backsteinen, die durch Mörtel zusammengehalten werden.

Mit einem Schraubendreher löst Landon die Steine, die er laut Mrs West entfernen soll. Dahinter befindet sich das verrostete Zahlenschloss eines Tresors, auf dem die Ziffern von 0 bis 75 eingraviert sind. Die Zahlenkombination, die Mrs West ihm gegeben hat, braucht Landon gar nicht. Jemand hat den Tresor offen gelassen.

Der Boden über uns knarrt und wir erstarren. Vielleicht ist es nur das Stöhnen des alten Gebälks, aber Paul schaltet schnell die Taschenlampe aus. Das einzige Licht, das wir noch haben, ist der schwache Schein, der Straßenlaternen, der von draußen durch die Ritzen dringt.

Landon schiebt die Hand in den Tresor und holt etwas Kleines heraus. Er steckt es in seine Tasche.

Wieder knarrt es über uns. Schritte auf dem Holz. Ein Wachmann, hoffe ich, der nur seinen Kontrollgang durchs Gebäude macht. Aber genau wie meine Mutter damals bekomme ich langsam Angst davor, wozu ihre Brüder fähig sein könnten.

Das Licht meines Handys ist schwächer als Pauls Taschenlampe, aber es ist hell genug, um uns den Weg um die Stützpfosten und Wände im Keller herum zur Treppe auf der anderen Seite zu führen. Schweigend verlassen wir das Gartenhaus und das Bibliotheksgelände und fahren mit dem Auto zu Paul zurück.

Mein Herz hämmert immer noch, während Paul uns Cappuccino macht. Landon legt den einzigen Gegenstand, den er im Tresor gefunden hat, auf den Küchentisch, eine alte Karteikarte, auf die mit einer Schreibmaschine Namen getippt worden sind: Werner, Hanneke und Esther van Gelder. Hinter ihren Namen steht eine Adresse in Amsterdam, das Alter der Eltern und ihrer Tochter – vier Jahre –, und Werners Beruf: Innenarchitekt.

Landon gibt die Adresse in seinem Handy ein. Dort befindet sich jetzt eine Fahrradwerkstatt.

Ich habe mir Antworten erhofft, eine Verbindung zwischen meiner Familie und Mrs West. Aber auf dieser Karteikarte steht nichts, was uns weiterhilft.

Paul kommt mit den dampfenden Cappuccinotassen zu uns. Er nimmt die Karteikarte in die Hand und betrachtet sie. »Bemerkenswert.«

»Was ist das?«, fragt Landon.

»Eine Registrierungskarte«, erklärt Paul. »Wir wissen, dass die Registrierungsmitarbeiter halfen, jüdische Kinder aus der Kinderkrippe zu retten, aber niemand weiß, wie sie genau vorgegangen sind, um ihre Namen zu löschen.«

»Oma hat sie gestohlen?«, fragt Landon.

»Vielleicht.«

Landon pustet über seine Tasse. »Mich würde interessieren, was aus den anderen Karten geworden ist.«

Ich seufze. »William hat sie wahrscheinlich gefunden, als er ihr Haus gekauft hat.«

»Oder Oma hat sie mit in die Staaten genommen.«

Pauls Katze schmiegt sich an mein Bein. Ich beuge mich nach unten, um sie zu streicheln. »Wie ist sie eigentlich nach Amerika gekommen?«

»Das Flugzeug meines Urgroßvaters wurde über den Niederlanden abgeschossen«, erzählt Landon. »Sie hat ihn gefunden und vor den Nazis versteckt. Später sind sie zusammen entkommen.«

»Klaas hat gesagt, dass diese Flugzeuge wie Bienenschwärme über der Stadt schwirrten.«

»Wie war Ihr Patenonkel so?«, frage ich.

Paul lässt uns kurz allein und kommt dann mit einem Bilderrahmen zurück, in dem zwei Fotos stecken, ein Farbfoto und ein Schwarz-Weiß-Bild. Das ältere Foto zeigt einen attraktiven jungen Mann, der im Wind steht und lacht, während seine Krawatte über seine Schulter fliegt. Das andere Bild zeigt einen strengen Herrn, der auf einem Stuhl sitzt, die Hand auf die Armlehne gelegt. An seinem Finger steckt ein mit Edelsteinen besetzter Ring.

Neben ihm steht ein gut aussehender junger Mann in einem Nadelstreifenanzug und mit einem breiten Lächeln.

»Das ist mein Vater.« Paul deutet auf den lächelnden Mann. »Klaas hatte keine eigenen Kinder, aber dafür hat er meinen Vater sehr verwöhnt.«

»Wie hieß Ihr Vater?«

»Hein.« Paul fährt mit der Hand über den Rand des Bildes. »Seine Eltern starben im Krieg, aber er wurde von einem Ehepaar in Maastricht adoptiert.«

»Ob Klaas Anneliese gekannt hat?«

Paul lässt den Bilderrahmen sinken. »Ich habe ihn nie über jemanden sprechen hören, mit dem er in den Kriegsjahren zu tun hatte.«

»So viele haben geschwiegen«, seufzt Landon.

Paul blickt wieder auf die Fotos. »Die Wunden, die mit einer Geschichte zusammenhängen, die nicht erzählt wird, können anscheinend nie heilen.«

»Hier drinnen sind wir nie zufrieden«, sagt Landon und deutet auf seine Brust, »wenn wir von jemand anderem als von Gott Heilung erwarten. Er will nicht, dass wir leiden, sondern dass wir erlöst werden.«

Ich habe in diesen vor meiner Zeit geschriebenen Büchern einen Hinweis auf mein Erbe gesucht, aber vielleicht muss ich ein anderes altes Buch lesen, um die Wahrheit zu finden. Vielleicht muss ich mein Herz und meine Seele wieder auf das ausrichten, wo ich als Kind nach Antworten gesucht habe.

Als ich an diesem Abend im Bett liege, die Bibel meiner Mutter in den Händen, fange ich ganz am Anfang an, im Garten Eden. Meine Mutter hat einen Baum mit goldenen Früchten gezeichnet, einen Mann und eine Frau, die sich an den Händen halten. Und sie hat eine schwarze Schlange gezeichnet, die sich um den Baum schlängelt. Wie die Kobra, die ich in Afrika gesehen habe.

Ich jage auf dieser Reise keine Hexen, aber vielleicht Schlangen. Die Vergangenheit scheint wie diese Kobra im Gras zu lauern und nur darauf zu warten, jeden, der sie aufschreckt, anzufallen.

Was hat William Kingston getan, als er es mit der Angst zu tun bekam?

Unten auf der Seite steht mit roter Tinte eine Bibelstelle aus dem Römerbrief: *»Lasst euch nicht vom Bösen überwinden, sondern überwindet das Böse mit Gutem.«*

Meine Mutter hat ein Bild dazu gezeichnet: eine Hand, auf Holz genagelt, ein einziger Blutstropfen, der auf die Welt darunter tropft.

In diesem Buch ist nicht Traurigkeit, sondern möglicherweise echte Heilung zu finden.

36. Kapitel

JOSIE

Westerbork
September 1943

In dem überfüllten Registrierungsbüro war es heiß und stickig und roch nach Kohlsuppe und Wurst. Albert Gemmeker, der Lageraufseher von Westerbork, warf einen kurzen Blick auf die siebenundsechzig Kinder, einschließlich des Babys in Fräulein Pimentels Armen, und winkte sie in der Schlange nach vorne.

»Wo sind ihre Eltern?«, brüllte er, während Josie versuchte, die Kinder, die den Kampf gegen ihre Tränen verloren hatten, zu trösten.

Fräulein Pimentel beantwortete Gemmekers Frage ganz ruhig: »Sie haben keine mehr.«

Er warf einen Blick auf seine Uhr. »Ihr Zug fährt in einer Stunde ab.«

»Aber wir sind doch gerade erst angekommen.«

Die Augen des Mannes zogen sich unter seiner Mütze zusammen. »Alle Waisenkinder werden in den Osten gebracht.«

Josie zog einen der Jungen eng an sich heran und wischte schnell seine Tränen ab, damit der Offizier ihn nicht verhöhnte.

Die Kinder und sie waren in den Nachtstunden mit dem Zug hierhergebracht worden zusammen mit Leuten, die bei der letzten Razzia verhaftet worden waren, und mehreren Arbeitern, die für ein Fest heute Abend in Gemmekers Haus auf der anderen Seite des Stacheldrahtzauns einbestellt worden waren. Lebensmittel für die Feier des Lageraufsehers waren in Kisten und Fässern in einem Teil des schmalen Gebäudes gestapelt, während die Kinder in den anderen gepfercht wurden.

Die Registrierungsmitarbeiterin warf einen Blick auf Josies Ausweis und gab ihn ihr zusammen mit einer Bescheinigung zurück, die ihr erlaubte, die Kinder zu ihrem Zug zu begleiten und sich dann wieder auf den Heimweg zu machen. Sie hatte jedoch nicht vor zurückzufahren.

»Henriëtte Pimentel«, murmelte die Registrierungsmitarbeiterin und hielt mit ihrer Schreibmaschine die Daten der Kinderkrippenleiterin fest.

Obwohl Josie so lange in der Krippe gearbeitet hatte, hatte sie nicht gewusst, wie Fräulein Pimentel mit Vornamen hieß.

Fräulein Pimentel wollte ebenfalls keine Ausnahmegenehmigung. Sie würde hocherhobenen Hauptes in Stärke und Würde ihren Weg gehen, egal was Männer wie Fünten taten.

Die zwei Frauen begleiteten die Kinder in den staubigen Hof hinaus. Die jüngeren klammerten sich an ihre Hände. Das helle Rosa der Morgendämmerung legte sich über die weißen Baracken in diesem Heideland. Die Lagerbewohner tauchten nach und nach auf, viele mit Rucksäcken über den Schultern und Holzschuhen an den Füßen, die sich in einem gleichmäßigen, schwermütigen Rhythmus bewegten.

Ein neuer Zug, dieses Mal mit Viehwaggons, fuhr langsam ins Lager ein. Auf dem Bahnsteig stand eine ältere Frau, die von Kindern umringt war, von denen viele einen Gips oder einen Verband hatten. Sie trug eine weiße Schürze über ihrem blauen Kleid und hielt die Hand eines Jungen, der ungefähr drei oder vier Jahre alt sein musste. Seine Kopfhaut war fast kahl, an vielen Stellen waren ihm ganze Haarbüschel ausgefallen. Seine Wangen waren gerötet. Er hielt ein abgegriffenes Lamm an sich gedrückt.

Josie trat auf die Frau zu und spürte inmitten des ganzen Elends einen Anflug von Erleichterung. »Frau Pon?«

»Was machst du denn hier?« In den Augen ihrer früheren Nachbarin stand Traurigkeit statt Wiedersehensfreude.

»Ich bin mit Kindern aus Amsterdam gekommen.«

Frau Pon betrachtete ihre Gruppe. »Haben sie dich auf die Transportliste gesetzt?«

»Nein, aber ich begleite sie.«

»Willst du spielen?«, fragte der Junge Josie und lächelte sie an, als könnten sie noch eine Runde mit dem Ball herumtollen, bevor sie in diesen Zug stiegen.

Josie beugte sich zu ihm hinab. »Wie heißt du?«

»Hein«, sagte er stolz. »Hein Kingston.«

Josies Kinnlade fiel nach unten. Ihre Reaktion entging Frau Pon nicht. Sie nickte ihr vielsagend zu. »Der Nachname bringt ihm hier keine Vorteile ein.«

»Ich dachte, er wäre …« Josie brach ab und ihr Herz zog sich zusammen. Sie hatte Eliese doch versprochen, dass er in einem arischen Haus sicher untergebracht werden würde. »Wie ist er hierhergekommen?«

»Er wurde aus dem Kamp Vught hierher verlegt«, antwortete Frau Pon. »Wo ist Eliese?«

»Keine Ahnung.«

»Sie hat mir monatelang Pakete geschickt. Dann kamen plötzlich keine mehr.« Frau Pon hob Hein hoch und reichte ihn dann Josie. Die Arme des Jungen legten sich warm auf ihre Haut.

»Komm mit«, forderte Frau Pon sie auf.

Hein spielte mit Josies langen Haaren, während sie sich einen Weg um Eichenfässer und Kisten herum bahnten – noch mehr Sachen für das Fest des Lageraufsehers, vermutete sie. Schließlich erreichten sie ein Gebäude mit einem Schild, auf dem »Kinderstation« geschrieben stand.

Im Inneren standen zwei Reihen leerer dreistöckiger Betten, aus deren Matratzen das Stroh an den Seiten herauskam. Spielsachen lagen auf dem lumpigen Bettzeug verstreut. Auf einem Tisch in der Raummitte war allerlei medizinisches Material ausgebreitet und auf dem Holzboden stand eine Zinkwanne, die mit trübem Wasser gefüllt war.

Frau Pon nahm einen Waschlappen und wischte Heins Stirn ab. Dann rührte sie etwas in ein Glas mit Wasser.

»Trink das«, sagte sie freundlich.

Hein verzog das Gesicht, als er daran nippte.

Josie warf wieder einen Blick auf die leeren Betten. »Waren die Kinder auf dem Bahnsteig Ihre Patienten?«

Frau Pon nickte. »Normalerweise haben sie kranke Kinder nicht deportiert, aber anscheinend hat sich das geändert.«

Draußen ertönte etwas, das klang wie die Kirchenglocken in Amsterdam.

»Ich muss gehen.« Frau Pon beugte sich vor und küsste Hein auf die Wange. »Durch den Baldrian wird er schlafen. Dann kannst du ihn leichter verstecken.«

Josie trat mit Hein in den Armen ebenfalls zur Tür. »Ich komme mit Ihnen.«

Inzwischen hatte es angefangen zu regnen und die Tropfen trommelten gegen die Scheiben.

»Du gehörst nicht in diesen Zug, Josie.«

»Niemand gehört in diesen Zug.«

Frau Pon blickte zu einem der Fenster. »Nach jedem Transport fangen die Leute hier an zu feiern und am Abend ist das Fest des Lageraufsehers mit seinen Freunden. Während des Cabarets musst du mit Hein verschwinden.«

»Ich gehe jetzt schon ...«

»Wir haben eine Kneifzange, mit der wir die Bolzen an den Containern aufmachen. Damit kannst du ein Loch in den Drahtzaun schneiden.«

Ein Wachmann rief über ein Megafon Heins Namen auf. Der Junge vergrub seinen Kopf an ihrer Schulter.

»Du stehst nicht auf ihrer Liste, Josie.«

»Aber er.«

Frau Pon nahm eine Puppe von einem Bett, wickelte sie in eine Krankenhausdecke und hielt sie an ihre Schulter, sodass nur noch der Hinterkopf zu sehen war. »Wir retten ihn. Für Eliese. Damit sie und ihr Mann ihn nach dem Krieg finden können.«

Für Eliese. Die Frau, die als Mädchen ihre beste Freundin gewesen war. Die Frau, die Josies Bruder verraten und einen Amerikaner geheiratet hatte.

Die Frau, die ihr geholfen hatte, Hunderte Kinder zu retten, obwohl sie nicht wusste, was aus ihrem eigenen Sohn geworden war.

Frau Pon öffnete die Tür zu einem kleinen Schrank und bedeutete Josie, sich darin zu verstecken. »Schnell!«

Sie rührte sich immer noch nicht.

»Bitte, Josie!«

Fräulein Pimentel und die Kinder, sie würden denken, Josie hätte sie im Stich gelassen. Aber dann konnte sie Fräulein Pimentel fast flüstern hören:

»Wir können nicht alle Kinder retten, Josie, aber du kannst noch eines mehr retten.«

Fräulein Pimentel und Frau Pon würden sich gut um die anderen kümmern.

Mit Hein in ihren Armen schlüpfte Josie neben einen Schrubber und einen Eimer in den Schrank. Sie wünschte, alles wäre nur ein Versteckspiel, wie sie es als Kind mit Samuel und Klaas gespielt hatte.

Frau Pon flüsterte durch die schmalen Ritzen der Schranktür: »L'Chaim.«

Auf das Leben.

Hein begann, sich in ihren Armen zu winden.

»Wir spielen jetzt Katz und Maus«, flüsterte Josie.

»Das kenne ich nicht.«

»Wir sind Mäuse. Egal, was die Katze macht, wir dürfen keinen Ton von uns geben. Wenn sie uns hört, haben wir verloren, und ich will nicht verlieren.«

Das leiseste Geräusch und sie würden bei diesem Spiel *alles* verlieren.

Ein Wachmann stapfte ins Zimmer. Durch die Ritzen sah Josie die grimmige Entschlossenheit im Gesicht des Mannes. »Hein Kingston?«

Hein öffnete den Mund, aber Josie hielt ihm den Finger auf die Lippen. Er lehnte sich an sie und vergrub wieder das Gesicht an ihrer Schulter.

»Hein ist hier«, sagte Frau Pon und strich mit der Hand über das Deckenbündel mit der Puppe darin. »Er hat Scharlach.«

Der Wachmann wich zurück und hob die Hände, als hätte sie eine Waffe gezückt. Einen Moment sprachen weder er noch Frau Pon ein Wort.

Josie hielt die Luft an und betete, dass Hein ruhig bleiben würde.

»Wie heißen Sie?«, wollte der Wachmann wissen.

»Margot Pon.«

»Bringen Sie ihn in den Zug.«

»Selbstverständlich«, sagte sie traurig. Josies frühere Nachbarin zögerte nicht. Sie eilte aus dem Gebäude und der Wachmann folgte ihr.

»Sehr gut«, flüsterte Josie Hein zu. »Du hast das Spiel gewonnen.«

»Frau Pon war aber nicht leise.«

Das hatte sie auch nicht sein können. Die Katze gab sich erst zufrieden, wenn sie eine Maus hatte.

Hein schlief, während sie auf die Abfahrt des Zuges warteten. Josie stellte sich vor, wie all die Kinder und die Betreuerinnen in den Zug stiegen. Sie betete, dass Gott sich um diese Frauen, die seine Kinder von ganzem Herzen liebten, kümmerte. Dass er seine Engel schicken würde, um sie zu trösten.

Musik drang in den leeren Raum. Sie ging zur Tür und öffnete sie einen Spaltbreit. Es regnete immer noch, aber das schien die Freude draußen nicht zu trüben. Wie Frau Pon vorhergesagt hatte, wurde ausgelassen gefeiert. Einige sangen und andere tanzten zwischen den Baracken.

Sie musste mit Hein entkommen, bevor einer der Wachleute sie fand, aber selbst wenn sie den Zaun aufschneiden könnte, befürchtete sie, dass das Gelände nachts bewacht wurde. Wenn er nicht durch den Baldrian außer Gefecht gesetzt wäre, könnte Hein vielleicht unter dem Zaun durchkriechen und laufen, bevor ein Wachmann sie entdeckte, aber im Moment konnte er nicht einmal richtig gehen. Es war praktisch unmöglich, mit ihm durch den Stacheldraht zu fliehen.

Josie warf einen Blick auf die Zinkwanne auf dem Boden und plötzlich kam ihr eine andere Idee. Nachdem sie Hein auf einem der Betten abgesetzt hatte, kippte sie die Wanne um und das schmutzige Wasser flutete den Raum.

»Hast du schon einmal das Spiel gespielt, bei dem man einen Nagel in eine Glasflasche hineinbekommen muss?«, fragte sie.

Hein nickte und zappelte mit den Füßen.

»In diesem neuen Spiel bist du der Nagel.« Sie deutete auf die Zinkwanne. »Aber statt dich in eine Flasche zu stecken, decke ich dich mit dieser Wanne zu.«

Er schaute sie skeptisch an. »Kann ich mir dabei wehtun?«

»Ich lasse nicht zu, dass dir etwas passiert.«

Trotzdem rührte er sich nicht.

»Möchtest du deine Mama sehen, Hein?«

Er nickte.

»Dann musst du dieses Spiel mit mir spielen.«

Er zog die Knie an seine Brust heran und Josie stülpte die Wanne über ihn. Darunter war er so gut verborgen wie Josie in ihrer Kindheit im Versteck unter dem Steg. Draußen fand sie eine verwaiste Handkarre, deren Holzboden groß genug für die Wanne war. Niemand hielt sie auf, als sie die Karre um die Ecke zur Kinderstation schob.

Sie belud sie mit mehreren Kisten aus dem Krankenhaus und hob dann die Wanne von Heins Kopf. »Wie geht es dem Nagel?«

»Mir ist heiß!«

»Es dauert nicht mehr lange«, versprach sie, bevor sie ihm die Spielregeln noch einmal einschärfte. »Sprechen Nägel?«

Er schüttelte den Kopf.

»Bewegen sie sich?«

»Nein.«

»Sie werden im Glas herumgeschüttelt und durchgerüttelt. Aber sie warten geduldig, bis jemand sie wieder herausholt, um ein neues Spiel zu spielen.«

Egal, wie hart man sie gegen die Wände schlagen lässt, sie zerbrechen das Glas nicht.

Josie legte einen Umhang über sich, der unbenutzt auf einem Bett gelegen hatte, und hob die Wanne hoch. Dann setzte sie Hein auf den Karrenboden und versteckte ihn wieder darunter.

Regen prasselte auf die Zinkwanne und lief an den Seiten nach unten, als Josie die Karre in Richtung des Eingangs von Westerbork schob.

Jemand rief ihren Namen. Erstaunt, hier noch jemandem zu begegnen, den sie kannte, drehte sie sich um. »Herr Linden?«

Der Mann trug den gleichen blauen Arbeitsoverall wie die Leute, die diese Karren schoben, aber dazu hatte er eine schwarze Melone auf dem Kopf, als müsste er heute Abend in die Bank gehen. »Frau Pon hat gesagt, dass mein Enkel hier ist.«

»Ist Eliese bei Ihnen?«, fragte sie.

Er schüttelte den Kopf. Josie deutete mit dem Kopf auf die Wanne, die von Kisten umgeben war. »Wollen Sie ihn sehen?«

»Ich kann nicht.« Seine Stimme versagte und es dauerte einige Augenblicke, bis er wieder sprechen konnte. »Aber vielleicht kann ich dir helfen, ihn auf die andere Seite zu bringen.«

Herr Linden packte die Griffe und schob die Karre an den Gleisen entlang weiter zum Lagereingang, der auf beiden Seiten von Stacheldraht gesäumt war. Auf der anderen Seite stand ein grün und weiß gestrichenes zweistöckiges Haus.

Der Wachmann am Eingang musterte die beiden und die Kisten auf der Karre argwöhnisch.

Herr Linden deutete mit dem Kopf zum Haus. »Das ist für Gemmekers Fest.«

»Wer sind Sie?«, fragte der Wachmann Josie.

Sie reichte ihm ihren Ausweis. »Ich liefere Essen.«

Während er sich über ihren Ausweis beugte, traten ihr Tränen in die Augen. Es war einfach zu viel – der Kummer, die Angst und das Risiko, Elieses Sohn hier im Schatten dieses Hauses zu verlieren.

Aber sie durfte jetzt nicht weinen. Trotz des Regens würden ihre Tränen sie verraten. Sie musste auch ein Nagel sein, stark und unerschütterlich in der Glasflasche.

Als der Wachmann kein *J* in ihrem Ausweis fand, gab er ihn ihr zurück.

»Falls Essen übrig bleiben sollte …«

Josie zwang sich zu einem Lächeln, obwohl sie ihre Tränen nur mühsam zurückblinzeln konnte. »Wir bringen Ihnen etwas mit.«

Er winkte beide um den Stacheldraht herum.

Herr Linden schob die Karre auf die andere Seite des Hauses. Josie hörte eine Musikkapelle spielen und Wut kochte in ihr hoch.

Wie konnte dieser Mann – wie konnte irgendjemand – feiern, nachdem so viele Kinder weggebracht worden waren?

Als sie unter den Bäumen ankamen, blieb Herr Linden stehen.

»Kommen Sie mit«, schlug sie vor.

Er schüttelte den Kopf. »Ich verdiene es, in den Osten geschickt zu werden. Mehr als jeder andere hier.«

»Das verdient keiner.«

Zweifel flackerten in seinen Augen auf. »Dein Bruder weiß, was ich getan habe.«

»Wir fliehen durch den Wald. Niemand wird uns sehen.«

»Der Barackenaufseher wird merken, dass ich fort bin; dann suchen sie mit Hunden, bis sie mich finden. Und wenn sie mich finden …« Im schwachen Dämmerlicht schaute er Josie in die Augen. Sie sah erst jetzt, wie müde er wirkte. »Frau Pon hat gesagt, dass die Wachleute nichts von Hein wissen.«

»Sie denken, er wäre mit im Zug.«

»Ich will nicht, dass mein Enkel je erfährt, wer sein Vater ist.«

»Ich werde es ihm nicht sagen.« Josie deutete auf die Wanne. »Wollen Sie sich von ihm verabschieden?«

Herr Linden schüttelte den Kopf und trat langsam zurück.

»Ich werde mich gut um ihn kümmern«, versprach sie.

Er nickte und kehrte zu dem Durchgang im Zaun zurück.

Als sie die Wanne hochhob, fiel der Regen auf Hein und sie deckte ihn schnell mit dem Umhang zu.

»Habe ich das Glas zerbrochen?«, fragte er.

»Nein«, antwortete sie. »Du hast schon wieder gewonnen.«

Er lehnte sich an die Kisten und ihm fielen wieder die Augen zu. Seine Wangen waren immer noch glühend rot. »Ich bin so müde.«

Josie betrachtete den grauen Wald, der sich vor ihnen ausbreitete, die Walnusszweige, die im Wind schaukelten. »Wir spielen noch ein anderes Spiel, Hein.«

»Ich habe keine Lust mehr zu spielen.«

»Wir spielen, wer als Erster beim Kanal auf der anderen Seite dieser Bäume ist!«

Über ihnen krachte ein Donner und riss Hein aus seinem Dämmerschlaf.

Er schleppte sich mühsam voran.

Weinend folgte sie ihm. Der Regen wusch ihre Tränen weg. Die Deutschen würden sie nie weinen sehen, aber Gott weinte vermutlich mit ihr.

37. Kapitel

»Ava!«, ruft Claire und läuft mir hinterher, als ich durch das Esszimmer im Kingston-Haus rausche und geradewegs auf Marcellas Büro zusteuere.

Leah räumt das Geschirr vom Frühstückstisch. Sie blickt auf und lächelt. Wenigstens ein Mensch in diesem Haus scheint sich zu freuen, dass ich zu Hause bin.

Meine Großmutter telefoniert übers Festnetz mit jemandem. Als ich mich auf einen Stuhl am Tisch fallen lasse, legt sie auf. Sie lehnt sich zurück und legt die Finger zusammen, sodass sie ein starres Zelt über ihrem Schreibtisch bilden.

Claire ist im Türrahmen stehen geblieben.

Dieses Mal deponiere ich mein Smartphone nicht in der dafür vorgesehenen Kiste. Ich warte auch nicht, bis sie mich auffordert zu sprechen. Ich beschließe, die Wahrheit offen zu sagen, weil ich hoffe, dass sie uns alle befreien wird.

»Ich habe in Amsterdam etwas gefunden«, erkläre ich.

Marcella beugt sich vor. »Und was genau?«

Ich hole das Buch über Hitlers Bank aus meiner Handtasche und lege es auf den Schreibtisch. Sie kennt den Titel. Das sagen mir die Falten, die sich in ihren Augenwinkeln bilden.

»Woher hast du das Buch?«

»Aus der *Kingston-Bibliotheek.*«

»Paul sollte es *mir* schicken.«

Ich beuge mich nun meinerseits einige Zentimeter vor. »Weißt du, was in diesem Buch steht?«

»Eine Ansammlung von Lügen.«

Marcellas Blick auf die Vergangenheit ist blank poliert, fürchte ich, genauso wie die Tische im *Craig House*, um die unschönen Stellen zu verbergen.

»Warum sollte dein Vater lügen?«

Marcella wirft Claire einen Blick zu. Ihre Assistentin schließt die Tür hinter sich, als sie das Büro verlässt.

Marcella schiebt das Buch weg. »Mein Vater hat damit nichts zu tun.«

Ich stehe auf und trete an die Terrassentür, von wo aus ich über den Hudson blicken kann. Das, was meine Familie in der Vergangenheit getan hat, spiegelt nicht wider, wer ich heute bin. Genauso wenig ist Marcella dafür verantwortlich, was ihr Vater und ihr Schwiegervater getan haben. Aber sie ist verantwortlich – *wir* sind verantwortlich – für die Entscheidungen, die wir jetzt treffen, für den Entschluss, das, was passiert ist, zu vertuschen oder es wenigstens auszublenden.

»Dieses Buch hat dein Vater geschrieben«, stelle ich klar. »Vielleicht als Wiedergutmachungsversuch.«

»Das kannst du nicht beweisen.«

»Warum willst du die Wahrheit verheimlichen?«

Mit zitternder Hand hebt sie ihre Kaffeetasse hoch, aber sie trinkt keinen Schluck. »Sie würde uns zerstören.«

»Vielleicht nicht, Marcella. Vielleicht macht sie diese Familie endlich frei.«

»Mein Vater«, setzt sie an, aber ihre nächsten Worte sind ein unverständliches Murmeln.

Ich drehe den Kopf und trete wieder näher zu ihr, um sie zu verstehen.

Ihre Tasse landet klirrend auf dem Schreibtisch. Kaffee ergießt sich über ihre Papiere, aber sie scheint es nicht zu bemerken. Stattdessen blickt sie mit zusammengekniffenen Augen zum Fenster.

»Ich kann nicht …« Ihre Stimme klingt erstickt. »Ich kann nichts sehen.«

»Claire!«, rufe ich besorgt und laufe zur Tür.

Claire ist im nächsten Moment bei uns. Hinter ihr stürmt mein Onkel Will ins Zimmer, die Ärmel seines weißen Hemdes bis zu den Ellbogen hochgekrempelt. Als er mich ansieht …

Im Geiste kehre ich schlagartig zu einem Moment vor zehn Jahren zurück. Diesen Blick, den kalten Hass in seinen Augen, habe ich in der Nacht gesehen, in der es gebrannt hat.

Das Gesicht vor meinem Fenster.

»Du warst dort«, flüstere ich.

Ich wollte nicht, dass er das hört, aber er hält inne und guckt irritiert. Seine Worte, seine Verachtung haben mich schon oft verletzt, aber ich hatte noch nie Angst vor ihm. Marcella hat mich immer beschützt.

Wenn William Kingston Peter getötet hat, würde dann einer seiner Söhne meine Mutter und meinen Bruder töten, um zu verhindern, dass sie einen Teil des Kingston-Vermögens erben? Warum hat er dann nicht versucht, mich ebenfalls auszuschalten?

Ich drehe mich schnell um und renne zum Schreibtisch. Marcellas linke Gesichtshälfte hängt nach unten, ihr Mund ist schief, während sie um Worte ringt.

»Wir brauchen einen Notarzt!«, sage ich, aber Claire ist schon längst am Telefon.

Marcella schiebt sich vom Schreibtisch zurück und will aufstehen, als könnte sie einfach weglaufen. Sie taumelt und ich eile schnell an ihre Seite, um sie aufzufangen, bevor sie stürzt. Ich stütze sie und blicke mich nach Will um, aber er ist verschwunden. Mir schießt der verrückte Gedanke durch den Kopf, dass er es wahrscheinlich gar nicht erwarten kann, die Kontostände zu überprüfen. Oder seinen Kindern eine Nachricht zu schreiben. Er und die anderen Familienmitglieder hoffen schon lange darauf, dass Marcella stirbt. Sie würden ihren Tod nicht betrauern, sondern feiern.

Claire drückt sich den Hörer ans Ohr und beschreibt der Rettungsleitstelle, was passiert ist, während sie mir hilft, Marcella zum Sofa zu bugsieren.

Marcella schaut mich an. Sie versucht, etwas zu sagen, während ich ihre zitternde Hand festhalte. Ich drehe ihr mein gutes Ohr zu, aber ich verstehe sie trotzdem nicht. Als ihre Frustration immer größer wird, tätschle ich ihren Arm. »Sag es mir später.«

Will taucht wieder auf. »Das Auto steht bereit. Ich fahre sie ins Krankenhaus.«

»Der Krankenwagen ist bereits unterwegs«, erklärt Claire. »Er ist in zehn Minuten hier.«

»So geht es schneller«, beharrt er. Er hat seine Mutter immer noch nicht richtig angesehen oder angeboten, ihr zu helfen.

Ich bin völlig durcheinander. Ich weiß nicht mit Bestimmtheit, ob er damals bei dem Brand da war. Aber ich bin nicht mehr dieses kleine Mädchen. Ich bin eine Königstochter, erfüllt von Gottes Mut, auch wenn ich mich alles andere als tapfer fühle. Ich werde jetzt nicht ängstlich den Kopf einziehen. Die Polizei hat damals vermutet, dass das Feuer, das meinen Bruder getötet hat, ein Unfall gewesen sei, dass ich etwas auf dem Herd stehen gelassen hätte.

Und wenn es doch kein Unfall war?

Alles in mir schreit: Lass Marcella nicht in dieses Auto steigen!

»Wir warten auf den Krankenwagen«, stelle ich klar, während Claire sich vor Marcella aufbaut und sie abschirmt.

Bei dem harten Lachen meines Onkels winde ich mich innerlich. »Du hast hier gar nichts zu sagen.«

»Du auch nicht, Will.« Claire zückt ihr Handy, um ihm etwas auf dem Display zu zeigen. »Ich habe eine Handlungsvollmacht.«

Er flucht.

»Ihre Patientenverfügung hat sie mir auch gegeben, falls du sie sehen möchtest. Sie hat alles ganz genau festgelegt. Es dürften eigentlich keine Fragen über ihre medizinische Versorgung auftreten, aber falls doch, hat sie mich auch dazu bestimmt, die entsprechenden Entscheidungen für sie zu treffen.«

Natürlich hat sie das. Claires Loyalität gegenüber Marcella reicht viel weiter als die einer Angestellten.

Ich bin erleichtert, dass Claire die ganzen Informationen hat, aber meine Schuldgefühle erdrücken mich fast. Was habe ich getan? Wie konnte ich Marcella nur so mit diesem Buch überfallen?

Sie hat den Versuch zu sprechen aufgegeben, aber ihre Augen sind immer noch offen; sie beobachtet ihren Sohn. Ich kann mir nicht vorstellen, wie es sich anfühlen muss zu sehen, wie ein erwachsenes Kind, das einen als Mutter eigentlich lieben sollte, nur an sich selbst denkt.

Leah kommt herein. »Sie sind da.«

Wenige Sekunden später sind zwei Rettungssanitäter mit ihrer Trage bei Marcella. Während sie die Vorbereitungen treffen, um sie wegzubringen, stellen sie uns mehrere Fragen. Claire nimmt die Aktentasche, die neben dem Schreibtisch steht. Sie begleitet Marcella im Krankenwagen.

Will ist mit seinem Handy beschäftigt und schreibt irgendjemandem. Leah gibt mir die Mercedesschlüssel. Ich beeile mich, um vor meinem Onkel im Krankenhaus zu sein.

CB

»Sie hatte einen Schlaganfall«, erzähle ich Vi, während ich vom Wartezimmer aus auf eine Terrasse mit Blick über einen japanischen Garten trete.

»Wie geht es ihr?«, fragt sie besorgt.

»Sie haben ihr sofort Medikamente gegeben, um die Blutversorgung in ihrem Gehirn zu gewährleisten, aber sie wissen nicht, wann sie wieder sprechen oder gehen kann.«

Etwas summt bei ihr im Hintergrund. »Ich komme nach New York.«

»Danke.« Ich schließe die Augen und sauge die Wärme des Sonnenscheins auf.

»Ich werde sogar nett sein, wenn wir sie besuchen.«

»Ich weiß nicht, ob außer der Familie jemand zu ihr darf.«

Ich höre Vi etwas auf der Tastatur ihres Laptops tippen. »In drei Stunden geht mein Flug.«

Eine Krankenschwester tritt mit einem iPad in der Hand zu mir auf die Terrasse. »Ava Drake?«

»Das bin ich.«

»Ihre Großmutter fragt nach Ihnen.«

Ich verabschiede mich von Vi und folge der Frau.

Claire ist außer Marcella die Einzige im Krankenzimmer. Sie sitzt mit ihrem Handy auf einem Stuhl in der Ecke. Marcella ist wach. Über einen intravenösen Zugang fließt eine Infusion in ihren Arm, aber ihre linke Gesichtshälfte ist immer noch schlaff und sie kann nach wie vor nicht sprechen. Offenbar hat nicht Marcella, sondern Claire nach mir gefragt.

Die öffnet gerade die Aktentasche und holt eine Lederakte heraus. Sie schlägt sie auf und deutet auf das Blatt darin. »Ich, Marcella Ziegler Kingston, erteile Claire Fields die Vollmacht über meine Gesundheitsversorgung.« Sie sieht mich an. »Ich soll dafür sorgen, dass ihre Patientenverfügung berücksichtigt wird.«

»Das glaube ich gerne. Du brauchst mir die Papiere nicht zu zeigen.«

Claire lässt die Mappe sinken. »Es gibt Dinge, die du nicht verstehst, Ava.«

»Ich fürchte, sogar viele.«

»Marcella will dich beschützen. Das ist ihr noch wichtiger, als die Geheimnisse eurer Familie zu wahren.«

»Vor wem beschützen? Vor meinen Onkeln?«

Claire nickt. »Nach dem, was in North Carolina passiert ist, hat Marcella ihr Testament geändert und deine Onkel und Cousins davon in Kenntnis gesetzt. Falls du vor ihr sterben solltest, geht das Kingston-Vermögen als Spende an mehrere wohltätige Organisationen und wird nicht in der Familie aufgeteilt.«

»Und wenn ich nach ihr sterbe?«

»Du musst verschwinden, Ava. Nur so lange, bis wir wissen, wie es mit ihr weitergeht.«

Ich reibe über meine fröstelnden Arme. »Ich fliege nach North Carolina.«

Claire schüttelt den Kopf. »Dort werden sie dich finden.«

»Dann fliege ich nach …«

Sie unterbricht mich. »Sag mir nicht, wohin.«

Ich küsse meine Großmutter auf die Stirn. Ihr Vater hat sie vielleicht enttäuscht, genauso wie meiner mich, aber wir haben beide noch einen Vater, der das nie tun wird.

»Du machst sie glücklich«, betont Claire.

»Heute sah sie nicht sehr glücklich aus.«

»Du erinnerst sie an Emily. In ihr ringen verschiedene Gefühle miteinander.« Claire zeigt auf meine Handtasche. »Hast du das Buch dabei?«

Ich nicke. Es steckt neben der Bibel meiner Mutter.

»Es ist das Buch, das Peter geschrieben hat, nicht wahr?«

»Ich glaube schon. Es beschreibt detailliert, wie er und William die Nazis finanziert haben und wie ihre Investitionen in das, was sich zum Holocaust entwickelt hat, sie beide zu Millionären gemacht hat. Aber ich weiß nicht, ob das irgendjemand beweisen kann.«

»Das, was während des Krieges passiert ist, würde vielleicht den Ruf der Kingstons zerstören, aber das, was jetzt passiert, bedroht das Wohl der ganzen Familie.« Claire vermeidet es, zu Marcella zu schauen. »Ich glaube, der beste Weg, um ihre Zukunft zu sichern, ist es, ehrlich über die Vergangenheit zu sprechen.«

»Aber mit wem?«

»Kann ich mir das Buch ausleihen?«, fragt sie.

Ich hole es aus meiner Tasche und drücke es an meine Brust. Paul hat eine Kopie davon gemacht, aber ich will trotzdem nicht, dass es verschwindet. »Was hast du damit vor?«

»Ich will es Henry von der *Times* geben und ihm sagen, dass er nichts weglassen soll. Sollte jemand noch mehr im Dreck wühlen wollen, wird er nichts finden. Wenn du möchtest, könnt ihr, du und deine Cousins, anfangen, an einem neuen Vermächtnis zu arbeiten.«

Das Display ihres Handys leuchtet auf. Sie wirft einen kurzen Blick darauf. »Du solltest jetzt gehen.«

»Kommt Will?«

»Ja, mit Carlton. Sie sind schon im Fahrstuhl.«

Ich danke Claire und gebe ihr das Buch.

Sie kramt in einem Seitenfach der Aktentasche. »Auf der Westseite des Dachbodens steht ein grauer Aktenschrank.« Sie wirft mir einen Schlüssel zu. »Darin sind einige Sachen, die dich bestimmt interessieren.«

38. Kapitel

ELIESE

Maastricht
November 1943

Kalte Luft strömte aus dem Bergwerkseingang bei Maastricht. Eliese fürchtete, von der Dunkelheit verschlungen zu werden.

»Wir müssen uns beeilen!« Eine Laterne schaukelte in den Händen von Eduard, ihrem Führer, der sie und Nathan aufforderte weiterzugehen.

Sich beeilen – das tat sie nun schon seit Wochen. Sie war mit Margot zu Keet geflüchtet, hatte geholfen, als die alliierten Piloten an der Hintertür aufgetaucht waren, und sich um die Kinder gekümmert, die nachts weinten.

Sie konnte sich weiter beeilen, aber wozu? Alle, die sie liebte, waren tot. Bis auf William, aber er war unendlich weit weg. Die verworrenen Gänge in diesen Tunneln würden sie nicht zu ihm zurückbringen.

Die Zweige über ihnen raschelten im Wind, der Elieses Haare aus den Nadeln herauszuzupfen versuchte. Nathan West – ein Pilot aus Amerika – trat neben sie. Er nahm sie an der Hand und forderte sie flüsternd auf mitzukommen. Sie mussten leise sein, da sie nicht wussten, ob Nazis in der Nähe waren. Eliese atmete noch einmal tief die frische Luft ein, als wäre es ihr letzter Atemzug. Dann betrat sie den schwarzen Gang. Eduard schloss eine Eisentür hinter ihnen. Das Metall quietschte, als er sie von innen verriegelte.

Das Licht der Laterne tanzte auf dem unebenen Steinweg. Mergelstein – daraus bestanden die karamellfarbenen Wände in diesen alten Bergwerkstunneln. Tausende solcher Tunnel bildeten zwischen Maastricht und der belgischen Grenze ein dichtes Netz.

Durch diese Gänge, hatte Keet ihr erzählt, entkamen sowohl alliierte Piloten als auch Holländer, die aus dem Land flohen. Die Niederländer lagerten hier unten außerdem eine ganze Kunstgalerie, Hunderte wertvoller Stücke aus dem ganzen Land. Die Nazis wussten von der Sammlung, aber statt sie schon jetzt zu konfiszieren, ließen sie die Kunstwerke vorerst hier, um sie nach dem Krieg zu plündern.

Wenn sie auch nur einmal falsch abbogen, würden sie sich rettungslos in diesem Labyrinth verirren. Die Nazis waren zwar sehr wachsam, aber sie hassten es, unter die Erde zu kommen, da sie sich fürchteten, sich ohne Karte zu verirren – und vielleicht hatten sie auch Angst davor, was die Menschen, die so verzweifelt waren, dass sie sich hier unten versteckten, mit ihnen machen würden. In den Hauptgängen patrouillierten sie allerdings schon. Falls Eliese und Nathan den falschen Weg nahmen, könnten sie den Deutschen womöglich doch noch in die Hände fallen.

Die Feuchtigkeit und Kälte der Höhle drangen durch Elieses dünnen Mantel bis in ihre Knochen. Vor ihnen lagen mehrere dunkle Eingänge. Eduard deutete auf den zweiten von links.

Obwohl sie Männerstiefel trug, hatte Eliese Mühe, mit ihren Füßen festen Halt zu finden.

»Du zitterst ja«, wisperte Nathan.

Sie folgten Eduards Lichtschein und fuhren mit den Händen an den nassen Steinwänden entlang, als wollten sie ihre Tränen trocknen.

»Ich friere nicht mehr als alle anderen.« Seit sie ihr Zuhause in Amsterdam verlassen hatte, plagten sie Fieberschübe. Jedes Mal, wenn Keet gedacht hatte, sie wäre wieder gesund, war ein neuer Schub gekommen. Jeder war durch diesen Krieg auf die eine oder andere Weise angeschlagen.

Nathan zog seine lederne Pilotenjacke aus. »Zieh die an.«

Eliese schüttelte den Kopf, aber er bestand darauf, dass sie sie nahm und dazu auch seine Handschuhe, genauso wie er in den letzten Wochen darauf bestanden hatte, ihr, soweit es möglich war, bei ihrer täglichen Arbeit zu helfen. Er war auf einer Haselnussplantage in Oregon aufgewachsen und hatte gesagt, die Arbeit würde ihm helfen.

Eliese hatte geplant, bis zum Ende des Krieges bei Keet zu bleiben und ihr mit Esther und Margot sowie den zwei anderen Mädchen, die sie aufgenommen hatte, zu helfen, aber gestern war ein NSB-Offizier ins Haus gekommen und hatte sich nach einer B-26 erkundigt, die in der Nähe abgeschossen worden war. Er war auf der Suche nach Überlebenden gewesen.

Der Offizier war mehrere Stunden geblieben, hatte Tee getrunken und den Stall durchsucht. Die Kinder hatte er überhaupt nicht beachtet – jeder in der Gegend wusste, dass Erik und Keet nach der Bombardierung von Rotterdam Waisenkinder bei sich aufgenommen hatten. Keet machte sich mehr Sorgen darüber, welche Fragen ihre Abwesenheit auslösen könnte, falls sie diese Kinder wegbringen würden.

Doch bei einem alliierten Piloten sah das mit der Unauffälligkeit etwas anders aus, genau wie bei Eliese.

Sie hatten sich zusammen im Bergwerkseingang versteckt, bis der Offizier wieder verschwunden war, aber Keet hatte gesagt, er würde bald wiederkommen, wahrscheinlich mit Verstärkung, um die Suche auszudehnen. Genauso wie die Kinder in der Krippe mussten nun Nathan und sie in Sicherheit gebracht werden. Statt ihre Namen aus einer Kartei zu löschen, hatten Mitglieder der Widerstandsbewegung angeboten, sie wie schon viele andere vor ihnen zu einem Ort zu führen, wo sie ihr Leben beziehungsweise das, was davon übrig war, nach dem Krieg wieder neu würden aufbauen können.

In dem Ausweis, den sie für die Flucht bekommen hatte, stand Luise – ein typischer deutscher Name – ohne *J* – und hoffentlich Schutz genug, sollte jemand nach Anneliese suchen.

Sie kamen an einer Grotte vorbei. Darin befand sich ein Garten, in dem Pflanzen aus der Erde sprossen. Hier wuchsen Endiviensalat und Pilze – weit entfernt von den Augen der Besatzer.

Mehrere Stunden vergingen, bis Eduard stehen blieb und ihnen Zichorienkaffee aus einer Thermoskanne einschenkte, damit sie wieder zu Kräften kamen. Die feuchte Luft legte sich auf ihre Stirnen und Wangen. Eliese wischte sich mit ihrer behandschuhten Hand übers Gesicht. Ihr Körper war vom Gehen aufgewärmt, aber die Kälte lauerte auch in ihrem Inneren und vermischte sich mit ihrer Erschöpfung.

Eduard würde sie ab hier nicht weiter begleiten. Nathan hatte eine Laterne und eine Karte, aus der hervorging, welche Gänge sie benutzen mussten und wie sie über den Kanal nach Belgien kamen, um dann nach England evakuiert werden zu können.

England.

Seit sie das letzte Mal dort gewesen war, hatte sich so viel verändert. Wenn sie dieses unterirdische Labyrinth überlebte, wenn sie diesen Krieg überlebte, könnte sie bestimmt eine Weile bei den Zieglers wohnen, bis sie und William wieder zusammen waren.

Jemand hatte Feuerholz an der Tunnelwand gestapelt und daneben standen Kisten mit Decken und Lebensmitteln. Laut Nathan waren sie jetzt nahe vor einem anderen Eingang, einem an der Grenze zu Belgien. Er schaute auf seine Armbanduhr und sagte, dass sie hier noch vier Stunden würden warten müssen. Dann würde es draußen dunkel sein.

Eliese war dankbar für die Stärke, die er ausstrahlte. Sie betrachtete die rußgeschwärzte Decke. »Sollen wir ein Feuer machen?«

»Nein«, antwortete Nathan. »Die Nazis würden den Rauch riechen.«

Als sie erschauderte, legte er den Arm um sie und sie lehnte sich an ihn, um sich aufzuwärmen. Es war das erste Mal seit einer gefühlten Ewigkeit, dass sie sich sicher fühlte. Er löschte die Laterne und die Dunkelheit hüllte sie ein. Eliese hasste die Dunkelheit.

»Was hast du vor, wenn wir nach England kommen?«, fragte Nathan leise.

»Meinen Mann suchen.« Die Lüge kam ihr ganz leicht über die Lippen. In ihren Augen war William ihr Mann. Die Heiratsurkunde war lediglich eine Formalität, die in diesem Krieg nicht zu erfüllen war.

»Ah.«

»Wartet auf dich zu Hause eine junge Frau?«

»Zwei Schwestern, die mich verwöhnen.« Sie hörte das Lächeln in seiner Stimme.

»Deine Familie wird deine Heimkehr feiern, Nathan.«

Er sagte noch etwas, vielleicht fragte er nach ihrer Familie, aber sie wurde von ihrer Müdigkeit übermannt und döste ein. Sie wusste nicht, wie viel Zeit vergangen war, als er sie wieder weckte.

»Wir müssen los«, sagte er.

Mithilfe einer Taschenlampe fanden sie den Ausgang. Die trockene Luft draußen war eine willkommene Abwechslung, aber Eliese zitterte trotz der Wärme weiter.

Als sie in Belgien ankamen, konnte sie sich kaum noch auf den Beinen halten. Nathan ging davon aus, dass sie eine Lungenentzündung hatte, und weigerte sich, sie zurückzulassen. Er trug sie über einen Hügel und durch mehrere Tunnel auf der anderen Seite der Grenze, bis sie bei einem Kloster in den Bergen ankamen.

Monatelang pflegten Nathan und die Nonnen sie. Monatelang sagten sie ihr, dass Gott ihr ein Rettungsseil anbiete, ein Seil, das durch das Blut von Jesus Christus befleckt und durch die Hoffnung seiner Auferstehung reingewaschen worden war. Sie musste sich nur fest daran klammern, dann würde er sie retten.

Als sie wieder gesund war, war der Süden der Niederlande befreit und die alliierten Streitkräfte waren nach Belgien vorgedrungen. Die Nazis weigerten sich zwar immer noch, Amsterdam und die Provinzen im Norden Hollands aufzugeben, aber Eliese und Nathan waren frei.

Bevor er nach Amerika flog, gab Nathan ihr einen Zettel mit seiner Adresse und Telefonnummer. »Falls du je etwas brauchen solltest …« Er unterbrach sich und schien nach den richtigen Worten zu ringen. »Dann melde dich bitte bei mir.«

Eliese nickte und nahm den Zettel an sich, obwohl sie nicht vorhatte, das Angebot je in Anspruch zu nehmen. Wenn sie endlich den Atlantik überquerte, würde sie zu William nach New York gehen. Und nach ihrer Hochzeit würden sie gemeinsam ihren Sohn suchen.

39. Kapitel

Sonnenlicht fällt durch die runden Fenster auf dem Dachboden des Kingston-Hauses wie ein Vorhang, der sich über den staubigen Boden zieht. Ich schalte die Deckenlampe ein. Der große Raum wirkt wie eine Höhle. Hoffentlich sitzen in den Ecken keine kriechenden und krabbelnden Tiere.

Die eine Hälfte des Dachbodens ist leer, die andere mit Aktenschränken, Pappkartons und mit Laken abgedeckten Möbeln vollgestellt. Die armen Dienstboten, die in den letzten Jahrzehnten diese ganzen Sachen die schmale Wendeltreppe heraufschleppen mussten!

Vielleicht ist das Haus aber auch in den letzten achtzig Jahren um diese Dinge herum ausgebaut worden, die die einzelnen Generationen hinterlassen hatten.

Ich bete, dass sich Marcella von ihrem Schlaganfall erholt. Aber wenn Claire mit dem Zeitungsredakteur gesprochen hat, wird für diese Familie nichts mehr so sein, wie es war. Meine Onkel werden wütend auf mich sein, weil ich Peters Buch zurückgebracht habe, und auf Claire, weil sie es der *Times* gegeben hat, aber vielleicht werden wir tatsächlich erleben, dass Wissen Macht ist. In unserem Fall die Macht zu einem Neuanfang.

Leah hat mich vor einer halben Stunde an der Haustür empfangen und versprochen, mir eine Nachricht zu schicken, falls irgendjemand von der Familie zurückkommt. Ich habe nicht die Absicht, mich länger als nötig hier aufzuhalten, aber als ich drei abgegriffene Kontenbücher aus dem Aktenschrank hole – NHB steht auf dem Buchrücken –, kann ich mich nicht davon abhalten, eines davon aufzuschlagen.

In dem Buch stehen die Konten der Niederländischen Handelsbank.

Jeder Eintrag ist von Hand auf Niederländisch geschrieben, die Beträge sind in Schritten von je tausend Gulden verzeichnet. Geld, das – laut Peters Buch – zuerst in die New Yorker Partnerbank investiert und dann über Amsterdam nach Berlin transferiert wurde.

Zwei kleine Aktenkästen haben auf den Kontenbüchern gestanden. Die Deckel sind leicht eingedellt, aber noch intakt.

Ich nehme die Sachen mit in mein Zimmer. Leah hilft mir, alles in einen kleinen Koffer und eine Handtasche zu packen, damit ich es als Handgepäck mit ins Flugzeug nehmen kann.

»Bitte kommen Sie wieder«, sagt sie mit Tränen in den Augen, während wir auf das Taxi warten, »wenn das alles vorbei ist.«

»Ich habe keine Ahnung, wie es weitergehen wird.«

Das Taxi biegt in die Einfahrt ein und Leah überlässt mir den Koffergriff. »Die Kingstons brauchen Sie, Ava.« Sie sieht aus, als wollte sie noch mehr sagen, aber stattdessen umarmt sie mich und ihre Tränen fallen auf meine Schulter.

Es dauert nur zwanzig Minuten, bis ich auf dem Flughafen bei New Windsor bin. Ich komme am Terminal an, als Vis Flugzeug gerade landet. Mein panischer Pulsschlag beruhigt sich, als ich sie über den Flugsteig gehen sehe. Eine Strandtasche in leuchtendem Orange und schimmerndem Rosa hängt über ihrer Schulter und in der Hand hält sie eine halb leere Flasche Cola Light. Ihr lockiges braunes Haar hat sich aus ihrem unordentlichen Dutt befreit.

Sie kommt zu mir und umarmt mich überschwänglich. »Ich habe dich vermisst!«

»Ich weiß genau, dass ich dich mehr vermisst habe.«

Vi dreht sich mit ausgebreiteten Armen im Kreis. »Hallo, New York!«

Ein paar Leute – okay, eine ganze Menge – sehen sie an, als hätte sie den Verstand verloren, aber es interessiert sie nicht die Bohne, was andere denken. Sie hält abrupt in ihrer Drehung inne. »Wie geht es Marcella?«

»Als ich sie das letzte Mal gesehen habe, war sie wach, aber sie kann immer noch nicht sprechen.«

Plötzlich mustert sie mich neugierig. »Wie bist du durch die Sicherheitskontrolle gekommen?«

»Ich bin in einer besonderen Mission unterwegs.«

»Du willst sicherstellen, dass ich mich nicht verlaufe?«

Ich nehme ihre Strandtasche und hänge sie mir über den Arm. »Wir müssen uns beeilen.«

»Auf dem Weg zum Krankenhaus?«

»Nein.«

Sie läuft neben mir her. »Ava?«

Nach einem schnellen Blick auf einen Bildschirm führe ich sie nach links. In fünf Minuten wird das Gate geschlossen.

»Du hast New York begrüßt. Jetzt musst du dich wieder verabschieden.«

Kendall und ihr Mann Jay wohnen auf demselben Gelände wie Mrs West in einem schönen Landhaus. Es ist von Ahornen umgeben und zwischen den Stämmen wächst viel Farn. Wir haben die Wohnzimmermöbel an den Rand geschoben, um auf ihrem Kirschholzboden Platz zu schaffen. Die Couch und die Sessel stehen jetzt vor dem Panoramafenster und dem Kamin.

Landon hat Vi und mich vor einer Stunde vom Flughafen in Portland abgeholt und hierhergebracht. Während der Fahrt hat Vi ihn mit einer Anekdote nach der anderen aus unserer gemeinsamen Schulzeit unterhalten. Als wir vor dem Haus gehalten haben, hat sie mir nicht gerade subtil den erhobenen Daumen gezeigt.

Wenige Minuten nach unserem Eintreffen ist Vi in der Küche verschwunden und hat dort das Kommando übernommen. Kendall lässt sie gern gewähren. Jetzt schwirrt Vi mit einem Obst- und einem Käsetablett umher und sorgt dafür, dass alle etwas zu essen und zu trinken haben.

Ein kühler Wind weht durch das offene Fenster und am Fliegengitter kleben Ahornblätter. Kendall und Jay sitzen nebeneinander auf dem Ledersofa und ich beschließe, mich neben Landon auf den Boden zu setzen. Mrs West hat neben mir in einem Sessel Platz genommen und isst ein Stück Brie. Neben ihr steht ein großer Koffer.

Das Murmeln von Gesprächen erfüllt den Raum.

Schließlich beginnt Landon, seiner Familie von unseren Erlebnissen in Amsterdam zu erzählen. Am Ende erwähnt er den Tresor, den wir fast leer vorgefunden haben. Dann ziehe ich die Kontenbücher aus meiner Tasche.

Mrs Wests Blick heftet sich darauf. »Diese Bücher waren noch im Tresor?«

Landon schüttelt den Kopf. »Darin war nur eine Karteikarte.«

»Die Kontenbücher habe ich aus dem Haus meiner Familie«, sage ich.

»Die Kingstons hatten sie?« Ein Schatten zieht über ihr Gesicht, als ich nicke. Aber sie sagt nichts über William. Stattdessen wendet sie sich an Landon. »Welche Karteikarte habt ihr gefunden?«

Er reicht ihr die Karte mit den Namen der Familie van Gelder. Als sie sie gelesen hat, drückt sie sie an ihre Brust. »Esther van Gelder gehörte zu den mutigsten Mädchen, die ich je kennengelernt habe.«

Kendall beugt sich vor. »Was ist aus ihr geworden?«

»Ihre Eltern wurden während des Kriegs in ein Lager gebracht und sie war die Erste …« Mrs West betrachtet die Karte und streicht sie glatt. »Es waren mehrere Hundert Karteikarten.«

Ich öffne den Deckel eines der Aktenkästen, in dem mehrere Kartenstapel zum Vorschein kommen, die von Gummibändern zusammengehalten werden. Es sind genau solche Karten wie die von den van Gelders. Jede ist fein säuberlich beschriftet mit den Namen von Eltern und Kindern, Adressen, Alter und Berufen.

Mrs West greift nach einem Stapel, aber sie blättert ihn nicht durch. Stattdessen betrachtet sie die oberste Karte, als könnte diese ihr ihre Geschichte erzählen. »Und diese Karten waren auch nicht im Tresor?«

»Nein«, antworte ich. »Sie waren bei den Kontenbüchern.«

»William wusste davon?«

»Keine Ahnung.«

Mrs West legt den Stapel auf ihren Schoß. »Die Nazis waren in Bezug auf ihre Listen sehr pedantisch. Aber sie haben nie herausgefunden, was wir getan haben.«

Landon sieht mich an. Seine Augen wirken im gedämpften Licht in diesem Raum schwarzbraun. Ich weiß, er denkt genau wie ich an das Plakat in der Holocaust-Gedenkstätte, das an die Frau erinnert, die Walter Süskind geholfen hat.

»Du warst eine Heldin, Oma.«

»Das war ich nicht.« Sie presst die Lippen zu einer harten Linie zusammen. »Ich habe vieles falsch gemacht.«

Für eine Weile spricht niemand ein Wort.

Dann tippt Landon sanft auf meine Hand, und ich merke erst da, dass er mit mir redet. Ich habe es einfach nicht gehört. »Entschuldige.«

»Erzähl ihnen von dem Buch.«

Also berichte ich Kendall und den anderen, was ich über William Kingston, Peter Ziegler und Gernot Linden herausgefunden habe. Wie sie sich zusammengeschlossen haben, um Hitler und seine Partei zu unterstützen. Von Gernots Tochter, einer gewissen Anneliese, die in der Registrationsstelle gearbeitet hat.

Kendall beugt sich vom Sofa herüber und nimmt Mrs Wests Hand. »Warum willst du nicht darüber sprechen?«

»Ich will mich nicht daran erinnern.«

»Aber wir wollen deine Geschichte kennen«, sagt Kendall.

»Das ist noch nicht alles.« Mrs West blickt zum Fenster. »Ich habe im Krieg jemanden verloren. Jemanden, den ich sehr geliebt habe.«

Mit einem Glas Weißwein in der Hand quetscht sich Vi zwischen Landon und mich. »Wie du deinen Bruder.«

Ich werfe ihr einen scharfen Blick zu, der sie normalerweise zum Schweigen bringt, wenn sie zu viel redet. Der heutige Abend dreht sich um Mrs Wests Vergangenheit, nicht um meine.

»Welchen Bruder?«, fragt Landon.

»Hier geht es nicht um mich.«

Vi nippt an ihrem Wein und ignoriert meinen Blick. »Ihr Bruder, der bei einem Feuer ums Leben kam.«

Landon schaut mir forschend ins Gesicht. »Andrew.«

»Ja«, sage ich leise, bevor ich zu den Gewitterwolken hinausblicke. Es ist lange her, seit jemand seinen Namen ausgesprochen hat.

»Wie alt war er?«, fragt Mrs West und lässt Kendalls Hand los.

»Fast zwei.«

»So viele Kinder, die viel zu früh gestorben sind.« Mrs West lehnt sich in dem Sessel zurück und die Karteikarten rutschen auf den Boden. »So viele, die wir hätten retten sollen.«

»Was hat es mit diesen Karten auf sich?«, fragt Kendall.

»Darauf stehen die Namen der Kinder, die versteckt wurden.«

Kendalls Augen weiten sich. »Du hast Kinder versteckt?«

»Viele haben geholfen. Wir wussten, dass im Osten etwas Schlimmes geschieht, aber wir konnten nicht ahnen …« Ihre Stimme versagt. »Ich habe diese Karten in unserem Tresor aufbewahrt, damit ich diese Kinder nach dem Krieg wieder mit ihren Eltern zusammenbringen kann. Aber ihre Eltern waren alle tot.«

»Mein Urgroßvater hat Ihr Haus gekauft«, sage ich.

»Er muss den Inhalt des Tresors gesucht haben.« Mrs West schlägt eines der Kontenbücher auf. »William und Peter haben mit dem Krieg ein Vermögen gemacht. Wahrscheinlich wollte er nicht, dass jemand herausfindet, wie sie zu ihrem Geld gekommen sind.«

»Sie haben in Zyklon B investiert«, sage ich. »Unter anderem.«

»Was ist Zyklon B?«, fragt Vi.

Mrs West greift nach ihrem Koffer. »Das Gift, das in den Gaskammern verwendet wurde.«

Im Raum wird es totenstill.

»In den Konzentrationslagern wurden Tausende getötet«, fährt Mrs West fort, während sie mit dem Schloss kämpft. »Viele hatten Freunde und Angehörige, die ihr Andenken bewahren konnten, aber die Waisenkinder, die im letzten Zug aus Amsterdam weggebracht wurden … Sie hatten niemanden, der sich an sie erinnert.«

Landon öffnet den Koffer und Mrs West nimmt eine bernsteinfarbene Flasche heraus, eine der vielen, die sie in dem Zimmer in ihrem Haus aufgestellt hat. Sie wickelt das Papier von der Flasche und hält sie einen Moment fest, bevor sie sie mir gibt.

»Durch diese Flaschen erinnern Sie sich an sie«, schlussfolgere ich.

Sie nickt. »Ich werde sie nie vergessen. Ich habe mich im Keller versteckt, während diese Kinder weggebracht wurden. Ich war so feige …« Ihre Stimme versagt. Ihre Traurigkeit ist auch nach so vielen Jahren noch greifbar.

Kendall drückt ihr Knie. »Du hättest nichts tun können, Oma.«

»Ich hätte etwas tun *müssen*, irgendetwas, um die letzten Kinder von der Liste zu retten.« Sie will an ihrem Wein nippen, aber sie verschüttet ihn und ein Fleck breitet sich auf ihrem Ärmel aus. »Als ich in die Kinderkrippe zurückkam, war nichts mehr übrig, nur das Glas von einem Fenster. Es lag in Scherben auf dem Fußboden ...«

Ich drücke die Flasche an meine Brust, als wäre sie ein Kind.

»Siebenundsechzig Waisenkinder sind in dieser Nacht weggebracht worden. Sie wurden alle in Auschwitz getötet.« Sie schweigt für einen Moment und nimmt eine andere Flasche zur Hand. »Zuerst wollte ich alles vergessen, aber obwohl wir ihre Namen nicht kannten, fand Nathan, dass wir uns an das, was ihnen widerfahren ist, erinnern sollten. Er fing an, als Andenken an sie alte Flaschen zu kaufen. Über die Jahre hinweg schauten wir immer wieder zu, wie das Licht in jede dieser Flaschen fiel und das, was zerstört worden war, mit neuem Leben füllte. Dadurch lebte ihr Vermächtnis in uns beiden weiter.«

Landon zieht eine kobaltblaue Flasche aus dem Koffer und betrachtet das kunstvolle Muster, die winzigen Linien, die in die Seiten geschnitten sind. »Also ist jede Flasche eine einzigartige Erinnerung an ein Kind.«

»Ja, das war unser Gedanke …«

»Das ist schön, Oma«, sagt Kendall und versucht, mit einer Serviette den Wein von Mrs Wests Bluse zu tupfen.

»Diese Flaschen sind meine Geschichtsperlen.«

Wie die Perlen im Kinderkrankenhaus, die sowohl an das Gute als auch an das Schlechte erinnern.

»Jedes der Kinder, das in die Krippe kam, hatte eine Geschichte«, sage ich. »Und Sie haben Hunderte gerettet.«

Sie schüttelt den Kopf. »Das war nicht genug.«

Landon greift nach einer weiteren Flasche. Sie ist zartgrün. »Du hast ihnen allen eine zweite Chance gegeben.«

»Was war mit den Kindern, die überlebt haben?«, frage ich.

»Sie waren an sicheren Orten in ganz Holland verteilt.«

Landon reicht mir die Flasche. »Hast du sie nach dem Krieg gesucht?«

»Nein. Ihre Eltern waren tot. Was hätte das gebracht?« Sie seufzt. »Die kleinsten konnten sich später bestimmt nicht mehr an die Zeit erinnern, als sie sich verstecken mussten. Sie haben es wahrscheinlich nie erfahren.«

Aber ich denke, dass es ihr selbst gutgetan hätte zu wissen, was aus diesen Kindern geworden ist.

»Die meisten, die sich um sie gekümmert haben, waren selbst fast noch Kinder. Meine Freundin Josie zum Beispiel war erst neunzehn, als sie anfing, Kinder zu verstecken.«

Vi beugt sich gespannt vor. »Wie ist es für sie weitergegangen?«

»Das weiß ich nicht«, seufzt Mrs West. »Nathan und ich haben ihren Namen auf den Listen gesucht, aber wir konnten ihn nicht finden.« Sie legt die Hand wieder auf den Koffer neben ihrem Sessel und streicht über den Griff. »Als ich jünger war, habe ich mir immer ihren Mut gewünscht. Sie hat so viel für diese Kinder geopfert.«

»Du hast von siebenundsechzig Kindern gesprochen«, sagt Kendall.

Mrs West nickt.

»Aber in deinem Zimmer stehen achtundsechzig Flaschen.« Als Mrs West sie stirnrunzelnd ansieht, zuckt Kendall die Schultern. »Ich habe sie irgendwann mal gezählt.«

»Ein Junge war nicht Teil dieses Transports, aber ich werde ihn trotzdem nie vergessen. Er wird für immer in meinem Herzen sein.«

Landon beugt sich zu ihr vor. »Was für ein Junge?«

Statt zu antworten, greift sie wieder in das Papier, das das Glas schützt, und holt eine filigrane dunkelrote Parfumflasche heraus. Sie dreht sie zweimal in den Händen, bevor sie Landon die Buchstaben zeigt, die darauf eingraviert sind.

Er liest die Initialen laut vor. »H. K.«

»Williams und mein Sohn«, sagt sie, ohne den Blick von dem gravierten Deckel abzuwenden.

»Dein Sohn?« Ich kann nicht sagen, wer das zuerst gefragt hat.

Die Last, die mit diesem neuen Detail verbunden ist, senkt sich schwer auf uns alle.

»Was ist mit ihm geschehen?«, fragt Kendall vorsichtig.

»Er starb genauso wie die anderen Kinder in Auschwitz an dem Gas, das mit dem Geld von meinem Vater und William hergestellt wurde.«

Die Flasche fällt ihr aus der Hand und zerschellt auf dem Holzboden. Mrs West starrt einen Moment reglos auf die Scherben. Keiner von uns bewegt sich, um sie zusammenzukehren. Diese Scherben, tausend Erinnerungen an ein Menschenleben, liegen dort verstreut.

Und wir erinnern uns gemeinsam.

40. Kapitel

ELIESE

New York
Februar 1946

Luise Kingston. Der Name in ihrem neuen Pass gehörte jetzt zu ihr.

Das Einzige, was sie mit ihrem alten Namen verband, war Beschämung.

Hier in Amerika würde sie neu anfangen. Hoffentlich vergab ihr William, dass sie seinen Sohn verloren hatte. Und hoffentlich vergab er ihrem Vater, dass er Williams Geld auch noch nach dem Kriegsbeginn in Hitler und diese deutschen Firmen investiert hatte.

Sie legte die Arme um ihre Reisetasche, als das Schiff im Hafen von New York anlegte, aber sie fühlten sich immer noch leer an. In ihrem Herzen war ein schmerzliches Loch. Sie sehnte sich danach, diese Leere wieder zu füllen.

Die Tasche und ihren Koffer hatte sie mit einem Diamanten ihres Vaters gekauft. Darin befand sich alles, was sie für die Überfahrt brauchte, aber das, was sie am meisten brauchte, war nicht mehr da.

Nach dem Krieg war sie nach Amsterdam zurückgekehrt, um Hein zu suchen, für den Fall, dass Samuel sich geirrt hatte. Aber sie hatte den Namen ihres Sohnes auf der Liste der Kinder gefunden, die nach Auschwitz gebracht worden waren. Er war ein Opfer der Investitionen ihres Vaters geworden.

Sie hatte gewusst, dass Hein tot war, aber seinen Namen zu lesen – das war die letzte Seite eines Buches, das sie gern weitergeschrieben hätte. Ein Buch, das in ihrem Herzen immer wieder aufgeschlagen wurde.

Die Gegenstände, die aus ihrem Haus in Amsterdam geplündert worden waren, waren verloren. Sie konnte nicht einmal ins Haus, um den Tresor ihres Vaters zu öffnen. Jemand hatte es gekauft.

Aber die Gegenstände, die in dem Tresor lagen, waren ihr ohnehin nicht mehr wichtig. Sie würde Hein nie sein Babyalbum zeigen. Keiner der Erwachsenen, die auf ihren Karteikarten aufgelistet waren, würde zu seinen Kindern zurückkommen. Und diese Kontenbücher würden hoffentlich für immer begraben bleiben.

In ganz Europa wurden die sogenannten NS-Kriegsverbrecher gejagt. Die Informationen in diesen Kontenbüchern würden ihren verstorbenen Vater und den Mann, den sie zu heiraten versprochen hatte, belasten. Wahrscheinlich würden sie sogar sie selbst belasten.

Wenn sie das nur gewusst hätten!

Ihr Vater hätte nie in Zyklon B investiert, egal, um viel Profit es gegangen wäre.

Einige Monate nach Kriegsende hatte sie von William einen Brief bekommen. Er hatte ihn an Klaas geschickt, der sie daraufhin in Amsterdam gesucht hatte. Nach Jahren des Schweigens hatte William ihr geschrieben, dass er sie immer noch liebe und heiraten wolle. Er hatte sie gebeten, in Holland auf ihn zu warten. Aber als sie die Auswanderungspapiere bekommen hatte, hatte sie es nicht ertragen können, auch nur noch einen Tag länger zu warten. Sie hatte den nächsten Diamanten verkauft und mit dem Geld die Überfahrt nach New York bezahlt.

Die Adresse, die sie von William hatte, die Adresse, an die sie so viele Briefe und Telegramme geschickt hatte, war falsch. Die Bewohner teilten ihr mit, dass William Kingston nie dort gewohnt habe. Sie sagten auch, dass jeder – anscheinend jeder außer ihr – wisse, wo die Kingstons wohnten.

Am nächsten Morgen zog sie ihre schönsten Sachen an – ein smaragdgrünes Kleid mit einem schmalen Gürtel und Schuhe, an deren Absätzen Schnallen mit Glitzersteinen funkelten – und steckte Williams Türkisring an den Finger. Dann fuhr sie mit dem Zug nach Norden und nahm sich in einer Pension in der Nähe des Kingston-Hauses ein Zimmer. Statt ihren wuchtigen Koffer mitzuschleppen, hatte sie nur einen kleineren sowie ihre Handtasche dabei, in der der Rest der Diamanten ihres Vaters verstaut war.

Ein Taxi brachte sie zum Kingston-Haus – einer riesigen Villa an einem breiten Fluss mit imposanten Säulen und einer großzügigen Veranda. Im Gegensatz zu den dicht an dicht stehenden Häusern in Amsterdam war rundherum viel Platz. Pferde und Rinder grasten hinter einem weißen Zaun unten am Flussufer.

William und sie würden mehr Kinder haben und sie würden auf diesem schönen Gelände leben und vergessen, was sie unter diesem Schreckensregime alles verloren hatten.

Eliese läutete und eine Frau, die mindestens zehn Jahre älter war als sie, öffnete ihr die Tür. Sie trug ein modernes geblümtes Kleid und an ihrem Handgelenk klimperten mehrere bunte Armreifen, die Eliese an eine Raupe erinnerten.

Eliese richtete sich zu ihrer vollen Größe auf, um die elegante Dame zu überragen. »Ich möchte William sprechen.«

Die Frau musterte sie von ihren Satinschuhen bis zu dem schwarzen Samthut, den sie sich in New York City gekauft hatte. »Wir haben hier keinen *Villiam.*«

»William«, wiederholte Eliese und bemühte sich um die richtige amerikanische Aussprache.

»Ich kann Sie nicht verstehen …«

Eliese holte tief Luft. »Ich suche William Kingston.«

»Wer sind Sie?«, fragte die Frau und warf einen Blick auf den Ring an Elieses Finger.

»Seine …« Sie suchte nach dem richtigen Wort. *Freundin, Verlobte, Ehefrau?* »Eine Angestellte der Niederländischen Bank.«

»Dann ist er für Sie Mr Kingston.«

Er war für sie so viel mehr als *Mr Kingston*, aber sie wollte jetzt nicht streiten. Diese Frau, die sie so arrogant behandelte, würde bald erfahren, wer sie war.

»William!«, rief die Frau über ihre Schulter und ihre Stimme hallte schrill durch den Flur.

Dann stand er vor ihr. Über sechs Jahre waren vergangen, seit sie zusammen gewesen waren, aber er sah noch genauso attraktiv und stark aus. Sein dunkles Haar war von grauen Strähnen durchzogen, aber das verlieh ihm nur ein noch vornehmeres Aussehen. Er sah genau wie der erfolgreiche Geschäftsmann aus, der er war.

Sie wartete darauf, dass ihr Herz höherschlagen würde, auf das Kribbeln, das sich früher in ihr geregt hatte, wenn sie ihn gesehen hatte, aber nichts davon stellte sich ein. Sie fühlte überhaupt nichts.

Das Gesicht eines amerikanischen Piloten schlich sich in ihre Gedanken, wie so oft in den letzten Tagen, aber sie verdrängte es schnell. Sie hatte sich William versprochen und sich ihm vor langer Zeit hingegeben. Sie würde ihr Wort halten.

Nach einem kurzen Moment veränderte sich sein verständnisloser Blick. Dann lächelte er, aber es war nicht das Lächeln, das sie als junge Frau fasziniert hatte. Dieses Lächeln erinnerte sie an Fünten, als er betrunken gewesen war. Als er erklärt hatte, dass er sie nach Hause bringen würde.

Eliese trat zurück und erschauderte, während sie William und die Frau, die neben ihm stand, anstarrte. Ein Junge trat neben seine Mutter. Sein Haar war zurückgekämmt, nur ein eigensinniger Haarwirbel stand an einer Seite ab. Mit seinem blonden Haar und dem selbstsicheren Blick sah er aus, wie Hein vielleicht aussehen würde, wenn er den Krieg überlebt hätte.

William küsste die Frau auf die Wange. »Ich erledige das.« Er trat zu Eliese auf die Veranda und schloss die Tür hinter sich.

Sie hatte sich dieses Wiedersehen so anders ausgemalt: dass er vor Freude außer sich sein würde und dann am Boden zerstört, wenn sie ihm von Hein erzählte. Sie sollten gemeinsam um ihren Sohn trauern, bevor sie ein neues Leben begannen.

»Du bist verheiratet«, stellte sie sachlich fest. Die Worte schmeckten bitter.

»Natürlich bin ich das.« Seine Stimme knisterte vor Verachtung, als wäre es idiotisch von ihr gewesen, etwas anderes zu glauben.

Der Boden unter ihren Füßen schien nachzugeben und sie musste sich an einer Säule festhalten. »Wie lange schon?« Als er nicht antwortete, legte sie den Daumen auf die Türklingel. »Ich kann auch deine Frau fragen.«

Er seufzte. »Seit zehn Jahren.«

Es war wie ein Schlag in den Magen.

Also war er bereits verheiratet gewesen, als sie sich in Amsterdam kennengelernt hatten. Er war verheiratet gewesen, als er sie nach London eingeladen hatte, er war verheiratet gewesen, als er mit ihr geschlafen hatte.

Dieser Mann war verheiratet gewesen, als er ihr einen Heiratsantrag gemacht hatte.

Ihr Vater hatte recht gehabt: Sie war nichts anderes als eine Hure.

William deutete zu einem schmalen Waldweg. »Geh mit mir spazieren, Eliese.«

Sie rührte sich nicht. Nach ihrer Flucht durch die Bergwerkstunnel konnte sie keine engen Wege und Räume mehr ertragen. Und zum ersten Mal fühlte sie in Williams Nähe nicht Geborgenheit, sondern nackte Angst.

Er hatte sie betrogen und versprochen, dass sie heiraten würden. Was war sonst noch alles gelogen gewesen?

Als sie sich zur Grundstückszufahrt umdrehte, packte er ihren Arm und hielt sie unsanft fest. »Wo sind die Aufzeichnungen?«

»Welche Aufzeichnungen?«

Er drückte ihr Handgelenk so fest, dass es wehtat. »Die Kontenbücher aus der Bank.«

»Die willst du nicht haben.«

»Oh, doch! Unbedingt sogar.«

»Vater hat in Nazifabriken investiert, William. Mit deinem Geld wurde der Krieg mitfinanziert. Gift hergestellt.«

»Ich weiß.«

»Gift, das unseren Sohn getötet hat.«

Endlich ließ er sie los. »Unseren Sohn?«

»Wenn du mir deine richtige Adresse gegeben hättest, wüsstest du von ihm. Ich habe dir sogar Fotos geschickt.«

Er fing sich sehr schnell wieder. »Welchen Namen hast du ihm gegeben?«

Hein Kingston. Beinahe hätte sie ihm seinen Namen genannt, doch sie konnte sich gerade noch bremsen und behielt ihn für sich.

Als sie den Kopf schüttelte, steckte William die Hände in seine Jackentaschen. »Wo ist dein Vater?«

»Er ist in einem Eisenbahnwaggon gestorben.« Auf dem Weg in ein Lager namens Theresienstadt.

»Wir sind also nur noch eine Handvoll Leute, die es wissen.«

Etwas Blaues tauchte im Fenster über ihnen auf und dann entdeckte sie das Mädchen, das sie beobachtete. Als Eliese sie ansah, duckte sie sich schnell. Dann erschien das Gesicht von Peter Ziegler hinter der Scheibe. Er war vermutlich zu Besuch in New York wie damals, als William in London gewesen war. In den Monaten, die sie bei den Zieglers gewohnt hatte, hatten sie gewusst, dass William schon verheiratet und sogar Vater war, und sie hatten ihr kein Wort gesagt.

»Ich habe beschlossen zu vergessen, William.« Die Kontenbücher, den Krieg, die vielen Kinder, die sie nicht hatte retten können, selbst die Namen, die sie so mühsam gesammelt hatte. Das alles brachte nur Traurigkeit.

Er schüttelte den Kopf. »Das können wir nicht.«

Aber sie musste vergessen, um zu überleben.

»Dein Vater hat mein Geld genommen«, sagte er.

Sie blickte durch die Säulen auf die Hügel seines Grundstücks, auf die Bäume und Ställe. »Und er hat dich zu einem reichen Mann gemacht.«

»Er hat jetzt keine Verwendung mehr für das Geld.«

In diesem Moment begriff sie endgültig, dass William Kingston keine *Verwendung* mehr für sie hatte.

Er deutete wieder zum Pfad. »Komm, Anneliese, im Wald können wir uns ungestört unterhalten.«

»Es gibt nichts mehr zu sagen.«

Da drehte William sich um, ging ins Haus und schloss die Tür hinter sich. Er ließ sie einfach auf den Stufen stehen.

Eliese war schon lange auf sich allein gestellt, doch als Frau Kingston hatte sie immer Hoffnung gehabt. Noch nie hatte sie sich so allein gefühlt wie in diesem Augenblick.

Sie hatte ihr Taxi weggeschickt, aber zur Pension war es nicht weit. In Amsterdam hatte sie viel weitere Wege zu Fuß zurückgelegt.

Als sie die Straße schon fast erreicht hatte, kam ihr ein Mädchen nachgerannt und ergriff ihre Hand. »Miss!«, keuchte sie atemlos.

»Was ist denn?«

»Sie sollten sich beeilen.«

Eliese ging neben der Kleinen in die Hocke. »Warum?«

»Sie sind furchtbar sauer auf Sie.«

»Du bist Peters und Trudys Tochter.«

Das Mädchen nickte.

»Ich habe bei deinen Eltern gewohnt, bevor du geboren wurdest.«

Jemand rief das Mädchen – Marcella. Schnell ließ sie Elieses Hand los und lief wieder zum Haus.

Statt in die Pension zurückzukehren, ging Eliese am Stadtrand der Kleinstadt spazieren, bis es dunkel war. Ihre Handtasche hatte sie sich fest unter den Arm geklemmt. Sie hatte das Gefühl, von der Dunkelheit verschlungen zu werden und nicht mehr atmen zu können. Nachdem sie Williams Brief bekommen hatte, war sie wirklich davon ausgegangen, dass er sich über ihr Kommen freuen würde. Aber sie war ihm völlig gleichgültig. Er wollte nur die Kontenbücher ihres Vaters.

Würde er die Bücher vernichten, damit niemand etwas über seine Investitionen erfuhr, oder hoffte er, anhand der Aufzeichnungen herauszufinden, wo ihr Vater den Rest des Gewinns versteckt hatte?

Diese Kontenbücher würden im Tresor in Amsterdam bleiben. Die Kombination war in ihr Hirn eingebrannt. Niemand würde mehr etwas an den Chemikalien verdienen, die Hein und all die

Menschen, die im Theater eingesperrt gewesen waren, getötet hatten.

Allmählich bekam sie wieder Luft. Mit ihrem Atem kehrte das Gesicht des Piloten zurück, der mit ihr durchs Feuer gegangen war. Vielleicht hatte Nathan in den Monaten, seit sie ihn das letzte Mal gesehen hatte, eine Frau kennengelernt, aber während Eliese dort vor der Pension stand, erkannte sie, dass ihr Herz schon lange nicht mehr William gehörte. Es gehörte dem Mann, der ihr so sehr geholfen hatte, statt sie zu verletzen.

Als sich die Nacht über die Hügel legte, war sie William nicht mehr böse, dass er sie angelogen hatte. Nein, sie war erleichtert. Sie würde Marcellas Rat befolgen und so schnell wie möglich von hier verschwinden.

Die Pension befand sich in einem dreistöckigen Haus im Kolonialstil. Die Backsteinmauern erinnerten sie an ihr Zuhause in Amsterdam. Eliese stieg in die erste Etage hinauf und wollte ihren Zimmerschlüssel ins Schloss stecken, aber die Tür war aufgebrochen worden. Der Schreck verursachte ihr Gänsehaut. Da waren mehrere Menschen in ihrem Zimmer. Sie durchwühlten ihre Sachen und flüsterten im Dunkeln. Marcellas Warnung ging ihr wieder durch den Kopf.

Das Licht, das durch den Türspalt fiel, schien das Schauspiel im Inneren ins Rampenlicht zu stellen. Ein Mann rief etwas. Hastig zog Eliese die Tür wieder ganz zu.

»Eliese!« Das war Williams Stimme.

Seine Schritte polterten hinter ihr die Treppe herab, als sie wenige Sekunden später die Eingangstür aufriss.

Wenn sie in den letzten Jahren etwas gelernt hatte, dann, sich zu verstecken.

Einzelne Bäume standen auf dem weiten Rasen und rechts von ihr lag ein schlummernder Garten mit einem alten Schuppen vor mehreren Schindelhäusern, aus deren Fenstern Licht auf die Straße schien. Statt wegzulaufen, schlüpfte Eliese zwischen die Nadelsträucher, die an der Pension wuchsen.

Die Tür wurde zugeknallt und William stürmte fluchend an ihr vorbei. Dann liefen zwei weitere Männer hinter ihm aus der

Tür, als wäre eine kleine Armee nötig, um sie zu überwältigen. Sie teilten sich in verschiedene Richtungen auf, um sie zu suchen.

William wollte sie nicht nur wegen der Kontenbücher finden. Er wollte ihren Tod. Niemand sollte erfahren, wie er zu seinem Geld gekommen war.

Sie war so dumm gewesen, diesem Mann zu vertrauen!

Hier konnte sie nicht bleiben. Sie würden bald zurückkommen, um jeden Quadratmeter dieses Grundstücks und vielleicht der ganzen Stadt nach ihr abzusuchen. Sie musste ihre Reisetasche in der Pension zurücklassen.

Eliese drückte ihre Handtasche an sich und schlich geräuschlos durch die Schatten. Sie wartete mehrere Stunden, bis sie es wagte, ein öffentliches Telefon zu benutzen. Dann zog sie den Zettel heraus, den sie seit über einem Jahr immer bei sich trug. Er war verknittert und abgenutzt und das Papier roch immer noch nach Mergel.

Sie wählte die Nummer und meldete ein R-Gespräch an. Vielleicht konnte sie ihre Vergangenheit ja doch noch wie eine alte Haut abstreifen und neu anfangen.

»Luise«, sagte sie der Telefonistin.

Ein Mann meldete sich. Als ihm die Frau den Namen nannte, nahm er den Anruf entgegen.

»Nathan?«, flüsterte Eliese.

Schweigen.

Hatte er aufgelegt? Vielleicht stand seine Frau neben ihm und wollte wissen, wer am Telefon war.

Sie holte tief Luft und eine neue Panik erfasste sie. Sie könnte ihren letzten Diamanten verkaufen und vielleicht wieder nach England fahren. Nach Holland würde sie nie zurückgehen, das stand fest.

»Wo bist du?« Die Worte kamen knisternd durch die Leitung, doch es war eindeutig seine Stimme.

»Ich bin in New York.«

Mit angehaltenem Atem wartete sie auf seine Antwort. Sie hatte keine Ahnung, wie ihre Zukunft aussehen würde, aber dieser Mann am Telefon hatte damals in Holland und dann in Belgien

Hoffnung in ihr Leben gebracht. Und die brauchte sie auch jetzt dringend.

»Bist du allein?«, fragte er.

»Ja«, sagte sie. »Mein Mann – er ist nicht wirklich mein Mann, Nathan. Ich hatte gedacht, dass wir eines Tages …«

Er schwieg wieder einen Moment, bevor er wieder das Wort ergriff: »Soll ich nach New York kommen?«

»Ich bin mir nicht sicher.«

»Du musst dir aber sicher sein, Luise.«

Vor Monaten hatten Nathan und die Nonnen ihr eine Rettungsleine angeboten, die sie von allem, was sie getan hatte, erlösen konnte. Sie bräuchte nichts weiter zu tun, als sich daran zu klammern, hatte er gesagt, und Gott würde ihr vergeben. In ihm könnte sie ein neues Leben haben.

Sie blickte die Straße hinauf. Schon in diesen frühen Morgenstunden waren etliche Autos unterwegs. Am Ende des Häuserblocks näherte sich ein rot-silberner Bus, der gleich neben dem Telefon stehen bleiben würde. Ein Ausweg.

Sie wollte diese blutrote Rettungsleine ergreifen.

»Komm nicht hierher«, sagte sie.

»Okay«, antwortete er und klang enttäuscht.

Eliese steckte den Zettel mit seiner Nummer und Adresse wieder in ihre Handtasche. Dann zog sie den Türkisring ab und legte ihn auf das Telefonbuch. »Ich komme mit dem nächsten Bus nach Oregon.«

41. Kapitel

Nachdem ich eine Woche in Portland verbracht habe versichert mir Claire, dass es meiner Großmutter schon wieder besser geht. Sie richtet mir aus, dass ich mir den Inhalt einer grünen Mappe ansehen soll, die per Express an Kendalls Adresse geschickt wird. Die Adoptionspapiere meiner Mutter.

Der Artikel in der *New York Times* ist heute erschienen. Es gibt also nichts mehr, was unsere Familie verheimlichen müsste. Keine PR-Agentur der Welt kann den angerichteten Schaden wiedergutmachen, aber ich hoffe, dass genau das den Kingstons helfen wird.

Statt nach New York zurückzukehren, fliege ich mit Vi nach Greenville. Landon begleitet uns. Vi fährt uns in ihrem alten VW vom Flughafen zur Spitze von Hatteras. Dann erklärt sie, dass ich diese Reise alleine zu Ende bringen müsse. Aber ich bin nicht allein. Nachdem sie mich umarmt hat, stellt sie Landons Tasche und meinen Koffer auf dem Parkplatz am Fährhafen auf den Boden und fährt davon. Zehn Minuten später schreibt sie mir, dass sie uns jederzeit wieder abholen wird. Am nächsten Tag, in einer Woche, in einem Monat – wie wir wollen.

Ich glaube, ich liebe sie dafür, dass sie uns hier abgesetzt hat.

Landon greift sich unser Gepäck. Auch er scheint sich nicht im Geringsten darüber aufzuregen, dass er hier gestrandet ist.

Eine Herde großer Tümmler begleitet unsere Fähre nach Ocracroke. Als wir uns der Insel nähern, beginnt mein Herz zu rasen. Mit diesem Ort verbinde ich vierzehn Jahre meiner besten und meiner schlimmsten Erinnerungen.

Der peitschende Wind macht es unmöglich, sich auf Deck zu unterhalten, aber Landon nimmt meine Hand, als wir uns dem Hafen nähern, und ich atme tief ein. Heute möchte ich mich ganz bewusst sowohl an das Gute als auch an das Schlimme erinnern.

Wir lassen unsere Sachen in einer Pension. Eine salzige Ozeanbrise zieht über die Veranda mit Blick über den Hafen. Der Geruch versetzt mich in meine Kindheit an diesem Strand zurück: Ich sehe mich mit meiner Mutter Sandburgen bauen, mit unserem Hund vor den Wellen weglaufen und meinem kleinen Bruder zuschauen, wie er seine kleinen Zehen in den nassen Sand steckt.

Und dann das Feuer, dessen Details im Rauch meiner Erinnerungen von einer dicken Rußschicht bedeckt sind.

»Mein Bruder hat gern im Sand gespielt«, sage ich. Es ist noch sehr ungewohnt, über ihn zu sprechen.

Landon hat die Ellbogen auf das Geländer gestützt und blickt aufs Meer hinaus. »Als du in Afrika deinen Albtraum hattest, hast du nach Andrew gerufen.«

»Ich habe versucht, ihn zu finden.«

Die Gischt besprüht uns und kühlt unsere Haut ab.

»Wie genau hast du ihn verloren?«, fragt er.

Ich zeige ihm das Foto von Mama, Andrew und mir am Strand auf meinem Handy, und die einzelnen Teile meiner Geschichte, zerbrochen und verschwommen, sprudeln aus mir heraus. Ich erzähle ihm von dem Abend, an dem meine Mutter im Restaurant bediente und ich zu Hause auf meinen Bruder aufpassen sollte. Meine Mutter war an diesem Abend früh zurückgekommen, aber ich wusste nicht einmal, dass sie im Haus war, bis es zu spät war. Ich erzähle Landon von der Explosion, die mich aus meinem Bett geworfen hat, wie ich versucht habe, meinen Bruder im Zimmer nebenan zu retten, aber der Rauch war zu dick und der Türgriff zu heiß.

Und dann sehe ich wieder das Gesicht aus meinen Träumen vor mir. Hasserfüllte Augen hinter dem Fenster. Augen, die mich an meinen Onkel erinnern.

»Das ist alles, was ich noch weiß.«

Landons Blick ist immer noch aufs Meer gerichtet, als könnte ich erschrecken, wenn er mich ansieht. »Glaubst du, dein Onkel hat das Feuer gelegt?«

»Meine Großmutter sagte, es sei ein Unfall gewesen, aber …« Ich atme tief ein. »Ich glaube nicht, dass sie überrascht war, als es passierte. Rückblickend frage ich mich, ob sie vielleicht sogar damit gerechnet hat.«

»Woran erinnerst du dich als Nächstes? Nach dem Feuer?«

Ich schließe die Augen. »Es ist sonderbar, an welche Dinge man sich erinnert.«

»Was siehst du?«, fragt er.

»Zwei Margeriten. Sie standen in einem Einmachglas neben meinem Krankenbett. Als ich sie sah, wollte ich eine Blumenkette daraus machen, wie sie meine Mutter immer mit mir gebunden hat.« Ich öffne die Augen wieder. »Die Zeit im Krankenhaus war für mich die reinste Qual. Niemand hat mir verraten, dass mein Bruder und meine Mutter tot waren, und die Explosion hatte das Trommelfell in meinem linken Ohr zerstört.«

Jetzt schaut Landon mich doch an. »Und ich dachte, du ignorierst mich nur.«

»Ich habe dich ignoriert, als du sagtest, dass ich Crocs anziehen soll!«

Er lächelt. »Und als ich dir sagte, dass da vor uns eine Schlange ist?«

»Das habe ich nicht gehört.«

»Was ist mit deinem Vater?«, fragt er.

Mein Brustkorb zieht sich zusammen wie jedes Mal, wenn ich an den Mann denke, der sich um mich hätte kümmern sollen. »Er war Jahre vor dem Feuer weggegangen und nach Idaho gezogen. Als meine Sozialarbeiterin ihn kontaktiert hat, hatte er kein Interesse daran, noch eine Tochter zu haben. Sein Gehalt wurde bereits zwischen mehreren Kindern aufgeteilt. Von ihm brauchte ich keine Unterstützung zu erwarten.« Ich fahre mit den Händen über die grüne Mappe mit dem Namen meiner Mutter, die Claire mir geschickt hat. Ich habe gemischte Gefühle. Natürlich will ich wissen, was drinsteht, aber gleichzeitig habe ich Angst. »Ich war ein Jahr bei Pflegeeltern, bis meine Sozialarbeiterin endlich Marcella fand.« Ich hebe die dünne Mappe hoch, aber schlage sie immer noch nicht auf. »Marcella hat mir ein neues Leben gegeben und das, was ich für eine Familie gehalten habe.«

Ich bin bereitwillig in ihr Nest geflogen. Die ersten Jahre waren für meine durstige Seele wie eine Fata Morgana. Aber noch mehr als nach einer Familie sehnte sich mein Herz nach Heilung. Eine Erinnerung daran, wer ich in Jesus wirklich bin.

»Sie wollte jemanden, den sie zu einer richtigen Kingston formen konnte. Aber ich fürchte, ich bin eher wie meine Mutter.«

»Das ist ein Segen, denke ich.«

Mein Lächeln ist zittrig, aber ich bin ihm für diese Bemerkung sehr dankbar.

»Öffnest du jetzt die Mappe?«, fragt er.

»Vorher würde ich gern zum Friedhof gehen.« Ich will mich auf meine eigene Weise an meine Mutter und meinen Bruder erinnern, bevor sich meine Welt erneut verändert.

Landon führt mich zu einem Blumenladen und kauft zwei Dutzend Margeriten. Mit dem Strauß in der Hand gehen wir auf einem Fußweg zu dem von einem Palisadenzaun umgebenen Friedhof. Zwischen Sträuchern und alten Eichen befinden sich die Gräber.

Der Name meines Bruders ist auf einen kleinen Grabstein gemeißelt; der größere meiner Mutter befindet sich daneben.

Andrew Drake

Die Inschrift unter dem Namen meines Bruders bestätigt nur, was ich bereits weiß: Er ist ein Jahr und acht Monate alt geworden. Nachdem sein Vater uns verlassen hatte, trug Andrew den gleichen Nachnamen wie meine Mutter und ich.

Ich lege die Blumen auf sein Grab und erinnere mich schweigend an ihn, während der salzige Wind mein Haar zerzaust.

Dann drehe ich mich zum Grab meiner Mutter um und streiche mit den Fingern über ihren Namen.

Emily Kingston Drake

Die Frau, die mich leidenschaftlich geliebt hat, auch wenn sie viel arbeiten musste, um unseren Lebensunterhalt zu bestreiten. Die Frau, die gedacht hat, ich würde in einer Kleinstadt in North Carolina ungefährdeter aufwachsen als in den großen Räumen einer riesigen Villa im Norden.

Tränen treten in meine Augen. »Sie sind zusammen.«

»Und bestimmt nicht allein«, sagt Landon. »Gott hat sie beide zu Hause begrüßt.«

»Ich habe an jenem Abend etwas draußen gehört, bevor das Feuer ausbrach. Ich hätte Hilfe holen müssen.«

»Wenn dein Onkel dafür verantwortlich war, hättest du nichts tun können.«

»Als ich jünger war, habe ich Gott um Vergebung gebeten.«

»Für deine Sünden?«, fragt er.

»Ja. Und dafür, dass ich meinen Bruder nicht gerettet habe. Ich hätte ihn holen und weglaufen sollen.«

»Wir alle sündigen, Ava, und Gott vergibt uns, wenn wir ihn darum bitten. Aber das, was an jenem Abend passiert ist, war keine Sünde. Du hast nichts falsch gemacht.«

Ich höre die Wahrheit in seinen Worten, aber es fällt mir schwer, sie in mein Herz zu lassen.

Landon hebt den Margeritenstrauß auf und zieht eine der Blumen aus dem Gummiband.

»Was machst du da?«, frage ich.

Er reicht mir die Margerite. »Wir sollten ihnen Blumenketten binden.«

Mrs West hat ihre Glasflaschen, um sich zu erinnern, und die Kinder im Doernbecher-Krankenhaus haben ihre Geschichtsperlen. Ich will auch etwas anderes als nur ein Foto haben, um mich an Andrew und meine Mutter zu erinnern.

Landon und ich besuchen die Stelle, an der das kleine Haus meiner Familie früher stand. Aber hier finde ich nichts. Deshalb gehen wir an den Strand, wo wir uns auf den vom Wind glatt polierten Stamm eines umgestürzten Baumes setzen. Sandkrebse wuseln um uns herum, während die Wellen anrollen und wieder zurückfließen und das Meerwasser breite Spuren vor unseren Zehen hinterlässt.

Das Gewicht meiner Erinnerungen, meiner Schuldgefühle

und meiner Scham hat mich fast erdrückt. Aber vor 2.000 Jahren haben Soldaten sie an ein Kreuz genagelt, als sie Jesus hinrichteten. Vielleicht kann ich mich jetzt ohne die Schwere der Traurigkeit erinnern.

Ich sehe nicht mehr nur vor mir, wie Will durchs Fenster hereinspäht, sondern auch, wie ein Engel zu mir ins brennende Haus tritt. Er schwingt Andrew und meine Mutter auf seine Arme und trägt sie weg. Und mich. Er trägt auch mich, aber nur bis vor die Haustür.

Mein Bruder ist tot, aber vielleicht ist das nicht meine Schuld. Gott braucht mir nicht zu vergeben, was passiert ist. Ich muss mir selbst vergeben.

Landon greift nach meiner Hand, als meine Tränen fließen und vom Wind getrocknet werden. Die Last, die ich so lange getragen habe, scheint weggeweht zu werden. Sie landet auf dem Boden und wird vom Meerwasser fortgespült.

Jetzt erinnere ich mich an das Gute und an das Schlechte, was ich auf dieser Insel erlebt habe. Mein altes Leben ist zerbrochen. Da sind Stärke und Schönheit, durchzogen von Schmerz und von der Flut geformt.

Als das Meer sich zurückzieht, finde ich zwei Muscheln im nassen Sand – eine zarte perlgraue und eine in einem schillernden Lila, das sich im Sonnenlicht blau färbt.

Genauso wie Mrs Wests Flaschen ihre Erinnerungen bergen, sollen diese Muscheln für meine stehen.

Mit Landon an meiner Seite öffne ich langsam die grüne Mappe und finde darin einen Vertrag mit einer gewissen Olivia Parker aus New Jersey. Meine leibliche Großmutter, vermute ich. In dem Dokument wurde eine geschlossene Adoption festgelegt. Außerdem besagt es, dass Olivia nie versuchen wird, ihre Tochter kennenzulernen, und dass sie niemandem den Namen des leiblichen Vaters ihres Babys verraten wird.

Der Vertrag ist mit einem Scheck über eine riesige Summe besiegelt worden. Der Scheck wurde von Marcella unterschrieben und von Olivia im Dezember 1975 eingelöst.

Landon hat über meine Schulter mitgelesen. »Ich habe noch nie gehört, dass eine Adoption so teuer ist.«

»Anscheinend hat Olivia sich ihr Schweigen fürstlich entlohnen lassen.«

»Warum wollte Marcella wohl, dass sie nichts verrät?«

Ich weiß die Antwort, noch bevor ich mir die Geburtsurkunde ansehe. Meine Mutter – Emily Kingston – war das leibliche Kind von Olivia Parker und William Kingston. Sie kam zur Welt, als William Mitte sechzig war und Olivia als Hausmädchen bei den Kingstons arbeitete.

Emily war Randolphs Halbschwester. Das bedeutet, dass auch in meinen Adern Kingston-Blut fließt. Ich könnte mich von den Mitgliedern dieser Familie distanzieren, ich könnte so weit weglaufen, wie ich will, aber ich werde immer eine von ihnen sein.

Randolph und Marcella haben Emily vermutlich adoptiert, um Williams Ruf zu schützen. Und vielleicht auch, um das Baby zu schützen.

Wenn überhaupt, dann macht das Marcella zu einer Heldin. Genauso wie Mrs West.

Kein Wunder, dass meine Onkel meine Mutter gehasst haben. Sie war eine Kingston, sowohl durch die Adoption als auch durch ihre Abstammung. Nach Randolphs Tod war sie Williams einziges Kind und sie befürchteten, dass sie vielleicht einen größeren Anteil erben würde als sie, womöglich sogar das ganze Vermögen.

Dann ging ihr Hass auf Andrew und mich über.

Ich rufe Claire vom Strand aus an. Sie gibt das Telefon schnell weiter. Die Stimme meiner Großmutter ist zittrig, aber ich danke Gott, dass sie noch am Leben ist und mit mir sprechen will.

»Es tut mir leid, Ava«, sagt sie.

»Was?«

»Dass ich nicht ehrlich zu dir war.«

»Ich vergebe dir«, sage ich ruhig. Ich meine das ehrlich. »Du hast immer nur das Beste für mich und meine Mutter und die ganze Familie gewollt.«

»Die Partnerschaft zwischen meinem Vater und William war auf Korruption gegründet«, sagt sie. »Irgendwann musste alles zusammenbrechen.«

»Wir werden anfangen, neu aufzubauen.«

»Ich habe mein Testament geändert«, teilt sie mir mit. »Du brauchst dir keine Sorgen mehr zu machen.«

»Ich mache mir keine Sorgen.«

»Wenn du vor irgendjemand anderem in der Familie mit Ausnahme von mir stirbst, verliert die ganze Familie ihr Erbe. Ein Erbe, das, wie ich hinzufügen möchte, auf eine bescheidene Summe für jedes meiner Kinder und Enkel gekürzt wurde. Der Rest geht an wohltätige Organisationen.«

»Meine Cousins werden mich zur Notaufnahme bringen, wenn ich nur niese.«

»Sie kümmern sich vielleicht nicht aus den richtigen Motiven um dich, aber ich will, dass sie sich auf etwas anderes als auf Geld konzentrieren.«

Es ist zu spät, um sie dazu zu bringen, mich zu mögen, aber wenigstens wird keiner von ihnen mehr versuchen, mir Schaden zuzufügen.

»Der Stiftungsrat hat übrigens die Fördergelder für *Bishara* beschlossen.«

Ich werfe Landon einen Seitenblick zu und freue mich für ihn und seine Organisation. »Danke.«

»Ich möchte, dass du weiterhin für die Stiftung arbeitest«, fährt Marcella fort. »Mit einem Gehalt, damit du dir ein eigenes Zuhause suchen kannst.«

»Ich werde es mir überlegen.«

Sie respektiert, dass ich Bedenkzeit brauche.

Landon und ich brechen auf, um zur Pension zurückzugehen. Meine eine Hand schließt sich um die Muscheln, meine andere hält Landons fest. Es fühlt sich einfach richtig an, mit ihm hier zu sein und ihm von Marcella zu erzählen.

»Es klingt, als hätte deine Großmutter ihr Leben lang versucht, alle in ihrer Familie zu beschützen.«

»Ihre Ängste haben ihre Liebe überdeckt.« Wasser schäumt über meine Zehen. »Statt ehrlich zu sein, hat sie versucht, alle in der Familie glücklich zu machen, indem sie unter Verschluss gehalten hat, was andere falsch gemacht haben. Vielleicht hat sie das getan, um sie nicht zu verlieren, wie sie Emily verloren hat. Und ihre Söhne haben ihre Angst schamlos ausgenutzt.«

»Ich hoffe, sie entscheidet sich für ein Vermächtnis der Ehrlichkeit«, sagt Landon. »Dafür, das Gute und das Schlechte in Erinnerung zu behalten.«

Wie mit Muscheln und Glasflaschen und alten Karteikarten.

Ein Boot segelt an uns vorbei. Sein leuchtend grün-weißes Segel bläht sich im Wind auf.

»Glaubst du, dass von den Kindern, die deine Oma gerettet hat, noch welche leben?«

»Wahrscheinlich.«

Ich bleibe stehen. »Ob sie sich daran erinnern, was damals passiert ist?«

»Spielt das jetzt noch eine Rolle?«

»Ich glaube schon«, sage ich langsam. »Vielleicht können sie auch in dem Guten und Schlechten ihrer Geschichte Heilung finden.«

42. Kapitel

So viel Tamtam, und das nur wegen eines Geburtstags, den sie schon vierundneunzigmal gefeiert hatte.

Luise kontrollierte die Perlmuttknöpfe an ihrer Bluse und rutschte in dem Sessel vor, der wie ein Thron auf der kleinen Bühne aufgestellt worden war. Marcella hatte ein Flugzeug gechartert, das die ganze Familie West von Portland nach Amsterdam gebracht hatte. Luise hatte während des Fluges eine weitere Perücke genäht, dieses Mal für ein Mädchen, das die mutige Prinzessin in *Merida – Legende der Highlands* liebte. Sie blickte auf die Wolle auf ihrem Schoß hinab, während sie auf die Eröffnung der Feier wartete. Die kastanienbraune Farbe erinnerte sie an Avas schönes Haar.

Nie in ihrem Leben hätte sie sich vorstellen können, dass sie sich mit einem Mitglied der Familie Kingston versöhnen würde, geschweige denn mit zweien. Aber sie hatte die junge Frau, die sie gefunden hatte, sehr gern, nicht nur, aber auch deswegen, weil Landon sie offensichtlich sehr gern hatte. Sie hatte sich ihr Leben lang vor William Kingston und seiner Familie gefürchtet, auch noch, nachdem William gestorben war. Aber jetzt wollte sie keine Angst mehr haben.

Bevor sie in Amsterdam angekommen waren, war das Flugzeug in New York gelandet und sie hatte Marcella in dem Haus besucht, von dem sie vor langer Zeit weggelaufen war. Die Frau hatte sie um Vergebung gebeten. Luise hatte ihr versichert, dass die Sünden ihres Schwiegervaters nicht ihre waren, aber Marcella hatte erwidert, dass sie selbst auch vieles falsch gemacht habe.

Da hatte Luise ihr von dem blutroten Rettungsseil erzählt, das Gott ihr anbot. Ein Seil, das die Menschen rettete, die ihn suchten, auch wenn die Mauern um sie herum einbrachen. Als sie vor so vielen Jahren in New York gewesen war, hatte Marcella Kingston ihr das Leben gerettet. Und jetzt betete sie, dass Gott Marcella retten würde.

Ava und Marcella wollten Luise das Haus am Kanal zurückgeben, aber sie zog es vor, dass die Kingstons es als Bibliothek behielten, damit andere die Wahrheit über den Krieg erfahren konnten. Damit vielleicht durch die Erinnerung andere vor Schaden bewahrt werden konnten.

Ihre Glasflaschen, wieder fein säuberlich in ihrem Regal zu Hause aufgereiht, waren alles, was sie für sich persönlich als Erinnerung an die Vergangenheit brauchte. Heute wollte sie das Leben feiern, das sie sich mit ihrem geliebten Mann und den drei Kindern im Nordwesten der USA auf der Obstplantage seiner Familie aufgebaut hatte. Im Laufe der insgesamt über fünfzig gemeinsamen Jahre hatte er ihr geholfen, sich an die Kinder zu erinnern, die sie zurückgelassen hatte, während sie ihre eigenen Kinder und später ihre Enkel aufwachsen sahen.

Landon hatte ihr eine neue rote Flasche für Hein gekauft, aber sie hatte sie nicht ausgepackt. In Zukunft würden sie sich als Familie an Hein erinnern.

Das Innere ihres früheren Hauses hier in Amsterdam war entkernt und völlig neu gestaltet worden. Dafür war Luise dankbar. Landon hatte gefragt, ob sie nach der Feier in den Keller gehen wolle, aber das kam für sie nicht infrage. Hier vor dem riesigen orangefarbenen Vorhang zwischen den Büchern zu sitzen, fiel ihr schon schwer genug.

Vor der Bühne standen ungefähr dreißig Stühle für ihre und Nathans Kinder sowie deren Familien bereit, die aus der ganzen Welt gekommen waren, um ihren Geburtstag zu feiern. Ihr hatte jemand diesen Sessel gebracht; die harten Stühle waren nichts mehr für sie.

Statt sich zu setzen, bevor die offizielle Feier begann, stand ihre Familie in der Bibliothek zusammen und unterhielt sich. Es machte sie glücklich, ihre Lieben so zu sehen.

Schließlich traten Landon und ein Mann, den sie nicht kannte und der sich als Paul Epker vorstellte, auf eine Bühne mit Mikrofon, als könnten die paar Leute hier sie sonst nicht verstehen.

Es war lieb von ihnen, dass sie ihr das Gefühl geben wollten, etwas Besonderes zu sein, aber eigentlich wollte sie nur Zeit mit ihrer Familie verbringen. Und eine Torte – eine Feier ohne Buttercremetorte war keine richtige Feier.

Als Paul zu sprechen begann, bezog er sich jedoch gar nicht auf ihren Geburtstag. Stattdessen versetzten seine Worte sie in den Krieg zurück. Zurück zu den Tagen, als sie und Josie und so viele andere versucht hatten, den Kindern zu helfen.

Während er von dem Theater und dann von der Kinderkrippe erzählte, schloss sie die Augen, roch die Tinte ihres Schreibmaschinenbands und hörte die Tasten klappern. Spürte wieder die Herausforderung in ihren Fingerspitzen, so viele wie möglich zu beschützen, die Macht, sie unsichtbar zu machen. Die Angst vor dem Schwert, das alle, die sie nicht von der Liste entfernen konnte, tötete.

Paul nannte einen Namen – Herr Meijer. Luise schlug die Augen auf, da niemand denken sollte, sie wäre eingeschlafen.

Ein älterer Mann trat zu ihnen auf die Bühne. Er trug eine graue Hose und ein weißes Hemd und stützte sich auf einen Stock mit silbernem Griff.

Herr Meijer nahm eine Karte aus Pauls Hand. Lächelnd trat er auf sie zu.

»Danke«, sagte er und küsste ihre Wange. »Ich war noch ein Baby, als Sie mir das Leben gerettet haben.«

Er reichte ihr die alte Karteikarte, die jetzt in einer Plastikhülle steckte. Darauf stand sein vollständiger Name, *Lars Meijer.* Der Name war in einem leuchtenden Orange hervorgehoben. Er war eines der Kinder von 1942.

Ava trat zu Herrn Meijer auf die Bühne und gemeinsam zogen sie an dem orangefarbenen Vorhang. Der Stoff fiel zu Boden. Dahinter wurde eine Galaxie aus Buntglas sichtbar. Das Fenster war drei Stockwerke hoch und reichte bis zum Dach. Die meisten der einzelnen Glasstücke waren wie Diamanten geformt, hunderte bunte Edelsteine, die zusammengelötet waren und das Licht brachen. Sternförmige Scheiben, größer als die anderen, waren zwischen den Diamanten verteilt.

Herr Meijer trat langsam an das Fenster heran und küsste einen der Sterne. Etwas in ihr blühte auf. Dieser Junge aus der Kinderkrippe hatte den Krieg überlebt.

Ihre Tochter Anne holte einen Stuhl für Herrn Meijer und er setzte sich in die Reihe zu ihrer Familie.

Auf jedem Diamanten, erklärte Paul, stand der Name einer Person, die aus der Kinderkrippe gerettet worden war. Es waren 642 Namen. Dann begann er, die Namen auf einem Schild unter dem Fenster vorzulesen. Dort waren unzählige Menschen festgehalten, die bei der Rettung geholfen hatten. Walter Süskind. Henriëtte Pimentel. Jozefien und Samuel van Rees.

Josie.

Für einen kurzen Moment schloss Luise wieder die Augen und kämpfte gegen den Wind über dem Moor, während Josie und sie zu ihrer Windmühle paddelten. Ihre Freundin, an der sie am Ende versagt hatte.

Sie verdiente die Ehre nicht. Josie und die anderen – sie sollten hier sein. Sie sollten alle zusammen in einer Stuhlreihe sitzen.

Aber anscheinend waren die Menschen aus ihrem Netzwerk inzwischen tot. Alle bis auf sie.

Sie rollte die Wolle auf ihrem Schoß zusammen und bemühte sich, tapfer zu sein.

Paul nannte einen anderen Namen und eine Frau kam in einem Rollstuhl in den Raum. Sie küsste einen Stern, bevor sie zur Bühne kam, um sich bei Luise zu bedanken.

Die Tränen brachen sich Bahn.

Sie war keine Heldin, aber statt sich hinter ihrer eigenen Beschämung zu verstecken, beschloss Luise, zusammen mit den anderen Josie und ihre mutigen Freunde für alles, was sie getan hatten, um uneigennützig Menschen zu retten, zu ehren.

Heute würde sie das Leben von jedem Menschen feiern, der damals versteckt worden war.

Im Laufe der nächsten zwei Stunden küssten viele Überlebende das Fenster und gaben Luise eine Karte. Die meisten küssten sie auf die Wangen. Einige standen in der ersten und zweiten Etage und beugten sich über das Geländer, um ihren Fensterstern zu berühren, als ihr Name aufgerufen wurde.

Das Erdgeschoss füllte sich mit immer mehr Menschen. Luise hätte sich nie vorstellen können, dass so viele dieser Kinder den

Krieg überlebt hatten. Oder dass sie mehr als siebzig Jahre nach Kriegsende noch lebten.

Sie erinnerte sich an keines dieser Kinder bis auf Lars – sie hatte während des Krieges Tausende Karteikarten getippt –, aber die älteren schienen sich an sie zu erinnern. Ihr Herz blühte bei jedem Kuss auf, bis sie das Gefühl hatte, ein ganzer Garten würde in ihr wachsen. Auf der Bühne sagten mehrere dieser längst erwachsenen Kinder, dass Luise ihnen etwas geschenkt habe, aber heute wurde sie mit ihrer Freundlichkeit beschenkt.

Niemand versuchte, die bunten Sterne zu berühren, die in der Mitte des Diamantrahmens funkelten. In Gedanken kehrte Luise heimlich zu ihrer eigenen Lichterwand in ihrem Haus zurück, zu ihren Erinnerungen aus Glas.

Delfter Blau, Bernstein, Ahorngrün – diese Sterne hatten genau die gleichen Farben. Achtundsechzig an der Zahl.

Niemand wusste genau, wie viele niederländische Kinder im Holocaust getötet worden waren, aber neben allen, die gerettet worden waren, wurde an dieser Wand auch derer gedacht, die bei jener letzten Deportation weggebracht worden waren. Und sie erinnerten auch an Hein.

Das war die größte Ehre überhaupt.

Anne beugte sich zu ihr herüber und nahm Luises Hand. »Sie haben die Liste mit den Waisenkindern aus der Kinderkrippe gefunden«, flüsterte sie. »Jeder Stern hat einen Namen.«

Sie würden nicht vergessen werden.

Luises Augen richteten sich auf den roten Stern, gleich rechts neben der Bühne. Nach der Feier würde sie diesen Stern persönlich küssen.

Paul hatte wieder das Mikrofon zur Hand genommen. Dieses Mal schienen ihm seine Worte schwerzufallen. »Ich möchte meine Mutter auf der Bühne begrüßen.«

Frau Epker war eine schöne Frau. Sie trug ein hellblaues Kleid und eine doppelte Perlenkette, die ihr fast bis zum Bauch reichte. In einer Hand hielt sie eine Karte und in der anderen eine rote Rose. Um ihren Hals hatte sie einen ausgefransten orangefarbenen Schal gewickelt.

Die Frau küsste einen der Diamanten und dann blieb sie neben dem roten Stern stehen und küsste auch ihn.

Wenn Luise einige Jahrzehnte jünger gewesen wäre, wäre sie aufgesprungen, aber sie war an ihren Platz gefesselt.

Warum küsste Pauls Mutter Heins Stern?

Frau Epker kam zu ihr und legte die Rose auf die Wolle in ihrem Schoß. Dann reichte sie ihr die Karteikarte.

»Margot Asch«, las Luise laut vor. Ihre Augen weiteten sich, sie brachte keinen Ton mehr heraus.

Anne holte wieder einen Stuhl, aber statt sich zu den anderen zu setzen, nahm Margot direkt neben Luise Platz.

»Sie haben mich in das Haus von Josies Cousine gebracht«, sagte die Frau. »Sie haben mich versteckt.«

Luise ergriff ihre Hand. »Es freut mich so sehr, dass Sie gerettet wurden.«

»Keet hat mich wie eine Tochter behandelt«, erzählte sie. »Erinnern Sie sich an Esther van Gelder?«

Luise nickte.

»Erik und Keet haben uns beide adoptiert. Esther wurde Lehrerin in Maastricht und hat fast fünfzig Jahre lang unterrichtet.«

»Waren Sie auch Lehrerin?«

Margot schüttelte den Kopf. »Ich habe mit siebzehn Jahren den Mann geheiratet, den ich von ganzem Herzen geliebt habe.«

Luises Augen wanderten zu dem Fenster zurück. »Warum haben Sie den roten Stern geküsst?«

Paul lud jetzt alle zum kulinarischen Teil der Feier in den Garten ein. Aber Luise beschäftigte jetzt etwas ganz anderes als Buttercremetorte. Nachdem die Leute den Raum verlassen und sie im Vorbeigehen mit freundlichen Worten bedacht hatten, blieben nur noch sie und Margot zurück.

»Warum haben Sie seinen Stern geküsst?«, fragte sie noch einmal.

»Mrs West.« Margot berührte Luises Hand. »Hein ist nicht im Krieg gestorben.«

»Er wurde in Auschwitz getötet.« Luise hatte seinen Namen auf der Liste gesehen, es war eindeutig gewesen.

Margot kniff die Lippen zusammen und wirkte unsicher, was sie sagen sollte.

»Woher kennen Sie meinen Sohn?«, fragte Luise.

Die Frau lächelte sanft. »Er war mein Mann.«

Luise schnappte nach Luft. »Aber die Gaskammer …«

Margot schüttelte den Kopf. »Josie hat ihn aus Westerbork gerettet.«

43. Kapitel

JOSIE

Giethoorn
Mai 1946

Josie und Hein lachten, während sie im Dämmerlicht zum Haus zurückruderten. Rosaweiße Blütenblätter rieselten wie Konfetti über den Kanal. Sie hatten bei der Windmühle gepicknickt, die sie zu ihrem Spielhaus erklärt hatten. Es tat so gut zu lachen, so gut, Spiele zu spielen, die ihnen beiden Spaß machten. Sie hatten so lange nichts zu lachen gehabt.

Auch nachdem die kanadischen Soldaten die nördlichen Provinzen befreit hatten, war Josie nicht sicher gewesen, wie ihre Zukunft aussehen würde. Nach ihrer Flucht aus Kamp Westerbork hatten sie und Hein sich versteckt – zuerst in den Wäldern und auf dem Weideland, wo sie immer schnell in Deckung gegangen waren, wenn die Flugzeuge mit den Hakenkreuzen tief über der Erde geflogen waren. Und dann in diesem Haus. Der Einzige, der Fragen gestellt hatte, war ein früherer Lehrer von der Schule ihres Vaters gewesen. Sie hatte ihm erzählt, Hein wäre ihr Sohn.

In Westerbork hatte sie gedacht, Frau Pon hätte gelogen, als sie dem Soldaten erzählt hatte, Hein hätte Scharlach, um den Mann abzuschrecken. Aber dann war der Ausschlag an Heins Hals ausgebrochen und hatte sich auch auf seinen Armen ausgebreitet. Josie hatte schon so viel riskiert, um Elieses Sohn zu retten. Sie war nicht bereit gewesen zu akzeptieren, ihn jetzt durch ein Fieber zu verlieren, das Dr. Schoght heilen konnte. Also waren sie zunächst für einen Abstecher nach Giethoorn gekommen, um Klaas' Vater aufzusuchen. Die einzigen Fragen, die Dr. Schoght gestellt hatte, hatten mit Heins Symptomen zu tun gehabt; er hatte Josie ein Medikament mitgegeben, um das Fieber zu senken, und Lebensmittel, damit sie beide während der letzten Kriegsmonate überleben konnten.

Als Holland vor einem Jahr endlich von der Naziherrschaft befreit worden war, hatte Josie Hein mit zu sich nach Hause genommen. In ihrer Heimat herrschte immer noch Chaos. Die Leute versuchten, zu einer Art Normalität zurückzukehren, während sie gleichzeitig die bestraften, die sie unterdrückt hatten. Aber Josie und Hein waren frei. Sie hatten durch diesen Krieg beide so viel verloren, aber wenigstens waren sie zusammen.

Ihr Bruder war tot. Kurz vor Kriegsende war er umgebracht worden, weil er Ausweise für Untergetauchte gestohlen hatte. Samuel war seinen Überzeugungen bis zum Schluss treu geblieben und Josie würde ihn immer als herzensguten Menschen und Vorbild in Erinnerung behalten.

Ihre Eltern waren wie so viele in den Osten geschickt worden, nachdem die NSB drei Niederländer in ihrem Haus gefunden hatte, die sich dort versteckt hatten, um nicht in ein deutsches Arbeitslager geschickt zu werden. Ein Polizist aus dem Ort – ein Freund ihres Vaters – hatte sie wenige Wochen, bevor Josie mit Hein zurückgekehrt war, alle miteinander abgeführt.

Josie war seit der Befreiung einmal nach Amsterdam gefahren, um das Haus der Lindens aufzusuchen, da sie gehofft hatte, Heins Mutter zu finden, aber weder Herr Linden noch Eliese waren wiedergekommen. Ein großes Schloss hatte vor der Haustür gehangen und auf der Liste mit den Überlebenden von Westerbork hatten ihre Namen nicht gestanden.

Josie würde alles tun, um sie zu finden, aber bei dem Gedanken, Hein nach allem, was sie miteinander durchgemacht hatten, weggeben zu müssen, wurde ihr schwer ums Herz. Sie waren nicht miteinander verwandt, aber nachdem sie sich nun schon fast drei Jahre lang um ihn gekümmert hatte, war er für sie wie ein Neffe oder sogar ein eigenes Kind. Josie würde William Kingston nicht schreiben, dass er einen Sohn hatte. Herr Linden hatte unmissverständlich klargestellt, dass dieser Mann nie von

Hein erfahren sollte. Der Kleine selbst schien sich nicht daran zu erinnern, dass er früher den Namen Kingston getragen hatte. Genauso wie Esther auf ihrer Zugfahrt nach Maastricht hatte er den Namen de Jong angenommen.

Aus Deutschland hörte man Geschichten, die zurückkehrende Überlebende erzählten. Geschichten, die jede Vorstellungskraft überstiegen. Viele glaubten, die Viehwaggons, der Tod und die Verzweiflung in den Lagern wären erfunden, aber Josie hatte die Waggons gesehen, die aus Westerbork abgefahren waren. Sie hatte die Kinder gesehen, die weggebracht worden waren. Sie hatte Fünten und seine Männer und ihre Verachtung für die Menschen, die sie im Theater eingesperrt hatten, gesehen. Sie war überzeugt, dass alles wahr war.

An einigen Tagen war ihr Herz unendlich schwer, aber die Liebe zu diesem Jungen in ihrem Leben ließ es wieder höherschlagen. Für Hein gab es nach wie vor nichts Schöneres, als zu spielen. Jedes Mal, wenn sie das zusammen taten, erfüllte es Josie mit Freude. Allerdings spielten sie keine Spiele mehr, bei denen man sich verstecken musste. Hein mochte keine engen oder dunklen Räume und schlief lieber auf der Pritsche, die sie in ihrem Zimmer aufgestellt hatte, statt in dem wesentlich bequemeren Bett in Samuels altem Zimmer. Er beobachtete gern den Mond durch ihr Fenster.

Hein und sie lenkten das Kanu in die schmale Slootje neben ihrem Haus.

»Tante!«, rief er. Nach ihrer Flucht aus Westerbork, hatten sie sich darauf geeinigt, dass er sie so nennen sollte.

Sie lachte wieder, als er mit Wasser spritzte und den orangefarbenen Schal nass machte, den sie mit ihren bei den Pfadfinderinnen erworbenen Fertigkeiten gestrickt hatte. Josie trug ihn immer noch, auch wenn es tagsüber mittlerweile schon recht warm wurde. Sie tauchte ihr Ruder ins Wasser und bespritzte Hein ebenfalls.

Das Lachen war nach so viel Traurigkeit ein kostbares Geschenk.

Aber es verging ihr, als sie zu dem überdachten Schuppen ruderten, wo das Dunkel der Nacht die Farben aufsog, und ihr Haus in Sichtweite kam. Etwas bewegte sich hinter einem der Fenster, der Schatten einer Person im dunklen Zimmer.

Josies Herz begann zu hämmern. Waren ihre Eltern zurückgekommen?

Sie hielt es eigentlich nicht für möglich, aber nichtsdestotrotz hatte sie das ganze letzte Jahr darauf gehofft. Sie wünschte sich nichts mehr, als mit ihrer Mutter und Hein auf der Veranda zu sitzen, heißen Zichorienkaffee zu trinken und den Geschichten ihres Vaters zu lauschen.

Aber wenn ihre Eltern zurück wären, hätte ihre Mutter das Licht angemacht und die Fenster geöffnet, um die Frühlingsluft ins Haus zu lassen.

Ihre Hoffnung schwand wie das Licht der untergehenden Sonne. Wer auch immer im Haus war, wollte anscheinend unbemerkt bleiben.

War jemand aus Westerbork immer noch hinter Hein her? Oder hatte irgendein verbliebenes Mitglied der NSB herausgefunden, welche Rolle sie dabei gespielt hatte, Kinder heimlich aus Amsterdam wegzubringen?

Vielleicht war es aber auch niemand, der ihnen schaden wollte. Vielleicht war Eliese oder sogar Frau Pon nach Hause zurückgekehrt und wollte sie überraschen. Wenn es Eliese war, würde Josie sich für ihre Freundin und ihren Sohn freuen, auch wenn sie zugleich traurig sein würde. Zu viele Familien waren in diesem Krieg auseinandergerissen worden. Familien, die wieder vereint werden mussten.

Sie begann, rückwärts von ihrer Slootje wegzurudern. Statt nach Hause zu gehen, würden Hein und sie den Dorfkanal überqueren und zu Dr. Schoght gehen. Er konnte sicher herausfinden, wer sich in ihrem Haus aufhielt.

Hein hatte den Schatten noch nicht bemerkt. Er hatte eine Gänseschar mit orangefarbenen Schnäbeln entdeckt und versuchte mit ausgestrecktem Arm einen der Vögel zu berühren, wie Samuel und Klaas es früher auch gemacht hatten.

Das Kanu begann zu schaukeln.

»Hein!« Josie griff nach dem Steg, um das Boot zu stabilisieren, aber es war zu spät. Das Kanu kippte um und warf sie beide ins Wasser.

Als Hein auftauchte, prustete und gluckste er fröhlich, aber sie wand sich wegen der Kälte und ihre Sorge wegen der Person im Haus wuchs.

»Sei still«, flüsterte sie.

Er schüttelte den Kopf, dass die Tropfen flogen. »Was ist?«

Sie kletterte schnell die Leiter hinauf und bückte sich, um Hein aus dem Wasser zu ziehen. Wenige Sekunden später stand er neben ihr.

Im Haus zerbrach etwas. Ein Fenster, eine Lampe, sie wusste es nicht. Hein drehte sich schnell zu ihr um und Angst flackerte in seinen Augen auf.

»Da ist jemand«, flüsterte er.

»Wir werden herausfinden, wer das ist.«

Ein Mann lief auf den Rasen hinaus und ließ seinen Blick über das Wasser schweifen. Sie kannte ihn nicht. Im Geiste kehrte sie zehn Jahre in die Vergangenheit zurück, in die Zeit, als sie und Samuel gegen den spanischen Herrscher Fernando gekämpft hatten. Als sie sich zwischen den Blumen ihrer Mutter im Schutz des Kanals versteckt hatte.

Sie berührte ihr Handgelenk und drehte das Armband mit dem Löwenanhänger. Vor Jahren hatte sie den Statthalter – Klaas – ablenken können, bis Samuel ihre niederländische Flagge an seine Tür gehängt hatte. Heute brauchte sie wieder ein Ablenkungsmanöver. Sie musste diesen Mann von ihrem Haus weglocken. Um Heins willen.

Unter dem Holzdach des Bootsschuppens ging sie neben Hein in die Hocke. »Du musst dich verstecken.«

Er schüttelte den Kopf. »Das mag ich nicht. Du hast gesagt, wir spielen nicht mehr verstecken.«

»Dieses Mal«, ihre Stimme zitterte, »ist es kein Spiel.«

»Tante?«

»Versprich mir, dass du dich versteckst.«

Er nickte und eine nasse Haarsträhne fiel ihm in die Augen.

Der Mann draußen rief etwas, dann sagte ein anderer ihren Namen. Woher kannten diese Männer sie?

Das Böse, befürchtete sie, hatte mit dem Krieg nicht aufgehört.

»Du wirst ein guter Mann werden, Hein.« Sie küsste ihn auf die Wange. »Gott wird dich gebrauchen, um Menschen zusammenzubringen, statt sie auseinanderzureißen.«

»Josie!«

Sie löste den orangefarbenen Schal von ihrem Hals und band ihn Hein um. »Du bist Gottes Kind.«

Am Kanal ging eine Lampe an und warf Licht auf den Steg. Sie schob Hein weiter an die Wand zurück.

Der Mann am Wasser drehte sich um, ein Fremder in schwarzem Anzug. Im Lampenschein konnte sie den Hass in seinen Augen sehen. Er erinnerte sie an Fünten in der Nacht, als er geflucht hatte, weil die Kinder immer noch in der Krippe gewesen waren, in der Nacht, in der er sie beinahe getötet hätte.

Womit hatte sie sich den Hass dieses Mannes zugezogen?

»Stehen bleiben!«, rief er und rannte auf den Steg zu.

Wenn er noch näher käme, würde er Hein entdecken.

Josie stieg auf den Anleger, holte tief Luft und nahm ihren ganzen Mut zusammen. Einen Teil ihres Herzens ließ sie bei dem Jungen zurück, als sie ins Wasser sprang. Sie tauchte ein und dann bewegte sie die Beine genauso kräftig wie damals als Mädchen, wie ein Frosch auf der Flucht vor einem Fischreiher. Sie betete, dass ihr der Reiher bis zur Dorfmitte folgen würde, weit weg von Hein.

Sie schwamm an Klaas' Haus vorbei und unter die Brücke, in die sie ihre Initialen geschnitzt hatte. Dann tauchte sie für einen kurzen Moment auf, um Luft zu schnappen, in der Nähe der Pfosten, unter denen sie sich früher immer versteckt hatte.

Das Dröhnen eines Motors drang über den Kanal und sie erzitterte. Einem Ruderboot oder einem Kanu könnte sie entkommen, aber gegen ein Motorboot hatte sie keine Chance. Diese Jagd würde vermutlich nicht lange dauern.

Würden sie sie zwingen, zum Haus zurückzukehren? Und wenn Hein immer noch dort im Bootsschuppen wartete?

»Lauf!«, flehten ihre Lippen, auch wenn er sie nicht hören konnte. *Lauf vor diesen Männern so weit weg, wie du kannst!*

Das Boot würde jeden Moment hier sein. Vielleicht konnte sie ein weiteres Mal unter den Steg tauchen und sich zwischen den Pfosten verstecken.

Sie fand die vertraute Stelle, aber ihre Schultern waren zu breit und passten nicht mehr zwischen die Pfosten. Sie holte noch einmal Luft und tauchte erneut unter. Sie hoffte, das Boot würde vorbeifahren, aber als sie wieder auftauchte, war es direkt neben ihr.

Sie bereitete sich auf einen weiteren Versuch vor.

»Jozefien, nicht!«

Diese Stimme kannte sie. Sie gehörte keinem Fremden, sondern einem alten Freund. Einem Freund, den sie seit Jahren nicht mehr gesehen hatte, seit jenem Abend in Amsterdam, als er sie nach dem Umschlag mit den Gulden gefragt hatte.

Klaas beugte sich über das Boot und streckte den Arm nach ihr aus. »Schnell!«

Statt seine Hand zu ergreifen, hielt sie sich wieder am Steg fest. »Was hat das alles zu bedeuten, Klaas?«

»Hier wird er dich finden.«

»Wer?«

»William Kingston.«

Heins Vater.

»Was will er von mir?«

»Es geht ihm nicht um dich. Er will das fehlende Geld von Herrn Lindens Bank. Er weiß, dass Samuel es genommen hat, und jetzt, da dein Bruder tot ist, glaubt er, du wüsstest, wo es ist.«

»Aber wie kommt er darauf, dass Samuel …?« Sie sprach nicht weiter. Die Teile fügten sich zusammen: Herr Linden hatte das Geld von den amerikanischen Investoren genommen und Samuel einen Teil davon für die Widerstandsbewegung gegeben – und dann hatte Josie es für die beiden in ganz Holland verteilt. Klaas hatte offenbar von ihrem Komplott gewusst.

Sie erschauerte im Wasser. »Du hast ihm gesagt, dass Samuel das Geld weitergegeben hat.«

»Samuel war zu diesem Zeitpunkt schon von der Gestapo getötet worden.«

»Und jetzt arbeitest du für den Mann, den er so verabscheut hat.«

»William will Geld in Holland investieren. Um uns allen zu helfen.«

Klaas griff ihr unter die Arme und zog sie ins Boot.

Ihr ganzer Körper war vor Kälte ganz taub.

»Du warst nie im Widerstand aktiv, nicht wahr?«, fragte sie.

Er gab ihr keine Antwort.

»Das Geld ist fort, Klaas. Der Widerstand hat es während des Krieges aufgebraucht.«

»Es ist doch bestimmt noch etwas übrig«, sagte er mit verzweifelter Stimme. »In eurem Haus.«

»Wenn etwas da sein sollte, weiß ich nicht, wo es ist.«

Ein lautes Geräusch – ein Schuss – krachte am Ufer und mit einigen Sekunden Verzögerung begann ihre Schulter unerträglich zu brennen.

»Nicht schießen!«, rief Klaas jemandem in der Nähe wütend zu. William vermutlich.

Klaas drückte ein Handtuch auf ihre Schulter.

»Wir brauchen sie nicht mehr«, sagte William.

»Doch, das tun wir!«

»Sie ist die Einzige in Holland, die Bescheid weiß.«

Bis auf Klaas, wollte sie sagen, aber das spielte keine Rolle. Wenigstens suchte William sie und nicht Hein. Er wusste nichts über den Verbleib seines Sohnes. Aber wenn er zurückging, um ihr Haus noch einmal zu durchsuchen? Selbst wenn William nichts von Hein wusste – was würde er machen, wenn er den Jungen fand?

Sie wollte über Bord springen und sich in die Dunkelheit des Wassers flüchten, doch da fiel ein weiterer Schuss. Sie sackte auf den Boden des Bootes.

»Es reicht, William!«

Ein glühender Schmerz breitete sich in Josies Brustkorb aus.

»Sie wollten sie nur nach dem Geld fragen!«, rief Klaas außer sich vor Entsetzen.

Ein Licht leuchtete über dem Boot auf, heller als alle Lichter, die sie je in Giethoorn gesehen hatte. Ein Licht, das ihre Seele durchflutete.

Klaas kniete neben ihr nieder und stützte ihren Kopf. »Es tut mir so leid, Jozefien!«

»Da ist ein Junge«, sagte sie und die Worte kosteten sie alle Kraft, die sie aufbringen konnte. »Im Bootsschuppen.«

»Wessen Junge?« Eindringlich sah er sie an. »Jozefien?«

»Sag William nichts.«

»Das werde ich nicht.«

»Bring ihn zu Keet.« Ihre Augen fielen zu. »Sie wird sich um ihn kümmern.«

Das Licht wurde größer und wärmer. Ein anderer Mann erschien neben Klaas im Boot. Seine braunen Augen funkelten wütend. Aber sein Zorn galt nicht ihr. Er verwandelte sich in Freundlichkeit, als er sich über sie beugte und sie in seine Arme nahm.

»Gut gemacht«, sagte eine grausame Stimme in der Ferne.

Der freundliche Mann zog sie an seine Brust und flüsterte die gleichen Worte: »Gut gemacht.«

Dann brachte er sie nach Hause.

44. Kapitel

In Holland werden die Erinnerungen nicht in Glas festgehalten. Sie verteilen sich über das Land, das dem Meer abgerungen wurde, wie die schmalen Kanäle, die letztendlich wieder ins Meer fließen.

Margot fuhr mit ihrer Schwiegermutter zuerst nach Giethoorn, das mit so viel Gutem aus Luises Kindheit verbunden war. Sie mieteten sich ein Boot und fuhren an Frau Pons Häuschen vorbei. Dann banden sie es an einen Metallring neben dem Haus, in dem früher Josie und Samuel gewohnt hatten.

Sie setzten sich auf eine Bank, neben der schöne Blumen blühten und von der aus sie einen Blick auf Klaas' Haus auf der anderen Seite des Dorfkanals hatten. Die von Algen überzogene Brücke war immer noch intakt. Es schien fast, als wäre dieser Ort von den Tragödien des Krieges verschont geblieben.

»Erinnerst du dich an Klaas?«, fragte Margot.

Luise nickte. »Als Kinder waren wir Freunde, aber seine Mutter mochte mich nicht besonders. Ich schätze, sie gehörte zu denen, die etwas gegen Juden hatten.«

»Ich glaube eher, dass sie dich nicht besonders mochte, weil du eine Deutsche warst.«

Luise schaute sie überrascht an. »Kanntest du Frau Schoght?«

»Nein, aber ich kannte Klaas. Nach dem Krieg wurde er Heins Patenonkel.«

Blätter wurden über den Weg geweht und erinnerten sie an jenen Tag vor langer Zeit, als sie Hein in Amsterdam zu der Frau mit dem Diamanten an ihrem Tuch gebracht hatte. Ihr ganzes Leben lang hatte sie diesen Tag bereut und gewünscht, sie hätte ihn nach Auschwitz begleitet. Das war irrational gewesen, das wusste sie, aber sie hatte sich oft gefragt, ob sie ihn vor der Gaskammer hätte retten können.

»Klaas Schoght war ein komplizierter Mann«, erzählte Margot. »Er hatte nie eine Familie, aber er liebte Hein wie seinen eigenen Sohn.«

»Wie hat Klaas Hein gefunden?«, stellte Luise eine ihrer tausend Fragen.

Margot schwieg für einen Moment. »Klaas wollte sich nie für eine Seite entscheiden müssen, weder während des Krieges noch danach. Er versuchte, sich mit denen gut zu stellen …«

»Die den größten Nutzen für ihn hatten.«

Margot nickte. »Nach Heins Tod war er ein gebrochener Mann. Nachdem ich ihn jahrelang mit Fragen gelöchert hatte, erzählte er mir endlich seine Geschichte.«

Der Wind zerrte an Luises Strickweste und sie schlang die Arme um ihren Oberkörper. »Zu glauben, Hein wäre von den Nazis getötet worden, hat mich ebenfalls gebrochen.«

Margot hakte sich bei Luise unter. »Dass Josie Hein aus Westerbork gerettet hat, weiß ich von Klaas.«

»Das verstehe ich nicht. Woher wusste er das?«

»Klaas hat die beiden nach dem Krieg gefunden«, erzählte Margot. »Bevor William Kingston die Kontenbücher der Niederländischen Handelsbank fand, wollte er wissen, wo sein Geld abgeblieben war. Gernot Linden und Samuel van Rees waren beide gestorben und du warst verschwunden. Deshalb stellte er Samuels besten Freund ein und bezahlte ihm viel Geld dafür, dass er Josie ausfindig machte. Klaas wusste, dass Josie Samuel und der Widerstandsbewegung geholfen hatte, aber er hatte ihr Geheimnis gewahrt, bis William ihm die Stelle anbot. Ich glaube, auf seine Weise hat er Josie geliebt. Er dachte, ihr würde nichts passieren, wenn sie ihm verriet, was aus dem Geld geworden war, aber leider hat William sie getötet.«

Luise erinnerte sich gut daran, wie sie über die Felder und durch den Wald des Bundesstaats New York gerannt war, um dem Mann zu entkommen, den sie früher einmal geliebt hatte. »Das überrascht mich leider überhaupt nicht.«

»William hat nie erfahren, dass Hein noch lebte. Als Klaas den Jungen fand, brachte er ihn für eine Weile zu seinem Vater und dann zu Josies Cousine in Maastricht.«

Am nächsten Tag fuhren die beiden Frauen zu Eriks und Keets altem Bauernhaus. Als Hein in Maastricht angekommen war, erzählte Margot Luise, hatte Keet Margot und Esther schon adoptiert. Da sie nicht noch ein Kind aufnehmen konnte, fand sie einen Ort, an dem Hein wohnen konnte, ein Bauernhaus ganz in der Nähe. Herr Epker wohnte schon sein ganzes Leben dort und war ein aktives Mitglied der Widerstandsbewegung gewesen. Am Ende des Krieges hatte er eine jüdische Frau geheiratet.

Die Epkers hatten Hein als ihren Sohn angenommen und Margot versicherte Luise, dass sie ihn sehr geliebt hatten. Sie und Hein hatten geheiratet, nachdem er an der Universität von Amsterdam sein Ingenieursstudium abgeschlossen hatte.

Sie schlenderten langsam an dem Landhaus am Schutterijweg vorbei, in dem Hein aufgewachsen war. Dann fanden sie den Bergwerkseingang, durch den Luise und Nathan vor langer Zeit entkommen waren. Ein kühler Luftzug drang zwischen den abgeriegelten Eisengitterstäben nach draußen.

»Er hat Brücken gebaut«, erzählte Margot und Luise lachte erfreut. »Über Wasser und Land, aber auch zwischen Menschen. In seinen letzten Lebensjahren hat er als Diplomat gearbeitet und heimlich Bibeln an Menschen verteilt, die hinter dem Eisernen Vorhang gefangen waren.«

»Wie ist er gestorben?«, fragte Luise.

»An einer Autoimmunerkrankung, die ihn sein ganzes Leben lang geplagt hat. Ihm sind immer wieder die Haare in ganzen Büscheln ausgefallen, wenn sein Immunsystem die Wurzeln angegriffen hat. Er trug immer eine Wollmütze, um das zu verbergen.«

Luise musste lächeln. »Hat er sich erinnert?«, fragte sie leise. »An Josie oder …?« Sie nahm an, dass er zu jung gewesen war, um sich an *sie* zu erinnern.

Margot holte ein Buch aus ihrer Handtasche. Eine bunte Zeichnung auf dem Einband zeigte eine Frau, die ihren kleinen Sohn auf dem Schoß hielt, daneben ein Spielzeuglamm und ein Segelboot sowie eine kleine Windmühle. *Eerste Levensjaren,* stand auf dem Buchdeckel – die ersten Lebensjahre.

Mit zitternder Hand strich Luise über den Titel. »Sein Album!«

»Klaas hat den Tresor in eurem Keller entdeckt und jemanden dafür bezahlt, dass er das Schloss knackt. Der größte Teil des Inhalts ging an William, aber dieses Album hier hat er behalten.« Margot reichte ihr das Buch. »Als Klaas es fand, wusste er, dass Hein dein und Williams Sohn ist. Später gab er es Hein, aber mein Mann hat nicht gewusst, dass er ein Kingston war. Erst als Hein und auch William gestorben waren, hat mir Klaas die Wahrheit gesagt.«

»Und du hast es nie jemandem erzählt?«

»Klaas wollte Hein schützen, und ich wollte Pauls Arbeitsstelle bei der Kingston-Stiftung nicht gefährden.«

In dem Album waren die Bilder, die Luise von sich und Hein gemacht hatte, die Geschichten, die sie über seine ersten Kindheitserlebnisse geschrieben hatte. Das Einzige, was fehlte, war der Name Kingston. Die zwei Stellen, an denen sie den Nachnamen erwähnt hatte, waren mit Tinte unkenntlich gemacht worden.

»Er wusste nicht, was aus dir und Josie geworden ist, aber er hat sich an euch beide erinnert.«

»Das freut mich.«

»Es tut mir leid, dass du nicht wusstest, dass Hein noch lebt«, sagte Margot traurig. »Du hättest ihn mit nach Amerika nehmen können.«

Luise legte tröstend die Hand auf die Schulter dieser Frau, mit der sie vor so langer Zeit nach Maastricht geflohen war. »Wenn ich Hein mitgenommen hätte, hätte uns sein Vater wahrscheinlich beide getötet.«

Der Glaube hatte sie befreit und Gott hatte wieder heil gemacht, was in ihr zerbrochen war. Sie hatte seine Vergebung mit offenen Armen angenommen, die reinigende Macht, die ihre Schande abgewaschen hatte. Und jetzt musste sie William vergeben, was er ihr angetan hatte.

Hein hatte ein erfülltes Leben in Holland geführt. Sein Vermächtnis lebte durch Margot, die Familie Epker und die vielen Brücken, die er gebaut hatte, weiter.

Und er würde immer in ihrem Herzen sein.

45. Kapitel

»Wir sind praktisch verwandt«, sagt Landon, als wir die Brücke vor dem rauschenden Multnomah Falls außerhalb von Portland überqueren und das Bergwasser unsere Beine in den kurzen Hosen benetzt.

»Sind wir nicht!«

»Um ein paar Ecken.«

Ich stupse gegen seine Schulter. »Nicht einmal ganz weit entfernt!«

»Dann bin ich ja erleichtert«, sagt er und nimmt meine Hand.

Er kehrt morgen nach Uganda zurück, aber ich will mich nicht verabschieden. Gott hat die Monate, die wir zusammen verbracht haben, benutzt, um meine Seele zu sich kommen zu lassen.

»Vermisst du Marcella?«, fragt Landon, als wir auf dem Weg weiterwandern.

Ich stecke die Hand in meine Jackentasche und berühre die drei Muscheln darin. »Ja, sehr.«

Sie hat ihre Boxhandschuhe abgelegt. Doch in ihren letzten Monaten hat sie auf ihre Weise nach Kräften für unsere Familie gekämpft und versucht, das, was die Generationen vor ihr auseinandergerissen haben, wieder zusammenzufügen.

Als ich sie das letzte Mal gesehen habe, hat sie gesagt, dass sie sowohl meine Mutter als auch mich immer geliebt habe. Diese Worte werde ich in meinem Herzen bewahren. Marcella hat damals die ganze Zeit gewusst, wo meine Mutter lebte, aber ihre Söhne nicht. Sie fanden es erst heraus, als Will Andrews Geburtsanzeige sah. Er hat damit monatelang gewartet, aber laut Marcellas Anwalt hat er tatsächlich das Feuer gelegt.

Marcella hat erst davon erfahren, als meine Sozialarbeiterin sie aufgesucht hat.

Ich habe meine Zeugenaussage gemacht und jetzt liegt es bei den Gerichten zu entscheiden, ob Will schuldig ist oder nicht. Ich bin dankbar, dass Marcella das juristische Drama nicht mehr miterleben muss, meine beiden Onkel sind wegen mehrerer Vergehen angeklagt.

Bevor Marcella starb, hat sie bestätigt, dass William tatsächlich mein leiblicher Großvater war. Es ist gar nicht so leicht, all die Zusammenhänge zu ordnen. William und Mrs West waren Heins leibliche Eltern und damit Paul Epkers Großeltern. Laut dem Familienstammbaum, den ich gezeichnet habe, war Hein sowohl Landons als auch mein Onkel. Aber das, worauf es ankommt, ist: Auch wenn mich Landon noch so sehr aufzieht, wir sind nicht miteinander verwandt. Absolut nicht. Wir stammen aus zwei völlig verschiedenen Familien, die sich in der Vergangenheit verbunden haben und dank Marcella im Rahmen unserer Stiftungsarbeit wieder miteinander verbunden sein werden.

Paul und ich sind Nachkommen eines Mannes, der Geld zu seinem Gott gemacht hat, und wir haben beide einen beträchtlichen Anteil des Kingston-Vermögens bekommen. Keiner von uns ist für das verantwortlich, was im Zweiten Weltkrieg passiert ist, aber das Geld ist mit Blut befleckt, wie Peter es auf seinem Bild gemalt hat.

Nach vielen Gesprächen waren Paul und ich uns einig, als Direktoren der umgestalteten Kingston-Stiftung auf unser Erbe zu verzichten. In gewisser Weise haben wir beide eine neue Familie bekommen. Egal, wie es mit Landon und mir weitergeht – ich habe beschlossen, die Epkers und die Wests als meine Wahlverwandtschaft zu adoptieren.

Ich wünschte, Marcella könnte sehen, wie sich *Bishara* entwickelt. Mit dem Geld von der Stiftung wird auf der Plantage ein neuer Gebäudekomplex mit Schlafräumen, einer Schule und einer Klinik gebaut. Es soll *Marcellas Haus* heißen. Aber ich hoffe, die Kinder werden es einfach als ihr Zuhause betrachten.

Der Boden dieser Schlucht des Columbia River ist schwarz, die Baumstämme sind von einem Feuer, das hier vor einiger Zeit gewütet hat, verkohlt, aber an einigen Zweigen kämpfen sich Knospen durch und neues Leben entsteht. Ich fühle, wie auch in mir etwas Neues aufblüht, genauso wie es Mrs West erlebt. Meine Albträume haben aufgehört, aber ich träume immer noch manchmal von Andrew und meiner Mutter. Das macht mich sehr froh.

Vi hat vor mehreren Monaten Olivia Parker aufgespürt. Landon und ich haben sie in Vermont besucht. Marcella hat immer gewusst, wo sie wohnte, und ihr regelmäßige Zahlungen für ihr Schweigen überwiesen.

Olivia interessiert sich mehr für die Tatsache, dass diese Zahlungen nun ausbleiben werden, als für eine Beziehung zu mir, aber damit kann ich leben. Ich habe tiefere Wurzeln, die mich halten.

Landons Handy summt. Er liest die Nachricht, die er bekommen hat.

»Wer hat dir geschrieben?«

Er lächelt. »Faith will wissen, ob du mit nach Uganda kommst.«

»Nur Faith?«, frage ich scherzhaft.

»Nein.« Er bleibt mitten auf dem Weg stehen und schaut mich ernst an. »Das ist auch meine Frage.«

»Landon …«

Er legt sanft die Hand unter mein Kinn und fordert mich ohne Worte heraus, mich meinen Ängsten zu stellen. »Bitte?«

Etwas in mir will mein Herz wieder hinter einem Schild abschirmen und niemanden zu nahe an mich herankommen lassen, aber ich weiß, dieser Mann will mir keinen Schaden zufügen. Er hat immer nur mein Bestes gewollt und ist ein unglaublich ehrlicher Mensch.

»Ich fange an, mich in dich zu verlieben, Landon«, gebe ich schließlich offen zu. »Wenn du das … Wenn du *uns* nur als Freunde siehst, muss ich jetzt einen Rückzieher machen. Du kannst das Stiftungsgeld natürlich behalten, aber …«

»Oh, Ava.« Er fasst unter mein Kinn und dreht meinen Kopf leicht zur anderen Seite, damit ich ihn auf jeden Fall verstehe. »Ich käme nicht im Traum auf die Idee, mit deinem Herzen zu spielen.«

Dann nimmt er mein Gesicht in seine Hände und küsst mich.

»Also gut«, sage ich, als ich wieder Luft bekomme.

Er lächelt. »Okay?«

»Ich komme mit dir nach Uganda.«
»Das finde ich gut.«
»Und vielleicht bleibe ich für immer.«
Er küsst mich wieder. Sein Kuss schmeckt nach zu Hause.

Anmerkung der Autorin

Ein Netzwerk aus Heldinnen und Helden hat viel riskiert, um über sechshundert jüdische Kinder aus dem niederländischen Theater, der *Hollandschen Schouwburg*, zu retten. Zu ihnen gehörten Henriëtte Pimentel, Walter Süskind und Johan van Hulst. Sie widersetzten sich während des Zweiten Weltkriegs mutig dem Bösen und arbeiteten in ihrer jeweiligen Position unermüdlich dafür, so viele Kinder wie möglich in Sicherheit zu bringen.

Herr Süskind und Fräulein Pimentel wurden zwar kurz vor Kriegsende getötet, aber die Nazis kamen nie dahinter, was sie getan hatten.

Der Einmarsch der Nazis und die Verfolgung der Juden war für den Großteil der holländischen Bevölkerung ein Schock. 1940 hat Hitler nach dem Versprechen, das Land nicht anzugreifen, Brücken und Grenzen überrollt und in nur fünf Tagen den Großteil des Landes eingenommen. Die Niederländer verteidigten zwar ihr Land gegen das Meer, aber es gelang ihnen nicht, sich vor ihren Nachbarn zu schützen.

Während der Besatzung arbeiteten die Nazis mit vermögenden Juden zusammen und setzten ihre Übermacht, Druck und viele falsche Versprechen ein, um heimlich Hitlers Endlösung umzusetzen. Die Niederländer waren gezwungen, sich für eine Seite zu entscheiden – das war oft eine Wahl zwischen Leben und Tod. Es dauerte Jahre, bis sich neue Bindungen zwischen Nachbarn bildeten, die sich während des Krieges und noch in der Zeit danach gegeneinandergestellt hatten und von denen sich viele weigerten, die Juden wieder in ihrer Heimat aufzunehmen.

Aber die Niederlande begannen erneut aufzublühen, sowohl die üppigen Wiesen und Felder als auch die Bewohner. Sie begannen als Land der vielen Menschen zu gedenken, die ihr Leben geopfert hatten, um das Böse, das in ihrem Land Einzug gehalten hatte, zu bekämpfen.

Ich habe diesen Roman geschrieben, um an die vielen Niederländerinnen und Niederländer zu erinnern, die sich entschieden, die Gaben, die Gott ihnen gegeben hatte – Talente, über die Jesus im 25. Kapitel des Matthäusevangeliums spricht –, zu nutzen, um für das Gute zu kämpfen. Als Erinnerung an die Tapferkeit von Walter Süskind, Henriëtte Pimentel und Johan van Hulst; des Registrierungsmitarbeiters Felix Halverstad; der Mitarbeiterinnen in der Kinderkrippe: Virrie Cohen, Sieny Kattenburg, Fanny Philips und Betty Oudkerk; und im Gedenken an die vielen Mitglieder der Widerstandsbewegung und die Kinderbetreuerinnen, deren Namen wir nie erfahren werden.

Diese Geschichte ist aber auch aus dem Wunsch heraus entstanden, die Menschen zu würdigen, die sich auch heute noch dafür einsetzen, Kinder zu retten.

Vor sechs Jahren hat meine damals neunjährige Tochter Karlyn beschlossen, dass sie ihre Gaben einsetzen möchte, um Waisenkindern in Uganda ihre Liebe zu zeigen. Weder mein Mann noch ich waren je zuvor in Afrika gewesen, aber wir beschlossen, als Familie drei Wochen hinzufliegen, und Gott hat dieses Erlebnis benutzt, um das Leben von uns allen zu verändern.

Während ich diesen Roman geschrieben habe, sind zwei Menschen, die mich zu dieser Geschichte inspiriert haben, durch den dünnen Vorhang, der unsere Welt von der Ewigkeit trennt, geschlüpft. Susie Stewart war eine leidenschaftliche Nachfolgerin von Jesus. Als Vorsitzende von *True Impact Ministries* hat sie uns geholfen, unseren Aufenthalt in Uganda zu organisieren. Ihr Vermächtnis, sich für Waisenkinder einzusetzen, lebt durch ihre Familie und Tausende andere weiter, die sie inspiriert hat. Dazu gehört meine Tochter, die gerade nach Afrika zurückgekehrt ist, um dort sowohl Kinder als auch ihre Betreuer zu unterstützen.

Johan van Hulst wurde 107 Jahre alt und es war mir eine Ehre, eine Geschichte um den Lebensweg dieses Helden zu spinnen. Er ist einen Monat vor meinem Besuch in Holland gestorben, aber den Nachmittag, den ich an seinem Grab verbracht habe, und die Erinnerung an sein erfülltes Leben, werde ich nie vergessen. In den letzten Monaten habe ich mir oft ausgemalt, wie Jesus Susie und Dr. van Hulst umarmt und diese zwei besonderen Menschen, die ihr Leben für ihn und die, die er zu ihnen geführt hat, eingesetzt haben, liebevoll aufgenommen hat.

Die meisten Niederländer, die Kinder gerettet haben, haben sich nicht als Helden gesehen. Dr. van Hulst bildete da keine Ausnahme. Im Gegenteil, in der *Het Parool* wurde er einmal wie folgt zitiert: »Ich denke eigentlich nur an das, was ich nicht tun konnte. An die vielen Tausend Kinder, die ich nicht retten konnte.«

Die sechshundert, die durch seine Hilfe gerettet wurden, denken vermutlich oft an ihn.

Während meiner Woche in den Niederlanden habe ich das frühere Deportationszentrum in der *Hollandschen Schouwburg* und das Lehrerkolleg auf der anderen Straßenseite besichtigt. Ich bin auf den malerischen Kanälen durch Giethoorn gefahren, habe eine alte Windmühle in Kinderdijk besucht, habe mit meiner Freundin und Lektorin Daniëlle Heerens die fast fünfhundert Stufen des mittelalterlichen Domturms bestiegen, habe in der Nähe von Corrie ten Booms Haus übernachtet und bin mit einem freundlichen Busfahrer nach Westerbork gefahren, der sich gefreut hat, dass ich eine Geschichte über die Menschen schreiben will, die in diesem Lager eingesperrt waren.

In Maastricht habe ich die Mergeltunnel und die Reste einer unterirdischen Stadt, die während des Krieges entstanden ist, besichtigt; dann bin ich kilometerlang durch die Weinberge und an einer hübschen Burg vorbeigewandert, um die Brücke nach Belgien zu überqueren.

So viele Menschen haben mir ihre Geschichten erzählt, über die Schrecken des Zweiten Weltkriegs, aber auch über die Widerstandsfähigkeit und die Opfer vieler Männer und Frauen, die alles riskierten, um anderen zu helfen. Als das Militär den Feind nicht besiegen konnte, hat eine Armee holländischer Bürger ihre von Gott geschenkten Gaben genutzt, um auf ihre eigene Weise Widerstand zu leisten.

Leider haben nur 5.000 Menschen, die aus dem Kamp Westerbork deportiert wurden, den Krieg überlebt, aber von den 25.000 Juden, die untertauchten, darunter über 4.000 Kinder, blieben über 15.000 bis zum Kriegsende unentdeckt. Ich konnte hier nicht alle ihre Geschichten aufnehmen, aber ich hoffe, dass mein Roman eine kollektive Ehrung der vielen Menschen ist, die ihr Leben lassen mussten, und der vielen Helden, die unter Einsatz ihrer eigenen Sicherheit andere geschützt haben.

Als ich mich in diese Geschichte einarbeitete, fand ich auch heraus, dass einige amerikanische Geschäftsleute vor dem Krieg und – heimlich – auch noch währenddessen Geld in Nazifirmen investierten. Ein anonymer Autor, der den bekannten Namen Warburg benutzte, schrieb ein Buch über Amerikaner, die davon profitierten, dass sie Adolf Hitler in den 1930er-Jahren finanziert hatten und dass über eine Amsterdamer Bank Millionen geflossen sind. Der niederländische Verlag rief *De Geldbronnen van het Nationaal-Socialisme* kurz nach dem Erscheinen des Buches zurück, aber viele Jahre später wurde eines der drei noch existierenden Exemplare ins Englische übersetzt.

Hitlers Finanziers stellen mit ihrer Habgier einen krassen Gegensatz zu den Menschen dar, die alles geopfert haben. Ich wollte einen Roman schreiben, der sowohl die Korruption als auch das Heldenhafte zeigt, besonders aber natürlich die Geschichten derer erzählt, die keinen Profit aus der Rettung von Kindern ziehen wollten. Gott sei Dank haben sich viele gegen das Böse gestellt.

Als Autorin historischer Romane ist es mein Anspruch, gründlich zu recherchieren und dann durch eine spannende Romanhandlung die Geschichte korrekt wiederzugeben. Dazu musste ich in *Erinnerungen aus Glas* einige Daten zusammenfügen. Auch sind die Berichte, was im Inneren der *Hollandschen Schouwburg* passiert ist, teils widersprüchlich, aber ich habe versucht, durch meine fiktiven Personen die Fakten so präzise wie möglich wiederzugeben.

Ich genieße den Segen, mit einer Vielzahl sehr kluger Leute zusammenarbeiten zu dürfen, die ihre Geschichten und ihr Wissen mit mir geteilt haben. Für etwaige Fehler bin allein ich verantwortlich. Ein besonderer Dank geht an …

… die unbeschreiblichen Mitarbeiter von Tyndale House, besonders meine Lektorinnen Stephanie Broene, Kathryn Olson und Elizabeth Jackson, die mir geduldig geholfen haben, die vielen Ideen zu entwirren. Es ist mir eine Ehre, mit ihnen und dem Marketing-, Design- und Verkaufsteam von Tyndale zusammenzuarbeiten.

… meine wunderbare Agentin und Freundin, Natasha Kern, die mich ermutigt hat, für eine Geschichte, die widerspiegelt, wie Gott in meinem Leben wirkt, tiefer zu graben.

… meine liebe Freundin Ann Menke, die mir von den Bergwerkstunneln in den Hügeln von Maastricht erzählt hat. Während des Zweiten Weltkriegs müsse dort etwas passiert sein, sagte sie, und sie hatte absolut recht. Diese Tunnel waren früher einmal das größte Labyrinth der Welt. Während des Krieges waren sie Fluchtweg und Zuflucht für Tausende Menschen.

… die unzähligen Menschen, die meine Fragen beantwortet und mir ihre Geschichten über die Besatzungszeit in Holland erzählt haben, unter anderem Nel Kulyman, Wouter van Haaften und Santine de Roover-Baaij.

… meine niederländischen Freunde, die mich in ihrem schönen Land freundlich aufgenommen haben – Daniëlle Heerens, Anniek SoppeWoltman, Suzanne Smith und Frony und Femke de Sain.

… Eline Simantel und Daan Hoekstra, die mir die Erinnerungen ihrer mutigen Mutter Eline Hoekstra Dresden erzählt haben, die ihren blonden jüdischen Sohn während des Kriegs vor aller Augen versteckte und in ihrem Buch *Wishing Upon a Star* ihren Kummer und die quälenden Monate in Westerbork beschrieben hat. Die beiden haben mir auch das schöne Babyalbum gezeigt, das Daans Mama für ihn aufbewahrt hat.

… Tosha Williams, Andy und Susie Stewart und Mike McDonald, die unsere Familie vor Jahren ermutigten, uns in Uganda zu engagieren. Und an unsere vielen ugandischen Freunde, die uns weiterhin einladen, mit ihnen zusammenzuarbeiten.

… folgende Café-Besitzer und Kaffeeröster in Portland für den Crashkurs, mit dem sie mich in ihr Handwerk einführten; dank ihnen schätze ich das *Terroir* in jeder Tasse jetzt viel mehr: Paul Thornton von *Thornton Family Coffee Roaster*, Mike und Caryn Nelson bei *Junior's Roasted Coffee*, Kevin und Amanda Bates bei

Symposium Coffee und Ben Reese bei der *Lionheart Coffee Company.*

… meine kritischen Leserinnen und Freundinnen Julie Zander, Dawn Shipman, Tracie Heskett, Nicole Miller und April Mc-Gowan, die die ersten Kapitel gelesen und mir geholfen haben, sie zu verbessern. Außerdem an Michele Heath, Sandra Byrd, Ann Menke, Wayne Vandekraak und Gerrie Mills für ihre für mich absolut unbezahlbaren Gedanken.

… meinen Mann und besten Freund Jon für seine unerschütterliche Liebe und Ermutigung, und an unsere zwei wundervollen Töchter – Karlyn und Kiki. Karlyns Leidenschaft für Uganda und ihr Kampf gegen Ungerechtigkeit inspirieren viele Menschen und Kikis Lebensfreude und ihre Liebe zur Literatur machen mich zu einer sehr glücklichen Mutter.

… unseren Herrn, der mit seinem Licht die Geheimnisse der Dunkelheit durchdringt, die Tränen der Verletzten abwischt und sich über alle freut, die sich um seine Kinder kümmern.